函館
歌と文学の生まれる街
その系譜と精神風土

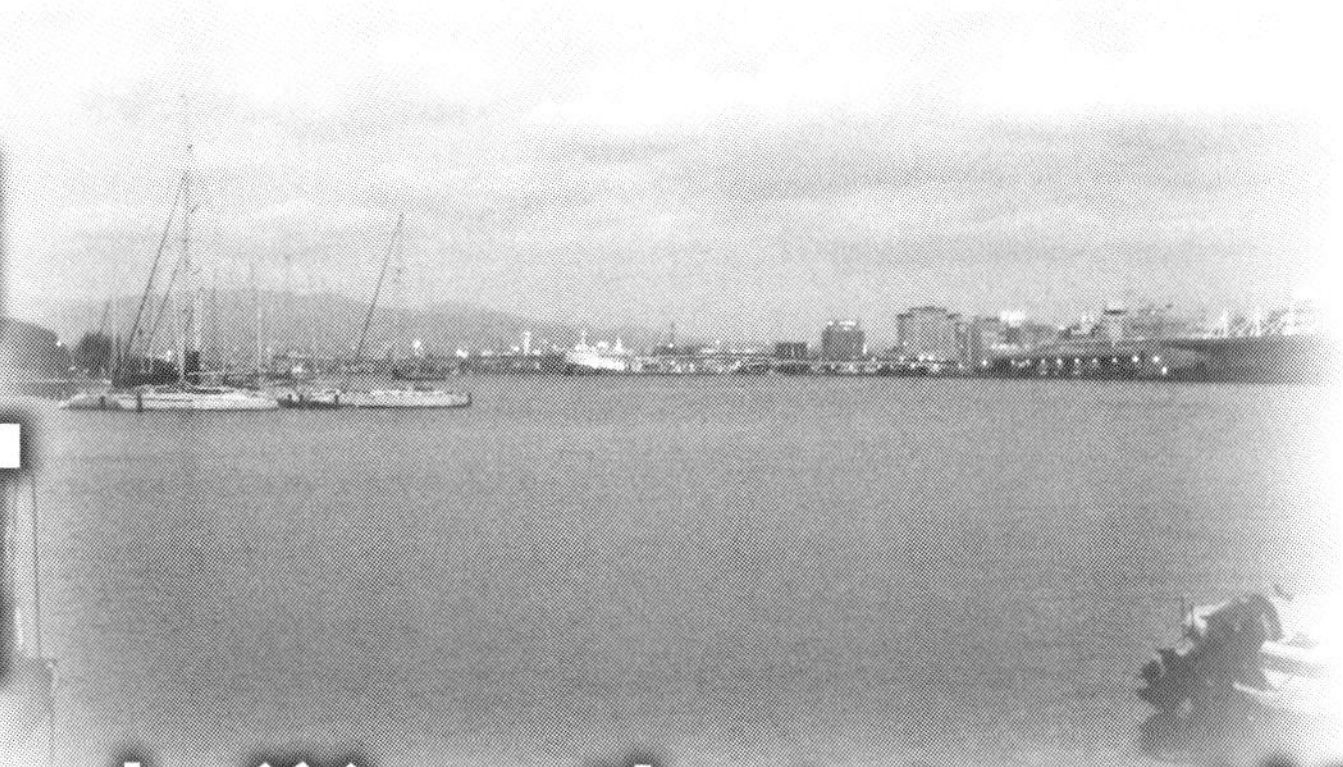

函館港

穴澗海岸

吉岡栄一 著
Yoshioka Eiichi

アルファベータブックス

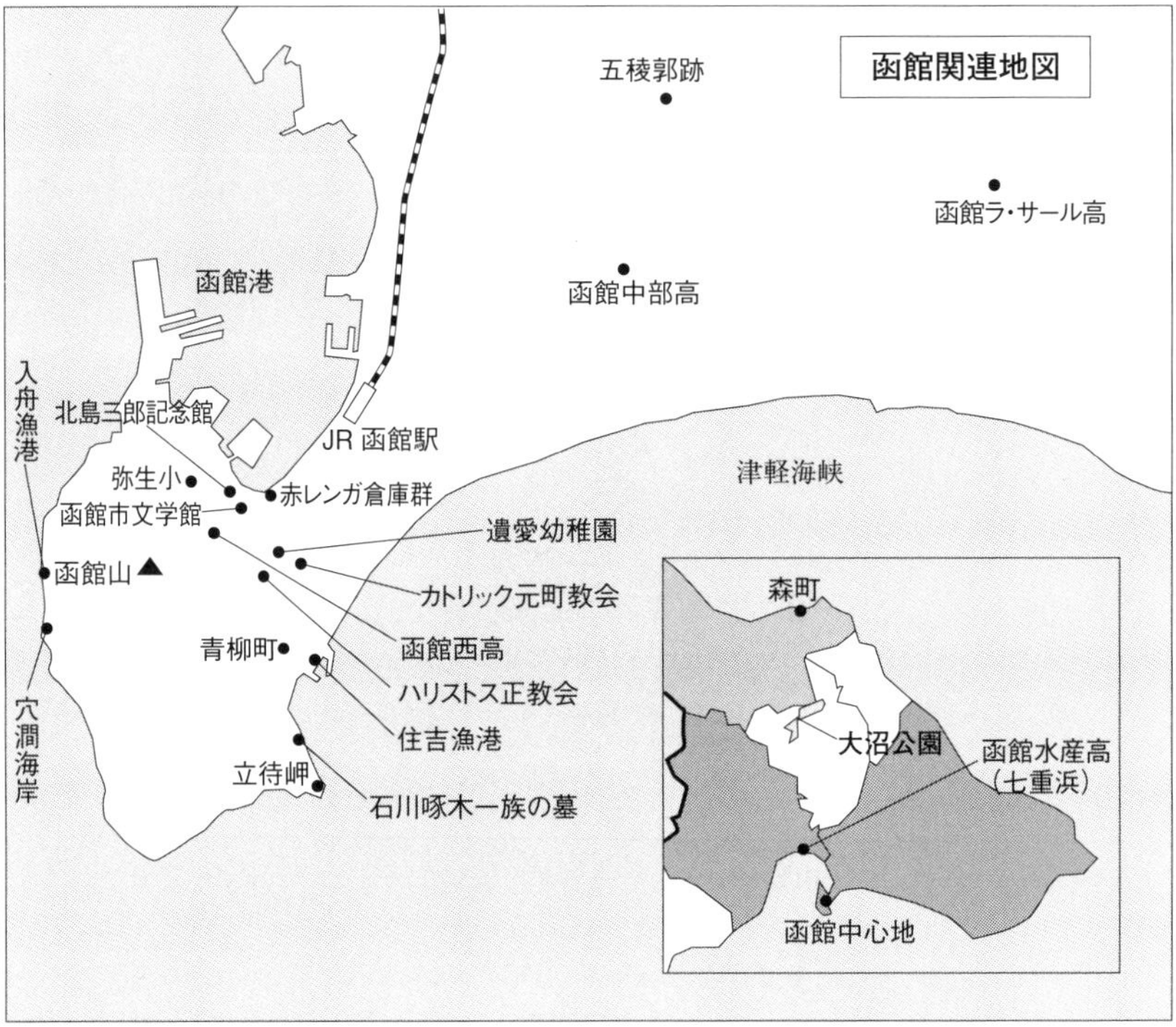
函館関連地図
五稜郭跡
函館ラ・サール高
函館港
函館中部高
入舟漁港
北島三郎記念館
JR 函館駅
弥生小
赤レンガ倉庫群
津軽海峡
函館市文学館
遺愛幼稚園
函館山
カトリック元町教会
森町
函館西高
青柳町
ハリストス正教会
穴澗海岸
住吉漁港
大沼公園
函館水産高
（七重浜）
立待岬
石川啄木一族の墓
函館中心地

まえがき

いつの頃か、とくに夏の朝と夕方だった。出勤や帰宅のさいに、なんの脈絡もなくふと「青い海函館の／港あければ、出船の汽笛」という歌詞が頭のなかで低く鳴りひびくようになった。そんなことが幾度となくあった。どこで聞いた歌なのかはわかっていた。まちがいなく小学校五年生の修学旅行で、函館に行ったときに若いバスガイドさんが歌った曲だった。

それが五〇代の後半になってから、たびたび思い出されるようになったのが不思議だった。むろん歌詞が気に入っていたから浮んでくるのであろうが、覚えているのは最初の導入部のところだけだった。年を重ねると、懐郷や望郷の念が深まってくると聞いたことがあるので、そんな小学生のころに耳にした歌が思いだされるのだろうと自分を納得させた。しかしそれと同時に、老化がはじまったのかと暗然たる気持になることもあった。とにかくなんという曲名なのか、是非ともそれが知りたいと思いつづけてきた。

それがふとした偶然から分かったのである。最近、思いついて年下の友人と函館まで観光にでかけ、午前中に出発する市内観光バスに乗ることにした。半日かけて市内の主だった名所旧跡をまわる定番コースで、近くに石川啄木一族の墓がある立待岬《たちまち》の断崖から、津軽海峡の海をみて元町エリアに行き、そこでギリシャ正教の函館ハリストス正教会、カトリック元町教会、聖ヨハネ教会、旧イギリス領事館、旧函館区公会堂などを見学してから、コース最後の湾内クルーズ船に乗ることになった。桟橋で乗船を待つあいだ、覚えていた最初の歌詞を小声で歌って、バスガイドさんに曲名を尋ねたところ、すぐさま『函館ステップ』だと教えてくれたからである。

思えば私の場合、函館という街は歌謡曲といつも結びついていた気がする。『函館ステップ』を別にしても、石川さゆりの『津軽海峡・冬景色』、北島三郎の『函館の女《ひと》』、森進一の『港町ブルース』などの名歌によって、ふと望郷の念にかられたりしたものだった。私は早生まれなのでかろうじて「団塊の世代」の最後の年に滑りこんでいるが、当時はまた「集団就職」の時代ともいわれ、中学を卒業した少年や少女たちが都会の人手不足解消のために大挙して上京したので、井沢八郎の『ああ、上野駅』や山田太郎の『新聞少年』などの歌謡曲も流行っていた。

また函館をはじめ北国を歌った歌謡曲はたくさんあるが、のちに北原ミレイが歌った『石狩挽歌』はとりわけ、船頭として行った鰊《にしん》漁場で船が転覆して不慮の死をとげた父の記憶と強く結びつき、こころ揺さぶられるものがあった。

こうした函館や海にまつわる歌謡曲とどこかでつながる小説や詩や評論にも、私は大学で文学を専攻していたので興味を持っていた。わけても末広町にある函館市文学館を何度か訪れているうちに、函館出身か函館にゆかりのある文学者たちの文学作品が、風土とどのように結びついているのか気になりだした。周知のように一六〇年以上前に国際貿易港として開港した函館は、異国情緒のただよう風光明媚な観光地として日本屈指の街であり、函館山からの夜景、元町の教会群、旧イギリス領事館や旧函館区公会堂などの洋風建築物、八幡坂などの変化にとんだ様々な坂、外国人墓地、五稜郭タワーのある五稜郭公園、トラピスチヌ女子修道院、啄木小公園、立待岬、ベイエリアの金森赤レンガ倉庫群、駅前の活気のある朝市、自死した佐藤泰志《やすし》の小説を原作にしたオダギリジョー主演の映画『オーバー・フェンス』に出てくる函館公園など、そのエキゾチックな街並みとともにテレビの旅番組などでも定番となっている観光名所である。近郊には新日本三景の景勝地、眺望にすぐれた大沼国定公園もある。

しかし、私が訪れたとき函館市文学館はいつも人影がまばらだった。文学館に人々が大挙して訪れることなど想像すらできないことだが、外国人も含めた観光客の多さにくらべたら、どことなく寂しい気がしたものだ。経済効率が優先され、心の豊かさがないがしろにされる現在、文学の凋落が喧伝され、各地の文学館の苦境も伝えられているが、日本人の精神形成に多大な貢献をしてきた文学が軽視されていいわけがない。

函館市文学館はもともと大正時代に建てられた銀行の建物であり、それを受けついだ会社が文化振興のために函館市に寄贈したものである。三階建ての石造りの重厚な建物で、改修したあと一階と二階が文学館として使われている。一階は函館出身か函館にゆかりのある文学者たちの展示室になっていて、二階は函館と縁のある石川啄木の作品のほか、直筆や遺品などの常設展示室になっている。『函館日日新聞』の遊軍記者をしていた啄木は、市内の大火のために四カ月ほどしか函館には住めなかったが、自分の骨は函館に埋めてくれと遺言するほど函館の街を愛していた。いま啄木一族の大きな墓は立待岬の近くの坂のうえにある。

本書では第一章から第二章までは、『おふくろさんよ』で知られる函館出身の異色の作詞家の川内康範《こうはん》や、「函館のことを歌えるのは俺たちしかいない」と語るミュージシャンのGLAYの楽曲などを手がかりに、作詞のなかで函館の街がどのように表徴されているのかをまずみてみたい。第三章はそれから函館と文学について考えるきっかけとなった李恢成《りかいせい》の小説『加耶子《かやこ》のために』と、作品の舞台ともなった道南の森町《もりまち》を起点に、本題たる函館生まれか石川啄木のような居住経験のある歌人や作家や文芸評論家たちが、函館の街をどのように描いているかを概説してみたい。

第四章から終章まではいわば文学編であり、函館出身ないしは函館にゆかりのある作家や文芸評論家たちに登場してもらうことにする。第四章では谷譲次、牧逸馬《いつま》、林不忘《ふぼう》と三つのペンネームを使いわけて小説を量産した、函館文学の先駆者たる長谷川海《かい》太郎、第五章では海太郎の函館中学の後輩であり、ジャンル横断的で「小説の魔術師」と称された久生《ひさお》十蘭と、ミステリー作家で『新青年』の編集長などを務めた水谷準を取りあげる。第六章と第七章では函館中学の出身で函館をこよなく愛し、函館にかかわる多くのエッセイを残した文芸評論家の亀井勝一郎と、長谷川海太郎の末弟であり、『鶴』や『シベリヤ物語』などの秀作を残した純文学系の長谷川四郎について触れたい。

第八章から第九章までは戦後生まれの函館出身の佐藤泰志と、高校時代を函館で過ごした辻仁成《ひとなり》である。佐藤は『海炭市叙景』や『そこのみにて光輝く』「オーバー・フェンス」「きみの鳥はうたえる」などの原作がこのところ次々と映画化されている作家であり、辻はロックバンド「エコーズ」のボーカルとして活躍していたが、函館少年刑務所を舞台とする『海峡の光』で芥川賞を受賞した作家で、ともに函館西高校の出身である。

終章はエンターテイメント系の作家たちで、宇江佐《うえざ》真理は函館中部高校（旧制函館中学）の卒業生であり、時代小説の人気作家として数多くの小説を残したが、二〇一五年に惜しまれてこの世を去った。谷村志穂は札幌出身だが道南の南茅部《かやべ》の漁村や函館を舞台とする感動作『海猫』の作者であり、函館ラ・サール高校出身の今野敏《びん》は『隠蔽捜査』などの警察小説で知られる作家だが、二〇一九年には原作の『任侠学園』が西田敏行主演で映画化されている。

こうみてくると、函館は歌謡曲に歌われるだけでなく、多くの多彩な作家を輩出した街であることもわかる。本書ではその代表的な歌謡曲や文学の魅力をあますところなく伝えてみたい。

目　次☆函館　歌と文学の生まれる街——その系譜と精神風土

まえがき　3

第一章　函館慕情――『函館ステップ』『津軽海峡・冬景色』『石狩挽歌』『函館の女』　11
高橋掬太郎の『函館ステップ』　11　『函館ステップ』の瀬川伸　瀬川瑛子の『函館の雨はリラ色』　13
石川さゆり『津軽海峡・冬景色』　15　父の死と『石狩挽歌』　20　北島三郎『函館の女』　24

第二章　函館ハーバー――川内康範、GLAY、『函館ハーバーセンチメント』、『北の旅人』　29
川内康範『月光仮面』と『おふくろさんよ』　29　森進一『港町ブルース』　31
政界のフィクサー・田中清玄　37　全学連委員長・唐牛健太郎　39　函館と人気バンドGLAY　42
あがた森魚『函館ハーバーセンチメント』　46　石原裕次郎『北の旅人』　48
新井満・秋川雅史『千の風になって』　50

第三章　函館と森町――石川啄木と李恢成『加耶子のために』　55
石川啄木と函館　55　函館の精神風土　61　李恢成『伽倻子のために』と森町　64

第四章　海外放浪文学の先駆者――長谷川海太郎（谷譲次・牧逸馬・林不忘）の軌跡　69
反骨のジャーナリストを父に　69　『踊る地平線――めりけんじゃっぷ長谷川海太郎伝』　72
〈めりけんじゃっぷ〉を題材とする小説　78　代表的短編『テキサス無宿』　82
作品集『もだん・でかめろん』　85　『めりけんじゃっぷ商売往来』　91
ミステリー作家としての牧逸馬　95　「丹下左膳」の林不忘　98

第五章　「小説の魔術師」と『新青年』の編集長――久生十蘭と水谷準　105

著名な文学者たち　105　上京、パリへ　107　水谷準との再会　111
修道院を舞台とする異色作「葡萄蔓の束」　114　高田屋嘉兵衛と「国風」　116
世界短編小説コンクールの第一席「母子像」　120　時代小説「鈴木主水」　122
傑作短編「海豹島」　124　『新青年』の編集長・水谷準　127　函館を舞台とした作品　130
「胡桃園の青白き番人」　133　「故郷の波止場で」　135

第六章　望郷の文学者――亀井勝一郎と「函館八景」　143

幼時からの宗教的雰囲気の中で　143　社会主義への目覚めと転向　145　親鸞への傾倒と戦争協力　151
『愛の無常について』　153　太宰治との親交　155　「東海の小島の思い出」　157　「函館八景」　159

第七章　シベリアと満州を生きる――長谷川四郎の生き方　167

満州からシベリアへ　167　自らを戦犯と主張　171　代表作『シベリヤ物語』　174　「シルカ」　175
「勲章」　177　もうひとつの代表作『鶴』　183　函館にまつわる小説「砂丘」　187
「海に落ちた話」と「帰郷者の憂鬱」　189　「港の釣り」と「函館の魚石」　193
函館にまつわるエッセイ　194　洋画家・長谷川潾二郎　197　満州と深く関係した長谷川濬　198

第八章　格差社会の暗部を照らす――映像で甦る作家・佐藤泰志　205

再評価された作品　205　「青春の記憶」　208　「市街戦のジャズメン」　210　「移動動物園」　212
最初の芥川賞候補作「きみの鳥はうたえる」　214　函館を舞台にした「オーバー・フェンス」　219

唯一の長編小説『そこのみにて光輝く』 222　再評価の契機になった『海炭市叙景』 226

第九章　トポスとしての函館――辻仁成の作品 239
異色の芥川賞作家 239　作品に函館がどう描かれているか 243　『クラウディ』 246
『母なる凪と父なる時化』 252　『海峡の光』 255　函館と関連するそのほかの作品 260

第十章　エンターテイメント系の作家――谷村志穂、宇江佐真理、今野敏 265
函館に愛着の強い作家・谷村志穂 265　『海猫』 266　『黒髪』 271　『尋ね人』 278
『大沼ワルツ』 281　宇江佐真理の『幻の声』 284　警察小説の書き手・今野敏 286
『寮生――一九七一年、函館。――』 291　「怪物が街にやってくる」 292

引用・参考文献 295

あとがき 311

人名索引 318

第一章　函館慕情――『函館ステップ』『津軽海峡・冬景色』『石狩挽歌』『函館の女』

高橋掬太郎の『函館ステップ』
『函館ステップ』は次のような歌詞である。

（一）
青い海函館の
港あければ　出船の汽笛
呼ぶなかもめよ　名残の胸に
切れたテープが　すすり泣く

（二）
夢の街函館の
街は楽しや　柳がなびく
行こうか大門　戻ろか銀座
招くネオンの　赤と青

この曲の作詞をしたのは高橋掬《きく》太郎であり、作曲は飯田三郎、歌手は瀬川伸で、一九五〇（昭和二五）年にキングレコードから発売されたものである。高橋掬太郎といえばいまではなかば忘れられた人だが、当時は古賀政男が作曲し、藤山一郎が歌った『酒は涙か溜息か』の作詞家としても知られた人だ。

一九〇一（明治三四）年四月二五日、北方領土の国後島《くなしりとう》の漁師の家に生まれ（岩手県生まれという説もある）、一九七〇（昭和四五）年四月九日に亡くなっている。根室商業を中退して、一九二〇（大正九）年に根室新聞社に入社すると、大正一一年には函館日日新聞社に移り、社会部記者になっている。デジタル版の『函館市史』によると、『函館日日新聞』は大正七年に創刊され、『函館毎日新聞』（創刊・明治一一年）、『函館新聞』（明治一一年）、『北海新報』（明治二八年）につぐ市内では四番目の新聞であった。同書にはまた「大正四年の地元および道内新聞社の体制」という図表が載っているが、函館新聞社の社長兼主筆は長谷川淑夫《よしお》となっている。この新聞人は作家として知られた長谷川海太郎、長谷川四郎の父親である。

さて高橋掬太郎だが、函館日日新聞社に入社してからは記者をしながら、詩や小説や脚本などを文芸同人誌に発表したりしていた。新聞社同期には久生十蘭《ひさお》、石川啄木の娘婿の石川正雄らがいて、無声活動写真を作ったり、文学を語りあったりもしていた。やがて社会部長兼学芸部長として活躍するかたわら、一九三一（昭和六）年八月にはみずからが作詞した『酒は涙か溜息か』が、古賀政男の作曲、藤山一郎の歌で一六万枚の大ヒットとなった。

この曲が大ヒットしたころの時代相は、一九二七（昭和二）年に山東出兵が行われ、一九三一年九月には満州事変が起ったように、中国大陸では戦争の暗雲がたれこめていた時期にあたっていた。国内では昭和四年の世界恐慌による失業と不況が深刻化して、言論統制や思想弾圧も強化されつつある時代でもあった。

見田宗介の『近代日本の心情の歴史――流行歌の社会心理史』によれば、「昭和初年の失業と不況の時代に、失恋の歌――それも日本では数少なかった男性の側の苦い失恋の歌が相次いで流行し、さまざまな生活領域における失意が、直接的には恋愛の失意を歌った『酒は涙か溜息か』（中略）に投影されて歌われた」というのである。こうした暗い世相を反映して、「男性の側の苦い失恋の歌」である『酒は涙か溜息か』は大ヒットしたというのである。

高橋掬太郎は一九三三（昭和八）年に上京して、コロムビア専属の作詞家になる。『船頭可愛や』『人妻椿』『博多夜船』などのヒットをとばしたが、戦時中には軍歌の作詞をしたこともある。なかにし礼の『歌謡曲から「昭和」を読む』によれば、一九四一（昭和一六）年一二月の日本軍の真珠湾奇襲攻撃による太平洋戦争の開戦以降、国威発揚のための国策ソングとして歌謡曲も軍国主義体制に組み込まれ、軍歌の数が飛躍的に増大するようになったからである。高橋掬太郎も一九四一年一二月には、「滅びたり滅びたり／敵東洋艦隊は」ではじまる『英国東洋艦隊潰滅』の作詞をし、古関裕而《ゆうじ》がそれに曲をつけた軍歌が発表されている。

戦後になって、高橋掬太郎はキングレコードに移り、『啼くな小鳩よ』『石狩川悲歌』『ここに幸あり』『江差恋しや』『古城』などのヒットをとばした。高橋はまた流行歌の研究者としていくつもの著書を遺しているが、『流行歌三代物語』は明治、大正、昭和三代にわたる日本を代表する「はやりうた」のヒット曲を解説したものだが、流行歌について「大衆の支持のないところに流行歌は存在しないのであって、大衆が好み、うたいそして支持するから、その歌が流行し、流行歌と言われるのである」と至当な意見を述べている。また『日本民謡の旅（上・下）』は上巻が東日本編、下巻が西日本編で、日本全国の有名な民謡を由来や歌詞の解釈もふくめて解説したものである。

一九六一（昭和三六）年に函館市宝来町の緑濃い長方形の小公園のような場所に、高橋掬太郎の碑が作られ、「酒は涙か　ため息か、心のうさの、捨てどころ、掬太郎」という直筆の碑文がきざまれている。すぐ近くには江戸期の廻船業者、高田屋嘉兵衛《かへえ》の堂々たる立像もある。金森赤レンガ倉庫群からほど近い末広町にある函館市立文学館は、私も何度か訪れたことがあるが、かつて銀行だった建物を改修補強した重厚な歴史的建造物である。館内には石川啄木、亀井勝一郎、久生十蘭、長谷川海太郎、長谷川四郎、佐藤泰志、辻仁成らとならんで、入口近くに大きな写真とともに高橋掬太郎が展示紹介されている。

『函館ステップ』の瀬川伸　瀬川瑛子の『函館の雨はリラ色』

瀬川伸はなにをかくそう歌手・瀬川瑛子の父親である。瀬川伸（一九一六―二〇〇四）は函館市出身の歌手で、函館商業高校の卒業生である。出場した素人歌謡コンクールで一位入賞し、審査員を務めた『憧れのハワイ航路』の作曲家として知られる江口夜詩《よし》と高橋掬太郎に認められ、流行歌手になることを志して、上京して江口夜詩の門下生になっている。最初はあまりヒット曲に恵まれなかったが、デビューしてから一〇年以上がたった一九五〇（昭和二五）年に歌ったのが、くだんの『函館ステップ』なのである。翌年には『上州鴉《がらす》』という同名映画の主題歌を歌い、瀬川伸としての初ヒットになったといわれている。

その後、『天龍鴉』『甲州鴉』などの時代劇を題材にした股旅歌謡のほかに、『港神戸のマドロスさん』『港シスコのマドロスさん』といったマドロス物もヒットさせ、紅白歌合戦にも出場するほどの人気歌手となったが、二〇〇四（平成一六）年三月一四日に心不全のために他界した。

すでに述べたように、演歌歌手の瀬川瑛子はこの瀬川伸の次女であり、一九四七（昭和二二）年に東京渋谷区で生まれている。一九七〇（昭和四五）年に『長崎の夜はむらさき』が五〇万枚のヒット曲になったが、長い下積み生活を経たあとのことだった。

その後、一九八六（昭和六一）年に代表曲『命くれない』がミリオンセラーの大ヒットになり、八七年に紅白歌合戦初出場をはたしたが、親子二代での紅白出場として話題になった。瀬川瑛子はおびただしい曲を歌っているが、初期のころの歌に『函館の雨はリラ色』という曲がある。一九七〇年に発表されもので、芸名はまだ瀬川英子《ママ》を名乗っていたが、作詞は星野哲郎、作曲・編曲が新井利昌だった。

その一番目の歌詞の最後のほうに次のようなフレーズがある。「おもいだします　大森町の／白い渚に　しみとる／ああ　函館の　函館の／雨はリラ色」。リラは高さ数メートルにもなるライラックの花木のことで、五月ごろに淡紫色で香りのよい花が円錐形に群がって咲くことで知られている。

瀬川伸が歌う『函館ステップ』は明るく軽快な曲だが、二番の歌詞に「街は楽しや　柳がなびく／行こうか大門戻ろか銀座」というフレーズがある。ここでは函館でいちばんの歓楽街だった「大門」が、東京の「銀座」と並置されて歌われている。高橋掬太郎のなかでは「大門」のにぎわいは、「銀座」に匹敵するものと意識されていたのであろう。ちなみに「大門」という地名は遊郭の入口にあった大きな門に由来しているが、函館がまだ青函連絡船が発着する港町として殷賑《いんしん》をきわめていて、昭和二七年に再開される北洋鮭鱒《さけます》漁業の母船基地でもあり、街全体に活気がみなぎっていたころの話だ。

私は浪人して一九六八（昭和四三）年四月に予備校に入るために上京したが、そのころは函館まで普通列車で一時間半ほどかかる道南の漁村に実家があった。東京に出るとなるとまず函館まで行き、次に四時間半ほどかかる青函連絡船で青森まででて、それから「八甲田」などの急行列車にえんえんと揺られて、やっと上野駅にたどりつくという感じであった。当時、北海道の人たちが本州のことをよく「内地」と呼んでいたように、青森から上野までは急行で一一時間ほどもかかり、自由席で座れなければ地獄の苦しみが待っていた。

だから上野駅に着くと、ほっとしたものである。座れないということはめったになかったけれども、水戸の千波湖あたりがみえてくると、やっと着いたなという感じがしたものだった。上野駅はこういうわけで東北・北海道出身の人たち、とりわけ団塊の世代の人たちにとってはまさに第二の故郷だったのである。

高護《こうまもる》は『歌謡曲——時代を彩った歌たち』のなかで、団塊の世代の集団就職について次のように指摘している。「戦後復興期から高度経済成長期にかけて、集団就職列車に代表される都市の労働力として多くの若者が地方から都会へと移住した。男女を問わず職業は多岐にわたるが工場等の単純労働が多くを占めていた」。井沢八郎が集団就職の少年たちのことを歌った東芝から発売された『ああ、上野駅』（関口義明作詞、荒井英一作曲、一九六四）の歌詞のなかに、リフレーンのように出てくる「上野は俺らの心の駅だ」という詞はそれを証明している。

石川さゆり『津軽海峡・冬景色』

反対に長旅のはてに上野から青森に着いて、連絡船に乗ると気持ちがかなり楽になったものだった。実家までもうすぐだと思えたからである。青森を出港してしばらくすると、デッキから左手に津軽半島の海岸部がみえてきて、さらに進むと竜飛《たっぴ》岬がはるか遠くにかすんでいる。石川さゆりが歌った『津軽海峡・冬景色』（阿久悠作詞、三木たかし作曲、一九七七）の世界である。

二番の歌詞のあたまに「ごらんあれが竜飛岬　北のはずれと／見知らぬ人が　指をさす」という歌詞が出てくる。私にとって歌詞のなかでとりわけ印象深いのは、「北へ帰る人の群れは　誰も無口で／海鳴りだけを　きいている」という個所である。冬の時期に青森駅で夜行列車から降りると、雪が降っていて、北海道にわたる乗客たちが乗船口につながる連絡橋を、列をなして黙々と歩いている情景がありありと目に浮んでくるからである。

凪だと思っていても、津軽海峡に入ると、連絡船はにわかに揺れはじめたものだった。ことさら潮の流れがはやい海峡として知られているからだ。悪天候の日だと奈落の底に引き込まれるように、大きく縦揺れすることもある。たとえば、吉幾三が作詞・作曲してみずからが歌った『海峡』（一九八七）の歌詞のなかに、「津軽海峡　渡る船は／横なぐり　横なぐりの雨」とあるように、歌謡曲や演歌に歌われる津軽海峡はたいがい時化《しけ》ていて、冬場の凍りつくような雪か氷雨か強風に見舞われているのだ。そしてそんな連絡船には北をめざす傷心した女が、別れた男への未練をかかえたまま冬の暗い海峡を眺めているのだ。

そのように歌謡曲で表徴される津軽海峡だが、連絡船が函館湾に入ると、ああ、やっと帰ったという気がしたものである。上野からの混雑した急行列車でへとへとに疲れているので、下船してから函館市内をぶらつく気にもなれず、できるだけはやく実家に帰りたい一心で、函館本線の普通列車に乗りこむのが学生時代のパターンだった。

私の実家があるのは砂原町《さわらちょう》（現森町）の掛澗《かかりま》という噴火湾に面した漁村で、晴れた日には室蘭の岬の断崖がみえる所である。森町は鉄道ファンのあいだでは駅弁の「イカめし」で知られているが、榎本武揚などの旧幕府軍勢力が艦船八隻を率いて品川沖から脱走し、一八六八（慶応四年・明治元年）に北海道上陸をはたしたのが森町の鷲ノ木というところである。駒ヶ岳の雄大な山容がのぞまれる風光明媚な小さな漁村である。

司馬遼太郎の『燃えよ剣（下）』によれば、旧幕府軍は上陸してから二手に分かれて函館にむかって進撃を開始した。大鳥圭介が率いる本隊は駒ヶ岳の裏側のいまの大沼公園のほうを通り、新選組の土方歳三が司令官となった別動隊は遠回りして噴火湾の海側のルート、砂原や鹿部《しかべ》、南茅部《かやべ》や川汲《かっくみ》から湯の川を通って東方から函館を攻撃して、上陸して一〇日ばかりで函館を占領したというのである。砂原町掛澗は函館本線の海側をとおる支線、大沼から森にいたる砂原線の途中にある森寄りの小駅である。

昔はこの砂原線も急行や特急が通っていたはずだが、いつしか函館本線の特急はすべて海側からみれば駒ヶ岳の裏側を通るようになった。高名な文芸評論家の亀井勝一郎は「海峡と馬鈴薯の花——はこだての風景」（初出・『旅』一九五九年七月）というエッセイのなかで、車窓からみえる砂原線の噴火湾（太平洋側）に面した海岸部の荒涼たる風景と、禿山のような駒ヶ岳の奇怪な山容に心ひかれたと述べている。

しかし私は駒ヶ岳の裏側、つまり太平洋に面した裾野一帯が好きである。札幌から汽車で函館へ向かうときにここを通過するが、荒涼として淋しい風景、いや風景とも言いきれないほど荒けづりで、すさまじいすがたは見ものである。（中略）大沼公園の側からは殆んど気づかないが、太平洋岸を通るときは、そのふもと近くを通るのでわかるのだが、赤ちゃけた溶岩と砂岩の断崖が、大きく幅ひろくつづいている。奇怪な山容である。樹木が一本もない赤みがかった山頂ほど、薄気味わるいものはない。裾の方はゆるやかにのびているが、噴火による酷い傷痕のただなかを通っているような感じである。

（『亀井勝一郎全集』第一四巻、以下、旧かなづかいや旧漢字は適宜、現代かなづかいや新字体にあらためた）。

亀井は札幌から函館に向かうときに何度となくここの風景をみたというのだ。おそらく砂原から鹿部、銚子口《ちょうしぐち》あたりまでの風景のことを述べているのであろうが、この文章が『旅』に発表されたとき私はまだ九歳だったが、思い返してみると雄大な風景のなかで漁村の牧歌的な生活を送っていたような気がするのである。

亀井は原始的で「風景以前の風景である」と述べているが、砂州のように海に突きだした砂崎（砂原町）の荒漠とした風景と、車窓の右側に広がる活火山・駒ヶ岳の溶岩で赤茶けた山容（鹿部町）のことを指しているのであろう。そんな「人間の眼で愛撫される以前の風景」のなかを、ある年に汽車でここを通ったときに、小さな駅のかたわらの畑に、可憐な馬鈴薯の花をみつけて心が洗われたと亀井は言って、この旅行エッセイを閉じている。

私は砂原線の小駅から三年間、函館水産高校までＳＬや気動車で二時間ほどかけて通学した。つまり三年間ものあいだ亀井のいう寂莫たる風景をみながら通学したのだ。高校がある北斗市の七重浜駅は函館本線の五稜郭で乗りかえて、いまの道南いさりび鉄道線（旧江差線）のひとつ目の駅だ。七重浜といえば、青函連絡船・洞爺丸《とうやまる》の遭難事故の犠牲者たちを悼む慰霊碑が建てられている場所でもある。

一九五四（昭和二九）年九月二九日、台風一五号に直撃された洞爺丸は七重浜ちかくの函館湾内で転覆し、死者ならびに行方不明者があわせて一〇五五人におよぶ日本海難史上最悪の事故だった。この海難事故を時代背景とする代表的な小説に水上勉の『飢餓海峡（上・下）』（この作品を映画化した内田吐夢《とむ》監督、三國連太郎、左幸子主演の名作がある）、中井英夫の『虚無への供物』、終章で触れる谷村志穂の『尋ね人』などがあり、いずれもミステリーの要素をふんだんに盛り込んだ名作である。さらにこの大惨事を連絡船の船員の視点から描いたものとしては、上田廣の長編小説『津軽海峡』がある。

七重浜はすでに述べたように、五稜郭で乗りかえると最初の駅だが、電車が駅に到着する手前のところから函館水産高校の校舎が左手にみえてくる。高校時代は五稜郭・七重浜の一区間しか電車に乗らなかったが、函館と木古内をむすぶ道南いさりび鉄道は風光明媚なローカル線で知られている。私も北海道新幹線が開通するまえから何度か乗ったことがあるが、木古内から右手に函館湾をみながらゆっくり走る車窓からの眺望は絶景である。

高校時代を函館ラ・サールの寮で一年だけ過ごしたことがある、『隠蔽捜査』などの警察小説で有名な今野敏は、『寮生――一九七一年、函館。――』のなかで、同線の景色を次のように描いている。高校入学準備のために檜山支庁の江差町から、高校のある函館まで行ったときの情景である。

北海道の三月はまだまだ寒いが、函館にやってくる途中に汽車の中から見た春の海は、生涯忘れないだろうと思う。穏やかな波に陽光がきらめき、それまで見たことがないくらいに美しかった。

先に私は函館水産高校の出身だと述べたが、世間的には水産高校と文学は結びつかないイメージがあるかと思う。私が水産高校という職業高校に進学したのは、さして深い意味があったわけではない。一九六五（昭和四〇）年ころの北海道庁というべきか、渡島《おしま》支庁というべきなのか、当時の入試制度では私が卒業した砂原中学から進学できる普通高校は、地元の森高校しかなかったのである。あのころ高校に進学したのは二割か三割程度で、大半の中学卒業生は集団就職などで東京や札幌に行くか、あるいは地元に残って家業の漁師になるかどちらかだった。私にはなぜか都会への憧憬があって、どうしても近くの都会たる函館に出たかったのである。

しかし、函館の高校で受験できるのは道立（公立）の職業高校か、ラ・サールや函館有斗などの私立の普通高校しかなかった。五年制の函館高専を例外とするなら、道立では函館工業、函館商業、函館水産など三つの職業高校があり、私立の函館有斗高校にも合格したが、家庭の経済的な事情からすれば、道立の職業高校を選択するのは妥当な選択だった。そこで工業か、商業か、水産かと考えてみたが、私は数学や理科がとりわけ不得手だったので、水産高校に行くしかなかった。さらに生まれ育ったところが漁村でもあり、漁師だった父も私が二歳のときに船の転覆事故で死亡していたこともあり、海にかかわる水産高校にはさして違和感はなかった。

水産高校といえば北島三郎の『なみだ船』、あるいは鳥羽一郎の『兄弟船』などの演歌から連想されるように、どことなく海の男の荒くれたイメージがつきまとっているが、それは主として漁業学科や機関学科にかぎられたもので、私が入った水産製造学科はいたって温和な生徒たちが多かった。生徒はほとんどが函館市内の出身者で、私のような汽車通学者は少数派だった。先輩には函館本線の通学者もいたが、おなじ学科の同級生はひとりもいなかったので、結果として友達といえるような同級生には恵まれなかった。

私の内気な性格もあろうが、二時間近くもかかる遠方からの汽車通学者という事情もあり、本数の少ない鈍行列車に乗らなければ大変なことになるので、放課後になればすぐ帰らなければならなかった。むろん学校では言葉をかわす同級生は何人もいたが、校外で会うような友人はひとりもできなかった。いまでも高校時代の友人はだれもいない。

そんなわけで通学には早朝の六時台の汽車に乗り、授業が終わればすぐ帰るという高校生活だったので、通学列車のなかがいわば勉強部屋のようなものだった。受験勉強はおもに汽車のなかでして、気が向けば文庫の小説を読んだりしていた。退屈すると車窓から風景ばかり眺めていたが、函館発の列車が長いトンネルを抜けると、眼前に広がる風光明媚な大沼公園の湖水と秀麗な山容をほこる駒ヶ岳は、いつみても忘れがたい絶景として胸にきざまれた。

三年生になると卒業後の進路について考えはじめ、最初は北大の水産学部に挑戦してみようと思いたち、高校の数学教師に個別指導をあおいだりしたが、やはり理数系がまったくだめなので、東京の私立大学の文学部に志望先を変更した。日本文学科か英文科しか念頭になかったが、東京で浪人生活をしてからようやく初志を貫徹することができた。中学から高校にかけて国語や文学が好きになっていたからだった。

父の死と『石狩挽歌』

自意識が過剰になってきた中学から高校時代にかけての私は友人を避けて、遊び歩くこともせずにひとり家に閉じこもり、孤独のなかで受験勉強に集中していた。あの頃、なぜ友人たちから自発的に孤立してしまったのか。継父はいたが、本当の父親をあまりに早くに亡くした喪失感が関係していたのかもしれない。空虚と寂寥感のあまり、ひとり夕方の海を眺めていたこともあった。

そんなとき折にふれて、おどろおどろしい「舎熊《しゃぐま》」という地名が思いだされた。父が船頭として行った鰊《にしん》漁場で、船が転覆して不慮の死をとげたのが「舎熊」という場所だと、小さい頃から聞かされて育ったからだった。札幌よりはるか北にある辺鄙な漁村だといわれたが、大学に入るまでそこがどこにあるのか正確に分からないままだった。私のなかではいわば幻の「舎熊」だったのだが、ある歌を耳にしたおかげで身近なものに感じられるようになった。一九七五（昭和五〇）年、なかにし礼が作詞し、浜圭介が作曲し、北原ミレイが歌って大ヒットした『石狩挽歌』である。ワーナー・パイオニアから発売され、同年の日本作詞大賞の作品賞を受賞した名曲だ。

なかにし礼は作詞家として高名だったが、浜圭介は売れない歌手から作曲家に転身した苦労人だった。一九七一

（昭和四六）年に奥村チヨの『終着駅』をヒットさせて頭角をあらわした作曲家だが、ただ二人の共通点は子供のころに旧満州からの引揚者であり、ともに幼少年期を北海道の小樽や札幌で過ごしたことがあることである。それが二人を心情的に強く結びつけ、大ヒットにつながった要因のひとつになったのかもしれない。

浜圭介は一九八〇（昭和五五）年には八代亜紀の『雨の慕情』（第二二回日本レコード大賞受賞）、函館関係なら森昌子の『立待岬』なども作曲している。ちなみに小樽の「旧青山別邸」の庭園には、なかにし礼、浜圭介、北原ミレイの名前も刻まれた『石狩挽歌』の記念碑がたてられている。

ところで、『石狩挽歌』の歌詞そのものには「舎熊」という地名はでてこないが、歌われている世界はまさに鰊漁場のヤン衆（おもに東北地方からの出稼ぎ漁夫）たちの世界なので、私にはなんとなく「舎熊」と関係があるのではないかと思われたのである。歌詞は以下のようなものだ。

海猫《ごめ》が鳴くからニシンが来ると　赤い筒袖《つっぽ》のヤン衆がさわぐ
雪に埋もれた番屋の隅で　わたしゃ夜通し飯を炊く
あれからニシンはどこへ行ったやら　破れた網は問い刺し網か
いまじゃ浜辺でオンボロロ　オンボロボロロ
沖を通るは笠戸丸　わたしゃ涙で鰊曇りの空を見る

燃えろ篝火《かがりび》朝里の浜に　海は銀色ニシンの色よ
ソーラン節に頬染めながら　わたしゃ大漁の網を曳く
あれからニシンはどこへ行ったやら　オタモイ岬の鰊御殿も
いまじゃさびれて　オンボロ　オンボロボロロ
かわらぬものは古代文字　わたしゃ涙で娘ざかりの夢を見る

この曲は「挽歌」というタイトルが示しているように、かつての鰊漁の栄華をしのぶ哀傷の歌だが、「朝里の浜」や「オタモイ岬」などの地名がでてくることから、なかにしの故郷である小樽の漁場を歌ったものであることがわかる。なかにし礼はいうまでもなく日本を代表する作詞家のひとりだが、一九九八（平成一〇）年には自伝小説『兄弟』を文藝春秋から刊行している。以前この小説を読んでいたとき、「舎熊」という地名がでてきて驚いたことがある。

この小説では語り手の弟（＝なかにし礼）の眼を通して、学徒出陣して陸軍特別操縦見習士官をしていた兄が復員してきて、戦後を破滅的にしか生きられないその破天荒な姿が描かれている。「舎熊」がでてくるのは、兄が高利貸しから三〇万円を借りて、網元から増毛《ましけ》町の長い海岸線にそって細分化された鰊漁の漁業権を買って、勝機のわからぬ大バクチにでるというエピソードのところである。増毛の浜の朱文別《しゅもんべつ》の漁業権を三日間にわたって買ったのだが、その右隣にあるのが「舎熊」の漁場なのだ。『兄弟』では次のように描かれている。

夜空を焦がし、雪を解かして篝火《かがりび》が燃えている。左は箸別《はしべつ》の岬から右は舎熊《しゃぐま》の突端までおよそ二キロにわたる、ゆったりと丸くえぐられた朱文別の入江に五十メートルほどの間隔をおいて、数えきれないほどの篝火が立ち並んでいる。三本の柱を組んで作った天辺の台の上に乗った鉄籠の中で薪が勢いよく燃えている。その光の中に一つ二つ鰊番屋がぼんやり浮かんで見える。

鰊の大群が浜に押し寄せる「群来《くき》」が、どの海域の漁場にくるかは運を天にまかせるしかないのだが、権利を買った兄にとっても、ヤン衆にとっても、自分たちの漁場に群来がくるかどうかは死活問題なのだ。小説では最終日の三日目に僥倖が訪れる。

海猫《ごめ》が群れをなして飛び交っている空の下の海が、ミルクを流したように白く染まった。空は薄明かりなのに燐光を放つようにそこだけ銀色に光っている。海がもくもくともりあがる。乳色の山のようにもりあがる。それが浜に向かって動きだす。銀色の大きな波となって打ち寄せてくる。海猫が海に嘴をたてる。

海が乳色に染まるのは、群来のときに鰊が白子を撒きちらすからである。また朝方の鰊曇りの空はまちがいなく群来の予兆だといわれていて、それが権利の失効する最後の日にやってきたというわけなのだ。小説では大漁のあと兄はさらに儲けようとして、自分の取り分の三〇万匹の鰊を五隻の輸送船に積みこみ、秋田の能代まで運んで売りさばこうとするが、途中の日本海ですさまじい時化にあい魚をすべて海に投げ捨てざるをえなくなるのだ。命だけは助かるが、一文なしになってしまうのである。

「舎熊」は留萌《るもい》本線のうち、いまは廃線となった留萌と増毛のあいだにある小駅だが、私も二度ほど訪れたことがある。いずれも夏だったので小さな湾にいだかれた穏やかな海という印象しか受けなかったが、父たちが転覆死した一九五二（昭和二七）年三月末といえば、北国の海はまだまだ牙をむく季節だったにちがいない。父が「舎熊」に行ったのは『兄弟』の兄のように、父が雇われていた道南の漁村の親方が「舎熊」に漁業権を買ったので、ほかの漁夫たちとともに船頭として派遣されたからだった。

札幌の北海道新聞社の資料室に立ち寄り、古い新聞を調べてみると、父が亡くなる二日前の昭和二七年三月二六日の記事には、次のようなリードが躍っていた。「潮時ちかい千石場所」「入り込む漁夫一万」「留萌海岸のクワ入れ始る」、写真のキャプションには「ソーラン節も賑やかに建網の〝型入れ〟をするニシン場——増毛町舎熊で」などが並んでいた。

また留萌発の記事として「一年を六十日で暮らすニシン場もようやく潮時。この二、三日千石場所の留萌市礼受、増毛町阿分、舎熊から雄冬にかけての沿岸建網漁場が一せいにクワ入れ船をこぎ出した」、「春ニシンの主群は丁と出るか、半と転るか——。ニシンが振るサイコロを取巻き建網が死んで刺網が生き返るか——。悲喜交錯のうちに漁期は来る」などの記事も目についた。

当時、増毛の浜は鰊漁で有名な場所のひとつだったのであろう。ちなみに「舎熊」という地名は生け捕りにした熊を閉じ込める檻などではなく、アイヌ語で「魚を乾かす物干し棚」に由来している。

私はこうした家庭的背景もあって、函館水産高校に入学したのである。学校は七重浜にある洞爺丸遭難慰霊碑から少し離れた場所にあったが、屋上からは湾をはさんで対岸にある函館山、さらにはその山麓に広がる街並みをみることができた。私が入った水産製造科は缶詰、魚肉ソーセージ、鮭の燻製づくりなどを主として勉強する学科で、海の男を養成する漁業科や機関科とはちがって、卒業後は陸《おか》の食品加工会社などに勤める者が多かったが、それでも海洋実習のひとつとして白い水兵服のようなものを着て、函館湾でカッターボートを漕いだりしていると、連絡船がゆっくりと港内に入ってくるのを目にすることもあった。

またハワイ沖などの遠洋航海実習にでかける高校の練習船を見送りに、函館港まで高校の行事として行ったり、近所の人が北洋漁業の母船に乗り組むのでその見送りに行ったこともある。

このように函館とはなにかと縁があったが、乗換駅が五稜郭だったので函館市街に行くことはめったになく、たまに受験参考書を買うのに松風町の森文化堂に行くぐらいだった。函館生まれの時代小説作家、宇江佐《うえざ》真理もエッセイ集『ウエザ・リポート』所収の「函館の本屋さん」のなかで、この書店について触れている。「書店は、いや、私は本屋、もしくは本屋さんと呼んできた。なじみの本屋さんは函館の駅前商店街にある森文化堂である」。しかし、残念ながらこの書店は二〇〇四(平成一六)年に閉店してしまった。

北島三郎『函館の女』

それでも函館とはそれなりに縁があったので、歌詞に函館という地名がでてくる歌に心ひかれるものがあった。なかでも強く心に残っているのは北島三郎「函館の女《ひと》」である。この曲は作詞が星野哲郎、作曲が島津伸男で、一九六五(昭和四〇)年に日本クラウンからレコード発売された。A面が『函館の女』、B面が『北海道恋物語』で、一四〇万枚を記録する大ヒットとなった。

（一）
はるばるきたぜ　函館へ
さかまく波を　のりこえて
あとは追うなと　云いながら
うしろ姿で　泣いていた君を
おもいだすたび　逢いたくて
とてもがまんが　できなかったよ

（二）
函館山の　頂で
七つの星も　呼んでいる
そんな気がして　きてみたが
灯りさざめく　松風町は
君の噂も　きえはてて
沖の潮風　こころにしみる

（三）
迎えにきたぜ　函館へ
見はてぬ夢と　知りながら

忘れられずに　とんできた
ここは北国　しぶきもこおる
どこにいるのか　この町の
一目だけでも　逢いたかったよ

この歌詞にこめられた情感は悲哀というか哀切なものである。男が姿をくらましたかつての恋人、おそらくは東京のバーかスナックのホステスのことが忘れられずに後を追って函館まできたが、会うことができなかった恨みや嘆きを歌ったものである。北の街、函館のエキゾチックな地方色を表にだした、男と女の悲恋をめぐる演歌の定番のような曲でもある。北国の函館という固有名が想像力を刺激し、さまざまなイメージを喚起するような働きをしている。赤坂憲雄は『北のはやり歌』のなかで、歌謡曲の歌詞では「北へ帰る」／「南へ行く」という対比が基本パターンのようになっていて、「ことに傷心して帰るときには、その行き先はほとんどが北だ。（中略）おそらく、北という言葉に多くの人が抱く冷涼で寂寂《さびさび》としたイメージには、傷ついた心を癒すなにかが含まれている」と指摘している。『函館の女』でも男から逃げた女も傷心をかかえて、北の街の函館に身を隠しているような歌詞になっている。

そのほかに一番の歌詞にある「はるばるきたぜ　函館へ／さかまく波を　のりこえて」という詩句は、いまでは北海道新幹線が開業し、新函館北斗駅まで四時間少しで行けるようになったが、当時のことを考えれば、東京と函館のあいだの途方もない距離と時間の長さについての旅人の偽らざる実感がこめられている。上野と青森のあいだが急行で一一時間もかかり、それから連絡船という時代のころの歌なのである。大学時代に帰省したときに、連絡船が函館山の裏側をまわって、湾に入って遠くに市街地がみえてくると、歌詞のこの部分を思い出したものである。

二番の歌詞の「灯りさざめく　松風町」という文句も気になっていた。歓楽街なのであろうとむろん想像していた。夜の函館で飲んだことがなく、なんとなく気になっていたので、六〇歳を超えてから旅行中に友人とふたりで訪れてみた。「灯りさざめく」どころか、ネオンもあまりなく、すたれた淋しい夜の街だった。話を聞いてみると、繁華街は駅前から五稜郭方面に移ったというのである。モータリゼーションの進展によって中心街や繁華街が郊外に移ってしまい、駅前が空洞化してシャッター街になるという全国的なパターンを函館もたどったわけなのである。

このように『函館の女』は私の心の歌のひとつであった。一九八八年三月一三日の青函連絡船最終運航のさいには、乗船客と乗組員でこの曲の大合唱となったというのだ（http://a.wikipedia.org/wiki）。ちなみにこの歌の歌手の北島三郎は、二〇〇八年一月にクラウンから発売された『函館山哀歌』（作詞・岡部美登里、作曲・水森英夫）という曲も出している。典型的な演歌だが、一番の歌詞は「港を染める　夕焼けに／遠い面影　浮かんで消える／忘れてくれるなあの日のことを／忘れておくれ　つれない素振り／何も言えずに　隠した涙／函館山よ　愛しい人よ」となっている。

国民的歌手ともいえる北島三郎は函館西高校を中退している。函館にある「北島三郎記念館」の展示資料によれば、北島は松前線の知内《しりうち》から汽車通学していたようだが、西高校に入学できたということは中学時代には成績優秀だったのであろう。この函館西高校は映画やテレビドラマの撮影場所として有名な八幡坂をのぼり切ったところに校舎があり、眼下にエキゾチックな函館湾と市街地をのぞむ絶景の地にあるためなのか、芥川賞候補作家の佐藤泰志と芥川賞受賞作家の辻仁成を輩出している。

第二章　函館ハーバー――川内康範、ＧＬＡＹ、『函館ハーバーセンチメント』、『北の旅人』

川内康範『月光仮面』と『おふくろさんよ』

川内康範《こうはん》（一九二〇―二〇〇八）は作詞家、脚本家、作家として知られたが、生れは函館の法華宗（日蓮宗）の寺であったため、みずからも熱烈な仏教徒になり、その思想は多くの作品に投影されている。父親が日蓮宗の修行で家を離れていた時期はひどく貧乏で、「おふくろは針仕事ひとつで、私たち六人の子供を食べさせていた。言葉じゃ言い表せないほどの苦労をしたことだと思う」（『おふくろさんよ』）と回想している。川内は映画の脚本家になりたかったので中学には進学せず、上京するための資金を稼ぐために、家具屋の店員、山奥での建設作業員、夕張で炭鉱夫などをして働いたこともあった。

『おふくろさんよ』によれば川内が上京を決意したわけは、むろん映画のシナリオ作家になりたいという夢があったからだが、そのほかに兄が東京の大都映画で大道具係りをやっていたことも影響したというのである。上京してからは上野のドヤ街で寝泊まりしながら工事夫、風呂釜の交換人、新聞配達人、玉突き場の店員などを転々とする一方で、売血などもして糊口《ここう》をしのいでいたというのだ。しかし、玉突き場で働いていたころ、川内の運命を変えるような出来事が起こる。玉突き場に出入りしていた日活の企画部長と知りあい、シナリオの腕を見込まれて一九三八（昭和一三）年に、日活の社員に採用されることになったからである。

かたわら映画のシナリオ・ライターをめざして、作家修行をしていたときには小説家の中河与一に師事し、主宰する同人誌『文芸世紀』の編集を手伝い、印刷用紙をリヤカーで運んだりしていた。そういう師弟関係から自作の「蟹と詩人」という戯曲が『文芸世紀』に掲載され、また「おゆき」という作品を『北海道文学』に発表するなどして、一九四一（昭和一六）年には作家デビューを果たしている。『北海道文学大事典』によれば、一九四八（昭和二三）年には「愛怨の記」で第一回福島県文学賞を受賞している。

その川内が世間的に知られるようになるのは、一九五八（昭和三三）年、原作と脚本を手がけた国産初の連続テレビ映画『月光仮面』が大ヒットしてからのことである。一九六〇年には松尾和子とマヒナスターズの歌う『誰よりも君を愛す』を作詞し、第二回日本レコード大賞を受賞している。一九六六（昭和四一）年には城卓矢の『骨まで愛して』、六八年には青江三奈の『伊勢佐木町ブルース』、七一（昭和四六）年には森進一の『おふくろさん』を作詞するなどして、世間的には脚本家というよりも、有名作詞家というイメージが定着するようになってくる。

このように川内康範は作詞家としてさまざまなヒット曲を生みだしたが、輪島裕介は『創られた「日本の心」神話――「演歌」をめぐる戦後大衆音楽史』のなかで、歌謡史における川内の功績について、「歌詞の内容の点では、ここまで挙げた曲名を見るだけでも、昭和四〇年代のレコード歌謡において、『恋愛』のイメージが著しく官能的・頽廃的・破滅的なほうへ傾斜を強めてゆく上で、川内の果たした役割の大きさが理解されます」と指摘している。ちなみに五木寛之の『海峡物語』には、函館の埠頭にたたずむかつては艶歌の竜と呼ばれた古参レコード・ディレクター、社内闘争に敗れて函館に落ちのびた高円寺竜三という老人が登場するが、どことなく川内康範を彷彿とさせるところがある。

ところで、『月光仮面』はまさに全国各地にテレビが普及しはじめたころのテレビ映画であったが、私の家にはまだテレビを買えるような経済的余裕がなかったので、友人の家で観させてもらったものである。たしか北海道では日曜日の午前中かあるいは夕方の放映だったと記憶しているが、のちに『隠密剣士』（一九六二）でも有名になった大瀬康一が主人公の月光仮面を演じたが、その颯爽とバイクにまたがった白いマントと白い覆面、黒いサングラスをかけたヒーローが、悪人を退治する活躍に手に汗をにぎったものだった。

主題歌の「疾風《はやて》のようにあらわれて／疾風のように去ってゆく／月光仮面は誰でしょう／月光仮面は誰でしょう」

というリフレーンはいまでもよく脳裡に浮かんでくる。川内によれば、月光仮面という名前は、「薬師三尊の一体月光菩薩」に由来するものであり、作品のテーマはみずからの仏教思想を反映した「憎むな、殺すな、赦しましょう」（『おふくろさんよ』）だというのである。

『GLAY Walker 函館』というムック本の「GLAYERのための函館完全MAP」によれば、函館の旧繁華街の大門地区にある「はこだてグリーンプラザ」には、GLAYのメンバーのJIROが紹介している月光仮面像がたっている。

川内康範は森進一の『おふくろさん』以降、作詞家としては大ヒット曲に恵まれなかったが、のちに森進一とのあいだで「おふくろさん騒動」というものが勃発した。森が歌う『おふくろさん』という曲の作詞者である川内康範が、自作オリジナルにはないセリフが無許可でつけ足されて歌われていることに激怒して、二〇〇七（平成一九）年二月に歌唱禁止の会見を開いたことが発端となった騒動である。

本人は遺書ともいえる『おふくろさんよ――語り継ぎたい日本人のこころ』の「まえがき」で、激怒したわけを次のように語っている。「その歌手は母の教えも人の情けも無償の愛もすべてを無視し、恩を仇で返すような行いをしたのである。何度も注意をしたがその態度は変わらぬままであった。私は心を痛めながらもその歌手から私の作品を取り上げた。生涯二度とその歌手が私の作品を歌うことがないようにと」。結局、両者は和解することなく、川内は翌年の二〇〇八年に逝去したが、そのあとで森進一と遺族のあいだで和解が成立している。

森進一『港町ブルース』

函館にまつわる曲で忘れられないのは北島三郎の『函館の女』、そのほかに森進一の『港町ブルース』がある。この曲は一九六九（昭和四四）年四月に発売されたもので、作詞が深津武志、補作詞がなかにし礼、作曲が猪俣公章となっている。補作詞がなかにし礼となっているのは、雑誌『平凡』の編集長だった斎藤茂の『歌謡曲だよ！　人生は』によれば、もともとこの歌は全国の港町をテーマにした詞を全国七地区にわけて『平凡』誌上で募集し、各地ごとの優秀作を集めて一編の詞になかにしが書き直したものであるからだ。したがって、この歌には原作者が七人いて、その代表が静岡の深津武志という人なのである。

作曲は猪俣公章だが、作詞家として猪俣とコンビを組んで『一度だけなら』や『噂の女』などのヒット曲を飛ばした山口洋子は、その『背のびして見る海峡を』という回想記のなかで、猪俣の曲づくりについて次のように述べている。猪俣が『港町ブルース』を作曲したのは山口とともに北海道にプライベートな小旅行をしたときのことであり、「夜更けてホテルの一室で、かなり酔っぱらって半分口笛で曲を作った」というのである。にわかに信じがたい逸話だが、山口によれば「猪俣さんの作品作りは早かった。苦渋してピアノに向かっているところなど、一度もみたことがない。譜面を片手に、自然に頭のなかに浮かびあがってくるお玉杓子を追いかけて乱暴に書き写す、そんな調子だ」というのだ。

しかし、「かなり酔っぱらって」作曲した『港町ブルース』は爆発的なヒットとなり、その年のレコード大賞の候補曲になった。結局、佐良直美の『いいじゃないの幸せならば』に一票差で惜敗し大賞を逃したが、歌手の森進一はこの曲によって二一歳の若さで、第一一回日本レコード大賞の最優秀歌唱賞を受賞した。また第二回日本有線大賞も受賞した。発売されて二週間あまりでオリコンチャートのベストテンに初登場し、五週間にわたり第一位にランクされるなど、森進一のシングル盤では最高の売上を記録し、ミリオンセラーの大ヒット曲となった。

『港町ブルース』には全国の名だたる港町のさまざまな情景が女の哀歓とともに織りこまれている。函館をはじめに鹿児島県の枕崎まで、日本列島を南下するかたちで多くの港町が登場している。

（一）

背のびして見る　海峡を

今日も汽笛が　遠ざかる

あなたにあげた　夜をかえして

港　港　函館　通り雨

（二）
流す涙で　割る酒は
だました男の　味がする
あなたの影を　ひきずりながら
港　宮古　釜石　気仙沼

歌詞のなかで歌われている港町は、函館（北海道）、宮古・釜石（岩手県）、気仙沼（宮城県）のほかは以下のようになっている。三崎（神奈川県）、焼津・御前崎（静岡県）、高知（高知県）、高松（香川県）、八幡浜（愛媛県）、別府（大分県）、長崎（長崎県）、枕崎（鹿児島県）となっている。赤坂憲雄は『北のはやり歌』のなかで、歌詞に登場する港がすべて太平洋岸の港ばかりであり、しかも国際貿易港のような大都市の港はひとつもなく、だいたいが漁港であることに注目して、「主人公はひとり身の女であり、それぞれに別れた男への屈折した恋情を抱えている」と指摘しているが、『港町ブルース』の一番の歌詞には函館が登場している。

その最初のフレーズは、「背のびして見る　海峡を／今日も汽笛が　遠ざかる」になっているが、主人公の女はどこから海峡を見おろしているのであろうか。函館山からなのであろうか、それとも外人墓地のある高台あたりなのであろうか。いずれにしても、この詩句には男と女のはかない、かなわぬ恋が描かれている。

輪島裕介の『創られた「日本の心」神話』によれば、青江三奈と森進一のふたりは「高度成長期以降の、『日本化した洋風盛り場』のイメージを理想的に体現する歌手」だというのである。一九六六（昭和四一）年のほぼ同じころにビクターから「ためいき路線」としてデビューした青江三奈は『恍惚のブルース』、『伊勢佐木町ブルース』などのヒットを飛ばし、森進一は『女のためいき』『盛り場ブルース』『花と蝶』『港町ブルース』など、「各地の盛り場を舞台に『夜の女』の官能を歌い、大ヒットを連発」したというのだ。たしかに『港町ブルース』の一番目の歌詞にでてくる海峡を見下しながら港をでてゆく船をみている女は、「日本化した洋風盛り場」にあるスナックなどの「夜の女」の官能性を強く感じさせるところがある。

学生時代の曲で強烈に記憶に残っている曲としては、歌詞に函館がでてくる『函館の女』と『港町ブルース』があるが、そのほかに北海道にまつわるものとして森進一が歌った『襟裳岬』という曲もある。この楽曲は一九七四（昭和四九）年というフォークソング全盛期に発表されたが、作詞が岡本おさみ、作曲が吉田拓郎という黄金コンビによるもので、このコンビには吉田拓郎が歌う『旅の宿』『落陽』などのヒット曲がある。『襟裳岬』は第一六回日本レコード大賞、第五回日本歌謡大賞など多くの音楽賞を獲得した名曲であり、森進一はこの曲で「第二五回NHK紅白歌合戦」ではじめて大トリを務めた。

ふたたび川内康範にもどるが、「川内康範関連年譜」によれば、一九七二（昭和四七）年には原作の『愛の戦士レインボーマン』のアニメ放送がはじまり、一九七五年には監修としてかかわり、一九九四（平成六）年までつづいた長寿番組のテレビアニメ、『まんが日本昔ばなし』が毎日放送でスタートしている。さらに一九八一（昭和五六）年には『命あたえて』で古賀政男記念音楽大賞を受賞している。

八〇年代の川内の活動で私の記憶に残っているのは、一九八四（昭和五九）年にスーパマーケットの商品棚に「食べたら死ぬで」と書いた青酸入りお菓子を置いて、企業を恐喝した「グリコ・森永事件」の犯人にたいして、『週刊読売』で手記を公表したことである。川内は手記のなかで犯人に一億二千万円を進呈するから、この件から手を引けと呼びかけたが、犯人側が応ぜずに迷宮入りとなった事件である。これは「月光仮面対かい人21面相」として当時、大いに世間の耳目を集めた事件であった。

学生時代からの私の印象では、川内康範は脚本家や作詞家や作家という顔だけでなく、反米を標榜する民族派の政治評論家としての顔も持ちあわせていた。実際、竹熊健太郎の『篦棒《ベラボー》な人々――戦後サブカルチャー偉人伝』では、川内康範の一面がこう紹介されている。

政治思想家・民族派運動家としても若くして頭角を現わし、戦後、個人の立場で抑留されていた日本人の帰国運動や、戦没者の遺骨引揚運動を展開。これが契機となって政財界に深くかかわり、佐藤栄作・福田赳夫・鈴木善幸・竹下登ら歴代自民党総裁の私的政策立案顧問を務める。その一方でアナーキスト竹中労とも親交を結ぶなど、左右を弁別しない幅広い人脈はまさに怪物的ともいえる。政治運動家としての信念は「生涯、助っ人」。

右翼の川内とアナーキストの竹中労との接点は、川内が行なっていた遺骨収集活動を竹中が手伝ったことが始まりのようだ。私の学生時代には竹中労は芸能界や政界のタブーに斬りこみ、とりわけ左翼系学生には人気があったルポライターである。平岡正明、太田竜とともに「窮民革命」を唱え「新左翼三バカトリオ」と呼ばれていたこともあった。

川内康範はこのように「左右を弁別しない幅広い人脈」を誇示する一方、すでに触れたように愛国的な政治活動家でもあり、二〇〇五（平成一七）年には綿貫民輔、亀井静香らが郵政民営化に反対して、自民党を離党して結成した国民新党の顧問になったりもしている。

川内康範はこのように生前、芸能界から政界まで多彩な活動をしてきたが、胸中には生まれ故郷の函館にたいする懐郷の念、あるいは愛郷の念が伏在していたものと思われるのである。『おふくろさんよ』の「遠く離れているからこそのふるさと」の個所で、「函館は夕陽がやけに印象に残る街である」と追想しているように、青江三奈が歌う『夕陽の町、函館』という曲の作詞もしている。

この曲は一九六八（昭和四三）年三月にビクターから発売された『札幌ブルース』のB面の曲だが、作曲は曽根幸明で、函館への郷愁のただよう佳品となっている。歌詞の一番は次のようなものである。「ここは函館　青柳あたり／雪がほろほろ　霜花咲かす／はやくお帰り　ガンガン寺の／鐘が鳴っている　夕陽が落ちる／ああ函館　夕陽が落ちる」。「ガンガン寺」とは函館市民にはよく知られた、ロシア人司祭ニコライが建立した函館ハリストス正教会のことであり、鐘楼の鐘の音がガンガンと鳴ることからこう呼ばれている。

川内康範はまたみずからの作詞・作曲（吉永豊編曲）で、一九八三（昭和五八）年に東芝ＥＭＩから松山恵子が歌う『ああ青函連絡船』というレコードも出している。その一番の歌詞はこうだ。「津軽海峡　人それぞれの／運命《さだめ》のしぶきを　花にして／夢のかけ橋　風雪越えて／よくぞ　よくぞ　よくぞ今日まで／あ……　青函連絡船よ」。この曲は一九八八（昭和六三）年に海底トンネルの開通によって、青函連絡船が運航を終えたことにたいする鎮魂歌なのであろう。こうした哀惜の情は道内から内地（本州）に渡った者たちの共通感情のようなものであろうが、川内は『おふくろさんよ』のなかでみずからの体験をこう書いている。

一九四二（昭和一七）年、一七歳のときに映画の脚本家になる夢を叶えるために、どうしても東京に行きたかった康範少年は、小遣いをかき集めて青函連絡船で函館から青森に渡ったが、呑気に神社仏閣などを見てまわっているうちに所持金がなくなり、絶望的な気持ちであてもなく線路沿いを歩いていたときに、上野行きの汽車が通りかかり、無我夢中でその汽車にとび乗り、無賃乗車で上野まで行ったというのだ。

駅に着くと駅長の前に連れていかれたが、駅長は「一生懸命勉強して、お金はそれから返しに来たらいい」と許してくれたおかげで、そのとき「東京で物書きになってみせるぞ」と腹を決めたというのだ。

川内康範は晩年になって第二の故郷ともいうべき青森県三沢市に移住したが、やはり第一の故郷たる函館には特別の想いをいだいていたようだ。『おふくろさんよ』の「遠く離れているからこそそのふるさと」のなかで、その真情をこう吐露している。

函館が私の生まれ故郷である。しかし函館には、旧友と呼べるような気軽に手紙のやりとりのできる友は一人もいない。（中略）故郷を離れ、やっとひと息ついた時には二十七歳。十年の月日が流れていたことになる。函館の人は、私を忘れてしまっているだろう。しかし、私にしてみると、記憶の片隅にある思い出の中の函館は、辛い日々の生活に、かすかなやすらぎを与えてくれる束の間の休息の地だった。

川内康範は二〇〇八（平成二〇）年四月六日、八戸市の病院で慢性気管支肺炎のために八八歳で逝去した。戒名は「生涯助っ人」であった。

政界のフィクサー・田中清玄

川内康範の右派的な政治活動から想起されるのは、函館中学（現函館中部高校）出身の田中清玄のことである。田中清玄（一九〇六－一九九三）は函館近郊のいまの七飯《ななえ》町で生まれ、函館中学に進学した。同級生には後述する文芸評論家の亀井勝一郎がいたが、小学生のころからの遊び友達だった。弘前高校を経て、一九二七（昭和二）年には東京帝国大学に入学し、山形高校の亀井勝一郎とともに東大の文学部美学科を選び、ともに共産党の下部学生組織、「新人会」に入って活動している。『田中清玄自伝』によれば、美学科を選んだわけは亀井などと相談のうえで、政治運動ができるようにいちばん楽な学科を選んだからだった。

大学入学後、田中は政治活動に没頭し、のちに武装共産党の中央委員長になる。しかし、一九三〇（昭和五）年七月一四日、いまの世田谷区祖師谷で治安維持法違反のかどで警視庁特高課に逮捕された。みずからが逮捕されるまえ、会津藩の家老の血筋をひく腕のたつ助産婦だった母親が函館で服毒自殺した。死をもって息子に諫言するためだった。田中は『自伝』のなかでこう語っている。「お前のような共産主義者を出して、神にあいすまない。お国のみなさんと先祖に対して、自分は責任がある。また早く死んだお前の父親に対しても責任がある。自分は死をもって諫める。お前はよき日本人になってくれ。私の死を空しくするな」。

田中は母の自決後、獄中転向して一九四一（昭和一六）年四月二九日に小菅《こすげ》刑務所をでた。一〇年と一〇カ月の刑期だった。この獄中の転向声明について、田中は『自伝』のなかでこう述べている。

私の転向声明は、拷問による肉体的苦痛のためだとか、権力に迎合して自己を少しでも有利にしようなどということでは、全然ありません。私の転向は母の死によってもたらされた心中の疑念が、次第に膨れ上がり、私の中で基層に潜んでいた伝統的心性が目を覚まし、書物その他によって表層意識に植えつけられたマルクス主義、共産主義という抽象的観念論を追い出したということです。

小菅刑務所をでるとすぐに、田中は静岡県の三島にある龍沢寺の高僧、山本玄峰老師を訪ねて修行している。戦後は「熱烈な天皇崇拝論者に変身」(大須賀瑞夫『評伝田中清玄　昭和を陰で動かした男』)して、「食糧増産のためと称して土建業を起こすかたわら、反共主義者へと立場を反転させて共産勢力との対決に奔走し、六〇年安保では安保反対運動の急先鋒であった全学連の後ろ楯となったこともある」(同書)。じっさい田中が六〇年安保闘争終息後、全学連委員長だった唐牛健太郎を自分の経営する会社の嘱託にして、面倒をみたことはよく知られている。

後半生の田中は政界のフィクサーとも称されたが、エネルギー問題の重要性を認識してからは、「自ら石油コンサルト業にも手を染め」、アジア、アラブ、ヨーロッパにまたがる幅広い人脈を活用して、「組織や団体に属さない一個人としてはおよそ考えられぬ縦横無尽の活躍ぶりを見せた」のだった。そのあいだ政敵が差しむけた殺し屋に三発の銃弾をあびて、瀕死の重傷を負ったこともある。

田中清玄はこのように波瀾万丈の一生を送った大人物だが、とりわけ『自伝』のなかで楽しげに回想しているのは、故郷の函館と中学時代のことである。函館については「音楽が盛んだし、至る所モダーンな西欧風の雰囲気が函館にはありました。作家も多いですよ」と語り、亀井勝一郎から長谷川四兄弟に言及している。

函館新聞社の社長に長谷川淑夫という人がいて、その長男が『丹下左膳』を書いた林不忘です。彼は本名を海太郎といい、牧逸馬、谷譲次というペンネームでも書いていた。俺よりも六つ上だが、中学校のストライキ事件の首謀者と見なされ、反発して自ら退校、アメリカに渡ったんだ。その弟が洋画家の潾《りん》二郎、ロシア文学者の濬《しゅん》、作家の長谷川四郎です。私ととくに仲が良かったのは濬だ。お父さんという人は犬養毅とも親交のあった新聞人で、日露戦争のときには戦争反対論者だった。ですから、男の子供がたくさんいたけど、だれも軍隊なんか行きませんよ。そういう自由の気風がありましたね。

このあとの回想で田中は久生十蘭《ひさお》、水谷準、今東光、今日出海兄弟などの作家にも言及しているが、その語り口にはどこか誇らしげなところがある。人は晩年になればだれしも望郷の念が強くなるといわれるが、『自伝』を読むかぎり田中清玄もその例外ではない。

全学連委員長・唐牛健太郎

佐野眞一の『唐牛《かろうじ》伝　敗者の戦後漂流』によれば、六〇年安保闘争をリードしたといわれる全学連の委員長唐牛健太郎は、一九三七（昭和一二）年に函館の湯の川町で生まれている。健太郎は海産物商の小幡鑑三と、函館芸者の唐牛きよとの間にできた私生児だった。函館市立湯の川国民学校から湯の川中学、函館東高校を経て、一九五六年に北海道大学教養部（文類）に入学している。その年の七月には休学して上京し、半年ほどいくつかのアルバイトをしたが、上京の目的はみずから学費を稼ぎ、少しでも母親を助けるためだった。

こうして東京で働いているうちに、深川の印刷工場が倒産したために北海道に帰り、函館の材木屋に勤めたあと、約一年ぶりに北大に復学することになった。五七年一〇月には北大教養部の自治会委員長になり、日本共産党にも入党し、北大細胞の所属となった。五八年六月には道学連委員長になっている。七月には和歌山勤評闘争に参加し、デモの最中に警官に頭を殴られ、白い包帯姿で札幌に帰ってきた。「北大に唐牛あり」という評判が、本州まで届くのは、この事件がきっかけになっている。

その後、全学連第一一回定期全国大会で中央執行委員に選出されたが、日本共産党が指導する安保闘争に限界を感じてブント（共産主義者同盟）結成大会に参加する。五九年、ブント書記長の島成郎の強い説得をうけて全学連委員長に就任した。「史上最年少二一歳での全学連委員長就任は、センセーショナルだった。東大・京大出身者によって率いられた左翼運動で、北大出身というのは異色だった」（『唐牛伝』）といわれている。

六〇年安保のときに全学連幹部に資金提供をしたといわれた、右翼に転向した田中清玄は、『自伝』のなかでその理由を「当時の左翼勢力をぶち割ってやれと思った。あの学生のエネルギーが、共産党の下へまとまったら、えらいことになりますからね。一番手っ取り早いのは、内部対立ですよ」と述懐している。それと委員長の唐牛が函館出身ということも大きかったと述べている。仲介したのは書記長の島成郎だったと明かしている。

島がいなかったら、私と全学連との関係はできなかったでしょう。……北大の、しかも理論家でもない行動派の唐牛を持ってきた。唐牛は直観力では、天才ですね。しかし、組織力ということなら島です。先見性もね。決して彼はスターリンや宮本顕治のような独裁者にはならない男です。

唐牛が函館出身であったほかに、「唐牛君も全く自分と同じ家庭条件だ。その唐牛君が故郷湯の川にいる母に健康を案じた手紙を送っているとの条《くだり》を読んで、自分は、自分のために自殺した母のことをゆくりなくも思い浮かべた」からだというのだ。大須賀瑞夫はその『評伝田中清玄』のなかで、「田中の優しさが『母ひとり子ひとり』など、自分と同じような境遇の人間に対して強く現われたことは、第一章「函館時代」の亀井勝一郎との交友関係のくだりでも述べている」と指摘している。

このあたりの裏事情については小説だが、宮内勝典の『永遠の道は曲りくねる』において次のように描かれている。小説の主人公は世界放浪から帰還して、沖縄の精神科「うるま病院」の雑役係の仕事をしている。院長は「東大医学部」卒で「六〇年の安保闘争をリード」したが、闘争の敗北後「全学連を支配してきた政党と袂《たもと》を分かって、やがて『新左翼』と呼ばれるようになった組織を立ちあげた」と紹介されている。これらの説明文から、「霧山」とはのちに沖縄の離島で精神医療に注力した、元ブント書記長の島成郎であることは明らかである。

その「霧山」が全学連の表の顔をだれにすべきか迷っているとき、「唐津さんはどうかしら」と「霧山」夫人がふと洩らしたというのだ。それを受ける地の文には、「北海道大学の学生で、映画スターになれそうな長身のハンサムだった。しかも心根がまっすぐな快男児だ。霧山は天啓を受けたように、すぐ札幌に飛んでいった。そして嫌がる唐津をかきくどいて、全学連の委員長にすえた」というくだりがある。いうまでもなく「唐津」とは、唐牛健太郎のことである。

また函館育ちの西野鷹志は『風のCafé 木洩れ日　函館』所収の「大漁旗」というエッセイのなかで、安保闘争後、オホーツクの紋別で漁師をしていた唐牛が母親の住んでいた函館に里帰りし、親友と大門の酒場で飲んでいるところに出くわし、「赤銅色に日焼けした唐牛と二、三度カウンターにつらなったことがある」と回想し、「昔を語らずしずかに酒をのむその姿に人間の器を感じた」と記している。

委員長就任後、唐牛は何度か逮捕投獄され、六〇年安保闘争の敗北後の一九六一（昭和三六）年、全学連委員長を辞任して政治活動から離れている。田中清玄の会社の嘱託を辞めてから、ヨットクラブ経営、居酒屋店主、漁師、工事現場監督など職を転々とし、いわば市井の人として日本中を漂流放浪した。一九八二（昭和五七）年からは徳田虎雄の参謀として、札幌徳洲会病院設立に協力している。唐牛は一九八四（昭和五九）年に死去したが、四七年という短い生涯だった。田中清玄が委員長辞任後の唐牛に手を差しのべたのは、かつてはおなじ共産主義を信奉する政治組織の委員長であり、かつ函館人としての親近感と情愛からだったのではなかろうか。中村嘉人は『古い日々』のなかで、それを函館に横溢していた「自由主義」や「非権力」という気風にあると説明している。

佐野眞一の『唐牛伝』によれば、唐牛健太郎、父の小幡鑑三、田中清玄の三人の墓が称名寺にあるという。称名寺は浄土宗の古刹であり、函館でいちばん古い曹洞宗の高龍寺とともに函館湾と市街地を一望できる高台にあり、近くの外国人墓地を含めて観光名所になっている。私も称名寺を二度ほど訪れたことがあり、高田屋嘉兵衛《かへい》の顕彰碑や箱館戦争で戦死した土方歳三と新選組隊士の供養碑は写真に収めたことがあるが、うかつにも田中清玄と唐牛健太郎の墓が称名寺にあるとは知らなかった。

道南の森町にある私の実家の菩提寺も称名寺というが、もとは函館の称名寺の布教所のようなものだったと地元の住職から聞いたことがある。函館はこのように川内康範、田中清玄、唐牛健太郎など、右派から左派まで政治的大物を輩出するような自由闊達で、反権力的な雰囲気のある街でもあるのだ。

函館と人気バンドＧＬＡＹ

函館は古い港町のせいか多くの歌謡曲に歌われているが、函館出身で国民的な人気バンドといえばＧＬＡＹだ。函館の小学校と中学校で同級生だったギターのＴＡＫＵＲＯとボーカルのＴＥＲＵを中心に高校時代の一九八八（昭和六三）年に結成され、のちにギターのＨＩＳＡＳＨＩが加入し、一九九〇（平成二）年に活動の場を東京に移すために上京した。ＴＡＫＵＲＯとＴＥＲＵはごく短期間だが、東京の北区赤羽にある印刷工場の寮に入って会社勤めをした。

バンド名のＧＬＡＹだが、ジョン・レノンが神のお告げだといって、ＢＥＥＴＬＥＳ（かぶと虫）の一字を変えてＢＥＡＴＬＥＳというバンド名にしたが、そのひそみにならってＧＲＡＹ（灰色）から架空のＧＬＡＹにしたのである。田家《たけ》秀樹『ビートルズが教えてくれた』によれば、「Ｒ」を「Ｌ」に変えて存在しない英単語名にしたのは、「ジャンルにとらわれない白でも黒でもない灰色。函館の空の色でもある」と指摘している。

一九九二（平成四）年には函館の後輩、ベースのＪＩＲＯが参加して現在の四人組のバンドになった。最初はヴィジュアル系ロックバンドとしてデビューしたが、いまではヴィジュアル系という狭いジャンルから脱却して、ロックのさまざまな領域で自在に活躍しているようにみえる。音楽プロデューサーの亀田誠治は「シーンの王道を往くＧＬＡＹサウンドの秘密」（「総力特集ＧＬＡＹ」、『別冊カドカワ』）というエッセイのなかで、ＧＬＡＹのことを「Ｊロックのスタイルを完成させたスーパーバンド」と称し、「音楽的にはＪロックのど真ん中ですよね。ＧＳから引き継がれている良質な歌謡曲。多分、ＴＡＫＵＲＯさんはＧＬＡＹの楽曲が歌謡曲と言われたとしても、嫌がらないと思うんですよ」と述べている。歌謡曲に近いロック、そこがまた大多数の若者に支持される理由でもあるのであろう。

一九九四（平成六）年に『ＲＡＩＮ』『灰とダイヤモンド』などでメジャーデビューしてから、ＣＤアルバムの売り上げ枚数が歴代三位を誇り、ライブの動員数においても記録を樹立した。

一九九九（平成一一）年の夏には千葉県の幕張メッセにおいて、単独のアーティストの有料ライブとしては世界に例のない、約二〇万人を集めた野外イベントを行った。集客力には定評のあるのがＧＬＡＹなのだ。ＮＨＫの第四八回紅白歌合戦にも一九九七（平成九）年、『ＨＯＷＥＶＥＲ』で初出場をはたした。翌年の第四九回は『誘惑』で、その翌年の第五〇回は『サバイバル』で出場している。

受賞歴もかなりあり、『ＢＥＬＯＶＥＤ』で第二九回全日本有線放送大賞「ゴールド・リクエスト賞」、ならびに第三九回日本レコード大賞「アルバム賞・ベストアルバム賞」を受賞している。『ＨＯＷＥＶＥＲ』で第三〇回全日本有線放送大賞「大賞」と、第三〇回日本有線大賞・有線音楽優秀賞「ポップス」、ならびに第三九回日本レコード大賞「優秀作品賞」をそれぞれ受賞した。『pure soul』では第四〇回日本レコード大賞「ベストアルバム賞」、そして『Winter, again』では第四一回日本レコード大賞「レコード大賞・優秀作品賞」を受賞している。

集客力と受賞歴からいっても無敵のロックバンドだが、とくに作詞のＴＡＫＵＲＯは故郷の函館に強い郷愁をいだいているようだ。二〇一三（平成二五）年、ＧＬＡＹは故郷の函館で同市史上最大規模となる、五万人の野外ライブを人工の緑の島で敢行した。このライブに先駆けて、『GLAY Walker 函館』というムックが刊行された。それから五年後、二〇一八（平成三〇）年八月にはおなじ緑の島の特設ステージで、ふたたび凱旋ライブを行い大成功をおさめている。このライブにさいしても「ＧＬＡＹと函館～ルーツを探す帰郷～」をテーマにしたムック、『GLAY Walker 2018 函館』も刊行された。

故郷の函館への思いは四人それぞれにあるが、ＴＡＫＵＲＯは作詞をするせいか函館愛がとりわけ強烈だ。たとえば、こんなことを語っている。

「函館から出てきた4人が、少年から青年に、そして20年のキャリアを持つバンドになったけど、俺たちが日本の音楽シーンのなかで戦うことができた一番の武器は、北海道の空や函館の空気を歌えたことだと思う。（中略）函館のことを歌えるのは俺たちしかいない。俺たちは唯一無二だという思いがずっとあった。それが俺たちのオリジナルだったから」（『GLAY Walker 函館』）

さらに同誌での工藤函館市長との対談でも、TAKUROは次のようにも発言している。
「自然の厳しさ、ある種の無常観、（中略）函館で学んだことが自分の基礎になっている」とか、「気持ちは函館にあるというのは今も変わりません。だから、GLAYは函館の魅力を入れ込んだ歌がすごく多いんです」とか、「低い雲と潮風と、歩くだけで勇気を、パワーをもらえるような街並み」と述べている。TAKUROにとって函館は要するに原点であり、その街並みは原風景なのだ。

ボーカルのTERUにとって、函館で自分が帰りたい場所は生まれ育った穴澗《あなま》海岸であるという。「函館に帰るたび、岩に坐って、ただ海を眺めるだけの時間を過ごしています。自分にとって一番大事な、癒される場所なのかもしれないですね」（『GLAY Walker 函館』）と述べている。穴澗海岸は立待岬とは反対の函館山山麓の西側にある大きな岩と断崖のある荒々しい海岸で、かつては海水浴場であったが、いまは遊泳禁止区域になっている。市電の終点である函館どつく前で降りて、入舟漁港を抜け、路地のような曲りくねった細い道をしばらく歩くと穴澗海岸にでる。穴澗までの道の両側にはへばりつくように漁家と人家が密集していて、太宰治の『津軽』で描かれている竜飛の集落を思いださせるような場所である。ここはまた高校時代を函館で過ごした辻仁成の小説、『母なる凪と父なる時化』の舞台のひとつともなっている。

私は個人的には『HOWEVER』、『Winter, again』、『Beloved』、『ホワイトロード』などGSやフォークやニューミュジック的なもの、つまりはあまり強烈なロックのビート感のしないノスタルジックな歌詞の楽曲が好きだ。たとえば、いくつかの賞をもらった作詞・作曲がTAKUROの『Winter, again』（一九九九）は、歌詞には函館という具体的な地名はでてこないが、まぎれもなく函館と思われる街の冬の情景がなつかしく追想されている。二番の歌詞は次のようになっている。

いつか二人で行きたいね　雪が積もる頃に
生まれた街のあの白さを　あなたにも見せたい
逢いたいから、恋しくて、　あなたを想うほど
寒い夜は、未だ胸の奥、　鐘の音が聞こえる

場所は北国であり鐘の音が聞えることから、ここは教会群のある元町エリアにまちがいあるまい。おそらくこの鐘の音はロシア人司祭ニコライによって、一八七二（明治五）年に日本ではじめてギリシャ正教会聖堂となり、市民にガンガン寺として親しまれているハリストス教会の鐘の音であろう。

さらに『ホワイトロード』はプロモーションビデオの舞台が、はじめて函館になった曲である。そしてセピア色の街並みを背景にして、ＧＬＡＹの演奏と歌が流れるのがこの曲である。基本的に男女の愛を描いた『ホワイトロード』の一番目の歌詞はこうなっている。作詞・作曲はＴＡＫＵＲＯである。

聖なる夜に口づけを　冬鳴りの果てに風の詩が聞こえた
故郷の便りに心で手を合わせて　凍る窓辺の外は悲しき荒野

あまりにもロマンティックでノスタルジック、濃厚なリリシズムのまさった歌詞である。先に引用した亀田誠治はＧＬＡＹの楽曲の特長について、「切なさ重視のロマンチック系」、あるいＪロック、Ｊポップの歌謡感が濃厚に漂いながら、外国人のエンジニアを起用して、徹底的に洋楽志向の音に仕上げている」ことだというのである。函館の高校時代にバンド活動を開始し、上京してから「ＥＣＨＯＥＳ」というロックバンドを結成し、のちに芥川賞作家とも

なった辻仁成は、『GLAY Walker 2018函館』に寄稿した「函館青春ロック」というエッセイのなかで、先輩としてこうオマージュを捧げている。

函館を代表するバンドといえばGLAYである。彼ら四人を輩出した函館はそれが大きな誇りなのである。あの四人が函館で生まれ、函館の街で音楽を始めたことは歴史的なことなのだ。函館はGLAYの聖地であり、そのことは永遠に記されるべきであろう。

このように歌謡曲だけでなく、GLAYのようなロック系の人気バンドが生まれる素地が函館という街にはあるのだ。一六〇年以上まえに国際貿易港として開港してから、函館は異国の文化を取り入れて発展してきた街で、いわゆる和洋折衷には抵抗のない街だからである。

ちなみにメジャーデビュー二五年周年を迎えて、GLAYは二〇一九（令和元）年一〇月に新しいアルバム『NO DEMOCRACY』を発表したが、それは故郷の函館に一年まえに作った音楽スタジオで、海を見ながら録音した歌だというのだ。ボーカルのTERUが「函館で鳴るGLAYの音が自分には一番グッとくる」からだと、新聞のインタビューで語っている。

あがた森魚『函館ハーバーセンチメント』

函館出身ということで、私とほぼ同世代のフォーク系の歌手にあがた森魚がいる。函館を歌った曲といえばほとんどが歌謡曲だが、ボブ・ディランの影響を受けたあがたは歌手というよりも、むしろフォークシンガーかシンガーソングライターというほうが正確だ。あがた森魚の本名は山縣森雄で、一九四八（昭和二三）年に北海道の留萌で生まれ、小樽、青森、函館などに移り住んだが、高校は函館ラ・サール高校を卒業して上京している。

明治大学を中退したこのあがたの曲で忘れられないのは、みずからが作詞・作曲して大ヒットした『赤色エレジー』（一九七二）である。一九七一（昭和四六）年、中津川フォーク・ジャンボリーに出演したことで、レコード会社にスカウトされてデビュー。当時はフォークソングの隆盛期だったが、あがたはフォーク歌手としては異色の存在として注目された。『赤色エレジー』は大正レトロ調というのか、懐古調というのか、歌詞も歌い方もバックの演奏もあまりフォーク的ではなかった。

『赤色エレジー』は林静一の同名劇画にあがたが感銘をうけて作られたもので、漫画家をめざすアニメーターの青年の一郎と、その恋人である幸子の同棲生活を描いたものだ。歌詞の出だしは「愛は愛とて　何になる／男一郎　まこととて／幸子の幸は　どこにある」という古風なフレーズではじまっている。この曲の歌詞は函館とはまったく関係ないが、『函館ハーバーセンチメント』（一九七六）は函館での高校時代を追想するものとなっている。

俺と奴とさ　奴の彼女と肩を並べて
歩いたものさ不良にもなれず
煙草ふかして函館ハーバー
丘の上を学校さぼり
歩いたものさ明日が何かを
知りもせずに夢だけを見て
歩いたものさ

この歌詞からも知られるように、函館という街は住んだことがある人たちが、あるなつかしさをこめて甘美な回想に浸りたくなるような魅力があるのである。あがた森魚にはほかにも『函館ハーバー猫町ホーボー』（一九七六）という函館の地名のついた歌がある。

防波堤の向こうに　涙ぐむ　函館ハーバー　日暮れ時
人待ち顔で凪いでいる　猫町ハーバー　昼寝時
函館ハーバー　横浜ハーバー　長崎ハーバー　猫町ハーバー

……………………………………

あがた森魚らしい奇妙奇天烈な歌詞だが、函館と猫町ということで思い出される映画がある。『世界から猫が消えたなら』（二〇一六）だ。川村元気の同名ベストセラー小説の映画化だが、主演は郵便配達員を演じる佐藤健と映画館に勤める女性役の宮崎あおい。その映画の日本ロケ地に函館が選ばれ、弥生坂などの坂道や市電、十字街電停の目の前にある明治時代に建てられた、レトロな古びたビルなどが映画に彩りを添えている。

また二〇一三（平成二五）年に「函館港イルミナシオン映画祭」のシナリオ大賞・函館市長賞を受賞した脚本を映画化した『函館珈琲』（二〇一六）という映画もある。監督は西尾孔志、脚本はいとう菜のは、主演は黄川田将也。オーナーを夏樹陽子が演じている古い西洋風のアパートに住んでいるアーティストの若者たち、その彼らの不安や葛藤がセピア色の映像を背景にして、静かに流れる函館時間のなかで描かれている。この映画に黒いベレー帽をかぶったあがた森魚が、カフェのマスター役で出ている。あがたは佐藤泰志原作の函館を舞台とする映画『海炭市叙景』（二〇一〇）や、『そこのみにて光輝く』（二〇一四）にもマスター役などで出演している。

石原裕次郎『北の旅人』

ＧＬＡＹとあがた森魚というロックやフォークの歌い手たちを紹介したが、北島三郎の『函館の女』に代表されるように、函館はやはり歌謡曲がしっくりくる街でもある。たとえば、石原裕次郎の『北の旅人』の歌詞にも函館がでてくる。

石原裕次郎といえば、都知事でもあった兄の石原慎太郎とともに戦後の「太陽族」の元祖であり、昭和を代表する映画スターで、歌謡曲の世界でも名をなした歌い手でもあり、現在進行形で映画も歌も生きつづけている。

『石原裕次郎　昭和太陽伝』によると、『北の旅人』は、意外に知られていないが、裕次郎が死去した一九八七（昭和六二）年七月一七日のあとの、八月二一日にテイチクから急遽リリースされた最後の曲であった。

裕次郎は死の直前、ハワイの別荘で病気療養していた。ここで四曲が「ラスト・レコーディング」されている。その後、病気が悪化して帰国してから入退院をくり返し、五二年の生涯を閉じた。

その四曲とは、死の直前の四月二一日にリリースされた、なかにし礼作詞、加藤登紀子作曲の『わが人生に悔いなし』と『俺の人生』であり、死後にリリースされた山口洋子作詞、弦哲也作曲の『北の旅人』と『思い出はアカシア』である。『石原裕次郎　昭和太陽伝』にはこうある。

（一九八七年）二月二十四日、いよいよレコーデングの当日。裕次郎は上機嫌でマイクの前に立った。ドルフィン・スタジオは、テイチクのスタジオに比べるとかなり手狭だったが、アメリカのローカル・スタジオではレギュラーのサイズ。スタジオには金子満司が、裕次郎のために小型の酸素ボンベを持ってきていた。

高柳によると、裕次郎はスタジオに作詞家や作曲家の同席をあまり好まなかった。なので「北の旅人」を作曲したその弦哲也も、裕次郎にはまだ会っていなかった。その弦哲也が、たまたま、その頃ハワイを訪れていてスタジオを訪問、裕次郎は『おれの小樽』を作った人だろう？」と大歓迎したという。

『北の旅人』はオリコンチャートで週間一位になり、それは裕次郎にとって初めてのことであり、累積でも一二五万枚に迫る大ヒット曲となった。ネット上のいくつかある YouTube のひとつが三五〇万回、動画が八〇〇万回を超えるアクセス数を記録している。「夜の釧路」「夜の函館」「夜の小樽」と北海道の地名が使われているが、その二番目の歌詞に函館の地名がでてくる。

ふるい酒場で　噂をきいた
窓のむこうは　木枯らしまじり
半年まえまで　居たという
泣きぐせ　酒ぐせ　泪ぐせ
どこへ去ったか　細い影
夜の函館　霧がつらすぎる

石原裕次郎は父が定期航路の山下汽船の支店長だった関係で、三歳から小学校の三年生までの幼少期を小樽で過ごしている。（小樽には一九九一年に開館し、二〇一七年に閉館した「石原裕次郎記念館」があった）。裕次郎には『恋の町札幌』（浜口庫之助作詞・作曲）や前述の『思い出のアカシア』『おれの小樽』（杉紀彦作詞、弦哲也作曲）など北海道を歌ったいくつかの曲がある。

そうしたなかで『北の旅人』は、死の直前に収録したとは思えないほど伸びやかな声と情感たっぷりに、北国に寄せる思いを込めて歌った曲だったのである。

新井満・秋川雅史の『千の風になって』

函館ではないが近郊の大沼国定公園の湖畔で作られた曲に『千の風になって』がある。大沼公園は駒ヶ岳の噴火によってできた堰止湖《せきとめこ》（沼ではない）で、大沼・小沼・蓴菜沼《じゅんさいぬま》からなる自然公園である。たおやかな駒ケ岳を背にして湖水に大小の島がたくさん浮んでいる、道南でも指折りの景勝地である。大沼と小沼のあいだの鉄橋を函館本線が走っている。北海道新幹線の終着駅、新函館北斗駅からも車で三〇分ほどの近いところにある。

その大沼湖畔の山小屋で作者不詳のアメリカの原詩に自由訳をつけ、それに曲をつけて歌ったのが芥川賞作家の新井満である。新井は私家版のCDを二〇枚ほどプレスして知人に配布したりしていたが、広く世間に知られるようになったのは、二〇〇六（平成一八）年に秋川雅史《まさふみ》が歌ったカバーバージョンがきっかけである。とりわけ同年の第五七回NHK紅白歌合戦に秋川が出場し、それを契機に日本中に知られるようになった。

それにしても、なぜ北海道の大沼湖畔なのか。新井満のエッセイ集『生きている。ただそれだけで、ありがたい』によれば、新井が芥川賞を受賞したばかりのころ、函館の文学サークルから招かれて講演したことが端緒になっている。講演後、文学サークルの女性たちが車で大沼まで連れて行ってくれて、駒ヶ岳のふもとの湖畔に建てられている古びた一軒の小さな山小屋（別荘）が売りに出されているので、買いませんかと勧めてくれたのだ。「駒ヶ岳の天辺から飛びおりるつもりで、私たち夫婦はそのおんぼろの山小屋を買い求めることにした。これが大沼と、私たち夫婦との〝ご縁〟の始まりとなった」のである。

自分たち夫婦と大沼との相性がよかったのだと新井は述べている。このエッセイが書かれてから、夏の大沼に暮らしはじめて一八年になるというのだ。そのうち春と秋にも訪れるようになり、数年前からは厳冬の冬にも滞在するようになったというのである。

大沼の大自然が、すっかり気に入ってしまったからである。大沼湖畔の森の中に住んでいて、一番のご馳走は〝静けさ〟といってよいだろう。しかし耳をすますと、静けさの彼方から様々な〝いのちのざわめき〟が聞えてくる。キタキツネの遠吠え、青大将やタヌキやリスたちが森の中を走る音。四十雀《しじゅうから》や五十雀《ごじゅうから》たちの合唱……。（中略）大沼の森の中で、私は創作を始めた。結果、代表作といってよい作品のほとんどが、この森の中から生まれることになった。小説もエッセイも音楽も……。そう。あの『千の風になって』という歌も、この森の中で誕生したのだ。

新井はここで『千の風になって』という名曲が、大沼の大自然の山小屋のなかで作られたという秘話をうち明けている。

しかし、この楽曲の誕生はいわば偶然の産物だったのだ。新井満の別のエッセイ集『千の風になって』によれば、新潟に住んでいる友人の妻が急死して、その追悼文集にある女性が『一〇〇〇の風』という、「作者不明の西洋の詩」を紹介しているのをふと目に留めたことがきっかけだった。読んだとき、その詩に不思議なパワーを感じて、「うまく説明できないが、その力が読む人の魂をゆさぶり、浄化し、忘れはてていたとても大切なことを思い出させて」くれたのである。何度か読み返しているうちに、この詩に曲をつけてみようかと思い立ってから、数年がたってしまっていた。

思いなおして新潟の友人に電話をかけて、女性が詩を引用した本がなんという本か聞いてもらったところ、それは『一〇〇〇の風　あとに残された人へ』（訳・南風椎《はえしい》）という本であることがわかった。一五点の風景写真に、わずか一編の詩をのせただけのシンプルで清潔な本だった。それから友人と家族の悲しみをほんの少しでも和らげることができるならと願って、大沼の森のなかで苦闘しながら、原詩を自分なりに訳し、作曲し歌唱したのが『千の風になって』なのであった。

ご存知のように、一番の歌詞は次のようなものである。

私のお墓の前で　泣かないでください
そこに私はいません　眠ってなんかいません
千の風に
千の風になって
あの大きな空を
吹きわたっています

二〇〇八（平成二〇）年四月二五日午後、七飯《ななえ》町の大沼国定公園の西大島で「千の風・モニュメント」の除幕式が行われた。ところが、このモニュメントはふつうの文学碑や記念碑とはことなり、地面に埋め込まれているのである。記念碑には「千の風になって／名曲誕生の地／大沼国定公園」と彫られている。

新井満は大沼湖畔の山小屋のかたわらで、詩をどう訳せばいいのか難儀していたとき、森のなかを吹き抜ける風を感じた。そのとき風を主人公に翻訳すればいいのだと気づいて、苦しんでいた翻訳はあっというまに完成したというのだ。新井は『千の風になって』のなかで、「人間死ぬと、まず風になる」「風とは、息なのだ。大地のいぶきなのだ。地球の呼吸なのだ。千の風になるとは、大地や地球や宇宙と一体化することなのである」と述べていることを最後に付記しておきたい。

第三章　函館と森町――石川啄木と李恢成『加耶子のために』

石川啄木と函館

前章まで函館を歌った代表的な歌謡曲をおもにみてきたが、私が知るかぎりそのほかにも函館を歌った歌謡曲はいくつもある。

たとえば、小野由紀子の『函館ブルース』（鳥井実作詞、宮西豊作曲、一九六七。後に函館出身の近江亜矢がリバイバルで歌っている）の三番の歌詞はいまでも耳に残っている。「霧が重たい　こんな夜は／鐘も泣いている　トラピスト／運命と言えば　なおさらつらい／悲しみ多い　恋でした／ああ　つきぬ恨みの函館！／函館ブルース」とあり、男に捨てられた女の恨みがこもった怨歌の定石のような歌詞になっている。

ほかには小畑実『函館のランタン娘』（石本美由紀作詞、江口夜詩《よし》作曲、一九四八）、美空ひばり『函館山から』（小椋佳作詞・作曲、一九八六。後に島津亜矢がリバイバルで歌っている）、都はるみ『さよなら函館』（吉岡治作詞、市川昭介作曲、一九八一）、森昌子『立待岬《たちまち》』（吉田旺作詞、浜圭介作曲、馬飼野俊一編曲、一九八二）、角川博『雨の函館』（田久保真見作詞、岡千秋作曲、二〇一三）などがある。

なかでも忘れられないのは、三笠優子が歌った『函館青柳町』（石本美由紀作詞、伊藤雪彦作曲、一九九〇）という曲である。青柳町はいまもあるが、啄木が一九〇七（明治四〇）年五月から九月まで住んだ町で、「函館の青柳町こそかなしけれ／友の恋歌／矢ぐるまの花」という名歌を残した町でもある。函館公園の中央広場には、この歌の小ぶりの歌碑がたてられている。『函館青柳町』という曲は妻となった節子の啄木にたいする強い愛情を歌にしたものだが、各連の最後の行に「ここは　ここは　函館　青柳町」「北の　北の函館　情け宿」とリフレーンのように函館の地名がでてくる。

歌謡曲に触発されて、函館と文学との関係について考えてみると、まっさきに浮んでくるのが石川啄木である。啄木は人口に膾炙《かいしゃ》した国民歌人だが、函館との縁も浅からぬものがある。私も青柳町を散策したり、函館公園を訪れてみたり、二度ほど「啄木一族の墓」を見学しに立待岬方面に行ったことがある。岬にいたる海辺の細い道を上がりきる直前の左手に、「石川啄木一族の墓」と書かれた白い標柱が立っている。周囲はさまざまな宗派の共同墓地になっていて、おびただしい数の墓がたっているのだが、そのなかでも石川一族の墓はほかの墓よりもかなり大きく、眼下には青い広々とした太平洋と函館市街地が望まれる位置にある。コンクリートの石段をあがると、古色蒼然とした墓石の表面にはあの有名な「東海の小島の磯の白砂に／われ泣きぬれて／蟹とたはむる」の歌が刻まれている。

この「啄木一族の墓」のすぐ隣の奥まったところには「宮崎家一族の奥城（＝墓）」があり、その横に宮崎郁雨《いくう》の歌碑がある。そこには「宮崎郁雨と砂山影二の歌碑」という白い解説板が立っていて、郁雨の墓と歌碑のほか、砂山影二の歌碑もある。函館市が設置した解説板によると、郁雨は文学結社「苜蓿社《もくしゅくしゃ》」の同人であり、函館時代から啄木を物心両面で援助し、啄木の妻節子の妹のふき子と結婚した歌人である。

砂山影二は、一九一八（大正七）年に函館で創刊された文芸誌『銀の壺』の同人として活躍した歌人で、啄木に心酔し、その短歌に傾倒していたので、作品には啄木の影響がみられるといわれている。しかし、人生に懐疑的であった影二は、一九二一（大正一〇）年、青函連絡船から身を投げて、二〇歳でその若い命を絶った。解説板のまえにある小ぶりの歌碑には、「わがいのち／この海峡の波の間に／消ゆる日を想ふ／――岬に立ちて」という歌が刻まれている。

ここからさらに坂を登ってゆくと、突き当りのところで崖が急に海に落ちこんでいるようなところがある。立待岬だ。背後の小高い丘のような中腹の斜面には、与謝野鉄幹・晶子の歌碑が立っている。石碑には二首の歌が刻まれているが、これは一九三一（昭和六）年六月六日、新詩社の有力な一員であった啄木の墓参りに訪れたときに二人が詠んだ歌である。鉄幹の歌は「浜菊を郁雨が引きて根に添ふる立待岬の岩かげの土」というものであり、晶子の歌は「啄木の草稿岡田先生の顔も忘れはこだてのこと」である。

この章であとに触れる森町を舞台とする、李恢成《りかいせい》の『伽倻子《かやこ》のために』のなかにも啄木のことがでてくる。主人公の林相俊《イムサンジュン》が札幌の実家から東京に戻るときに、R町（森町）を通過して函館で途中下車する場面がある。かねてから訪れたいと思っていた啄木の碑、正確にいえば啄木一族の墓を見物するためである。「中学生の頃、ぼくは『一握の砂』を何十首と暗記したことがあった」からだ。念願かなって林相俊は「石川啄木一族の墓」をみたあと、立待岬の見晴し台まで足をのばしている。

立待岬は海を突き落としてそそり立ち絶壁の真下を白波が戯れていました。春の海は穏やかに静まり、優しい肌を空に寄せつけているのです。玉虫色というのだろうか、それよりはやや淡い彩りですが、日差しに誘われて海の底の方から緑や紫が盛りあがってきてその豊饒さは淫らなほどでした。余りにもなまめかしくて海気がその肌を薄いヴェールでぼかしていなければ長くは眺めていられぬようにさえ思えたくらいなのです。

太平洋に突きでている立待岬の海は、春から夏にかけてはここに引用したように穏やかであり、演歌に歌われているような厳冬の荒々しさはむろんない。林相俊はおそらく市電に乗って終点の谷地頭《やちがしら》で降り、歩いて立待岬まで上ってきたのであろう。

石川啄木が函館に住んでいたのは、明治四〇年五月から九月までの短い期間にすぎない。函館にくるまでの啄木は故郷の岩手県渋民村で、尋常高等小学校の代用教員をしていたが、生活は貧窮をきわめていた。親友の金田一京助は『一握の砂・悲しき玩具』の「解説」で、「農家に間借りをして細々と暮しを立てたが、八円の俸給では、米櫃が終始空で一家はほとんど餓死線上をさまよった。（中略）二十二歳の五月、一家離散して函館に」と述べている。

啄木が函館にきたのは生活苦もあったが、一月に函館の文芸結社・苜蓿社より原稿の依頼があり松岡蕗堂《ふきどう》らと知遇をえていたこともあり、新生活を北海道で拓こうという思惑があったからだった。教職を離れることを決意して四月一日に辞表を提出し、五月五日に函館に移り住んだ。

函館に移住してからの啄木は松岡政之助の下宿に身をよせるが、妻子は盛岡の妻の実家に残し、妹は小樽駅長の義兄に託しての新生活だった。最初は函館商工会議所の臨時雇いで生計を立てていたが、同人仲間の紹介で六月に函館区立弥生尋常小学校の代用教員になり、そこで片想の女性である橘智恵子と知りあった。ハリストス正教会や元町カトリック教会からほど遠からぬ場所にある弥生小学校は、函館でも指折りの伝統校だが、二〇一一（平成二三）年に新築されていまはクリーム色の瀟洒な校舎となっている。

明治時代にはこの弥生小学校からは多くの作家が輩出した。たとえば、ミステリー作家の久生十蘭はこの小学校の卒業生だが、一九〇八（明治四一）年に入学した前年には、石川啄木が代用教員として奉職していた。十蘭の入学した前後には函館を代表する文学者たち、たとえば長谷川海太郎（谷譲次・牧逸馬・林不忘）、水谷準、亀井勝一郎、長谷川四郎などが入学している。彼らは卒業すると、全員が函館中学（現函館中部高校）に進学している。

啄木は函館でまた同人仲間の宮崎郁雨とも知りあい、病没する前年まで親交をつづけた。七月から八月のあいだに家族を函館に呼び寄せ、八月には代用教員在職のまま『函館日日新聞』の遊軍記者も兼務したが、八月二五日の函館大火により勤務先の小学校、新聞社がともに焼失した。九月には札幌に行き、そのあと小樽、釧路と流浪し、仕事の不満と東京での創作活動へのあこがれから釧路を離れて上京したが、一九一二（明治四五）年四月一三日、東京の小石川区で肺結核のために死去した。二六歳だった。一九一三（大正二）年、一周忌を機に、函館の大森浜をのぞむ立待岬に宮崎郁雨らの手で墓碑がたてられ遺骨も移された。

函館空港から函館駅方面にむかうシャトルバスが、高層ホテルがたちならぶ湯の川の温泉街をぬけ、左手に津軽海峡をみながら少し走ると、小さな公園がみえてくる。大森浜にある「啄木小公園」だ。函館の街をこよなく愛した啄木を顕彰して、彫刻家の本郷新が製作した沈思黙考する啄木座像があり、台座には「潮かおる　北の浜辺の　砂山のかの浜薔薇よ　今年も咲けるや」という歌が彫られている。大森浜は函館山の山麓から東にのびる海岸線にあり、かつては大きな砂山が広がっていて、啄木が好んで歌に詠んだ場所である。浜薔薇とは浜に群生していたハマナスのことである。公園には西条八十が啄木にささげた詩碑もある。

この啄木小公園に隣接して「土方歳三函館記念館」（「土方・啄木浪漫館」）がある。土方とはいうまでもなく、箱館戦争において市内で戦死した新選組副長の土方歳三のことである。二〇〇三（平成十五）年に「哀愁テーマパーク」という名のもとに開館した施設であり、波瀾にとんだ土方歳三の生涯の紹介だけでなく、幕末に活躍した人々の貴重な資料や収蔵品をたくさん展示している。土方の戦死までを描いたおもな小説には司馬遼太郎の『燃えよ剣』があり、佐々木譲の『武揚伝』にも土方歳三はでてくる。ちなみに銃弾に倒れた土方歳三の「最後の地碑」は、大門に近い若松町の緑地公園内にたっている。また函館公園から歩いて一〇分ほどの函館山山腹の林のなかに、土方歳三をはじめ箱館戦争で戦死した旧幕府軍八百人あまりの霊を祀るために、「碧血碑」というオベリスク型をした巨大な石碑が建立されている。

石川啄木が「啄木小公園」や「土方歳三記念館」のある大森浜をこよなく愛したことはすでに触れたが、短期間だが住んでいた青柳町にも愛着があり、いくつもの秀歌を残している。啄木は明治四〇年に函館にきて青柳町に住みはじめたが、そこは函館公園の近くの場所だった。公園のまえの道を左に向い、ゆるい下り坂の途中あたりに、石川啄木居住地跡の解説板がたっている。この解説板の脇の小道を入った、突き当りの左側の家のところが啄木旧居跡といわれている。

公園正門からなかに入って右隅、東屋がある小高い山のふもとに小さな啄木の歌碑がたっている。あまり人目につかない場所にあり、「函館の青柳町こそかなしけれ　友の恋歌　矢ぐるまの花」という歌が彫られている。この歌に詠まれている「かなし」は、国語辞典で調べてみると、「悲しい」ということではなく「愛し」であり、「切ないほど、いとおしい」という意味に解釈するのが妥当のようだ。

函館公園は函館山東麓の丘陵地に、明治一二年につくられた公園である。市民の憩いの場を設けようという、イギリス領事ユースデンの呼びかけに多くの市民が賛同し、資金や労力を提供して築園された公園であることが、工事で働く市民たちの姿とともに入口横の「公園由来の碑」に彫られている。公園内には北海道の有形文化財であり、日本初の地方博物館である旧函館博物館、函館図書館、函館博物館本館などがある。

花見の名所でもあり、多様性がこの公園の魅力となっているが、道内ではじめての動物飼育施設もある。この動物飼育施設や付設のこども遊園地は、佐藤泰志《やすし》の小説を原作とする二〇一六（平成二八）年に公開された映画、『オーバー・フェンス』の舞台装置のひとつとしても使われたが、オダギリジョー、蒼井優、松田翔太たちが演ずる青春群像は、真夏の函館のためかあまりにも刹那的で、ひたすら物悲しい映画だが、秀作といってもいい。

石川啄木はまた函館の風物と人情をいくつもの短歌のなかで詠っている。その代表的な歌を『一握の砂・悲しき玩具』のなかの「我を愛する歌」から紹介してみたい。

頬につたふ
なみだのごはず
一握の砂を示しし人を忘れず

砂山の砂に腹這ひ
初恋の
いたみを遠くおもひ出《い》づる日

いのちなき砂のかなしさよ
さらさらと
握れば指のあひだより落つ

大といふ字を百あまり
砂に書き
死ぬことをやめて帰り来れり

これらの短歌からも啄木が大森浜を数えきれないほど訪れ、そのときの心情を短歌にたくして吐露していることがうかがわれる。啄木は函館出身の文学者ではないが、函館と文学といえばすぐさまその名前が連想される歌人であり詩人である。異国情緒にあふれる風光明媚な街並みと風物などが出身者ばかりではなく、内地から訪れた作家などのロマンティシズムを刺激し、創作欲をかきたてるのだと思われるのだ。

たとえば、おなじ函館出身でＮＨＫラジオのクイズ番組「話の泉」、テレビ「私の秘密」の名解答者であった渡辺紳一郎と久生十蘭との対談のなかで、渡辺はふり返ってそのころの函館中学の生徒たちの一般的な気風について次のように述べている。「昔の函館は国際色濃厚、エキゾチシズムを十分満足させたからね。学校へ行く途中にロシア人が農場をやっていた。金髪の少女がいてね。それを見てて、学校を遅刻したり。ポーランド人のパン屋で遊んで、学校をエスケープしたりした」（十蘭対談「話の泉」）。

一九〇〇（明治三三）年生まれの渡辺のこの発言からもうかがい知れるように、函館は国際貿易港として世界に向けて早くから門戸を開放してきたので、コスモポリタンの精神風土にみちあふれた街だったのである。

函館の精神風土

このように函館の街は多くの歌や文学の舞台となってきたが、ほとんど漁港という雰囲気は感じられない。函館山の西のふもとには入舟漁港、東のふもとには住吉漁港という二つの港があるが、いずれも大きな漁港ではない。また両港とも市街のはずれにあるので漁船は目にはするが、いまでも青函連絡船が発着していた函館港では、漁船をみかけることはほとんどない。森進一の『港町ブルース』で歌われているような漁港のイメージは、駅前ににぎやかで大きな朝市があるのでそのように誤解されるか、あるいはかつては北洋漁業の母船基地があり、独航船が集結していた時代もあったのでそう思われるだけで、いまの函館港にはそうした雰囲気はない。また歌謡曲や演歌などの歌詞につづられる函館港や立待岬などの名所はどことなく暗く、淋しく、わびしいイメージで表徴されているが、それは雪が降りしきる凍てつく冬場だけのことであろう。

そのように歌われてしまうのは、私たちのなかに刷り込まれたイメージがあるからである。男に裏切られたり、棄てられたりした女たちが傷心をかかえて東京から逃げのびるのは、陽光が降りそそぐ南の国ではなく、かならず凍てつく北の国でなければならないからだ。

赤坂憲雄が『北のはやり歌』のなかで、「東京がそれぞれの立身出世の夢に彩られた中心＝都の地であったとすれば、北海道はいわば落魄の辺境世界そのものではなかったか」と指摘しているように、歌謡曲や演歌ではそうしたイメージに合致する作詞が求められるからである。函館湾に抱かれた函館港は冬場をのぞけば、高橋掬太郎の作詞になる『函館ステップ』、あるいはあがた森魚の『函館ハーバーセンチメント』のように、漁港よりもハーバーと呼ぶほうがはるかに実情に合っているような気がする。

私は小学校の修学旅行から現在まで、数えきれないほど函館にきているが、いつも感じるのは異国情緒のただよう街だということである。それは函館がアメリカをはじめとする列強との修好通商条約締結にもとづき、一八五九（安政六）年に長崎ならびに横浜とならんでわが国初の国際貿易港として開港したということとも関係している。外国にたいして早くから門戸を開いてきたため、市内にはハリストス正教会、カトリック元町教会、聖ヨハネ教会などキリスト教各宗派の教会、トラピスチヌ女子修道院、イギリスやロシアの旧領事館、中華会館、外国人墓地などのほかに、東本願寺函館別院や市内最古の高龍寺や称名寺などの仏教寺院、さらには洋式の五稜郭公園、旧函館区公会堂、はこだて明治館など西洋風の歴史的建造物がたくさん残されている。和洋折衷というのか、函館は「東洋」と「西洋」が混在する街なのである。

元町地区に典型的にみられる西洋風のエキゾチックな街並みのほかに、函館をさらに魅力的にしているのはその地勢である。世界三大夜景といわれる函館山から日中に市街地を眺めてみると、その蠱惑《こわく》的な地形が手に取るようにわかる。牛が寝そべっている姿にみえることから、臥牛山《がぎゅうさん》と俗称される函館山のふもとの傾斜地のあたりに教会や仏教寺院がいくつも点在し、そこから急坂を下ったところに巴《ともえ》形をした函館湾と津軽海峡が広がり、そのあいだにある細長い地峡・砂州みたいなところが函館の市街地となっている。静かな函館港には貨物船、タンカー、遊覧船などが碇泊し、湾を大きな青函フェリーがゆったりと航行している。市街地の奥まったところに五稜郭タワーが屹立し、さらに奥には横津岳や駒ヶ岳の山頂までがのぞまれ、左手のかなたには松前方面の山並みがみえる。風光明媚という言葉がぴったりとくる街なのだ。

作家の川崎彰彦は二〇代から三〇代にかけて、『北海道新聞』の函館支社に勤めていたが、『私の函館地図』のなかで、函館の街について次のように書いている。

函館には三面の鏡がある、というのが私のひそかな実感だった、空と函館湾と大森浜側の外海（中略）、空がるり色に輝くとき、二つの海も呼応して、るり色に輝き渡る。そんな日も私は浮き浮きと口笛でも吹きたい気分だった。空がどんより垂れこめる日、二つの海も死ぬ。私は無間地獄に突き落とされたようにみじめになって、収拾のつかない感情の道化にのめり込んでいった。

私は夏によく訪れるので、函館は川崎彰彦のいう通りである。もうひとつ私が感じるのは潮風が吹きぬける街ということである。ベイエリアの赤レンガ造りの金森倉庫群あたりを夕暮れに散策していると、とくにそういう感じがする。このエリアは観光地化されて歌謡曲の世界での「港町」というよりもやはり、「ハーバー」とか「ベイ」とかいう英語のほうが似つかわしく思われてくる。

安政の五カ国条約で国際貿易港として外国に門戸を開放してきたので、函館は外国にたいするアレルギーがなく、異質なものを抵抗なく受容するという進取の気性がある。それが函館をしてじつに開明的で、ロマンかおるエキゾティシズムにみちた街にしているのだ。函館はまさに外部に開かれた街なのである。函館港からアメリカに渡った新島襄のような密航者、江戸から逃走して五稜郭で蝦夷共和国を樹立しようとした榎本武揚、渡島当別《おしまとうべつ》の男子トラピスト修道院で孤児として育ち、アメリカに密航してから日本人義勇兵として、スペイン内戦に参加したジャック・白井などを思い出すだけで、どことなく函館の国際性が想起される。

李恢成『伽倻子のために』と森町

函館をでた函館本線の特急列車は国定公園のある大沼公園駅から、駒ヶ岳の裏側をまわって札幌に向かうが、普通列車はそのひとつ手前の大沼駅で本線と支線にわかれている。本線は秀峰駒ヶ岳の裏側をまわって合流地点の森駅にいたるコースであり、砂原《さわら》線といわれる支線は噴火湾をのぞむ海側をまわって森駅にたどり着くコースである。支線の名称になっている砂原町（現森町）は私の故郷だが、人々にいくらか知られているとすれば、森町が駅弁の「イカめし」の発祥地であることだ。

宮沢賢治も「噴火湾《ノクターン》」（『春と修羅』所収）という詩で、大正時代の森町周辺を次のよう描いている。

噴火湾のこの黎明の水明り
室蘭通ひの汽船には
二つの赤い灯がともり
東の天末は濁った孔雀石の縞
黒く立つものは樺の木と楊の木
駒ヶ岳駒ヶ岳
暗い金属の雲をかぶって立っている
そのまつくらな雲のなかに

とし子がかくされているかもしれない

この詩は一九二三（大正一二）年、勤めていた花巻農学校の教師として、前年に亡くなった妹のとし子を偲びながら、生徒の就職依頼のために道内各地を訪れ、移動の車窓から目にした北海道の原始的な風景を詠ったったものである。詩のなかにある「室蘭通ひの汽船」とは「明治から昭和初期にかけ、噴火湾の対岸にある室蘭とを結んだ『森蘭航路』の汽船のことであり、ＪＲ森駅近くには「桟橋跡」が残されていて、桟橋に降り立った明治天皇の記念碑が海のなかに立っている。

私も学生時代には毎年のように帰省したが、上野からの長い長い帰省列車のなかで、文庫本などを読んで過ごしたが、そのなかに李恢成の『伽倻子のために』があった。調べてみると、この長編小説は『新潮』の一九七〇年八月号と九月号に分載して発表されたもので、単行本は同年の一二月に新潮社から刊行されている。

私が読んだのはまちがいなく単行本のほうだが、読んでみて驚いた記憶がいまでも残っている。『伽倻子のために』の書きだしは、「R町が終着駅であった。函館方面からやってきた二台連結の気動車はゆっくりと最後の枕木を押しつけて停った」で始まっている。主人公の林相俊《イムサンジュン》は知りあいの老人の仏前に焼香するために、東京から一一年ぶりにはるばるこの町を訪れたのだという説明があり、そのあとの導入部には次のような描写がある。

鉄道の構内は海をのぞんでおり、複線の線路を渉《わた》ってくる風は潮の匂いをふくんでいた。あるかなきかに昆布の匂いが混ってくる。彼は鼻腔をふくらませ潮風を深く吸いこんだ。肺が海の闖入者にあわてて出し忽《たちま》ち混乱におち入っていくのがわかる。

それから主人公は改札口を抜け、待合室をよぎって、駅前の小さな広場にでる。そしてむかし長いこと見つめていた、あの海をまた見てみようと歩きはじめる。一〇〇メートルほど行くと踏切がある。さらに「踏切を渡ってしまうと防波堤に突き当たる。防波堤は駅の全長と同じ長さのもので海に沿って町を守っている」とあり、「海は内浦湾といった」と続けられている。

ここまでの導入部を読んで、ああ、このR町は森町なのだなとすぐさま思いついた。駅を守るように伸びている防波堤や、内浦湾（＝噴火湾）という言葉から、私が数えきれないほどみた風景そのままだったからだ。それから作中にあるR町は函館に近いという説明とか、主人公の在日朝鮮人学生と伽倻子が気動車で、大沼国定公園まで出かけて行ってボートに乗るシーンとか、「赤茶けた地肌をした活火山の駒ヶ岳」という描写とか、あるいは線路に沿って広がっている遊興街などの傍証的な描写から、ここはまちがいなく森町であると確信することができた。

後年、文学作品の舞台となった道南各地を紹介する木原直彦の『北海道文学散歩Ⅰ　道南編』を読んだが、「森・八雲」の項では『伽倻子のために』の舞台はやはり森町になっている。「戦後の森を描いた代表作となれば、李恢成の『伽倻子のために』であろう」と述べられ、「すぐれた恋愛小説である」という説明がなされている。ただ小説では森町はM町ではなくR町になっている。M町にすれば容易に森町と推測されて、作者の想像力と表現のはばが狭められ、それに束縛されることになりかねないので、おそらくR町にしたのであろうと考えられる。

ただ作中では主人公の実家がある札幌はS市になっている。さらに朝鮮人の老人一家がK村の鎮守祭りで露店をだし、主人公の相俊が伽倻子と一緒に店番をする場面があるが、ここにでてくるK村とは掛澗《かかりま》村ではないのか。森町の近在でKが頭文字につくのは駒ヶ岳という地名があるが、浜辺にそった一本道で行けるというのは掛澗村しか考えられない。掛澗は私の故郷だが、漁が盛んだったころは宵宮、本祭、後祭と三日間の鎮守祭りが盛大に行われ、小学生の時分にはたくさんの露店がでていて、とても賑やかだったのを覚えている。主人公の林相俊が札幌の実家から東京の大学にもどる途中、R町＝森町に立ち寄ったのは一九五六（昭和三一）年の夏のことであり、このときK村の鎮守祭りで露店の手伝いをしているのだ。私は五〇年の早生まれだからそのころ六歳で、この露店の手伝いが作者の実体験なら、私は大学生の李恢成をみていたかもしれない。

『伽倻子のために』は在日朝鮮人学生と母親に棄てられ、朝鮮人の老人に育てられた日本人の薄幸な少女、伽倻子との失意におわる恋愛小説である。しかし、この小説はたんなる悲恋の物語ではなく、在日朝鮮人としての民族的アイデンティティ、在日朝鮮留学生同盟の民族運動、植民地化の問題、北朝鮮への帰還運動、済州島人民蜂起と集団虐殺、祖国愛などの問題が複雑にからみあった社会小説でもある。

作品の時代は作中で『黒い花びら』が流行していた頃だとあるから、一九五六年から五九年あたりの時代相を背景としている。周知のように、『黒い花びら』は作詞が永六輔、作曲が中村八大で、水原弘が歌ったシングル盤で、一九五九年七月に東芝レコードから発売された曲である。同年に創設された第一回日本レコード大賞の受賞曲でもある。

『伽倻子のために』はまた『泥の河』の監督で知られる、小栗康平によって同名の映画化もされている。小栗監督の二作目の作品で、デビュー作『泥の河』から三年後、一九八四年に公開された映画である。劇団ひまわり映画製作事務所の制作で、伽倻子の役は南果歩が演じている。私はこの映画が公開されたときには見逃してしまって、近年になって「小栗康平コレクション２」『伽倻子のために』のＤＶＤでみた。

全体的な印象は原作を反映してか、画面が全編にわたってかなり暗く、沈鬱な色調に塗りこめられている感じがした。それはむろん監督の実験的で斬新な映像手法のためであり、当時の道南の貧しい人たちの生活がありありと描かれていた。あとで取りあげる函館出身の佐藤泰志の作品を映画化した『海炭市叙景』、『そこのみにて光輝く』、『オーバー・フェンス』、あるいは谷村志穂の南茅部《かやべ》（現函館市）の漁村を舞台にした同名作品を映画化した『海猫』も、どちらかといえば暗い映画である。たまたまそのような原作が映画化されただけなのであろうが、函館や森や南茅部を舞台とする映画はなぜかくも暗いのか。原作がそうだからとしかいいようがない。

『日本近代文学大事典』などによると、李恢成は一九三五（昭和一〇）年七月一五日、樺太《サハリン》の真岡町に生まれている。一九四五（昭和二〇）年の敗戦後、家族で日本人引揚者とともにサハリンより引揚げ、長崎県の大村市収容所まで行き、朝鮮への強制送還を狙ったがだめで、札幌市に住むことになった。札幌西高校から早稲田大学露文科に進学するが、在学中は『伽倻子のために』に描かれているように、留学生運動に熱中する。大学卒業後、朝鮮総連中央教育部学生課に勤めたあと、朝鮮新報社に転職し、それからコピーライター、経済誌記者などをやりながら創作活動をつづけた。

一九六九（昭和四四）年六月、『またふたたびの道』で第一二回群像新人文学賞を受賞して文壇デビューした。李恢成が新人賞を受賞したとき、私は文学部の学生で同人誌をやっていたが、朝鮮名の大型新人があらわれたと驚嘆したものである。その後、『われら青春の途上にて』（一九六九）、『青丘の宿』（一九七一）などの秀作を発表し、七〇年代の在日朝鮮人文学のめざましい興隆に大きな水路を拓いたといわれている。

一九七二（昭和四七）年、『砧をうつ女』によって第六六回芥川賞を受賞した。代表作に『約束の土地』（一九七三）、『見果てぬ夢』（一九七七）、『百年の旅人たち』（一九九四）などがある。またエッセイには『可能性としての「在日」』があり、私はポーランドからイギリスに国籍変更した、みずからの研究対象である『闇の奥』、『ロード・ジム』で知られるジョウゼフ・コンラッドの帰化問題を考えるために、金石範『「在日」の思想』とともに読んだ記憶がある。

李恢成の作品には在日朝鮮人二世としての至純なまでの祖国愛のようなものがあるが、「在日」という条件と祖国の分裂という政治的な状況は、作家に大きな困難な課題を突きつけたのも確かであった。

いずれにしても、『加耶子のために』の舞台が郷里の森町であったことが、文学を身近に感じる最初の出来事であり、のちに函館市文学館に足を踏み入れるきっかけになった。そこに展示紹介されている函館出身、ないしは函館とゆかりのある歌人、作家、評論家、作詞家などを知るにつれて、文化遺産として函館文学の系譜のようなものを書いてみたいと思うようになったのである。

第四章　海外放浪文学の先駆者——長谷川海太郎（谷譲次・牧逸馬・林不忘）の軌跡

反骨のジャーナリストを父に

函館文学の先駆者といわれ海外放浪を体験してきた長谷川海《かい》太郎（一九〇〇―一九三五）は、谷譲次、牧逸馬《いつま》、林不忘《ふぼう》という三つのペンネームを使い分けて精力的に著述活動をして三五歳で急逝したが、戦前では流行作家として知られた人物である。林不忘というペンネームを使って書いた時代小説「丹下作膳」は、そのヒーローの剣豪の名前とともに映画などを通じて現在でもよく知られている。

おおまかにいえば、谷譲次は『テキサス無宿』や『めりけんじゃっぷ商売往来』などアメリカ放浪体験小説の〈めりけんじゃっぷ〉もの、牧逸馬は『浴槽の花嫁』など世界怪奇小説や犯罪実録小説やミステリー、『地上の星座』などの恋愛小説や家庭小説などを、林不忘は時代小説の『新版大岡政談』や「丹下左膳」シリーズなどを書くときそれぞれ使ったペンネームである。

長谷川海太郎は長谷川家の長男として、一九〇〇（明治三三）年に新潟県佐渡郡赤泊村（現佐渡市赤泊）に生まれた。次男の潾《りん》二郎は洋画家だが地味井《じみい》平造のペンネームでミステリーも書いた作家、三男の濬《しゅん》はロシア文学者、四男の四郎は『鶴』『シベリヤ物語』などで知られる純文学系の作家である。

海太郎が誕生したとき、父親の長谷川清は佐渡中学の英語嘱託教員をしていた。川崎賢子は『彼等の昭和——長谷川海太郎・潾二郎・濬・四郎』のなかで、松本健一の『若き北一輝』や『孤島コンミューン論』を援用しながら、清がかなり高度な英語を教え、副読本にディケンズの『英国史』を使い、マルクスの「剰余価値説」なども読破して、在学中だった北輝次（一輝）の思想形成に大きな影響をおよぼしたと指摘している。北一輝といえば、二・二六事件の皇道派青年将校たちの理論的指導者（影響を与えたが首謀者ではないという説もあり）として逮捕され、軍法会議にかけられ、死刑判決を受けて刑死した国家社会主義者だ。

父の清はのちに改名してジャーナリスト長谷川淑夫《よしお》（号は楽天、世民《せいみん》）として知られることになるが、海太郎が三歳のときに『北海新聞』（のちの『函館新聞』）の主筆に迎えられて一家で函館に移住した。しかし、中村嘉人《よしひと》の『函館人』によれば、淑夫は三度ほど筆禍事件を起こして投獄されてもいるのである。

一度目は一九一〇（明治四三）年、世民の雅号で『北海新聞』に連載した記事で、明治天皇にたいする不敬罪に問われ、新聞は発禁になり、本人は一年間刑務所に入れられたというのだ。二度目は一九一七（大正六）年、『函館新聞』紙上において持論を展開し、選挙違反に問われ、また投獄されたというのである。このとき海太郎は、函館中学でストライキの首謀者として、学校当局と闘争中であった。

三度目は一九一九年、『函館新聞』社長兼主筆となった世民は、同紙に「トロツキー氏の『過激派と世界の平和』を読む」という記事を発表して、新聞条例違反の罪に問われている。

中村嘉人はこうした筆禍事件について『函館人』のなかで、「世民は自分の思想や信条のためには、獄舎につながれてもひるまなかったが、息子も同様であった。こういう気風は、長谷川親子や先述した田中清玄だけではなく、当時の函館に横溢していたように思われる」と述べている。ちなみに長谷川淑夫の墓は石川啄木一族の墓から、立待岬に向って二〇メートルばかり上がった小道の右側、「世民長谷川先生之碑」と刻まれた大きな石碑として残されている。

さて息子の海太郎にもどるが、函館区立弥生尋常小学校を卒業してからは、エリート校の北海道庁立函館中学校（現函館中部高校）に入学している。父は子供のころから海太郎に英語を教え、また本人は徳富蘆花『順礼紀行』を愛読した。中学三年生になると、石川啄木に傾倒するようになった。そのころの函館は国際色豊かな港町であったため、海太郎は海外への憧れをいだいて成長したといわれている。

渡辺紳一郎はさきに引用した久生十蘭との対談「話の泉」において、函館中学の同級生で、おなじクラスでもあった海太郎について、「海太郎と一緒に、日本はいやだ、いやだなんて言ってた」（『久生十蘭』）とその思い出を語っている。渡辺によれば、海太郎たちが抱懐した海外への憧憬は函館のコスモポリタン性、そのころの冒険・探検雑誌に鼓吹された海外雄飛の夢、北海道人の進取の気性、郷土意識の希薄さなどが海外脱出願望として発現したというのだ。海太郎ののちのアメリカ放浪をみれば納得できる説である。

川崎賢子の『彼等の昭和』をふたたび援用すれば、海太郎は四年生になると野球の応援団長として活躍していたが、函館中学の生徒と函館商業の生徒との喧嘩をあおったりしていた。五年生になると教師を攻撃する演説をぶったり、校友会総会で運動部長の排斥決議を採択したり、仲間をつのって同盟休校を呼びかけたり、五稜郭籠城をこころみたりするなどの「非行」のために、一九一七年春の卒業者名簿から名前を削除され、落第ということになったので、みずから退学したというのである。

このあたりの事情を工藤英太郎は『「丹下左膳」を読む』のなかで、さらに詳細に説明している。それによれば、海太郎は教師の側からすれば「乱暴な硬派の不良少年」であり、五年生になると応援団長になり、次々と応援歌を作るなど函館商業との野球の試合に熱を入れていたというのだ。

海太郎は野球の試合に負けてばかりいる鬱憤を教師にむけ、弁論部の大会で「先生たちは誠意がない」と学校当局を非難する演説を行って中止させられた。次いで運動部長排斥の決議文を起草し、級長を唆して校友会総会で決議させた。さらに自分が首謀者になって同盟休校に入り、榎本武揚の古戦場五稜郭に一一日間籠城した。

この同盟休校には五年生一同が参加したが、同窓会の仲介で一人も退学処分にしないという条件で解決、わずかな停学処分だけで済んだが、同盟休校については『函館新聞』が連日大々的に取りあげ、教師の私生活に関する暴露記事まで掲載するようになったので、学校側の恨みは海太郎に集まった。学校側は三学期の試験が終わるのを待っていたかのように、学科試験の点数不足を理由に海太郎を落第させ、卒業名簿から海太郎の名前を削除してしまった。

『踊る地平線――めりけんじゃっぷ長谷川海太郎伝』

こんなわけで退学した海太郎は父親の淑夫と相談のうえで、一九一七（大正六）年に上京して明治大学専門部法科に入学した。そのあいだ函館にもどって選挙の応援演説をしたりしたが、一九二〇（大正九）年に専門部を卒業した二〇歳の春に、函館のミッション関係者だったローラ・グッドウィン女史の帰国に同行してアメリカに渡り、オハイオ州のオーバリン（日本ではオベリンとも表記）大学に入学した。このグッドウィン女史はミッション関係者と伝えられているが、おそらくはアメリカのメソジスト派の「日本基督教会函館教会」の関係者だったのであろう。

オーバリン大学は一八三三年に長老派（プレズビィテリアン）の牧師によって設立された、名門のリベラル・アーツ・カレッジ（教養大学）であり、オハイオ州のクリーブランドから南西三五マイルのところに位置している。大学が創設されてから、入学資格に性別や肌の色の制限を設けなかった大学として知られ、一八三三年に女子学生を受け入れたほか、一八三五年には有色人種の入学も許可している。日本の桜美林大は創立者の清水安三が同校の卒業生であったことから、校名に採用しいまは提携校となっている。オーバリン大学の卒業生にはライシャワー元駐日大使、映画監督・俳優のオーソン・ウェルズ、作家のソートン・ワイルダーなどの著名人がいる。

それにしても不思議なのは、海太郎はなぜ日本ではほとんど知られていなかったはずの、中西部の小さな大学を留学先に選んだのか。室謙二の『踊る地平線――めりけんじゃっぷ長谷川海太郎伝』によれば、海太郎は函館時代と東京時代に熱心に教会に通い英語も勉強していたので、牧師からこのさき有望な信者になると思われて、オーバリン大学となんらかの関係がある、日本に住むキリスト教関係者の紹介があったからだろうと推測している。実際、海太郎はすでに述べたように函館のミッション関係者だった、ローラ・グッドウィン女史の帰国に同行して渡米している。このグドウィン女史は評伝ではミッション関係者とされているが、長老派教会の信者であり卒業生でもあったので、オーバリン大学を紹介したのか、それとも宗派は異なるが知人や関係者が同大学にいたので紹介したのか、そのどちらかであると思われる。

室謙二は評伝『踊る地平線』なかで、谷譲次のペンネームで書いた海太郎の短編「脱走」（『テキサス無宿』所収）

を手がかりに、オーバリン大学に入学したての主人公の「私」の様子を説明している。小説によると、同大学における海太郎の身元引受人は紹介されていたシェリダン教授という人で、到着するや教授の家で大歓迎されたというのである。シェリダン教授は入学手続きをしてくれたうえ、住むところとして歯医者のヒュウズ博士の診療所を紹介してくれる。しかし、「私」は歯医者の手伝いが気に入らず、大学の授業にもまったくついて行けないのだ。そのためシェリダン教授はつづけて、建築家のウィルソン氏を紹介してくれたので、そこの通いの給仕人になるのである。海太郎は私費留学生だったが、日本の実家からの送金だけでは学費や生活費をまかなうことができなかったので、どうしても働かざるをえなかったのである。

「脱走」は小説なので多少の潤色があるはずだが、それにしても大正時代に私費であれアメリカの片田舎の大学に留学するというのは、じつに大胆な行動力といわなければならない。明治以降の留学の系譜を眺めてみても、日本の留学制度においては森鷗外や夏目漱石のような官費留学が主流であり、海太郎のような私費留学で行って、途中で大学をドロップアウトしてアメリカを放浪したという点では、粘菌研究を中心とする博物学者の南方熊楠や永井荷風に似ていなくもない。

おそらく海太郎をアメリカ留学に駆りたてたのは、外国人が日常風景のなかにいる函館という国際貿易港の街で育ったこと、父親が佐渡中学の英語教師であり筆禍事件で投獄歴のある反骨のジャーナリストでもあったこと、それに家の近くに教会がいくつもあったことなどによって、海外雄飛や日本脱出願望が育まれたためと思われるのである。

現に長谷川海太郎の住んでいた家は、観光名所のハリストス教会の左隣下にあったからである。いまは「元町茶寮」という喫茶店になっているあたりだ。また横道をはさんだすぐ上には、日本聖公会の函館ヨハネ教会が立っている。

ハリストス教会はお茶の水の聖堂で知られる司祭ニコライが建てたもので、ハリストスとはロシア語でキリストのことである。またすぐ近くには聖ヨハネ教会やカトリック元町教会、日本基督教函館教会、さらに少し足をのばせば聖マリア教会や外国人墓地などもあり、さらに近隣にはイギリス領事館やロシア領事館などの洋館もあり、インターナショナリズムやコスモポリタニズム、あるいは海外憧憬のロマンティシズムをかき立てるには絶好のロケーションだったのである。

四男の長谷川四郎は『文学的回想』所収のエッセイ、「ガンガン寺の鐘」のなかで次のような回想している。「明治四十二年（一九〇九年）生まれの私が、このガンガン寺のすぐそばの家に住んでいたのは、たぶん明治四十五年（大正元年、一九一二年）ころまでだったろう」。生家に三年ほどしか住めなかったのは、函館の大火で焼失してしまったからである。また「ガンガン寺」というのはハリストス正教会のことで、この教会の鐘が定時になると「ガーン、ガーン」と鳴ったからである。この鐘を鳴らす男のことは谷村志穂の小説『海猫』にもでてくるが、長谷川四郎は生家については次のような説明もしている。

私の生まれた家のあるあたりは国際的な「寺町」のような所だった。ハリストス正教会と、道路をへだてた下手にはフランスの天主教のお寺があり、家の下の方にはでかい瓦屋根をふいたでっかい本願寺があり、家の少し上には英国の聖公会の牧師館があった。

「天主教のお寺」とは「亀井勝一郎の生誕地」をしるす石碑の向かいにある、カトリック元町教会のことであり、横に走る道路をへだてたすぐ上手にはハリストス正教会がある。白地の「亀井勝一郎の生誕の地」という案内板の横にある石碑には、エッセイ「東海の小島の思い出」のなかの一節、「世界中の宗教が私の家を中心に集まっていたようなもの」という一節が刻まれている。真後ろが大きな東本願寺函館別院になっている。

長谷川四郎はまた「ガンガン寺の鐘」のなかで、「ガンガン寺わきの家の前には山の方へのぼっていく坂道があった」と書いているが、それはハリストス正教会と聖ヨハネ教会のあいだにある狭小な坂道で、坂の上には「チャチャ登り」という小さな案内板がでている。読んでみると、チャチャとはアイヌ語でおじいさんのことで、この坂が急なために、前かがみに腰をまげて登る姿が老人に似ていたからついた名称だというのだ。坂のてっぺんから振り返ってみると、異国情緒たっぷりの教会と函館港がながめられ、たまらなくエキゾティシズムが刺激される場所でもある。

しかし、元町にあったこの長谷川家の住居は、一九二一（大正一〇）年の函館大火で焼失してしまった。川崎賢子の『彼等の昭和』の「略年譜」によれば、翌年に函館区谷地頭町一〇〇番地に新居が完成し、一家はそこに住みはじめている。ちょうど末弟の長谷川四郎が弥生小学校を卒業し、兄たちとおなじく函館中学に進んだ年である。

私も谷地頭町《やちがしら》一〇〇番地近辺を訪ねてみたことがあるが、狭い道路をはさんで市営谷地頭温泉の向い側、どうやらいま鹿目《かのめ》内科の医院がたっている場所あたりらしく思われた。市電の谷地頭線の終点から山に向って少し歩いた、立待岬と啄木一族の墓という道路標識と対角線上に鹿目内科という白い看板が出ていて、そこが内科医院の風情ある美しい庭になっている。

さて、海太郎のオーバリン大学の入学後にもどるが、参照した評伝や文学事典ではすべてが二カ月ほどで大学を中退したことになっている。室謙二の『踊る地平線』によれば、その主たる理由が大学に照会してみたところ「英語力不足」で、授業についてゆけなかったからだというのである。谷譲次の『テキサス無宿』、出口裕弘編『テキサス無宿／キキ』所収の自伝的短編「脱走」にも、「英文学の時間に居眠りし、仏蘭西語は窓から逃走し、聖書の講義には腹痛を起こす」と書かれている。そして「とうとう教授会の問題になって私はお処払いということになった」。室謙二は海太郎のそのころの心境を次のように推測している。

海太郎はエネルギーに満ちた、生き生きとした外向的な二〇歳の青年だった。しかしまた彼は、その体の内側に柔らかな繊細な神経を持っていた。そして彼は自分を守るものをほとんど何も持たずに、背後の力もなしに一九二〇年のアメリカ中西部の田舎町に裸であらわれた。始めての異国、圧倒的な異国だった。彼の好奇心は委縮してしまいそうになり、かれの神経のバランスは不安定だった。そして言葉が分からない。勉強してきたはずの英語が全然分からない。（中略）　海太郎は何度も泣いたのだ。彼は文化ショックと瞬間的に湧き上がるホームシックの中にいる。

「脱走」には英会話の苦労はさほど書かれていないが、私の経験からいっても実際にアメリカの地を踏んでみると、自分の英語が通じない、とりわけ相手の言っている英語が聞き取れないというショックは、日本で想像するよりも大きかったと思われるのだ。尾崎秀樹は『もだん・でかめろん』の「解説」のなかで、渡辺紳一郎の回想を引いて、函館中学時代の海太郎について、「クラスでは人気者で、英語が抜群にできたという。英語教師の口真似が得意で、港に外国船や軍艦が入るとさっそくとんでゆき、船員や水兵たちとすぐ仲間になったそうである」と述べているから、なおさらであっただろう。

それだけでなく人種差別的な視線、カルチャーショック、ホームシックなども複合的に重なって、海太郎の神経がかなり不安定になったと思われるのである。海太郎も少年のころより英語を勉強したり、英語教師であった父親の英語の本を読んだり、聖書を読んで教会に通ったりして、なみの日本人よりはるかに英語的な環境に慣れていたはずなのだが、また「反抗的活力と都会性」(『踊る地平線』)にかけては群を抜いていたはずなのに、それでも異国の新しい環境になれるのに苦労したのである。

海太郎が一九二〇(大正九)年に入学したオーバリン大学は、エリー湖の南岸に位置するオハイオ州クリーブランドから四〇数キロ西の田舎にあり、そのころの人口は約四〇〇〇人ほどである。八月四日にシアトルで日本郵船の太平洋航路の香取丸を降りて、大学があるオハイオ州の小さな田舎町までの旅程は、短編「脱走」に描かれているように、「何日間も汽車を乗り継ぎ大陸を横断して」から、あまりにも長い旅が終わりを告げるのである。おらく同行のミッション関係のアメリカ人女史とはシアトルで別れ、ひとりで大陸横断のノーザン・パシフィック鉄道の汽車に乗って、はるばるシカゴまで行ったものと思われる。

最後に乗った「汽車はトタド市からクリイヴレンドへ走る特急」と叙述されているが、シカゴからまずは「トタド市」(ミシガン州との州境にあるオハイオ州の工業都市「トリード市」)まで行き、そこで列車を乗りかえて「クリイヴレンド」(オハイオ州の大都市「クリーブランド」)行きの特急に乗りこみ、オーバリン大学の最寄りのエリリア駅で下車したものと思われる。

小説の「脱走」を読むかぎり、駅には迎えの人がだれもきていないようなので、おそらく歩いてオーバリンの大学町まで行き、番地を探しながら身元引受人のシェリダン教授の家にたどり着いたのであろう。小説にはそのように書かれている。調べてみると、エリリア駅から大学町のオーバリンまでは、歩いて三〇分ほどの距離である。

谷譲次の自伝的な小品「方々記」でも、渡米してから主人公が従事した仕事を列挙するくだりで、「エイダの大学へ入学して、かたわら大学食堂の野菜作り、後に給仕頭」という記述がある。これが事実とするなら、オーバリン大学を自主退学し、クリーブランドを中心にさまざまな雑役的な仕事についてから、エイダにあるオハイオノーザン大学に入学したことになるが、川崎賢子は退学後の海太郎の足取りについてはいまや伝説になっていて、「オハイオノーザン大学に出入りしていたとか、いや学生としてではなく学生食堂で働いていたのだとか、皿洗い、コック、執事からホットドッグ売り、香具師まで経験したとか、が、それもさだかではない」（『彼等の昭和』）と指摘している。

いずれにしても、大学脱走後の海太郎はアメリカ社会のいわば底辺で、雑役的な仕事をしていたが、肉体労働に引け目など感じてはいなかった。むしろ誇りを持っていたようだ。じっさい川崎賢子は、四郎の「海太郎兄さん」というエッセイを引用して、「海太郎が渡米中サンディカリスト的労働組合ＩＷＷ（世界産業労働者組合）に出入りしていた」と指摘している。

サンディカリストとは組合主義者ないしは組合至上主義者のことで、ゼネストなどの直接行動で生産と分配を手中に収めようとする労働組合運動（主義）のことである。川崎はまた当時の『函館新聞』のトップ記事には、国際的労働運動や組合運動についての見出しが躍っていたというから、海太郎が渡米前にそれらの記事を読んでいたことはまちがいないようだ。

室謙二は『踊る地平線』のなかで、オーバリン大学を辞めてからの海太郎の足取りについて次のように述べている。

海太郎は葛藤と危機を振り捨てようと、オベリンを「脱走」して、クリーブランドに向った。そこに日本人風来坊の溜り場があることを、大学が始まる前にクリーブランドに来て海太郎は知っていた。そして後になって海太郎はその日本人たちを〈めりけんじゃっぷ〉と命名することになる。

英語力不足とカルチャーショックから授業をサボり、そのため教授会で問題となり、結果として大学をドロップアウトすることになった海太郎は、その後クリーブランドの日本人の溜り場に救いを求めることになる。そこは風来坊たちの溜り場と称されているが、集まっている風来坊たちは留学生くずれの若者というよりもむしろ、食いつめた日系移民や不法移民たちが大半だったようである。この溜り場において海太郎はアメリカにきて初めて、心からの解放感と安らぎをえたものと思われる。

〈めりけんじゃっぷ〉を題材とする小説

この溜り場を基点に海太郎はそれから四年間、一人の〈めりけんじゃっぷ〉としてアメリカ中西部や東部を流浪しながら、さまざまな下積み労働を転々とすることになる。室謙二は『踊る地平線』のなかで、海太郎の足跡についてオハイオ州クリーブランド、ミシガン州ジャクソン、オハイオ州セダーポイント、ライマ、エイダその他の町々、そしてミシガン州デトロイト、ノースダコタ州の鉱山の町、ケンタッキー州のエリザベス、インディアナ州、そして最後にはシカゴやニューヨークとまわっていると述べている。

この遍歴した町にオハイオ州のエイダが入っているが、ここはオハイオノーザン大学の所在地である。『近代日本文学大事典』によると、海太郎はオーバリン大学を自主退学してからこの大学に籍をおいて、コックやスクールボーイ（学僕）をしながら勉強をつづけたと記されている。げんに「テキサス無宿」という短編のなかに、「私がオハイオ州クリイヴレンド市ユウクリド街のエッシイス料理店で大学の夏季休暇を皿洗いに雇われて行っている時」という記述があるが、これは紛れもなくオーバリン大学を二カ月足らずで退学した後のことである。小説なのでフィクショナルな粉飾や誇張も考えられるが、引用文のなかにある「大学の夏季休暇」というのが本当なら、オハイオノーザン大学に再入学したのは事実なのではないかとも推察されるのである。

しかし、海太郎の英語力不足と仕送りもほとんどなかった状況を考え合わせるなら、オハイオノーザン大学に再入学したとは考えにくいところもある。第一、再入学のための学費はどうやって捻出したのか。入学までアルバイトでためたのか。『テキサス無宿』に収録されている「脱走」という短編によると、海太郎は九月に入学して一一月にオーバリン大学を自主退学して、クリーブランドに向ったと思われるのだ。「脱走」の最終場面は身元引受人のシェリダン教授と娘のダラセイに見送られて、主人公の「私」は霙《みぞれ》の降るうすら寒いある日の夕方、「都市行きの汽車」に乗って田舎駅を離れるところで終わっている。この「都市」とは小説や評伝などを参照するなら、いうまでもなくクリーブランドであろう。

谷譲次の『もだんでかめろん』の巻末にある「年譜」や『彼等の昭和』の「略年譜」などによると、海太郎は一九二四（大正一三）年、ニューヨークでアメリカの貨物船の石炭夫になり、南米からオーストラリア、香港を経て、「寄港先の大連から着の身着のままで脱船」して、「鉄路満州から朝鮮半島まで南下、関釜連絡船で日本にたどりついた」というのである。七月ごろだと推定されている。

このあたりの事情は〈あめりかじゃっぷ〉ものの代表作のひとつ、『新青年』に掲載された「方々記」にも描かれている。主人公の「僕」は食いつめて中西部から東部のニューヨークに流れつく。そこでロシア料理店の皿洗い、ユダヤ人街でのホットドッグの立売りなどをするが、やけを起こして貨物船のボーイから火夫までやってイギリスに行ってきた後、いよいよ帰国してみようとする気を起すのである。

　中央亜米利加から墨西哥《メキシコ》の南、巴奈馬《パナマ》運河を通って南米ヴァルパライソ、南洋タチヒ島木曜島から豪州、この間、かよわい身を以て石炭夫《コウル・パサ》から火夫、甲板上で起重機修理《ウインチリペア》もやれば、百三十度の機関室で油に染《まみ》れもした。汽釜《ボイラ》の前でスコップ握る、石炭庫《バンカア》で気絶する。いやはや、船の作業は大概命がけです。シドニイ、メルボルン、ワラルウと豪州近海航路を三ケ月。タスマニア海峡の暴風雨《ストウメ》も鼻歌であしらうようになって、ジヤワとスマトラのスンダ海峡、香港、上海と北へ上って大連、ここで下船して奉天の南、蘇家屯《そかとん》で乗りかへ、朝鮮を北から南と一直線、釜山からシマナセイキ、キヨト、オセカ、トキヨ、それから北の港町、山の麓に立ち並ぶ昔ながらの街を見た時は、さぞ万感交々《こもごも》何とかしたろうと思うのは素人。おや、見たことのある港だな、ぐらいが放浪《ボヘ》常習人《ミアン》の心意気ってものさ。

引用文にある「北の港町」とは、いうまでもなく故郷の函館のことである。四年ぶりの帰国だが、なんの感傷もないところがいかにもコスモポリタンの海太郎らしい。帰国してから再渡米することを考えていたが、アメリカで排日移民法が成立して、不法移民のような生活をしてきた海太郎は当然ながら、領事館に旅券の発給を拒否されて、再入国を断念せざるをえなかったのだ。

その後、函館と東京を往復するようになり、東京では素人下宿で共同生活をしていた弟の潾《りん》二郎と水谷準のところによく宿泊した。鷲田小彌太・井上美香の『なぜ、北海道はミステリー作家の宝庫なのか?』によれば、水谷準は一九〇四年に函館市船見町で生まれ、潾二郎とは弥生小学校から函館中学までの同級生であり、のちに『新青年』の編集長あるいはミステリー作家、ゴルフ作家として活躍した人物である。

上京後の海太郎はやがて松本泰・恵子夫妻の翻訳技術をみがく「英語研究会」に出入りするようになる。妻である松本恵子(一八九一―一九七六)は函館出身で、「日本初の女性探偵作家」(『なぜ、北海道はミステリーの宝庫なのか?』)といわれ、一九一六年にロンドンに遊学していたときに、『三田文学』に小説を発表していた慶応大学出身の松本泰とであい、結婚したのだった。海太郎はこの研究会でのちに妻となる香取和子と知りあっている。

松本泰(一八八七―一九三九)も東京生まれの小説家、推理作家であった。みずから出版社を立ちあげて『探偵文芸』を発刊し、探偵小説の創作や翻訳に活躍したが、とりわけ「犯罪小説」の分野での先駆者であった。海太郎はこの松本泰主宰の『探偵文芸』に参加したが、『新青年』主筆の森下雨村とも知りあい、探偵小説の翻訳の下請けをする一方で、一九二五年(大正一四)年には森下に勧められて、『新青年』に〈めりけんじゃっぷ〉ものを連載して好評を博した。二五歳のときだった。

その後、海太郎はたちまち流行作家となり、文壇のモンスターといわれ変幻自在、八面六臂の超人的な活躍をすることになる。〈めりけんじゃっぷ〉などのアメリカ放浪ものは谷譲次、メロドラマや世界怪奇実話は牧逸馬、丹下左膳などの時代物は林不忘という三つのペンネームを使い分けて、書きに書きまくることになるのだ。その大活躍の所産は一九三三（昭和八）年一〇月から刊行が開始され、三五年六月一四日に完結をみた『一人三人全集』全一六巻に結実した。そして全集の最終巻がでた一五日後、海太郎は持病であった喘息の発作による心臓麻痺で、未完成の豪邸で急逝した。享年三五歳であった。

こうして海太郎は他界するまで流行作家として一〇年ほど華々しく活躍したが、その膨大な作品群を俯瞰してみると、あらためて海太郎の真骨頂は〈めりけんじゃっぷ〉ものや外国周遊紀行などにあったのではないかと思われてくるのである。永井荷風が海太郎よりもまえに『あめりか物語』（一九〇八）を出版し、シアトル、タコマ、セントルイス、シカゴ、ニューヨークなどの都市に棲息する棄民化された日本人出稼ぎ労働者、ないしは日系移民の悲惨な実態を描いたが、それはあくまでも外側からの見聞にもとづく小説だった。谷譲次の〈あめりかじゃっぷ〉小説はそうではなく、あくまでも実体験に裏うちされた小説だったのだ。ちなみに〈めりけんじゃっぷ〉とは、いうまでもなく“American Jap”のことで、在米日本人のことだ。「アメリカン」をネィテイブがやや早口に発音すると「メリケン」に聞こえることから、日本人は「メリケン粉」、「メリケン波止場」などと名づけたのとおなじ理屈である。

また海太郎以前に移民文学の書き手として活躍した作家に翁久允《おきなきゅういん》（一八八八―一九七三）がいる。娘の逸見久美『在米十八年の軌跡　翁久允と移民社会　一九〇七―一九二四』によれば、翁は一九〇七年にスクール・ボーイとしてアメリカに渡り、やがて太平洋岸の在留日本人の文学運動の中心になり、シアトルの邦字紙『旭新聞』や『北米時事』などに小説を発表し、移民文学者として特異な地位を占めるようになったというのだ。『日米新聞』に連載した『悪の日影』（一九一五）では、アメリカ在住日本人の漂泊生活の心の奥底までも描きだして読者の共感をえた。また日本人差別を扱った異色の短編集『アメリカ・ルンペン』（一九三二）も注目された。

しかし、谷譲次が『テキサス無宿』、『めりけんじゃっぷ商売往来』、あるいは『テキサス無宿／キキ』などで描いている、流れ者のようなアメリカ在住の日本人単純労働者たちは、日系移民文学に登場する日本人たちともいささか異なり、これまで日本近代文学においてほとんど描かれたことのない人たちである。官費留学生である森鷗外や夏目漱石など、明治期のエリート留学生たちの哀歓や苦闘は当事者たちによって文学に形象化されてきた。

また南方熊楠や永井荷風などのドロップアウトした私費留学生たちの、異国での生態も活字を通して明らかにされてきたが、これらはいわば知的エリートの留学記であったといってもいい。留学したはいいが授業についてゆけずに途中脱落し、勉強はしないで遊びくらす遊学という形態もある。さらには初めから留学など関係なく、底辺労働をしながら異国を流浪する外国放浪型もある。金子光晴や戦後のヒッピー世代の放浪がまさにそれであり、谷譲次はまぎれもなくこの系譜に連なる作家であることはまちがいない。

谷譲次の新しさはその文体の斬新さにある。下層労働者を描くのだから知的雰囲気はないが、躍動的な饒舌体、俗語体による自在な語り口、べらんめえ調や講談調のような歯切れのいい文体はそれまでの日本文学にみられなかったもので、読者には熱狂的に迎え入れられたが、既成の文壇からは嫉妬もこめて黙殺されたところがあった。外国をこれだけ生き生きと描いたという点で、さらには日本人作家と異国描写の関係という点からも、谷譲次はもっと評価されてしかるべき作家であることはまちがいない。

このような異色作家が函館から誕生したのはやはり、外国の風物が日常風景のなかにある国際的な港町であり、反骨の新聞人・ジャーナリストである父に育てられたことも大きかった。このように海太郎が函館をほとんど書くことがなかったのは、コスモポリタンとしての視野を持ちつづけたためにほかならない。私は長いあいだ外国を舞台とする日本文学に関心を持ってきたが、谷譲次はそうした日本文学の典型的な作家のひとりであるので、以下はとくに外国を題材とする小説やエッセイに焦点をあててみたい。

代表的短編『テキサス無宿』

一九二五（大正一四）年、結婚した海太郎は『新青年』の一月号に、谷譲次のペンネームで〈めりけんじゃっぷ〉ものの「ヤング東郷」、「ダンナと皿」、「ジョウジ・ワシントン」などを発表した。『新青年』は一九二〇年に博文館によって創刊され、一九五〇（昭和二五）年までつづいたモダニズムの代表的な雑誌のひとつで、都会のインテリ青年層のあいだで大いに人気のあった総合娯楽雑誌である。内外の探偵小説を紹介し、江戸川乱歩や横溝正史など多くの探偵小説家の活躍の場となり、日本の推理小説の歴史上、大きな役割をはたしたといわれている。また牧逸馬、夢野久作、小栗虫《むし》太郎、久生十蘭などの異端作家も生みだした。海太郎は同誌において谷譲次や牧逸馬のペンネームで創作のほか、翻訳もかなり手がけている。

〈めりけんじゃっぷ〉ものの代表的短編、「テキサス無宿」は一九二六年（大正一五年・昭和元年）、『新青年』の一〇月号に発表された作品である。三年後の一九二九年には連作「めりけんじゃっぷ商売往来」も併録して、『テキサス無宿他三十一篇』という表題のもとに単行本が改造社から出版されている。いま入手できるのは社会思想社の現代教養文庫の『テキサス無宿』と、みすず書房の『テキサス無宿／キキ』である。

「テキサス無宿」とは作者の才華を感じさせるいかにも魅惑的なタイトルだが、この作品を表題とする『テキサス無宿』という短編集には、滞米経験を反映する多くの短編が収められている。現代教養文庫版の『テキサス無宿』に収録されている作品はほとんどすべてが『新青年』に発表された短編であり、試しに代表的な作品名をあげてみると、「ヤング東郷」「喧嘩師ジミイ」「感傷の靴」「テキサス無宿」「脱走」「肖像画」などである。かねてより日本人作家の外国の描き方に関心を寄せてきた私にとって、「テキサス無宿」などという題名はいやがうえにも読書欲をそそるネーミングである。

「テキサス無宿」の主人公の「私」は明らかに海太郎の分身であり、シカゴからオハイオ州の片田舎にあるアイルランド人の経営する料理店、そこに出稼ぎにきたおそらくは留学生くずれの日本人青年である。この料理店では大勢の日本人が働いているが、なかでも若者たちはアメリカ在住の夏季休暇中のアルバイト学生たちである。この料理店はいわば日本人の溜り場みたいなところなのだが、「私」はここで皿洗い機の助手をして働いている。もうひとりの皿洗い助手が自称、ハアレイ・カトウという学生である。カトウはカリフォルニア州のある大学の法科生で、一二、三年休学してアメリカ全土を見学するために、大陸横断の無銭旅行にでて、シカゴを通ってようやく日本人の知人のいるこの料理店にまでたどり着いたというわけなのだ。

「私」はカトウの友人になり、金を貸したりもするが、カトウは無銭旅行者なのにときには大金を隠し持っていたりする。また白人の料理人との喧嘩では、学生とは思われないほどの度胸を見せるので、カトウが本当に学生なのかどうか怪しみはじめる。また「私」がアルバイトをしている料理店の地下室では、毎晩のごとく違法な博奕がはでに行われている。博奕を渡世にしていたかつては流れ者だった古手の日本人をはじめ、町じゅうの日本人と白人の遊び人たちも集まり、それに旅の商売人も加わって、途方もない金額をかけた博奕が夜通し行われるのである。

「私」は誘われても断っていたが、カトウは首を突っ込むようになり、百ドルあまりの虎の子をぜんぶ取られて一文なしになってしまうのだ。それに懲りて賭博をやめるかと思いきや、すっかり病みつきになって毎晩のように地下室に降りてゆき、「不器用極まる手付きで賽を投げて、私から借りた金や持物を売った金やその週の給料などを綺麗に失くしては、はたの見る眼も憐れなほど日に日にしょげ返って行った」のである。

しかしある夜、ハアレイ・カトウは大勝ちしてしまうのだ。みんなが呆然としているなかを、カトウが悠然と地下室を立ち去ろうとするとき、日本人社会の顔役で「伯爵閣下」と呼ばれている伊達男が、せめて名前だけでも教えてくれというと、カトウは「テキサス・ハァレイ」だと答えるのである。その名はアメリカじゅうの賭博人たちのあいだで凄腕として知られていて、カトウはこの田舎町で学生にばけて一杯食わせたというわけなのだ。

作品の結末は次のように終わっている。「その晩、素敵もない服装《なり》に改めたテキサス無宿、ハアレイ・カトウが、紐育《ニューヨーク》行きの寝台《プルマン》——Pullmanとはいうが人力車じゃない——に納まって上等のハヴァナをくゆらしていたであろうと想像することは、君、はたして事実に遠いでしょうか」。

題名の「テキサス無宿」とは、流れ者で腕利きの日本人ギャンブラー、ハアレイ・カトウの通称に由来していることはむろんである。谷譲次はこの日本語で書かれた短編のなかで、〈あめりかじゃっぷ英語〉さながらの口語・俗語英語をそのまま用いたりしているが、こうした日本語作品のなかに生の英会話を挿入しているのも、当時としてはじつに斬新な趣向だったはずである。

また単純労働者や流れ者やアウトローとして、アメリカ社会の底辺や裏社会で生きている在米日本人たちは、小説としてはそれまでほとんど書かれたことがなく、谷譲次はその意味では開拓者のような作家であるといえる。移民でも正規労働者でもなく、さまざまな理由で学校をドロップアウトしながら、半端仕事を渡り歩いてきた「テキサス無宿」の主人公のような青年は、日本文壇では描かれたことがなかったはずであり、その意味でも谷譲次の小説世界はおおかたの読者にとって鮮烈かつ斬新だったのである。

現代教養文庫の『テキサス無宿』にはこれまで紹介した代表的な作品のほかにも、海太郎のアメリカ体験を反映した「ダンナと皿」「ジョウジ・ワシントン」「返報」「AMMA」「肖像画」「恋慕やつれ」「ジャップ」「サム・カゴシマ」「P・D・Q」「墨西哥女《メキシコ》」「九一の夢」「こん・げいむ」「CHOP・SUEY」「日米戦争は斯くして」などの作品が収められている。「組上亜米利加漫筆」というアメリカの国情を伝えるエッセイ風の社会評論もある。

このような『テキサス無宿』所収の諸作品を読んでみると、谷譲次がアメリカのとりわけ下層社会を自在な筆致で、生き生きと活写していることがわかる。しかも、〈あめりかじゃっぷ〉の主人公には白人にたいするコンプレックスがほとんど感じられないのである。

明治時代の夏目漱石の『文学評論』の「序」や「倫敦塔」をはじめとして、第二次大戦後すぐの留学である遠藤周作の『黄色い人』や『留学』などに見られるように、日本近代文学には白人にたいする人種的劣等感や望郷心が色濃く感じられる作品の系譜があるが、谷譲次の作品にはあまりそれが感じられないのである。これは総じて放浪型の作家に共通するものであり、また反面からいえば劣等感とは無縁のコスモポリタンの証左ともいえるものである。

作品集『もだん・でかめろん』

谷譲次の『テキサス無宿』のあとの作品集、『もだん・でかめろん』は一九二七（昭和二）年、『中央公論』の五月号から一二月号にかけて分載された小説集である。単行本は改造社から一九二九年三月に刊行されている。タイトルにナカグロがついている現代教養文庫の『もだん・でかめろん』には、「デュ・デボア夫人の幽霊」「勇敢な悪魔」「太郎とB・V・D」「キキ」「腸詰と詩人」「魔法と絨毯」「黒い舞踏会」「兎の手」「妖婆と南瓜と黒猫の夜」「国のない人々の国」という一〇編の「夜話」が収録されている。

文庫巻末に置かれた尾崎秀樹の「『もだん・でかめろん』について」という「解説」によれば、これらの作品のうち『中央公論』に分載されたのは、「デュ・デボア夫人の幽霊」から「国のない人々の国」までの七話である。翌年の一九二八年三月に中央公論社の特派員として、夫妻で一年三カ月におよぶヨーロッパ周遊旅行に出かけたからである。帰国後、改造社から単行本として刊行するのにさいして、「妖婆と南瓜と黒猫の夜」「黒い舞踏会」「兎の手」の三作品が追加されて、全体として一〇話となったというのである。

収録作品のタイトルだけをみれば、牧逸馬が得意とした欧米の怪奇小説や犯罪小説を連想してしまうが、物語内容はほぼ『テキサス無宿』と同じように〈めりけんじゃっぷ〉ものといっていい。「はしがき」で作者は「近代の都会は一個の静物である」と宣言したうえで、「私はこれから順々に亜米利加という『現代の羅馬《ローマ》』を背景とした都会の不可思議な挿話を、近代十日物語として繰りひろげてゆきたいと思う」とその創作意図を語っている。作品はすべて、海太郎がアメリカ放浪のはてに流れ着いたニューヨークが舞台となっている。

文庫版の『もだん・でかめろん』に収められている作品はそれぞれが独自の短編だが、そのなかから谷譲次らしい印象に残る作品をいくつか紹介してみたい。第一夜話である「デュ・デボア夫人の幽霊」の主人公は、ニューヨーク在住の〈めりけんじゃっぷ〉たるチャアリイ河瀬とフランク高田である。この二人は「大紐育の投げる陰影の谷底で生きて」いる、生えぬきのニューヨーク子で、「祝福された職業的博奕打ち」として登場している。

舞台はニューヨークのチャイナタウンで、表向きは「カワセ・アンド・タカタ商会」なる東洋美術店の看板をだしているが、地下室を中国人の株式会社賭博団に貸していて、その賃貸料を資本にして自分たちも賭博に明け暮れる生活を送っている。しかし、勝つことはめったになく、ほとんど負けつづけているのだ。

ところがある日、ふたりは富クジに当って大金を手にし、郊外にある一軒の古い邸宅を買うことになる。この邸宅でふたりは自炊の共同生活をはじめ、勝手気ままな生活を謳歌することになる。語り手の「私」はこのふたりの中年の博奕打ちについて、「越国境の放浪児支那街大親分の中年過ぎたこころもちが出て」いると称し、次のようにつづけている。「異国にあって数十年、頭髪に白い物が見えてから、ここに彼らのいわゆる『家庭』を持ち出したこの二人のめりけん日本人《ジャップ》のこころのよろこび、私はそこに泪を見る」。

語り手のかかるコメントは、アメリカ社会の底辺を這いまわってきた〈めりけんじゃっぷ〉たち、とりわけ外国で家庭を持つこともなく裏社会を流浪してきた日本人同胞にたいする挽歌のようなものである。

しかし、こうした中年の〈めりけんじゃっぷ〉たちの自由奔放な生活が暗転するのは、邸内で怪奇現象が連続して起こるようになることが端緒となる。たとえば、寝室にある電気スタンドを二つある片方のベッドの枕元に移したのに、朝になるともとの位置に戻っているという不思議な現象を皮きりに、流しに出しておいた昼飯の皿をそのままにしておいたのに、綺麗に洗ってあるということもあった。あるいは、乱雑をきわめた家が目にみえて清潔に、だんだん整頓されだすという怪現象も起るのだ。

そのうちに邸内で老婆の姿を目撃するようになり、二人は恐くなりいまの古い邸宅を捨値で売って、すこし離れた場所にもっと狭い家を買って引っ越すことにするのである。しかし、新しい家に移った翌日、小柄な婆さんがせっせとガスストーブを拭いているのを見つけて、ふたりは本当に仰天してしまうのだ。奇妙な因縁を感じて、新旧の家のもとの所有者がだれかを調べてみると、驚いたことにそれが両方とも、ジュリア・デュ・デボア夫人という未亡人であることがわかるのだ。そこでふたりはタクシーを飛ばして、下町のアパートにいる夫人を訪ねてみることにするが、夫人は死の床に横たわっているのである。話を聞いてみると、富豪の未亡人だったが、手放した二軒の家にまつわる未練や愛着を断ちきれずに、夜ごと二軒の家に現われては、掃除と家のなかの整頓に没頭していたというのである。

翌日、ふたりがもっと話を聞くために訪れると、デュ・デボア夫人はすでに死んでいた。しかし、アパートの女中やかかりつけの医者の言によると、夫人は二日前に死んでいて、臨終には医者も女中も立ちあったというのだ。だから、昨日訪れたふたりに口なぞ利くわけはないというのである。作品表題の「デュ・デボア夫人の幽霊」はこの怪奇譚からきているが、語り手は夫人の告白はあくまで真実であろうと結んでいる。

第三話の「太郎とB・V・D」は独身の〈めりけんじゃっぷ〉が失恋する話である。中西部のビジネス・カレッジを卒業して、ニューヨークの下町にある白人の建築事務所に勤めている太郎《テロ》は、毎日の通勤バスで出会う「黒っぽい臙脂色の帽子」をかぶった女に恋をしてしまうのだ。太郎はよく洗濯物を出すのだが、それが戻ってきたときに取れていたボタンがついていたり、パジャマのほころびが丁寧に縫ってあったりするので、次回からは紙片の端に感謝の言葉を書いて出すようにした。すると、エドナという名前の女性から、品名が印刷してある紙切れの余白に鉛筆で書いた返事がくるのだ。何回かそんな文通がつづいた後、太郎は洗濯屋の女性がバスであう女と同一人物だと思いさだめ、とうとう贈物までするようになるのである。

すると、マリオン・ステルマンという洗濯会社で女工の取り締まりをしている黒人の大女から、女工のエドナに贈物をしないでくれと電話がかかってくる。しかし、後日マリオンの家を訪ねてみると、じつはマリオンがエドナであることが判明するのだ。黒人の中年女がなぜそんなことをしたのか、語り手は次のような解釈を披露している。「テロと同じ、あるいはテロ以上のさびしさから、よくある名のエドナという変名であの頼りない文通を始めたが、けさの贈物で急に相手の男が見たくなって、自分もつい顔を出してしまったのだろう」。

ここではニューヨークのような大都会に住む人々の「淋しいたましい」のありさまが語られている。このようにこの短編では大都会の孤独が語られる一方で、大都会ニューヨーク（紐育）の魅力や躍動感も描かれている。

世界の溶鉱炉、ドルのお城下、自由の——お金がなければ不自由な——都市、摩天楼の呑吐《どんと》する仕事の陽炎でマンハッタンの空がもうもうとかき曇り、鉄筋コンクリートにJAZZの感情が通って、建物の中層に夕月がぶらさがり、女の頬の描黒子《かけぼくろ》に細巻きのペンスン・ヘッジス——金で略字を入れたりして女が吸う煙草だ——のけむりが棚曳《たなび》いて、肉色の靴下をはいた脚を無数の視線が追っかけると、Bウエイに灯がはいってブルックリンの空で汽笛が転がる。とにかく、紐育だ。

このように「太郎とB・V・D」という短編では、資本主義のメッカたるニューヨークの華やかさが強調される一方で、人情味のない砂漠のような大都会における人々の孤独、ないしは下積みの庶民の哀歓があざやかに描かれている。

みすず書房の『テキサス無宿／キキ』にも収録されている第四話の「キキ」という作品は、〈めりけんじゃっぷ〉を専門とするフランス人の女結婚詐欺師の話である。第六話の「魔法と絨毯」は日本人とイタリア人の混血児であり、口がすこぶる達者なオスカアがブルクリン橋上で、競馬の予想紙を売りつける仕事をしているが、天罰でみずからも賭け馬がはずれて無一文になってしまう物語だ。第九話の「妖婆と南瓜と黒猫の夜」にも、カネキチ・デンヴアという遊び人の〈めりけんじゃっぷ〉が、タバコ屋の奥にある地下室に行って、賭け屋を通して勝馬に賭ける話がでてくる。

第八話の「兎の手」とはボクシングのラビット・パンチ、つまりは首の上からつけ根にかけて、一撃をくわえる攻撃方法のことである。物語内容は渡米してスクール・ボーイ（「学校小僧」「学僕」）となったが、なにかの事情で落ちこぼれて不良青年となった二人の〈めりけんじゃっぷ〉、ヤマト早川とタム・ミヤコが入場料を目当てに、ボクシング対柔道の八百長試合をでっちあげる話である。ヤマト早川は柔道三段の柔術の大家という触れこみだが、まったくの素人である。早川の後援会支配人には料理人であるタム・ミヤコがなり、その公開試合の対戦相手をつのる広告をだすことにする。

広告のほかいろんなところに公開試合のビラを貼ったり、新聞記事にしてもらったりの欺瞞的な宣伝によって、素人のヤマト早川の剛腕ぶりが知れわたるようになると、その人気もたちまち急上昇するのである。こうした偽装された豪傑ぶりに結婚の申し込みをする女たちが殺到し、早川は彼女たちと面会すると、いかにも大柔道家らしい素振りでいろんな女と結婚の約束をしてしまうのである。

一方、支配人のタム・ミヤコは対戦を申し込んできたボクサーに難癖をつけては試合を断りつづけていたが、ニューヨークの東洋美術の骨董店で働いている同胞のビリイ・マキノの紹介で、アルバアトという故国のメキシコでは軽重量級のチャンピオンであったボクサーが、対戦を申し込んでくるのである。

アルバアトが対戦を申し込んだわけは、妻のエリイがほかに心を寄せる男ができたらしいと感じて、問いただしてみると、それがなんとあの有名な柔道家のヤマト早川だというからなのだ。「誰だって細君に言い寄ってくる男が新聞広告によって広く殴り合いの相手を求めていると知ったら、何をさしおいても申し込まざるをえないではないか」というわけで、思いがけない公開試合が実現することになるのである。

アルバアトの得意技が表題にある「兎の手」である。相手が元ボクシングのチャンピオンなので、関係者はだれもが素人であるヤマト早川の惨めな敗北を予想したが、試合がはじまるやヤマトがアルバアトを捕まえてリングの外に放りだし、気絶させて勝利してしまうのだ。ヤマトの評判はいやがうえにも上がるが、ヤマトとタムは気がとがめたのか、町から姿を消してしまうのである。

第十話の「国のない人々の国」は人種のるつぼといわれるアメリカの大都会、ニューヨークに暮らす人々の淋しさと孤独を描いた作品である。主要な登場人物はある家のいくつかある屋根裏部屋をそれぞれ借りている中年の独身男女である。芝居小屋の裏方として働いているウイラアド・オタという〈めりけんじゃっぷ〉と、百貨店の掃除婦をしている人生に疲れたロクサナ、殺伐とした都会でのこのふたりの男女の孤独な魂のすれちがいが物語の中心を占めている。作中で作者は大都会の孤独について、次のような注釈をくわえている。

孤独はたましいの空腹だ。だから孤独も空腹も、ともに人の口を淋しがらせる。そして孤独はその口から悲しいひとりごとを押し出す。が、自分とじぶんの声に驚くうちはまた救われる。おおぜい人がいるのかと思ってのぞいてみて、一人で饒舌《しゃべ》っているのにこっちがびっくりするようになってはおしまいだ。亜米利加にいる日本人の多くは、都に雨の降る日なんか、まるで客でもあるように一人で問い、ひとりで答え、ひとりで笑っていたりする。それが抑揚の強い英語なのも、悲しいといえば悲しい。

『もだん・でかめろん』はこの最後の収録作品「国のない人々の国」にみられるように、総じて大都会ニューヨークにおける〈めりけんじゃっぷ〉たちの孤独と悲哀がおもに描かれている作品集である。これはまぎれもなく日本に帰国するまえに海太郎が最後に漂着したニューヨーク、生き馬の目を抜くといわれる世界最大都市での実体験を反映していることはいうまでもない。

谷譲次はこのように作品のなかで在米日本人の孤独や寂寥を描いているが、悲壮感がないのがコスモポリタンとしての矜持であり救いともなっている。尾崎秀樹は現代教養文庫版『もだん・でかめろん』に収められている諸作品について、巻末の「解説」のなかで「いずれもアメリカナイズされた生活習慣を身につけながら、日本人としてのコンプレックスを捨てられないでいるメリケン・ジャップたちが、大都会の片隅で抱くささやかな夢や冒険心、あるいはその失敗談などをあつかっている」と指摘している。

『めりけんじゃっぷ商売往来』

現代教養文庫の『めりけんじゃっぷ商売往来』には連作の表題作のほか、やはり連作の『めりけん一代男』と『春』の三作品が収められている。『めりけんじゃっぷ商売往来』に収録されている作品はだいたい、『新青年』の一九二七（昭和二）年七月号から一二月号まで連載されたものであり、「悲しきタキシイド」「拒絶票蒐集病患者」「じい・ほいず」「白い襟をした渡り鳥」「秋は身に沁みる」「みぞれの街」「煙る市俄古」「字で書いた漫画」などの諸作品が集められている。

ただ「煙る市俄古」は『新青年』ではなく、牧逸馬名で『少年倶楽部』一九二八年一月号に発表したものであり、「字で書いた漫画」もおなじく牧逸馬名で同年四月号の『改造』に発表したものである。『めりけん一代男』には、「黄色いメフィストフェレス」「マダムを賭ける」「無礼な企業」「女人競売」が収められている。最後の『春』は谷譲次名で『中央公論』の一九二八年三月号に発表されたものである。

いずれも谷譲次らしい作品ばかりだが、そのなかからとりわけ印象ぶかい作品を紹介してみたい。そのひとつは冒頭に置かれている「悲しきタキシイド」である。これは一九二〇（大正九）年、二〇歳の海太郎が留学のために渡米したときの実体験に依拠する作品だ。横浜から香取丸に乗船し、八月四日にシアトルに着き、同行のローラ・グッドウィン女史と別れて、ひとりでシカゴ行きの大陸横断鉄道の乗客となる。

　私はオーバリン大学があるオハイオ州まで海太郎は単独行動を取ったと推測していたが、この「悲しきタキシイド」の物語内容が真実なら、その想定は当っていたことになる。なぜなら、作品のなかで「私は亜米利加のお婆さん達（中略）、四、五人と同行したのだったが、何かにつけて彼らの好意が五月蠅《うるさ》くてしようがないので、紗港《さこう》へ着いた翌日、こっそり市俄古《シカゴ》きの切符を買って、ひとりで汽車に乗ってしまった」と書いてあるからだ。

「悲しきタキシイド」はその車中での逸話がもとになっている。話の中心はシアトルからシカゴに向う大陸横断鉄道のなかで、主人公の「私」がアメリカの習慣をしらずに、初日から食堂車のテーブルにチップを置いてくるのを忘れたことで、翌日から黒人の給仕長やボーイたちから冷遇されたり意地悪されたりするのである。これは人種差別か排日なのかと考えていると、停車したミネアポリスでその疑問が氷解することになる。ホームで黒人のボーイから、「お食事のあとでチップをお置きなさい。十セントでも、二十セントでも。日本人は気前がいいので有名なのに、あなたは一片《ペニー》も置かないからみんなに嫌がられていますよ」と教えてもらうからだ。

　そこでチップをやりだすと、黒人の給仕長の態度が豹変して、じつに馬鹿丁寧になるのである。「私」を見かけるたびに、給仕長はタキシイドの襟をつんと引っ張って、直立不動の姿勢をとるからである。「なんと悲しいタキシイドであろうと私は市俄古行へ着くまで思い暮らしたことである」という感想が後段において語られている。おなじような経験はシカゴの日本料理店でもある。タキシイドを着た〈めりけんじゃっぷ〉の案内人が、ほかの女性客たちが入店すると、それまでの「私」にたいする乱暴な口調をあらため、タキシイドの襟をつんと引っ張るからである。「私がはじめて会っためりけんじゃっぷは、この通り悲しいタキシイドを着ていた」という感想がまた綴られている。作品の表題はいうまでもなくこの主人公の独白からきている。

「悲しきタキシイド」の荒筋はかようなものだが、ほかにこの作品で注目にあたいするのは、作者が日本人のアメリカかぶれや浮ついた西洋憧憬を批判している点である。とりわけ帰国者の選良意識を嘲笑しているのは、核心をついていて秀逸である。たとえば、こんな批判を展開している。

ちっとやそっと「げいこく」に居たって、帰朝後こんなにまでして西洋人ぶりたいその浮ついた心理を、私は実に解釈に苦しむ。それほど外国語がぺらぺらで、彼地《あちら》で華やかな生活をしてきたということを仄めかすつもりで、本人は大得意でやっているんだろうが、こんなのを見るたびに虫酸《むしず》が走るね。

作者は最後には「あめりかでは乞食だって英語を話してらあ」と啖呵を切って、日本人にみられる無反省な外国崇拝批判を終えている。金子光晴も『詩人』、『絶望の精神史』などの作品でみずからのパリ体験の意味を問い直し、パリの日本人社会の偏狭さを批判している。おもえば谷譲次も金子光晴もエリートの官費留学生ではなく、ボヘミアンのように外国社会の底辺で辛酸をなめた経験の持主だから、日本人にはめずらしいコスモポリタン的な複眼性を持つことができたのかもしれない。

これまで谷譲次の〈めりけんじゃっぷ〉ものの代表作、『テキサス無宿』『もだん・でかめろん』『めりけんじゃっぷ商売往来』をみてきたが、作品の素材は海太郎がアメリカでみずから体験したこと、あるいは見聞したことが土台となっていることは明白である。海太郎自身が留学生くずれ、あるいはスクール・ボーイからの落伍者として、五年にもわたってアメリカ各地を転々としてさまざまな下層労働に従事した稀有な経験を、それが読物であれ小説というものに結実させたことは日本近代文学にとって慶賀すべきことである。戦前に在米日本人、とりわけ〈めりけんじゃっぷ〉といわれる流れ者、ないしは下層労働者の生態を生きいきと描いた小説は、永井荷風の『あめりか物語』や翁久允《おきなきゅういん》や前田河《まえだこう》広一郎などの移民文学のほかにほとんどなかったからだ。そこにジャンル的な新境地を拓いた谷譲次の先駆性がある。

海太郎は洋行のこれらの類型のなかでは、まぎれもなくヒッピー型の海外放浪者の系譜に属している。彼らの特徴は外国に滞在していても愛国心や望郷心にあまり駆られることがなく、淋しさを抱えながらも一人のコスモポリタンとして行動していることである。中田耕治は現代教養文庫版『テキサス無宿』の「解説」のなかで、『『テキサス無宿』は、日本とアメリカの距離、日本と自分自身の距離の測定であって、そこに埋めがたいものが一方でありながら、一方では、それを埋めようとしながら彷徨する魂の記録でもある。これがふつうの旅行記、紀行と違っているのは、いわば国籍喪失者の文学であることによる」と指摘している。この引用文で中田が述べているように、谷譲次の〈めりけんじゃっぷ〉ものは「国籍喪失者《エクスパトリエート》の文学」、あるいは「無国籍者の文学」と呼んでも過言ではあるまい。

さらに鈴木貞美は『日本の「文学」を考える』のなかで、昭和五、六年を頂点にプロレタリア文学に代表される「政治」と、大衆小説に代表される「娯楽」とが、ジャーナリズムを席巻するようになったと指摘している。

その〝政治〟を代表するのが小林多喜二だとしたら、〝娯楽〟を代表するのは、谷譲次、牧逸馬、林不忘の三つの名前を使い分け、量産に量産を重ねた長谷川海太郎である（中略）。

大正十四年、谷譲次は日本人のアメリカ移民の生態を素材に、スラングの多いボードヴィルの文体を地口の多い落語の語りに転じたスピード感のある語り口に乗せ、人情噺、冒険譚、サクセス・ストーリーなどに、アメリカ文明批判を織り混ぜて展開する「メリケン・ジャップ」もので登場した。第一次大戦後、西欧風よりも軽快なアメリカ文化が紹介されはじめたが、とくに関東大震災後には、大量生産・大量消費時代の幕開けにふさわしいアメリカの消費文化が様ざまなかたちで輸入された。その時期のことである。

鈴木がここで述べているように、谷譲次はたしかに「アメリカ移民の生態を素材」に多くの作品を書いたが、主たる登場人物はおもに裏社会に生きる移民たち、あるいは不法滞在者や留学生くずれなどであった。阿川尚之も『アメリカが見つかりましたか――戦前篇』のなかで、谷譲次の作品の魅力を「この人の文章には、さながらジャズを聴いているような不思議なリズムがあって、読み手を引きつける。書かれてから七十年以上経っているのに、そして当時の奇抜な風俗をかなりデフォルメして描いているのに、それほど古さを感じさせない」と語っている。私も外国を舞台とする小説史のなかにおいて、谷譲次の〈あめりかじゃっぷ〉ものの異色性と先駆性はもっと評価されていいと思っている。

谷譲次といえば、アメリカを舞台とする〈めりけんじゃっぷ〉もので有名になったが、『踊る地平線（上・下）』という異色のヨーロッパ旅行記がある。〈めりけんじゃっぷ〉ものの作家として人気絶頂期にあったときに、中央公論社から特派員の声がかかり、長谷川海太郎は一九二八（昭和三）年三月から一年三カ月にもおよぶ長期間、妻の和子を連れてヨーロッパ漫遊旅行にでかけたからである。そのときの海外印象記は一九二八年八月から翌年の七月まで、谷譲次のペンネームで『中央公論』に連載され、一九二九年一〇月に中央公論社から単行本として出版されるときに、最初の連載時のタイトルをとって『踊る地平線』という書名になった。

最初、海太郎夫妻は急行で東京から下関まで行き、関釜《かんぷ》連絡船で釜山に入り、そこから日本の植民地にされた外地の風景を眺めながら、京城、奉天、長春、ハルピンを経由して、まずはシベリア鉄道でロシアを横断している。そのあとヨーロッパに入り、イギリス、フランス、ベルギー、デンマーク、ノルウェー、スウェーデン、フィンランド、スペイン、ポルトガル、フランス、イタリア、スイスなどの諸国を漫遊して帰国するという大旅行であった。

文庫本の『踊る地平線』を読んでみると、読みどころ満載のユニークな旅行記である。旅好きにはこたえられない紀行文であり、スピード感のある文章、講談師のような歯切れのいい語り口、畳みかけるようなメリハリのきいた口調など、さながら威勢のいいアメリカ俗語を聞いているような感じがする。〈めりけんじゃっぷ〉ものの作者、谷譲次の刺激的で躍動感のある文体の特徴がいかんなく発揮されている。

ミステリー作家としての牧逸馬

牧逸馬のペンネームはアメリカから帰国の翌年、一九二五（大正一四）年から谷譲次、林不忘のペンネームとともに用いられたものである。最初は『新青年』などの雑誌に海外事情にまつわるコラム、エッセイ、小説の翻訳などを発表したときに用いられ、一九二七（昭和二）年からは「吉祥天女の像」や『水晶の座』などの創作小説にもこのペンネームが使われ、欧州紀行から帰国した年からは外国で買いあさった古本を資料にした「世界怪奇実話」を牧逸馬の名で『中央公論』に連載している。

一九三〇（昭和五）年からはおなじ牧逸馬のペンネームで、『世界怪奇実話Ⅰ　浴槽の花嫁』、『世界怪奇実話Ⅱ　運命のＳＯＳ』、『世界怪奇実話Ⅲ　戦争とは何だ』の単行本三巻を中央公論社から刊行している。ただ牧逸馬というのは世界怪奇小説や犯罪小説やミステリーだけのペンネームではなく、家庭小説やメロドラマ、あるいは昭和初期の都市風俗小説を書くときにも広く用いられたペンネームなのである。わけても『主婦の友』に連載した女性を主人公にした家庭小説やメロドラマの代表作のひとつである『地上の星座』（一九四九）を読んでみると、そこには大物代議士の娘と若い帝大生との三角関係が描かれていて、谷譲次や林不忘の小説の作風とはまったく異なる、いかにも女性読者受けするようなロマンティックで、悲劇的な色調のある小説世界が展開されている。

工藤英太郎の『「丹下左膳」を読む』によれば、海太郎が一九三五（昭和一〇）年に過労のために三五歳で急死したとき、朝日新聞の号外はそのころ盛名を誇っていた「牧逸馬」の訃報として顔写真入りで報道したというのである。ちなみに同書によれば、牧逸馬というペンネームの由来は、そのころ函館中学は牧場の真ん中にあり、教室から逃げ出すことを牧場の柵を飛びだす馬に喩えたことからきているというのだ。さらに尾崎秀樹は『世界怪奇実話Ⅰ』の「解説」のなかで、命名の由来について次のように述べている。

> 実父長谷川淑夫の回想によると、函館中学時代に啄木ばりの歌を詠んだころから、牧逸馬の筆名を用いており、それを後に復活させたのは、夢多き少年時代をしのぶための懐旧の情からだったかもしれないという。とすると、三つの筆名のうちでは牧逸馬が一番古いことになる。函館中学のクラスメートで仲のよかった林譲次という美少年を忘れないというところから、林不忘、谷譲次などのペンネームをつけたのだともいわれているが、いずれも中学時代の思い出につながるのは、彼にとっての函館が精神的なふるさとを意味していたためかもしれない。

ともあれ牧逸馬が世界怪奇実話、犯罪小説、ミステリー、家庭小説、メロドラマ、風俗小説などさまざまな分野で活躍したのは承知のことだが、作家としてその真価を発揮したのはやはり世界怪奇実話の分野であろう。海太郎にとって世界怪奇実話の執筆こそが、『踊る地平線』を別にすれば欧州紀行のいちばんの成果であったといってもいい。

たとえば、手元にある単行本の『世界怪奇実話Ⅰ』と現代教養文庫『世界怪奇実話Ⅰ　浴槽の花嫁』をみると、目次にはおどろおどろしい題名の短編がならんでいる。いくつか挙げてみると、「女肉を料理する男」「都会の類人猿」「浴槽の花嫁」「肉屋に化けた人鬼」「海妖」などがあり、単行本にはこれ以外にも「血の三角形」「モンルアルの狼」「運命のＳＯＳ」「斧を持った夫人の像」「双面獣」「消えた花嫁」「ロウモン街の自殺ホテル」「土から手が」などの作品が犯罪者、被害者、犯行現場などの写真とともに収録されている。

なかでも文庫本の巻頭に置かれている「女肉を料理する男」は、ロンドンのイースト・エンドにある貧民街で何人もの下級売春婦が殺され、その肉体が切り裂かれるという実際にあった、あの有名な「切り裂きジャック」事件を扱ったものである。また表題にもある「浴槽の花嫁」はだましして結婚した新郎が、保険金目当てに花嫁の顔を力まかせに浴槽に押しこんで溺死させるという、目撃者のいない凶悪犯罪を次から次へと行なったイギリスの事件をもとにしている。一八年後に処刑されるまで主人公ブラドンの「女狩り」は続いたが、作者の牧逸馬は最後に「犯罪史に、一つの秘密な『家庭的』殺人方法を加えた発明家でもあった」という注釈をくわえている。

さらに「運命のＳＯＳ」では一九一二（明治四五）年四月一四日午後一一時四〇分、処女航海で大西洋において氷山に衝突して沈没した世界一の超豪華客船、タイタニック号の悲劇が題材になっている。この短編では、前方近距離に氷山ありという他船の無電警報が紙一重でタイタニック号には伝わらず、また沈没しはじめていたタイタニック号のＳＯＳ（救難信号）が、他船に受信されなかった悲劇的な舞台裏も描かれている。

こうした猟奇事件や世界最大の海難事故のほかにも、ドイツのスパイ団の重要人物として活躍したマタ・アリを主人公とする「戦雲を駆ける女怪」のようなスパイ小説もあるが、『世界怪奇実話Ⅰ』の大方はすでにみたように犯罪小説や怪奇小説、ミステリーや家庭小説などで占められている。

松本清張は牧逸馬が書いた作品の特質について、現代教養文庫の「牧逸馬の『実話』手法――牧逸馬と私」という「解説」のなかで、「それまでの犯罪実話は低俗なものが多く、せいぜい新聞記事を安っぽく色づけしたような読みものだったが、牧はそのレベルをいっぺんに引きあげた。『中央公論』の読者層を意識してのことだが、また資料を外国の犯罪捜査や裁判の記録などに正確に拠ったこともインテリ読者層に迎えられたのである」と指摘している。

「丹下左膳」の林不忘

海太郎の三つ目のペンネームは時代物を書くときに用いた林不忘である。むろん子供のころには作者たる林不忘の名前は知らなかったが、銀幕のなかの剣豪ヒーローたる丹下左膳の縦横無尽の活躍はいまでも脳裡に浮んでくる。わけても「姓は丹下、名は左膳」の大河内傳次郎独得のセリフ回しでは「しぇいは丹下、名はしゃぜん」いう名台詞ないしは決め台詞は、あまりにも強烈で忘れようにも忘れられない。

丹下左膳がでてくる映画を観たのはおそらく、一九二八（昭和三）年から始まった大河内傳次郎主演の日活映画『新版大岡政談』ではなく、一九五八（昭和三三）年から六二年まで製作された大友柳太朗の東映映画ではなかったか。当時、道南の漁村でも噴火湾（内浦湾）の大謀網漁が好調で、そのおかげで村の経済も活況を呈していて、昭和三〇年前半までには寒村なのに二階席もある小さな映画館があったのだ。その映画館で小学校の低学年で観たのが白黒映画の丹下左膳だった。そのほかによく覚えているのは、「七つの顔の男」というキャッチフレーズで有名な探偵、多羅尾伴内を演じた片岡千恵蔵だ。どの映画もチャンバラごっこと草野球に明け暮れていた漁村の子供にとって、まるで現実からかけ離れた夢幻的世界に思われたものだった。

長谷川海太郎はすでに述べたように、谷譲次、牧逸馬、林不忘と三つのペンネームを用いて著作活動を展開した作家だが、『ウィキペディア』によると、林不忘のペンネームは一九二五（大正一四）年、『探偵文芸』の三月号から五月号まで「釘抜藤吉捕物覚書」を連載したときに初めて使われたものである。翌年には同名で『探偵趣味』の四月号から六月号まで「吉例材木座芝居話」を連載している。また同年には直木三十五らによって発行された大衆文芸雑誌、『苦楽』の七月号から一〇月号まで「釘抜藤吉捕物覚書」の続編を連載している。

ただ林不忘の名前をいちやく有名にしたのは、一九二七（昭和二）年に経営母体がおなじ『大阪毎日新聞』と『東京日日新聞』に連載を開始した、「新版大岡政談」に登場する剣豪ヒーロー、丹下左膳がぜん注目を浴びるようになったからである。連載は昭和二年一〇月五日から昭和三年五月三一日まで続いた。同年七月には改造社から『新版大岡政談』の単行本が出版されている。

海太郎夫妻が三月にヨーロッパ旅行に出かけたあとの同年六月には、日活で映画化されたほか歌舞伎やラジオドラマでも取りあげられ、丹下左膳の人気はますます不動のものとなった。日活では伊藤大輔監督、大河内傳次郎主演で同年に『新版大岡政談』一編、二編、三編と作られ大ヒットした。一九三三（昭和八）年には『丹下左膳』というタイトルで一編、二編、解決編と製作されている（二〇二〇〈令和二〉年一月四日から一〇日まで神田・神保町シアターで山中貞雄監督・大河内傳次郎主演の林不忘原作の名作、『丹下左膳餘話 百萬兩の壺』〈一九三五〉が「新春時代劇傑作選2020」として上映された）。

海太郎は渡欧から帰国後も、林不忘のペンネームを使って時代物のさまざまな短編を雑誌に発表したほか、二年ほどの中断をはさんで、一九三一（昭和六）年の一月号から六月号まで「釘抜藤吉捕物覚書」の続編を月刊誌『朝日』に、三三（昭和八）年には「丹下左膳」を『大阪毎日新聞』と『東京日日新聞』に六月七日から一一月五日まで連載している。翌年には「丹下左膳」を『読売新聞』に移して一月三〇日から九月二〇日まで連載した。同年七月には新潮社から『丹下左膳――こけ猿の巻』、一二月には『丹下左膳――日光の巻』を単行本として出版している。

それにしても、なぜ丹下左膳はこうまで大評判になったのか。たとえば、『丹下左膳　乾雲坤竜《けんうんこんりゅう》の巻（上・下）』を読むと、主人公の特性はさまざまに表現されている。「一眼片腕の丹下左膳」とか、「刀怪丹下左膳」とか、あるいは「一眼片腕の剣魔丹下左膳」とか、「剣鬼丹下左膳」とか、「独眼片腕の剣怪丹下左膳」などと形容されているのだ。要するに片眼片腕で風体があまりにも異様なうえに、比類なき剣の達人というわけなのだ。こうした主人公の超人のごときキャラクターづくりが、この大衆小説が大ヒットした秘訣なのである。

物語は離ればなれになった二つの名刀たる乾雲丸と坤竜丸、その一刀の持主である丹下左膳が二刀を獲得しようとして、大江戸に血の雨を降らせる乱闘活劇が中心となっている。小説の導入部はこう書かれている。


二刀ふたたび別れて、新なる凶の札！

死肉の山が現出するであろう！

生血の川も流れるだろう。

剣の林は立ち、乱闘の野は展《ひら》く。

そして！　その屍山血河《しざんけつか》をへだてて、極まりなき宿業は結ばれるふたつの冷刃《れいじん》が思い合って啜《すす》り泣く！


いかにも谷譲次の『踊る地平線』を想起させるようなスリルと躍動感、ないしは歯切れのいい講談を聞いているような独自の文体である。作家の金井美恵子は『丹下左膳（上）』の巻末エッセイ「きらめく手腕」のなかで、林不忘の文体の特質について「そのジャーナリスト的な才能の質からして活動写真化されることを意識して書かれたに違いない長谷川海太郎独特のスピード感のある画面転換と華やかで歯切れの良い才筆」と称揚している。

長谷川海太郎は丹下左膳の連載を『大阪毎日新聞』と『東京日日新聞』において再開した年、一九三三（昭和八）年一〇月からまるで自分の死を予見したかのように、わずか三三歳にして全一六巻におよぶ『一人三人全集』の刊行を開始している。いかに破天荒の人気作家だったのかが偲ばれる。

むろん出版社の要請があったから刊行を受諾したのであろうが、ともあれ全集が完結したのは一九三五（昭和一〇）年六月一四日のことである。そして全集の終刊が出てからたった半月後の六月二九日に、できたばかりの鎌倉の豪邸、小袋坂にある通称「からかね御殿」（「略年譜」『彼等の昭和』）で急死した。三五歳の若さであった。

長谷川海太郎は三つのペンネームを駆使して八面六臂の活躍をしたので、生前には「文壇のモンスター」と称された。松本清張は現代教養文庫版『浴槽の花嫁』に付した「牧逸馬の『実話』手法」というエッセイのなかで、「こんな流行作家は空前であり、おそらく絶後であろう」と賛嘆の声を洩らしている。

浅子逸男は『丹下左膳（上）』の巻末の「林不忘　人と作品」のなかで、「『中央公論』や『講談倶楽部』などひとつの雑誌に別々の名前の小説を執筆することなど朝飯前、牧逸馬と林不忘が同じ新聞の朝刊と夕刊とに連載小説を書きわけるほどの売れっ子ぶり」だったと指摘している。たしかに同一の新聞の朝刊と夕刊に別々の小説を連載することなど神技に近いことであり、おそらく海太郎をおいてほかには誰もいないであろう。

海外渡航をした作家とその作品に長いあいだ関心を抱いてきた私のような人間にとって、長谷川海太郎といえば谷譲次をおいてほかにない。『谷譲次　テキサス無宿／キキ』の編者、出口裕弘は「解説」のなかで『一人三人全集』に触れて、全一六巻のうちの大半が牧逸馬と林不忘の作品で占められていて、「谷譲次の持ち分は量的にはささやかなものでしかない」と指摘している。

しかし、「わが愛する谷譲次」と述べているように、出口も谷譲次の作品の愛好者であり、〈めりけんじゃぷ〉ものや『踊る地平線』などの海外旅行記のほかにも、谷譲次にはアメリカの黒人リンチを告発した『私刑物語』、伊藤博文を暗殺した朝鮮人の心理的葛藤を描いた『安重根』という戯曲、さらには追放されたトロツキーを主人公にした『大陸』という未完の長編小説など、政治色のつよい作品を書いていることにも注意を喚起している。

谷譲次はこのように社会的・政治的なテーマの作品も書いているが、むろん作品群の中心にあるのはアメリカなどの外国を描いた作品である。長谷川海太郎わけても谷譲次の愛読者である室謙二はその『踊る地平線――長谷川海太郎伝』のなかで、海太郎の作品が文壇の中心から排除され、珍妙な大衆小説として黙殺されたわけを、「それはあくまでも一つの風俗、流行としておもしろがられ、理解されたものだった。ほとんどの『知識人』はそれを軽薄なモダニズム、誇張された海外冒険談、底の浅い体験的アメリカ論として理解した」と指摘している。

たしかに海太郎は文壇づき合いもせずに、読物小説の分野でいわば一匹狼として八面六臂の活躍をしていたので、純文学の文壇主流派からは新奇だが面白いだけの大衆小説として黙殺されたのであろう。しかし、谷譲次の作品を海外渡航小説として読むと、「誇張された海外冒険談、底の浅い体験的アメリカ論」だけでは片づけられところがある。谷譲次がユニークなのは日系移民社会のあるシアトルやサンフランシスコなどの西海岸ではなく、おもに中西部のシカゴやクリーブランドやデトロイトなどの地方都市、ないしは中西部の小さな大学町や農村を舞台に選んで小説を書いたことなのである。おそらく小説でクリーブランドやデトロイトを描いたのは、日本人作家としては谷譲次をもって嚆矢とする。

しかも谷譲次は日本からきた官費留学生や訪問研究者としてではなく、ドロップアウトとした私費留学生の眼を通して、中西部のアメリカ社会の底辺を活写したのである。彼の小説には〈めりけんじゃっぷ〉たち、つまりは日系アメリカ移民の生態だけではなく、下層労働者、渡り職人、博打うち、浮浪者、中途退学した留学くずれの若者たちが登場し、傍流たるヨーロッパ移民や黒人たちとの混淆と交流も描かれているのである。

ただ日系移民社会に閉塞するのではなく、さしたる人種偏見も持たずにさまざまな国からの移民や黒人たちとの接触、そうした異人種との親密な交流を描いたところに谷譲次の画期性があるのである。その意味で、谷譲次は前田《まえだ》河広《こう》一郎や翁久允《おきなきゅういん》などの後継者であり、新しい移民文学や海外放浪作家の先駆者といっても過言ではないのだ。

ただ長谷川海太郎は故郷の函館については、ほとんど作品の舞台とすることはなかったし、エッセイなどで懐郷の情から言及することもなかった。政治的な作品をのぞけば、谷譲次の小説は周知のようにアメリカにいる〈めりけんじゃっぷ〉ものか、『踊る地平線』のようなヨーロッパ旅行記が主体となっている。このように谷譲次は牧逸馬と林不忘をも含めて、函館のことをほとんど作品化していないが、どうしても函館が生んだ作家という気がするのである。夭折しなければ函館のことを書くこともあったであろうが、海太郎にはどこか偏狭な郷土意識を突きぬけたところがあった。

佐渡で生まれた父の淑夫は自由民権思想にあこがれて若くして上京し、東京帝国大学政治学部選科で英法を学び、佐渡中学に英語教師として奉職し、「当時在学していた北輝次（一輝）の思想形成に大きな感化を及ぼすことになった」(「略年譜」『彼等の昭和』)といわれている。『佐渡新聞』にさかんに寄稿する一方、函館の『北海新聞』に転じてからも才筆をふるい、筆禍事件を起こして投獄されるなど反権力、反骨の新聞人として知られる存在だった。この父親のもとで育った海太郎がのちに、函館中学においてストライキ事件の首謀者となったのも理解できるところがある。

こうした父親からの影響のほかにも、函館という街のもつ開明的な雰囲気もまた、海太郎の人格形成にあずかって力があったものと思われる。室謙二も『踊る地平線』のなかで、「谷譲次が育った街も函館という根なし草の集まりの町であった。(中略)根なし草が寄り集まった空間、都会が彼の空間であった」と述べている。

また作家の八木義徳らが参加した「北海道の人とことば」という座談会のなかで、出席者のひとりで函館中学出身の渡辺紳一郎は、「郷土意識」について聞かれ、「ぼくは明治時代の函館を知っているんだけど、コスモポリタンですよ、みんな。(中略)わたしの中学の同級生の牧逸馬はメリケン・ジャップですしね。外国へ飛び出すようなのが多いですね」と応えている。

渡辺紳一郎にいわせれば、函館のこのコスモポリタニズムこそが、谷譲次のような無国籍作家を生む潜勢力になったというのだ。インターネットの「箱館とみなとのあゆみ　略年表」によると、一八五四年(嘉永七年・安政元年)にペリーが浦賀に二度目の来航をして日米和親条約が結ばれ、下田と箱館の開港が取りきめられた。そのときペリーは箱館まで来航し、港の測量や上陸して買い物などをしたという史実があるように、箱館はとくに明治時代から国際的な開港場になり、さまざまな外国人が闊歩する港町であった。外国に広く門戸が開かれていたから、函館の人々にはさして外国人にたいする拒否反応がなく、谷譲次のような異色作家が生まれる素地を提供することになったのである。

第五章　「小説の魔術師」と『新青年』の編集長——久生十蘭と水谷準

著名な文学者たち

長谷川海《かい》太郎と縁のある作家に久生《ひさお》十蘭がいる。久生十蘭は本名を阿部正雄といい、一九〇二（明治三五）年四月六日に函館元町に生まれ、長谷川海太郎の弥生小学校、函館中学の二年後輩にあたる。隣家には五歳下の亀井勝一郎が住んでいた。十蘭が弥生小学校に入学する前年まで、代用教員として石川啄木が奉職していた。一九一五（大正四）年、一三歳で函館中学に入学するが、先輩に長谷川海太郎と渡辺紳一郎、後輩には水谷準、亀井勝一郎、長谷川四郎らがいた。後述するが、後輩の一人である水谷準は江戸川乱歩ら探偵小説家を輩出したことで有名な『新青年』の編集長時代に、十蘭を文壇に登場させる役割を果たすことになる。

〈叢書　新青年〉『久生十蘭――遁走するファントマ』所載の川崎賢子の「久生十蘭」論によれば、一九〇七（明治四〇）年生まれの隣家の亀井勝一郎は、不良少年阿部正雄との交際を禁じられていたというが、『赤い鳥』に投稿をかさねる文学少年、一九〇四（明治三七）年生まれの納谷三千男（のちの水谷準）、そして『函館新聞』社主長谷川淑夫の息子たち、一九〇〇年生まれの長男の海太郎、一九〇四年生まれの次男の潾《りん》二郎とは、幼いころから家族ぐるみの交遊関係があったというのである。

後世に名を残したこれだけ著名な文学者たちが、いわば隣近所から立てつづけに何人も輩出したというのは、日本文学史上じつに稀有なことといわなければならない。まさに函館の文化的土壌の肥沃さを物語っている。

父親はこれまで不詳とされてきたが、母の実家である廻船問屋の番頭頭だった小林善之とされ、母の鑑《かん》は草月流の生花の師匠で、三歳上に姉の輝子がいた。二歳のとき両親が離婚し、回漕業を営む祖父の阿部新之助に養育されたといわれている。五歳になるとすぐ近くにあるメソジスト派教会の遺愛幼稚園に通った。遺愛幼稚園はいまでも細い道をはさんで函館ハリストス正教会に隣接したところにあるが、もともとはオハイオ州出身のアメリカ・メソジスト派教会牧師、メリマン・コルバート・ハリス夫妻が創設した遺愛女学校の付属幼稚園として、一八九五（明治二八）年に開園している。

学舎はまるでパステル画のような木造の瀟洒な建物である。ちなみに一八七四（明治七）年に遺愛女学校を創設したハリスは札幌農学校の校長、クラーク博士に信仰指導を請われて内村鑑三、新渡戸稲造、宮部金吾などに洗礼を施したといわれている。

卒園後、十蘭は弥生小学校を経て、函館中学に進学している。しかし、一九一七（大正六）年の一五歳のとき、「学内で事件を起こして、この年か翌年早々に同校を中退」（江口雄輔《ゆうすけ》「年譜」、『湖畔・ハムレット』）している。学内でどんな事件を起こしたのか、どの年譜や評伝でも明らかにされていないが、三年で中退していることは間違いないようだ。中退後、先輩の長谷川海太郎とおなじように上京し、東京や鎌倉をさまよい歩き、この頃から芥川龍之介に私淑し、文学書を耽読するようになった。

一九一九（大正八）年四月、一七歳になったときに東京滝野川の聖学院中学校三年に編入学したが、八月に退学している。なぜ聖学院中学だったのか。聖学院中学はプロテスタントのミッション・スクールの男子校であり、十蘭は子供のころにメソジスト派教会の遺愛幼稚園に通っていたことがあるから、まんざらキリスト教とは縁がないわけではない。それとも海太郎からのなんらかの影響や勧めがあったのであろうか。

その頃、海太郎は明治大学専門部の学生だったが、年譜や評伝によれば大学に籍をおきながら、函館にもどって選挙の応援演説をしたり、東京で教会に通ったり、アナーキストの大杉栄のところに出入りしていたと記されている。キリスト教に関しては、傍目にはかなり熱心な信者と思われていた。それがきっかけで、海太郎はアメリカのオーベリン大学に留学することになったからだ。確証はないがそんなわけで、東京で十蘭とのつき合いがあった海太郎が、浪人中の十蘭にミッション・スクールへの編入を勧めたのではないだろうか。

いくつかの年譜によれば、一九二〇（大正九年）年、海太郎がアメリカに渡ったこの年に、海太郎の口利きか、あるいは母の鑑に頼まれたのか、十蘭は帰郷して海太郎の父・淑夫が経営する函館新聞社に入社して、記者になっている。十蘭、一八歳のときである。このことから東京時代の海太郎と十蘭とは、かなり親密な交流があったものと推測されるのである。十蘭はおなじように函館中学を中退して上京した先輩の海太郎を、頼りになる兄貴分のようにみていたにちがいない。

『函館新聞』の記者になってからの十蘭は、仕事のかたわらアマチュア演劇グループ「素劇会」の結成に参加し、ギターやマンドリンをよく演奏していた。一九二三年、二一歳のときには「素劇会」に参加していた若手新聞記者などを中心に、文学グループ「函館文芸生社」が結成され、同人となる。同人は在函の新聞記者、短歌団体「海峡詩社」所属で『函館新聞』の同僚であり、石川啄木の女婿の石川正雄、竹内清、高橋掬《きく》太郎など総勢一二名であった。第一章で紹介した高橋掬太郎は新聞記者をしながら、『酒は涙か溜息か』など多くのヒット曲の作詞家としてのちに有名になる人物である。

江口雄輔は講談社文芸文庫『湖畔・ハムレット』の「十蘭伝説」という「解説」のなかで、海太郎の十蘭にたいする影響を次のように指摘している。

なにを描くのか、いかに書くのかについてのこうした多面性は、十蘭の作家的特質だが、その理由のひとつは、兄事していた長谷川海太郎の刺激であった。久生十蘭を名のるまえの阿部正雄にとって、幼なじみの海太郎はなにごとにつけ先行指標であった。海太郎の行動の節目ごとに、未来の十蘭は確実に反応している。

上京、パリへ

実際、一九二六（大正一五・昭和元）年には、三つのペンネームを使い分けて大活躍をはじめた海太郎を東京に訪ねて、刺激を受けたと十蘭の「年譜」には記されている。また海太郎訪問前の五月には、十蘭にとっては処女作となる小説「蠶《かいこ》」を函館の同人誌『生』に発表し、八月には同誌に戯曲の処女作「九郎兵衛の最後」を掲載している。翌年、『函館新聞』に「文藝週欄」が設けられ、一年ほど文芸記者の仕事をするかたわら、本名の阿部正雄での最初の署名作品であり、盲目の女性のゆれる恋愛感情を描いた小説「アヴオグルの夢、遠近法を捜す透明な風景」をはじめ、変名も含めて多数の作品を執筆している。さらに築地小劇場が函館公演を行ったときには、「文藝週欄」で特集を組み、劇評も書いている。

そんな十蘭にとって人生の大きな転機のひとつになったのは、一九二八（昭和三）年から二九年にかけての演劇にたいする高まる情熱だった。二八年の三月一九日付の『函館新聞』の「文藝週欄」に、本名で「蛇の卵」という小文を書いて、故郷の函館を去って上京する意志を明らかにしている。サブタイトルに「別辞にかえて」とあるように、このエッセイは函館との決別の辞であると同時に、子供の頃によく遊んだ函館山山麓の思い出の記ともなっている。

私が故里《こり》を離れて故里を思ふとき、私の心を温め、私の胸を風が吹き入るやうに静かにするものは、こゝにある友人でも、人情でもましてカフエ・エクスでもなくていつもこの浅い山の襞と、蛇の卵と鳥の巣と、夕陽があたると黄金色になる小径への耐えがたい思慕の情であった。私はいまこの号を以て文藝週欄の編輯を辞して東京へ永住することになったのだが、ただそのことのために書残すことは一つもない」

（『久生十蘭——遁走するファントマ』所収）

引用文にある「蛇の卵」とは、函館山の山麓の深い木陰に生えている丸い卵のような草のことで、地元の子供たちが言い慣わしていた言葉なのである。このエッセイはまた故郷についてあまり語ることのなかった十蘭にしては、珍しく懐郷の情を感じさせる文章ともなっている。

こうして「蛇の卵」で函館との別離を表明した十蘭だったが、五月には函館新聞社を退社して上京し、友人のつてで劇作家の岸田國士に師事することになった。なぜ東京だったのか。エッセイを読むかぎりでは、おそらく約一年間の文芸記者の経験から偏狭な「郷土文芸」に愛想をつかし、「最もよき地方的文芸は都会の豊富な感覚のうちに培養されるのに違いないように思はれる」（「蛇の卵」）という考えから、活躍の場を大都会の東京に求めたと思われるのだ。

一九二八年一〇月に岸田が主宰する演劇雑誌『悲劇喜劇』が創刊されると、十蘭は今日出海らとともに編集に携わることになった。今日出海（一九〇三―一九八四）は初代文化庁長官を務めた小説家・評論家だが、小学校に入学するまでは函館で過ごしたことがあったので、同郷意識から十蘭とは親しい関係を築いたのではなかろうか。私にとって今日出海の著書のなかでとりわけ印象に残っているのは、陸軍報道班員だったがアメリカ軍に捕まることを恐れて、ルソン島の山中を逃げまわった体験を書いた『山中放浪』である。ちなみに長兄の今東光（一八九八―一九七七）は天台宗の僧侶で毒舌の小説家で、私の学生時代には大衆的な人気があり参議院議員も務めたはずである。

同月には『生』にかつて交際していた女がモルヒネで自殺し、その亡霊を幻視するようになった強迫神経症の「私」を描いた連作の掌編小説、「ＴＡＸＩに乗って」（『久生十蘭――遁走するファントマ』所収）を発表している。翌年の三月には、『悲劇喜劇』に岸田國士の推薦で五幕ものの本格的な戯曲、「骨牌《カルタ》遊びドミノ」（上掲書所収）を発表している。これはある芝居の公演をめぐる舞台監督、劇作家、主演女優、道化役、支配人など劇団内部の確執を描いた戯曲である。五月には新築地劇団旗揚げ公演で、土方与志のもとで演出助手を務めている。

一九二九（昭和四）年一一月、十蘭は岸田國士らの見送りを受けて東京駅を出発し、シベリア鉄道でパリに渡っている。二七歳のときで、表向きは演劇研究のための渡仏であった。一二月にパリに到着すると、滞在中だった函館時代の友人、竹内清、石川正雄（啄木の女婿）といっとき行動をともにしたが、一九三三（昭和八）年に帰国するまでの渡仏中のくわしい動静はわかっていない。

渡仏翌年の一九三〇年には本来の演劇の勉強よりも、なぜか国立工芸学校に入学してレンズ工学を学んでいる。夏休みにはノルマンディやブルターニュの海岸地方を旅したといわれている。翌三一年四月にはパリ市立技芸学校に入学し、同校付属の俳優学校で教えていた大物演出家のシャルル・デュランに師事したとされるが、それを裏づける証拠はない。

しかし、劇場や映画館にはよく通ったようで、パリ郊外の映画撮影現場を訪ねたりもしている。

一一月には、母親の鑑が横浜を出港してマルセイユ経由でパリまできて、翌年七月の帰国まで、モンパルナスの十蘭のもとに身を寄せていた。そしてパリで二度も生花の個展を開いている。鑑は早くに離婚し、生け花の教授をして十蘭を育て、当時としては女傑のような明治女であり、十蘭のパリ滞在中の費用もすべて負担していたといわれている。海太郎の母親、由紀とおなじ函館の短歌会に入っていた。母親のパリ滞在中の動静は『「女傑《ラ・マゾーヌ》」号』、「野萩」などの短編にフィクション化されている。

一九三二年になり母親が帰国したあたりから十蘭は、勉強に身を入れすぎたために神経衰弱の症状があらわれ、幻覚や幻視に悩まされるようになる。そのときの状態を「月光と硫酸」という短編のなかで、次のように描いている。


昼日中幻影が見える。

猿が来る。梟《ふくろう》が来る。薔薇の花が来る。天使が来る。……ひどい時は、もう一人の自分が、極東人種特有の曖昧な薄笑いをうかべながら、すこし前屈みになってノソノソ歩いてくる。

女の方では、エリザベス女王が鯨骨の箍《わがね》骨を入れた提灯裳《ヴエールチユガダン》の裾をひきずり、西班牙《スペイン》扇なよなよさせながらやって来る。男のほうでは、シラノ・ド・ベルジュラックが天狗鼻を微風に吹かせ、剣の鐺《こじり》をマントォの裾からのぞかせながら悠々閑々とやってくる。真っ昼間の巴里《パリ》の歩道をこういう奇抜なやつがゾロゾロと列をつくって自分を眼がけてやってくる。


これは夏目漱石が留学中の体験をもとにした短編小説、「倫敦塔」で書いたような一種の留学ノイローゼのようなものなのであろう。結局、十蘭は転地療養をするために、パリの日本人のなかで頼りにしていた画家の青山義雄の世話で、南仏の地中海沿岸部にあるカーニュに移ることになる。しかし、病状はすぐに好転したわけではなく、「墓地展望亭」の導入部で描かれているように、自画像が投影された主人公である志村竜太郎は、「人生に対してなんの興味もなければ、なんの期待もない。今となっては、生きている一日一日が、それ自体耐えられない重荷になってきた」と心情告白しているように、いつも自殺願望を抱いている人物に設定されている。

ただ転地療養直後はこのように自殺願望にさいなまれていたが、病状が快方に向うとともに、モンテカルロまでバスを利用してカジノに通ったり、南フランスを旅したりしたと年譜にはある。いずれにしても、こうしたフランス留学時代の体験はのちに「ノンシャラン道中記」、「モンテカルロの下着」などの小説に生かされたことはまちがいない。

水谷準との再会

一九三三（昭和八）年三月、十蘭は国立工芸学校を卒業している。三一歳のときである。九月に帰国したという「年譜」もあるが、どうやら五月までには帰国したようだ。その後、新築地劇団演出部に所属し、一〇月には築地小劇場創立一〇周年記念改築落成公演の『ハムレット』で舞台監督助手を務めたが、まもなく劇団から排斥されたというのだ。今日出海はその原因を十蘭の「左翼嫌い」にあったと推測している。劇団を離れたあと、幼なじみで『新青年』の編集長をしていた水谷準と再会したことから、執筆を依頼されて『新青年』一二月号にフランスの劇作家・小説家のトリスタン・ベルナールのコント、「天啓」「夜の遠征」「犯罪の家」の三編を阿部正雄の名前で翻訳し、『新青年』に初登場することとなった。

一九三四年には『新青年』一月号から八月号まで、「ノンシャラン道中記」の連載をはじめている。かたわら一一月には築地座公演の舞台監督を務めたりもしている。翌三五年には二月と四月の築地座公演で舞台監督を務め、一一月の最終公演、内村直也『秋水嶺』を岸田國士と共同演出している。そして『新青年』の七月号から一一月号まで小説「黄金遁走曲」を連載している。

一九三六年四月、岸田の推薦で明治大学文芸科講師となり、演劇論を講じている。さらに『新青年』七月号から一一月号まで「金狼」を連載し、初めて久生十蘭のペンネームを使っている。これが久生十蘭という作家の誕生までのおおまかな足跡だが、一九五七（昭和三二）年、食道癌による五五歳のその死まで、十蘭はジャンル横断的な八面六臂の活躍をした。幼なじみであり函館中学の先輩でもある長谷川海太郎から刺激を受けたのか、久生十蘭はおもに大衆小説の分野において、「小説の魔術師」と呼ばれたように海外渡航小説をはじめ、推理小説、伝奇小説、幻想小説、少女小説、時代小説、探偵小説、ユーモア小説、移民小説などのほか、南方での海軍報道班員の経験から戦時小説やルポルタージュなど多面的な作品を書き残した。

長谷川海太郎は四年ほどアメリカに滞在した経験から〈めりけんじゃっぷ〉ものを量産したが、久生十蘭も足かけ四年ちかくもフランスに滞在した経験を持っている。のちに二人とも流行作家になるわけだが、当時の一般的な日本人としては例外的なほど外国に長期滞在している。それが谷譲次では〈めりけんじゃっぷ〉もの、谷の影響をうけた久生十蘭においては文庫版『黄金遁走曲』所収の「ノンシャラン道中記」、「花束町一番地」、「モンテカルロの下着」などの作品に結実したことは論をまたない。こうした十蘭のコスモポリタニズムないしは国際性について、江口雄輔は『湖畔・ハムレット』の「解説」で次のように指摘している。

彼は、海外文化の受信基地として外に開かれた港町函館に育ち、フランス留学や、第二次大戦中に知った中国、インドネシア、ニューギニア体験を通して、インターナショナルな感覚にも恵まれていた。こうした感覚に裏打ちされて、フランスをはじめとするヨーロッパの歴史、世界地理、国際情勢、外国語、各国各地の風俗、料理、服飾などにいたるまで、対象とする知的領域は広く、それに応じて日本語、日本文化に関しても豊富な知識と相対的な視点を持つことができた。

ここにはなぜ、十蘭がとりわけ国際的視野を持てたかについての指摘があるが、その第一にあげられているのが「海外文化の受信基地として外に開かれた港町函館」に生まれ育った点があげられているが、しかし十蘭は岸田國士に師事するために二六歳で最終的に函館を出てからは、二度と函館にもどることはなかった。なぜなのか。十蘭は冗談めかして青年期の女関係のせいだと弁解したが、それは郷里を熱っぽく語った亀井勝一郎とはじつに対照的だが、真相は不明である。十蘭も海太郎とおなじようにコスモポリタンであり、おそらくは故郷にたいしてセンチメンタルな郷愁などなかったからであろう。

ところが、エッセイや座談会などでは函館での少年期や青年期の思い出についてては、饒舌とはいえないけれども少しは語っている。ただ、私の知るかぎりでは函館そのものを舞台とした作品となると、まったく書いていないのである。ただ函館市内ではないが、市内に隣接する北斗市（旧上磯町・大野町）を舞台とする短編、「葡萄蔓の束」という男子修道院を舞台とする作品は書いている。この作品は全集や選集を別にすれば、文庫では『久生十蘭ジェラネスク・珠玉傑作集』で読むことができる。

函館といえば湯の川にある一八九八（明治三一）年に創設された、女子トラピスチヌ修道院が観光名所のひとつになっているが、近郊の北斗市にはそれよりも古い一八九六年に創設された男子トラピスト修道院がある。日本で最初の男子修道院である。トラピストとはカトリック修道会のひとつである「厳律シトー会」の俗称であり、ノルマンディー地方のオルヌ県にある改革修道院「ラ・トラップ」からでた親称とされている。「祈り働け」をモットーに、修道士たちは労働と祈りの日々を送っているという。詩人の三木露風も三〇代のはじめに四年ほどこの修道院で文学概論などの講師を務め、そのあいだに夫婦で受洗してカトリック信者になったといわれている。

駅から修道院までは緩やかな一直線の坂道が続いていて、両側はいかにも北国らしい美しいポプラと杉の並木道になっている。丘陵にある修道院の広大な敷地には赤レンガの正門や建物があり、バター飴やクッキーの販売所などもあっていささか観光地化されてはいるが、修道院のもつ厳粛かつヨーロッパ的な雰囲気はじかに伝わってくる。川成洋などの発掘によれば、日本人義勇兵としてスペイン内戦を戦ったジャック・白井は、ここの孤児院の出身だといわれている。

私が訪れたのは真夏で、丘の上からはきらめく群青色の津軽海峡を見おろすことができた。木古内から函館行きのローカル線「道南いさりび鉄道」に乗ると、修道院のある渡島当別《おしまとうべつ》駅を出てすこし走ると、右手車窓に風光明媚な函館山が大きくみえてきて絶景このうえない列車の旅となった。

修道院を舞台とする異色作「葡萄蔓の束」

「葡萄蔓の束」は『オール読物』の一九四〇（昭和一五）年六月号に発表された短編である。すでに言及したように、渡島当別にある男子トラピスト修道院を舞台とする異色作である。小説の導入部ではまず初めに修道院の敷地内に点在するいくつかの建物、付設の牧場、葡萄畑などのありさまが描かれ、同時に北海道のきびしい風土を象徴するおそい春の訪れにたいする喜びが語られている。

　波が高まるようになだらかに盛りあがっている黄色い枯芝の丘の上に、ビザンチン風の、赤煉瓦の修道院の建物が建っている。

　長い窓の列を見せた僧院と鐘楼のついた聖堂。質素なようすをした院長館。白楊《ポプラ》の防風林をひかえた丘の蔭には牛乳を搾ったり牛酪《バタ》や乾酪《チーズ》をこしらえる「仕事場《アトリエ》」と呼んでいる三棟ばかりの木造の建物。雲の塊のような緬羊が遊んでいる広い牧場。聖体秘蹟《サン・サクルマン》につかう酸っぱい葡萄酒のできる広い葡萄園と段々の畑。

　津軽海峡の鉄錆《さび》色の海の中へ突き出した孤独な岬の上に建っているこの「灯　台の聖母修道院《ノオトルダム・ド・ファアール》」にもこんな風に気ぜわしい春がくる。朝の勤行《おつとめ》の鐘の音も、夕《ゆうべ》の禱《いのり》の鐘のひびきも満ちあふれるようなよろこびを告げる、春。

大衆小説とは思われないほど重厚な文体である。引用文にある「灯台の聖母修道院」というのは男子トラピスト修道院の別称であり、修道院が北斗市の葛登支《かっとし》岬にある大きな灯台の近くにあることからきている。この灯台は一八八五（明治一八）年に完成したもので、函館湾の入口をしめす灯台ともなっている。

「葡萄蔓の束」の主人公はかつて「函館の仏蘭西領事館の書記官補」であったベルナアルである。彼は無類のおしゃべり好きで、軽率にも愛犬に日本人の恋人とおなじ名前をつけておしゃべりを続けたために、父親が激怒して恋人と別れるという苦い過去を持っている。その軽率なおしゃべり癖を矯正するために、一生ものを言わなくてすむ修道院に入ったのだ。修道院は労働士、修練士、修士という階級から成り立っている。しかし、ベルナアルは立派な修道士になるどころか、沈黙の戒律を破った罰で、たびたび労働士に降格させられ、贖罪のために雑役などの長い苦行を課せられているのである。

語り手の「私」がベルナアルに会うのは、修道院で客泊館といわれている別棟の建物のなかに寄宿していたときである。オルガンとラテン語の初歩を勉強することになり、院長が先生として選んだのが彼だったのだ。何度目かの沈黙のきびしい鉄則を破り、ちょうど贖罪の最中だったのである。ベルナアルの容貌は、「ずんぐりと肥った、巾の広い切株のような肩の上に、夏の夕月のような赤い丸い顔が載ってい《ママ》、その顔の真中に象のような小さな眼と、水兵帽の丸房のような、よく熟した赤い丸い鼻がチョコンとついて」いて、頭も「ちょうど孵ったばかりの鳥の子供の頭のようだ」といいささか醜怪に描かれている。しかも歩く恰好は「鵞鳥が水溜りからあがって来たように、お尻を左右に振りながら両脚をうんと踏みひらいてヨチヨチと歩く」とそのコミカルな動作が強調されているのだ。

しかし、ラテン語の先生であるベルナアルはやがてぱったりと、「私」の部屋にこなくなってしまった。ある夕方、修道士たちが夕食のために斎室に行っているはずなのに、「私」はふと鈴の音がするのに気づいた。そちらの方をみると、夕靄《ゆうもや》の降りかけた広い葡萄畑のなかで首に大きな鈴をつけたベルナアルが、背中を曲げて一生懸命に働いているのだった。枯れた葡萄蔓を集め、汗を流しながら大きな束をつくっていたのだ。ベルナアルはとうとうまたおしゃべりをしてしまって、修道院でいちばん卑しい仕事を課せられているのだった。そしていまは丘の後にあるベネディクトの洞窟で寝ているのだ。

ある日の午後、ベルナアルのおしゃべりがもとで別れさせられたかつての恋人、いまは老婦人となった女性が「私」を訪ねてくる。二〇年もの間かわりなくベルナアルを愛し、ベルナアルのことばかり心配していた気の毒な女性だった。老婦人はベルナアルが立派な修道士になっているものと信じ込んでいた。そうだと告げることができない主人公で函館近郊の修道院が舞台となっている点も、函館出身でフランス帰りの十蘭らしい作品である。

皮肉のきいた結句みたいなものになっている。全体として、「葡萄蔓の束」は悲喜劇のような佳作であり、外国人が立っているチマブエの聖母像に向って楽しそうにおしゃべりをしていた」のだ。この引用は結末ちかくの一節だが、「私」は老婦人が帰ったあと、忠言をするために洞窟へ出かけて行くと、「ベルナアルさんは、岩龕《デコーヴ》の中につつましく

高田屋嘉兵衛と「国風」

十蘭の函館ゆかりの作品にはそのほか「国風」という短編がある。『新青年』の一九四二（昭和一七）年一二月号に発表した作品で、主人公は高田屋嘉兵衛《かへい》である。函館の発展に大きく寄与した歴史上の人物として知られ、護国神社坂のグリーンベルトのなかに立派な銅像が立っている。顕彰碑は浄土宗の古刹、称名寺の境内にある。また司馬遼太郎は長大な小説『菜の花の沖（一～六）』で、高田屋嘉兵衛のその波瀾にとんだ生涯を描いている。

『北海道歴史人物事典』などによると、高田屋嘉兵衛（一七六九―一八二七）は淡路島に六人兄弟の長男として生まれた豪商である。二二歳になると叔父を頼って兵庫に出て、大坂（大阪）と江戸のあいだを航海する樽廻船の水主《かこ》になり、船乗りとしての生活をはじめている。一七九五（寛政七）年、二七歳になった嘉兵衛は沖船頭になり、はじめて兵庫から日本海を通って山形の酒田まで航海している。その翌年には酒田で、当時としては最大級の千五百石積みの辰悦丸を建造している。

この大きな北前船を活用して、廻船商人として初めて蝦夷地まで商売の手を広げている。

そして良港を有することと将来の経済的発展を見越して、うらさびれた漁村でしかなかった箱館（函館という文字に変るのは一八六九・明治二年）を商売の拠点としたのである。嘉兵衛が三〇歳のときである。松前を訪れるようになってから、「箱館が、いまこそさびしい浦ながら、ゆくゆく蝦夷地第一等の港市になるにちがいないと思っている。そこへ本拠を置き、金兵衛（嘉兵衛の弟――引用者注）を常駐させることまできめていた」（『菜の花の沖』・三）からである。市電の終点である「函館どつく前」のひとつ手前の電停、「大町」の坂の途中に高田屋本店跡の石碑が立って

いる。また赤レンガ倉庫群の近くには「箱館高田屋嘉兵衛資料館」がある。

やがて鰊などの海産物の買いつけのため箱館から厚岸《あっけし》に足を伸ばして現地に滞在していたときに、エトロフ（択捉）島開拓の任務についていた幕臣から、クナシリ（国後）島とエトロフ島とのあいだの航路を開拓することを委嘱される。しかし、両島のあいだにはアイヌからも「魔の海」と恐れられるクナシリ水道が横たわっていて、「この狭隘な水道に濃霧がしばしば湧き、さらには両洋から落ちてくる潮流は速く、風浪相せめぎあい、なんともすさまじい難所であった」（『菜の花の沖』・四）。

しかし、嘉兵衛たちは難所を切り抜けて約六時間かけてエトロフ島に到着し、委嘱されたクナシリ・エトロフ間の航路の確立をはたした。エトロフ島は千島列島で最大の漁業の宝庫であり、幕府の航路開拓の目的もここに直轄の漁場を開くことにあったからである。その後、幕府の箱館役所の上級役人から、エトロフ島開発のための漁具、漁網などを現地にはこぶ「蝦夷地御用船頭」になってくれと懇願されて承諾する。

エトロフ島の漁期がおわると、嘉兵衛はふたたび箱館に帰った。一八〇一（享和元）年には、エトロフ航路の発見と開拓の功績により、江戸からきていた蝦夷地御用の二人の長官たちから「蝦夷地定御雇船頭」に任命され、苗字帯刀を許されるようになった。嘉兵衛、三三歳のときである。また一八〇六（文化三）年の箱館大火のときには、被災者の救済活動と復興事業に挺身したことも嘉兵衛の人徳の高さを物語っていて、箱館の大功労者といわれるゆえんともなっている。

ロシアの軍艦ディアーナ号が本国政府の命令に従って、南千島を測量していたときのことである。濃霧で思うような調査ができないうえ、水、薪、米などの不足が艦長ゴローニン少佐の悩みの種だった。そこでゴローニンはクナシリ島の南端にある泊村でそれらを調達しようとして、ボートにみずからも含めてひとりの士官、四人の水兵、それにクリル人（千島アイヌ）の通訳を乗せて上陸を試みたが、日本側から砲撃を受けてしまった。なぜなら、「泊村は古くから松前藩会所を中心にひらけた集落である。南千島が幕府領になったこんにち多数の警備兵の駐屯地にもなっていた」（『菜の花の沖・五』）からである。しかし、どうにか上陸して交渉中に日本の守備隊の策略によって、ゴローニン少佐をはじめ全員が捕縛されてしまうのである。一八一一（文化八）年のことだった。

それからゴローニンたちは海路あるいは陸路を使って箱館まで連行され、そこで投獄されることになった。箱館で厳しい尋問を受けてから、松前に移送されて二年ほども幽閉されたのだった。このときのゴローニンの酷薄な体験はみずからが書いた『日本幽因記』として、一八一三（文化一〇）年に釈放されてから少しのちに公刊された。このゴローニンの幽閉という運命に交錯してくるのが高田屋嘉兵衛、「蝦夷地の本島から千島にいたる海域の艦船を運営していた（中略）一介の町人であった」（『菜の花の沖・五』）。

ここまで箱館の経済的発展と社会基盤の礎を築いたといわれる、高田屋嘉兵衛の生涯のあらましを記述してきたが、久生十蘭の「国風」という短編は、生涯のなかでもとくにゴローニン事件に焦点をあてた作品である。

小説はロシアの二等帆走艦ディアーナ号の檣楼《しょうろう》で、見張当番の水兵が右舷に帆がみえると叫ぶところから始まっている。一八一二（文化九）年八月一四日、朝の八時頃のことである。近くを航行していたその和船を空砲でとめると、艦悌を伝って舷門にあがってきたのが、「見事な刀を挟んだ四十四五歳の堂々たる日本人」で、「大胆な表情と溌溂たる眼の光はみずから深く恃むところあるのを示し、困難と戦うことに慣れた人の不屈な気鋒《きほこ》があらわれていた。威容が極めて整然としているのは、すでに尋常の人物ではないことを思わせたのである」。それがエトロフの漁場などを視察して、箱館に帰る途中の高田屋嘉兵衛だった。

その年の前年の七月、南千島海域を測量中だったデアーナ号の艦長、ワシリー・ゴローニン中佐は六人の乗組員とともに、薪水補給の交渉のためにクナシリ島に上陸したが、幕府の守備隊に捕縛されてしまっていた。そのため残された副官リゴールヅ少佐以下、乗組員たちのクナシリの代官にたいする深い憤りは、この一年間一日たりともその胸中から去ることはなかったのである。嘉兵衛と遭遇したときのデアーナ号の回航は、おもに艦長たちの身柄を奪取するのが目的だった。

そこで、リゴールヅ少佐はゴローニン中佐たちの消息を知るために島に近づこうとするが、「番所は固く門を鎖して受付ず、端艇《はしけ》で近づこうとすると砲台からはげしく空砲を放って威嚇する始末なので」、島への接近を断念せざるをえなかったのである。そのとき偶然遭遇したのが高田屋嘉兵衛で、副官からロシア人たちの安否を問われて、「艦長はじめ乗組の一統は、みな達者で松前にいるよ」という新情報をもたらしてくれるのである。そして「嘉兵衛の勃然たる風貌は、リゴールヅも少なからず驚かせ、同時に、このような勁直な人物の力を借りたら、この困難な事件の解決に一道の燭光を見出し得るのではなかろうかという希望を抱かせた」のである。

そこでリゴールズ少佐は幕府側との交渉の切札として、嘉兵衛たちをカムチャッカ半島のペトロパブロフスク港まで連行することにした。しばらく当地に滞在し、ロシア語を学んだりしているうち、四月になってリゴールヅは独断で嘉兵衛たちを日本に帰す決心をする。嘉兵衛を使者にして幕府の意向を探るためだった。五月にクナシリ島の泊湾に入ると、嘉兵衛は代官との交渉にあたるために単身で陣屋のなかに入って行って、ゴローニンたちの身柄の引き渡しを要求した。七月になるとデアーナ号は箱館に回航し、嘉兵衛を介して奉行所との交渉を継続し、松前に監禁されていたゴローニンたちの釈放という円満解決に導いたのである。小説の終局では次のように叙述されている。

千島の国後から松前までの荒漠たる二百三十里の道を、脚腫に悩みながら幾度となく往復して露国のために百方陳弁し、過度の労苦のために昏倒したことさえあった。嘉兵衛の一向捨身の斡旋がなかったら到底今日の幸日にめぐり合うことができなかったであろう。

このような血のにじむような努力によって、ゴローニン事件は解決をみたが、嘉兵衛はカムチャッカからの外国帰りのため、しばらくは罪人扱いされたといわれている。松前から箱館に戻った日から称名寺に収容され監視を受けたが、最終的には無罪となりゴローニン事件解決の立役者として幕府から褒賞をうけた。嘉兵衛はこのあと店を弟の金兵衛にまかせて箱館を離れ、郷里の淡路島に帰って晩年を過ごしたが、ここでも灌漑用水工事を行うなど資材を投じて地元の発展につくしたのである。

嘉兵衛はこのように一介の民間人でありながら、北方開拓の大功労者として、あるいは日露交渉の立役者として、日本ならびに函館の歴史に大きな足跡を残した。「嘉兵衛が町人身分ながら周旋した箱館における日露交渉は、日本とロシアにおける国家間の交渉の最初のものであった」（『菜の花の沖・六』）からだ。

嘉兵衛の事績はどことなく井上靖が『おろしや国酔夢譚』で描いた主人公、伊勢の漂流民たる大黒屋光太夫を想起させるところがある。いずれにせよ、ほとんど函館のことを書かなかった十蘭が、「国風」において嘉兵衛を主人公にしたのは、函館ということが頭の片隅にあったからだと思われのだ。

私も何度か訪れたことがあるが、高田屋嘉兵衛の大きな銅像が宝来町の電停近く、ロープウェイの山麓駅からもさほど離れていない高田屋通り（護国神社坂）のグリーンベルト内に立っている。函館開港百周年を記念して一九五八（昭和三三）年に建てられたものだ。銅像のかたわらには二〇〇〇（平成一二）年に建てられた「日露友好の碑」もある。

私が読んだ十蘭の小説のなかで、函館にゆかりのある作品はすでに言及した「葡萄蔓の束」と「国風」だけだが、むろん十蘭はさまざまなジャンルの多彩な作品を後世に残している。江口雄輔の「『十蘭伝説』解説」によれば、『魔都』のような長編小説から「水草」のような掌編まで二百編ほどの作品を発表したというのだ。しかし、江口は大事なのは作品数よりも内容の多彩さだと述べている。

世界短編小説コンクールの第一席「母子像」

ノンフィクション・ノヴェル、漂流・遭難記、死者との交感をテーマとする幻想小説、十欄独自の〈純愛〉小説、肉親愛の物語、聡明快活なヒロインが特徴的な少女小説など、鬼才を謳われ、あるいは才気にまかせて書くと褒貶《ほうへん》なかばしたほど作品傾向は変化に富んでいた。十蘭自身、探偵小説作家とみなされることを認めなかったように、ジャンルにこだわらず、ひとつのジャンルを突き抜けて次に挑むことに意欲的であった。

十蘭は兄事《けいじ》した長谷川海太郎のようにジャンル横断的な変幻自在な作家であり、その文体と技巧においては「小説の魔術師」の異名をとるほどの鬼才であったのだ。このように十蘭は多くの傑作や名作、秀作や佳作などを書き残して、大衆小説の分野において「ジュラニアン」と呼ばれる熱狂的なファンを持つにいたった。

多面体のような十蘭の作品群のなかで、とりわけ言及しなければならないのは「母子像」であろう。これは『讀賣新聞』に一九五四（昭和二九）年三月二六日から二八日まで連載された短編で、吉田健一の英訳によって翌年の『ニューヨーク・ヘラルド・トリビューン』紙主催の第二回世界短編小説コンクールにおいて、堂々の第一席となった作品である。

物語は警察署に進駐軍の厚木キャンプの近くにある、聖ジョセフ学院中学部の初年級の担任教諭が呼びだされることが発端となっている。担任をしている和泉太郎という少年が、進駐軍の器材が入っている地下壕のなかで火遊びをしたというのだ。それで警察に連行されたのだが、なにを聞いても黙り込んだままなので、本人の幼年時代のことを知っている担任が呼ばれたというわけなのだ。

担任教諭の説明から、やがて和泉太郎の素性が読者に明らかになってくる。太郎は一六歳になったばかりで、同学院中等部一年生で、戦争孤児のための育英資金の給費生である。父はサイパン支庁の気象技師だったが、一九四〇（昭和一五）年に死亡している。終戦の年の一〇月に、ハワイのホノルルに移され、八年制の小学校であるグレード・スクールに六年いて、一九五二（昭和二七）年の春に学院の中学部に転入してきたというのだ。学齢からいえば三年級に編入されるところだが、日本語の教程が不足しているため一年生に配属になったというのである。

母親は東京の女子大をでた才媛で、サイパンでは将校慰安所を一人で切りまわしていたが、すごい美人のためか島ではクィーン的な存在だった。その一人息子たる太郎はかつて麻紐で首を締められ、母親の手にかかって殺されかかり、パンの樹の下で苔色になって転がっていたというのである。担任はさらに当時の日本人親子の悲痛きわまりない状況を、司法主任と少年相談所の補導係りにむかって次のように説明している。

「サイパンの最後の近い頃《ママ》、三万からの民間人が、親子で手榴弾を投げあったり、手をつないで断崖から飛んだり、いろいろな方法で自決しましたが、草むらにころがっているようなのは、ほかにひとつもありませんでした」。

太郎はこのように特異な経験をしたわけだが、母親が最終的には殺さなかったことから、その行為は息子にたいする愛情からだったと読めないこともない。作品のタイトル「母子像」はそれをどことなく暗示している。

太郎はホノルルから東京に着いた晩、母が銀座でバーをやっている店をつきとめる。会いたかったからだ。子供が公然とバーに入って行くには、花売りかアコーデオン弾きになるしかない。日曜の夜になると、母親の顔をみるために花売りに変装してそのバーに通いつめるが、母は息子だとは見抜けないのだ。母のバーがあまりに寂れているので、少しばかり賑やかにしてやろうとしただけなのである。

その一方で太郎は土曜日の午後になると、朝鮮戦争のさなかに輸送機で帰還した兵隊たちを、タクシーで母親の経営するバーに連れて行って、陰ながら商売の加勢もしていたのだ。ところがある日、顔なじみの運転手から兵隊たちを相手に、母親が売春していることを教えられるのである。その夜、太郎は母親のベッドの下で腹ばいになり、行為中の声を聞いて「母なんてもんじゃない。ただの女だ」と幻滅し、鉄道自殺や焼身自殺を試みるが失敗してしまうのである。

物語の最終シーンは自棄をおこした太郎が、取り調べ室のなかで若い警官が置いた拳銃を使って自殺しようとするが、弾がそれて壁にあたり驚いた警官に撃ちかえされて、太郎が前のめりに倒れたところで終わっている。こうした物語内容から太郎の一連の行動は母親にたいする憎悪から発しているようにもみえるが、実はそうではなく「母恋し」の物語なのである。この短編はまた時間の流れに細工が施されていて、現在と過去がたくみに交錯しながら、久生十蘭の「小説の魔術師」としての手だれを大いに堪能できる佳品となっている。

時代小説「鈴木主水」

久生十蘭の代表作のひとつとして挙げなければならないものに、時代小説の「鈴木主水《もんど》」がある。この作品は一九五一（昭和二六）年に『オール讀物』一一月号に発表された短編で、翌年の一月に第二六回直木賞を受賞した作品である。五〇歳の受賞でいまさら直木賞でもあるまいと反対意見があったらしいが、柴田錬三郎の「イエスの裔」とともに同時受賞したものである。文庫では『湖畔・ハムレット』、『久生十蘭短篇選』にそれぞれ収められている。

主人公は四谷で小さな道場をもち、義世流の剣道を指南している鈴木伝内、そのひとり息子の主水である。美少年で、「膚がぬけるように白く、すらりとした身体つきで、女でさえ羨ましがるような長い睫毛の奥に、液体のなかで泳いでいるような世にも美しい眼がある」と描かれているように、どこからみてもその美貌と「気高いうつくしさ」を兼備した少年剣士だ。

その主水も成長して、享保一〇（一七二五）年の春には元服して、鉄砲三十挺頭に任命され、本知行二百石取りになる。その年、播磨藩の物奉行明良《あきら》重三郎の次女と結婚し、長男と長女を授かる。主君は播磨の守政岑であり、播州姫路の城主であるのだが、放蕩三昧のいわば遊び人の困った殿様なのである。その性格も「我意の強い狭量な気質で、媚びるものや諂《へつら》うものは大好きだが、差図がましいことを言われるのは大嫌いで、時としては狂気したように激怒することがある」。このように「殊更、幕府の忌憚に触れるような所行ばかりする」ので、「政道に不平を抱いているかのように推測られ、幕府の諸侯取潰しの政策に口実を与えるような危険な状態」になってしまった。

そこで主水は下級武士でありながら、城主の行状をみかねて直言する決心をするのである。ある夜、親しい他藩の城主も招いて、不忍池をみおろす二階の大広間で月見の酒宴が開かれたが、余興で殿様の妾である遊女のお糸が舞いを踊るのをみて、主水は思わず難癖をつけてしまい殿様の逆鱗に触れてしまうのだ。お糸はじつは主水とは旧知の間柄で、主水を心から慕っていた女性だった。

結局のところ主水は勘当され、湯島の長屋をでて青山権田原の借家に移ることになった。ある日、主水はうその急使におびきだされ、刺客たちの闇討ちにあうが、「愚にもつかぬ悪党どもが、自由気儘に跳梁するのを見すごしていては士道の一分が立ちかねる」と激怒して、君主の差し金である取り巻きの男たちを十人あまりも斬り捨ててしまうのである。

一七三六〈元文元〉年の八月、内藤新宿の橋本屋で心中がある。男は鈴木主水という浪人者で、相手は白糸という遊女だったと報じられる。そして隠居の身になった君主はおなじ年、三一歳で池の端の下邸で死んだと叙述され物語は閉じられている。

傑作短編「海豹島」

久生十蘭の傑作短編のひとつに「海豹島」という作品がある。個人的には最高の短編だと思っている。作品の舞台は日本統治時代の樺太で、いまはロシア領のサハリンである。一九五〇〈昭和二五〉年三月、月刊『妖怪』に発表された猟奇小説的な趣向のある作品であり、八種類の異稿があるといわれているが、私は『久生十欄　評する言葉も失う最高の作家』に収録されているもので読んだ。文庫では『地底獣国』にも収録されている。

物語は語り手の「私」が「氷と海霧にとざされた海豹島」で遭遇した、ある陰惨な出来事を思い出すというかたちで展開している。海豹島〈ロシア名：チェレニ島、ロッペン島〉は、樺太の東海岸にある敷香から海上八十浬《カイリ》〈約一四八キロ〉のところにある、オホーツク海に浮かぶテーブル状の小さな岩島で、その周囲を寂然たる砂浜が取巻いている。海豹島はオットセイの有数の繁殖場で知られていたが、一九〇五〈明治三八〉年にこの島が日本のものとなると、樺太庁は捕獲を禁止して、毎年この島に監視員を送ってオットセイを保護していた。

しかし、一九一一〈明治四四〉年中に日本・アメリカ・ロシアのあいだでオットセイの保護条約が締結されることが見込まれていたので、日本は条約締結がなされたらすぐに捕獲を開始することにし、同年夏に大工と土工をこの島に送り、「膃肭獣《オットセイ》、計算櫓、看視所、獣皮塩蔵所、乾燥室」などの急造にとりかかったのである。ところが、航路の杜絶する一一月下旬になっても完成しなかったので、翌年〈大正元年〉五月の開所式に間に合せるため、各二名ずつの大工と土工、さらには一名の剥皮夫を島に残留越冬させて、仕事を継続させることにしてこの監督に清水という水産技手をあたらせたのだった。

語り手の「私」はそのころ、樺太庁農林部水産課の技師でオットセイ捕獲事業の主任だったので、五月八日の開所式に先だち諸設備の完成をみとどけるために、三月上旬にその年の最初の郵便船に便乗し、海豹島に赴くことになったのである。二日後に沖合に到着し、船上から島を眺めているうちに、なぜかしら「私」は暗然たる気分に陥ってしまうのだった。

この島をひと目見るなりたちまち私はなんともつかぬ深い憂愁の情にとらえられた。心は重く沈み、強い孤独の感じが胸をしめつけた。この唐突な不安はなにによってひき起されたのであろう。陰鬱な島の姿が私を絶望させたのだと思うほかはない。さもなくば予感といったようなものだったかも知れぬ。

このうえなく陰惨な事件が発生したことを示唆する卓抜した伏線といわなければならない。案の定、下検分のために先に上陸させた部下の技手が帰船するなり、島に椿事があったことを「私」に報告するからである。その報告によれば、一月四日の夜、乾燥室からの失火によって塩蔵所の一部と人夫小屋をのぞいて全部の建物が焼失し、狭山良吉という剥皮夫《はくひ》がひとり生き残っただけで、清水技手を含めた五名がことごとく焼死してしまったというのだ。「私」は主事としての責任があったので、細かく事件を調査しその結果を上司、ならびに警察に報告するという義務が生じたため、部下の技手を残してひとり島に上陸することにした。上陸してみても、島はどことなく不吉な暗鬱さに閉ざされていた。

雲に蔽われた黒い岩山が断峻をなして陰気に海岸の方へ垂れさがり、そのまわりを雪と灰色の霧が陰暗と匍《は》っている。岩と水と雪が一緒くたに凍りついてしまった地獄の島。その永遠の静寂の中で、一二羽の海鴉がゆるい輪を描きながら掻きむしるような鋭い声で鳴いている。人の住んでいるしるしはどこにもなかった。

氷の斜面の中腹の岩陰に人夫小屋があったので、なかに入って一時間ほど待っていると、狭山良吉がのっそりと姿を現わしたが、その顔は壊血病のために悲惨きわまりないものになっていた。「齦《はぐき》は紫色に腫れあがり、皮膚は出血斑で蔽われ、髪の毛は悉く抜け落ち、僅かに残った眉毛の毛根が血膿をためていた」からだ。

小屋のなかに五人の遺体があったが、狭山はなにを聞いても答えない。滞在二日目に「私」は狭山の寝台の下に、「二才ほどの膃肭獣《おっとせい》の牝」が蹲っているのを見つけた。しかし、翌日になるとオットセイは元気を失くし、夕方近くになると床の上に腹這いになって、苦しそうに呻きだしたのである。狭山の悲嘆と狼狽ぶりはすさまじく、ありったけの毛布とボロでオットセイを包み、たえず人間にものを言うように優しい声をかけながら、錯乱したように背中をさすりつづけるのだった。

そのうちに狭山は「胸の奥から絞りだすような声でわうわうと咆哮しながら物狂わしく膃肭獣のまわりを匍いまわる」ようになった。まるで巨大な牡オットセイのように狭山は、床の上をよろめくように歩きまわっていたが、「膃肭獣の傍へ戻ってきてしっかりと自分の腕の中へ抱え込むと、突然、甲高《かんだか》い声でゲラゲラ笑いだした。沈鬱な大きな眼は俄かに狂暴な色を帯びて異様に輝き、首は発揚性昂奮ではげしく前後左右に揺れはじめた」のである。

「私」は氷と岩でかこまれた絶海の孤島の小屋のなかで、狭山の狂騒ににわかに身の危険を感じるようになる。「私」は危険を避けて入口の土間にたてこもる決心をし、寝具とわずかな食料を土間に運び入れて扉に鍵をかけ、木箱と樽を積みかさねて障壁をつくり、武器として一本の短艇の鉄架を用意したのである。やがて「私」は自分が残留を命じた狭山と五人の焼死者のほかに、この島にはもうひとり人間がいたのではないかと想像をめぐらすようになった。なぜなら、土間の片隅に「匂いだすかと思われるばかりの真紅の薔薇の花簪《はなかんざし》」と、「櫛から拭きとった女の長い髪が十本ほど丸めこまれた」紙玉が落ちているのを見つけたからだ。これで「私」の想像は確信に変わった。

それを裏づけるようにある日、「私」が提供したウイスキーに酔った狭山が、無邪気な幼児性をあらわにして、寝台の下からオットセイを引きずり出すと、いとおしげにひき倒したり、転がしたり、正視できぬ狂態を演じはじめたのだ。するとオットセイは悲しげな声で泣きたてた。病気になったものと考えた狭山は、助からないものなら長く苦しませるのは忍びないと思ったのか、腰の木鞘から魚剖刀《マキリ》を抜きだしてオットセイの顎あたりに突きたてた。そして傷口と覚しきところに両手をかけ、ちょうど手袋でもぬがせるようにくるりと皮をひき剥いだのだ。

次の瞬間、幻影が消えうせるように膃肭獣《おっとせい》の姿が消えいま膃肭獣がいたその場所に美しい女が蒼白い肉体をすんなり横えていた。うっすらと眼をとじている面《おも》ざしの美しさは私が思いうかべられる限りのいかなる形象よりもたちまさっていた。膚はいま降った淡雪のように白くほのかに、そして生まれたばかりのように弱々しかった。優しくもりあがった胸から腰へかけてこの世のものとは思われないような完璧な弧線が流れ下り、豊饒且清楚だった。

果たせるかな、オットセイのなかは花簪を落とした若い女だったのだ。しかも狭山は熟練した剥皮夫である。狭山は視察に訪れる「私」に発見されるのを恐れて、島にきた花子という若い娘をオットセイのなかに隠すことを思いついたのだ。

「海豹島」は猟奇的な短編だが、久生十蘭の代表作のひとつというより最高傑作ではないかと私には思われるのだ。緻密な構成、的確な風景描写、推理小説じみたプロットの配置、たくみな人物描写、切れ味鋭い文体、怪奇趣味などどれを取っても一級品であり、さすが「小説の魔術師」と首肯される一編であることはまちがいない。

『新青年』の編集長・水谷準

水谷準は、久生十蘭の函館中学の二年後輩で、推理作家、翻訳家、『新青年』の編集長、ゴルフ評論家などで知られた人物である。十蘭が一九三三（昭和八）年にフランスから帰国して、『新青年』一二月号にトリスタン・ベルナールのコントを翻訳し、同誌に初登場することができたのは、幼なじみの水谷と再会したからである。これがきっかけになって、十蘭は翌年『新青年』の一月号から八月号まで「ノンシャラン道中記」を連載して、作家デビューの足がかりをつかむことができたのである。十蘭にとって、水谷準はたんなる後輩ではなく、文学上の大恩人ともいえる存在なのだ。
また長いアメリカ放浪から帰還した長谷川海太郎が、東京で転がり込んだのが雑司ヶ谷の鬼子母神のそばにある素人下宿であった。その下宿で共同生活をしていたのが早稲田高等学院在学中の水谷準と、海太郎のすぐ下の弟である長谷川潾《りん》二郎であった。関東大震災の翌年、一九二四（大正一三）年のことである。水谷は函館中学を中退して上京し、早稲田高等学院に入学していたが、潾二郎とは函館中学の同級生であり幼少時代からの親友でもあった。潾二郎は前年に函館中学を卒業し、川端画学校に入学したが、数カ月で退学していた。
そんな二人のまえに現われたのが海太郎であった。角川ホラー文庫の〈新青年傑作選　怪奇編〉『ひとりで夜読むな』の水谷の付録、「作家をつくる話　なつかしき『新青年』時代」というエッセイには、海太郎について「アメリカ帰りの男」としてこう書かれている。

ある日のこと、この路地の奥にある小さな家の玄関先に、真黒に陽焼けした一人の青年が立った。小さなトランクを一つぶらさげていて、左の薬指に分厚い銀の指環が、少し黒ずんだなりではめられてあるのが、そういう習慣を持たない東京の青年を見つめているものに、異様な感じを持たせた。

海太郎は両親のいる故郷の函館に帰るまえに、東京にいる二、三日を弟の潾二郎のところに居候になりにきたのである。中村嘉人の『古い日々』所収の「函館空間の物語――テキサス無宿」によれば、前日に横浜に着いたばかりで、泊るところがないから泊めてくれというわけで、八畳間に寝床を三つならべて敷く生活がはじまったというのだ。海太郎は夜遅くまで書き物をしている水谷をつかまえて、何をやっているのかと問い、水谷は『新青年』にときどき投稿していて、金にもなりますと答えると、海太郎はひどく感心したような顔をした。『なぜ、北海道はミステリー作家の宝庫なのか？』の解説によれば、水谷はじっさい『新青年』の懸賞に応募して一等入選をはたし、その幻想的なミステリーたる「好敵手」を同誌の一九二二（大正一一）年一二月号に掲載してもらっていたからである。

『日本近代文学大事典』や『北海道文学大事典』によれば、水谷準（一九〇四―二〇〇一）は本名を納谷三千男といい、函館市船見町に生まれ、エリートコースたる弥生小学校から函館中学に進学している。中村嘉人の『古い日々』の「函館空間の物語――長谷川海太郎の函館空間」によると、「水谷準は幼年時をほとんど外人屋敷でおくった。彼の父親は、このまちで外人相手のパン屋を開いていた。大火に焼け出されたため、貿易商の外人宅の住みこみ執事兼コック長になった」というのである。この記述にある「大火」とは、元町にあった長谷川家の家も全焼してしまった一九二一年の函館大火のことであろう。

水谷がなぜ函館中学を中退したのかは不明だが、早稲田高等学院を経て、昭和三年に早稲田大学仏文科を卒業している。大学時代から『探偵趣味』の編集者となり、卒業後は博文館に入社して、『新青年』の編集者となって一七年ものあいだ勤めた。水谷が『新青年』の編集長を務めたのは一九二九（昭和四）年八月号から一九三七（昭和一二）年一二月号までと、一九三九（昭和一四）年一月号から一九四六（昭和二一）年九月号までの二回である。

『新青年』はモダニズム系の代表的な雑誌のひとつであり、とくに都市部のインテリ青年のあいだで人気があった。江戸川乱歩などの探偵小説作家の活躍の場となったが、探偵小説や現代小説だけの専門誌ではなく、映画からスポーツまで幅広いトピックを記事にした娯楽総合雑誌であった。

水谷準が一九二九（昭和四）年に四代目編集長になってからは、学生野球の記事の掲載もはじめ、一九三〇年には野球増刊を二回発行したりした。若者向けに、ファッション、新刊紹介、音楽時評、映画界噂話などのページも充実し、一九三一年には谷崎潤一郎『武州公秘話』の連載が話題になったといわれている。水谷の編集長時代はとりわけモダニズム色にあふれ、新鮮なカラーの読物の掲載などユニークな誌面づくりに特徴があり、その一方で久生十蘭など多くの異端作家も育てた名編集長とも称されている。

たとえば、『なぜ、北海道はミステリー作家の宝庫なのか？』のなかで、鷲田小彌太は水谷の『新青年』編集長としての功績の大きさを次のように評している。

水谷は根っからの編集者である。編集事務能力も抜群だったが、新人発掘にも優れていた。長谷川海太郎（谷譲次）・潾二郎《りんじろう》兄弟、渡辺啓助・温兄弟、という同郷の「函館」組に執筆の便を与える一方、同じ函館組の久生十蘭や小栗虫太郎《おぐりむしたろう》、木々高太郎《きぎたかたろう》（生理学者の林髞《たかし》）、獅子文六（劇作家の岩田豊雄）などの「大物」作家をデビューさせている。

しかし、水谷は戦後に『新青年』の編集長だったことを理由に公職追放をうけ、そのため博文館を退社することになり、追放解除がなされたのは一九五〇（昭和二五）年一〇月一三日のことだった。

こうして博文館を退社してからの水谷準は、おもに推理作家として活躍するようになるのだが、戦後の長編小説はほとんどが低評価だったというのが通説になっている。また水谷の長編小説は古書としても値段が高く、一般読者が入手するには金銭的負担が大きすぎるのが難だが、簡単に入手可能なものとしてはちくま文庫の『〈怪奇探偵小説名作選3〉水谷準集』がある。この作品集は戦前から戦後にかけての中短編の代表的な探偵小説や推理小説を網羅したものである。第一部は戦前の傑作や秀作、第二部は作家専業となってからの代表作という配置になっている。

函館を舞台とした作品

「お・それ・みを――私の太陽よ、大空の彼方に――」は一九二七（昭和二）年、『新青年』の一月号に発表したものである。『水谷準集』に収められているので簡単に読むことができる。舞台は函館だと明示されていないが、固有名や文脈や風景描写などから函館だと想定することができる。作品の出だしは次のように書かれている。

> 我が友、草場洋二郎の家は、この小都会が背後の山へ、這いあがれるだけ這いあがったどんづまりの、従ってひどくさびれ果てた一劃に、港の風景を木の間がくれに見下して立っていた。
>
> 若《も》し諸君が、一箇の旅人となって、北へ北へと志し、連絡船がこの港に這入りかけたならば、逸早《いちはや》く甲板に走

りでて、山の手一帯を眺めて見給え。

諸君が詩人の魂を以て眺めるならば、そこが嘗つては町の中心となった処だが、町の触手が平野の方へぐんぐん伸びて行くに従って、今ではあの壁の落ちたハリスト教会の鐘の音が、朝夕に打鳴らされる事によって、僅かに夢見る夢を醒まされているのだ、という事に気附くだろう。


引用のなかの「連絡船」「ハリスト教会」などから、この街が難なく函館だと類推することができる。市内の山麓のいちばん高い所に、一軒の赤い円屋根の家がある。それは語り手「私」の友人、二八歳の草場洋二郎の持ち家であり、もともとは英国人から格安で譲り受けたものだったが、新たにこの円屋根の一棟を建てましたのである。このような赤い円屋根のある西欧風の瀟洒な家を建てたことについて、作中では「浪漫狂気《ロマンティクマニャ》の最大のもの」と叙述されているが、化学者を自認する草場は個人研究室として使っている。「化学者」「浪漫狂気」などの言葉から連想される草場の人物像には、研究に没頭して寝食を忘れるような病的なイメージがつきまとっている。

ある日、「私」のところに草場家の婆さんが手紙を持ってやってくる。婆さんの話によると、草場は気がおかしくなったのか、だれとも会わなくなり、起きるとすぐに研究室に閉じこもり、一日中でてこないというのである。「私」には草場が精神に変調をきたして、友人の自分とも二カ月もまったく会おうとしないわけが分かっていた。それは私の妹の奈美枝との恋のためだったのだ。ところが残念なことに、数カ月前から美奈枝が肋膜をわずらい、医者と草場の看病のかいもなく、秋のはじめに死んでしまった。しかし、奈美枝を埋めた翌朝、無残にも彼女の墓が掘り返されて、その黒い寝棺から死体が消え失せてしまっていたのだ。私には墓をあばいたのは草場の犯行だと見当がついていたが、愛しい恋人を思いつめての行状なのだろうと推測していた。

「私」は婆やが持ってきた手紙で要請していた、切れる剃刀《かみそり》と鋏《はさみ》を持って草場に会いにでかけた。草場の「肉体はひどく痩せ衰えて、頬の肉はげっそり落ちていた。この二月の間に、彼がどれほど苦しい目を見たか、それだけでも想像ができた」。そこで私はまず鋏で草場の伸び放題の髪の毛を切ってやることにした。きれいになった草場はバルコニーの籐椅子に腰をおろし、湯気をたてるサモワルから、熱い紅茶をこしらえた。

草場の家に、少し出来すぎたものは、あの赤い円屋根と、それからこの露台《バルコニイ》であった。これは三方と天井を硝子張りにした贅沢な造《こしら》えで、四季とりどり居心地のいい場所であった。特にそこから、港町の全景と、楕円形の港と、その向うの、果てしなく連なる山脈の姿を眺める事は、私の心の髄までも震わせる絶景であったのだ。

これは山麓の高台にたつ草場の家からみえる、函館を代表する絶景なのである。草場は真相を話すまえに、「私の《お・それ・》太陽《みを》」を歌わせてくれと頼み、歌いはじめるのだ。草場は予想どおり、奈美枝の墓をあばいたのは自分だと告白する。理由は「僕は奈美枝さんを、この世界ではない場所の、最も清らかな宇宙の一地点に埋葬しようと思ったのだ」というのである。そして自分の研究はもっとも完全な軽気球をつくることにあり、それに奈美枝さんを乗せて、どこまでも高く飛ばしてやろうと考えたのだという。

「僕は早速軽気球にヘリウム様の瓦斯《ガス》を充して、下には丈夫で軽い金属を張った籠をとりつけ、そこに美奈枝さんの身体をそっと寝かせた。（中略）僕は風の無い而《しか》もよく晴れた真夜中を選んで、軽気球を放《はな》ちやった。おお、それはゆらゆらと揺れながら、実に静かに静かに昇って行った」。

そのあとで草場は「私」を研究室に連れて行くと、自分も奈美枝さんのいる青空の墓場にゆく決心をしたというのだ。そして壁に仕かけてあるボタンを押すと、屋根のうえでザラザラという異様な音が聞こえたが、それは円屋根が真ふたつに開く音であった。そのあとすぐに草場の寝椅子は、みるみる持ちあがった。彼の体は宙に浮き、みるまに高くなって、やがて天井の割れ目から、「彼の乗った軽気球は、それが地球の姿そのものであるように、夜空の深い沈黙《しじま》の中へ、一秒々々のめり込んで行くではないか。そして草場の最後の唄声が、この世のものとも思われぬ響きを以て、華やかに降って来た」のである。物語はここで閉じられているが、じつに意表をつくトリックである。

「胡桃園の青白き番人」

『新青年』の一九三〇（昭和五）年二月号に発表した「胡桃《くるみ》園の青白き番人」はミステリーの名作である。物語はフランス留学から帰国した「私」が、函館とおぼしき故郷のH市の駅前から、友人の小柴龍之介が手綱を取る古風な二輪馬車に乗り組むところから始まっている。

私は馬車の上から遥か彼方の山手を眺めた。五年前《ぜん》と少しも変らない町がそこにあった。山の中腹まで家が這いあがり、そのどんずまりから上は、雑木林が頂上まで生い茂っていて、残雪がまだ斑《まだ》らに早春の淡い陽陰《ひかげ》の場所に白々と浮いていた。家のない処から上の方は要塞地帯になっていて、そこには警備の兵隊以外のものは絶対に這入ることができないようになっている。

この引用文にある要塞地帯の山とは、まちがいなく函館山である。明治三〇年代から第二次大戦の終結まで、要塞地帯法により函館山は軍事機密となり、一般人の入山が厳しく禁止されていたからである。

やがて山手の家々が密集するはるか彼方に、小柴の胡桃園（「私」と小柴が子供のころに勝手に名づけた豪邸の名称）のエメラルド色の屋根がくっきりみえてきた。小柴の父親は石油の貿易で財をなしたH市屈指の大金持ちであり、「私」が小柴と知り合ったのはおたがいが七歳のときだったが、手を広げすぎた事業の失敗で小柴家の家運がちょうど傾きかけた時期にあたっていた。

小柴はたいていの金持の子供がそうであるように、ひどくわがままな駄々子だったが、「一介の官吏の倅」であった「私」は彼の家来になり、「卑屈な讃嘆と追従」を感じながらも、小柴の公園のように広い庭や劇場のように大きな家などで遊びまわっていた。当時、小柴にはお気に入りの友達がもうひとりいた。綾子という名前の少女で、近所の英国人の家に住みこんでいる料理番の娘だった。この綾子を含めた三人がとりわけ親しい遊び仲間になった。

しかしある日、三人の友好的な友達関係がとだえてしまう日がやってくる。英国人の料理番だった綾子の父親がなにかの不始末で解雇され、その日のうちに家族全員が荷物をまとめて消えてしまったからだ。小柴の父親も彼が中学三年のときに亡くなり、小柴が胡桃園の新しい主人になった。小柴が中学（おそらく旧制函館中学）を中退しても、「私」は彼の親友でありつづけ、二人は文学を論じたり、芸術を談じたり、恋愛さえも論じあったりしたが、「厭世家《ミザントロウプ》である彼は、不思議にも恋愛至上主義者であり、驚くべき浪漫的プラトニストであった」。

一方、新しいもの好きの「私」は中学を卒業するとすぐ、父親をおどかしてフランス留学を認めさせ、五年にもおよんだ留学をおえていま、小説の導入部に描かれているように故郷に帰ってきたのだった。小柴が手紙に書いてきたとおり、われらの胡桃園は廃墟のようにさびれていた。小柴はその廃墟と化した豪邸のなかで、庭番だった爺さんの女房と、その甥の白痴みたいな男と、三人きりで暮らしているのだった。

こうして胡桃園の客人となった「私」は、思いがけず連絡船で綾子を目にしたと口にした。チラッとみた乗船名簿から、綾子はH市K町に住んでいるはずだと言ってみたが、小柴は同名異人だとして認めようとしないのだ。パリの話をしても、まったく乗ってこない。歓待できないことを春先の憂鬱症のせいだと弁解して、小柴は自室に閉じこもってばかりいるのだ。

それからある日、二人で酒盛りをすることがあった。酔いが回ってくると、小柴は一七年ものあいだだれにも言わなかった秘密を打ち明けた。彼はある日、隠れんぼにかこつけて、彼女を屋敷のなかの物置用の穴蔵に押し込んだというのだ。

綾ちゃんを穴蔵に押し込んでから、自分のことを好きかと尋ねてみると、言下に嫌いとはねつけられたので、口惜しくなってその辺に転がっていた箱を、たちまち壁穴のところに積みあげてしまったというのである。綾ちゃんは泣きだしたが、そのうちに泣声が聞こえなくなったので、人を殺した、大好きな女の子を殺してしまったと思いながら、動転した小柴は逃げだすさいに、穴蔵の錠を下ろしてしまったというのだ。

小柴はあの穴蔵のなかに綾子は死んで横たわっていると思い込んだのである。それをだれにも知られたくなかったので、小柴は一七年もの長きにわたって墓場の番人として過ごしてきたのだ。一日でもあの穴蔵から離れると、たちまち自分の殺人事件が露見してしまいそうだったし、自分が恋した女の子がそこにいるのに、どうしてそのかたわらを離れることができようか。

しかし、その日の夕刊で、「私」は綾子の七歳の娘、時子が何者かによって誘拐されたのを知った。小柴は「私」が連絡船で綾子をみたと語ったとき、一七年まえの秘密がわけもなく露見しそうになったのを感じたのだ。後日、「私」が綾子から聞いたところによると、穴蔵に閉じこめられた彼女は壁にもうひとつ穴があるのに気づいて、そこからまんまと抜けだして、さっさと逃げだしてしまったというのだ。

小柴はあるとき綾子がなんらかの方法で逃げだしたことを知って、ますます気が変になってしまったのである。しかも、綾子が結婚して自分似の七歳の娘と暮らしているのを知ると、今度は娘の方に恋をしてしまったにちがいないのだ。「私」の旅行中に時子をひそかに誘《おび》きだして、昔のように鬼ごっこや隠れんぼをしているうちに、彼女を穴蔵に押しこんで殺してしまったのだ。とどのつまり小柴が殺したのは母親の綾子ではなく、娘の時子であったというどんでん返しのミステリーなのである。

「故郷の波止場で」

「故郷の波止場で」は一九四七（昭和二二）年、『サンライズ』三月号に発表された短編である。単行本では〈岩谷《いわや》選書14〉『窓は敲《たた》かれず』に収録されているが、文庫本では〈日本推理作家協会賞受賞作家傑作短編集2〉『雪国にて北海道・東北編』にも収められている。この短編は戦後の作品なのだが、水谷準は『窓は敲かれず』の「あとがき」で戦後の作品についてこう述べている。

この書に集められた十篇は、戦前戦後恰度半々である。戦後、編集者から作家一本で立たねばならなくなった僕は、短篇の場合ある狙いによってペンをとる心組みにしていた。それは作家として極めて初歩的な当然のことだが、小説に盛られるイマジネーションをどこまで「実在」に迫らせるかという努力である。

「故郷の波止場で」という作品も「H市は私の故郷である」という書き出しではじまっている。H市とは戦前の「胡桃園の青白き番人」と同じように、まちがいなく函館市のことである。冒頭の一文のあとに郷愁をこめて次のような文章が綴られている。

私はこれまでに、H市を舞台にして二、三の小さな物語を書いている。それらはすべて、私の少年時代を背景としたいわば一種のお伽噺《とぎばなし》であって、H市が北方日本において占める特殊な地位だとか、北方人独特の人情だとか、そういう観察を抜きにしたもので、その意味ではいささかも故郷を天下に紹介したとは云えなかった。私の眼底に生きているH市は、夢の国のように遠く、それはけだるい程の明るい外光の中に町のトタン屋根を光らせ、青々とした港を抱いてうつらうつらしている町なのである。たとえて見れば、人生にやや疲れたしかし容色のまだ衰えぬ清楚な夫人を想い起こす。

探偵小説家である「私」はこうした故郷を舞台にして、ミステリー小説を書こうと思って構想に取りかかるのだが、なかなか調子がでなくて難渋してしまうのである。それどころか頭のなかに浮かんでくるのは、「疎林の中に雪の積もっている臥牛《がぎゅう》の山の姿であったり、中学時代よく歩き廻った砂山の果てしないうねりであったり、はては耳に出船入船の吹き鳴らす汽笛が、じょうじょうとして駒ケ岳《こまがたけ》の壁に冴《こだま》して帰って来たりして邪魔立てをする」からである。

そのうちに「私」は、一昨年に北海道を旅したときに函館の波止場で思いがけずに遭遇した、ある人物のことを思いだすのである。当時、「私」はある雑誌を主宰していたが、戦争の激化につれて雑誌用紙が手に入らなくなり、その状況を座視していると雑誌が発刊できなくなることが予想されたので、出版界の人たちと苫小牧の製紙工場まで出かけて行ったのである。帰路も故郷のH市の町を横眼に見ながら連絡船に乗る予定だったが、欠航になったのではからずも市内に一泊することになった。二〇年以上も訪れることのなかった故郷である。

　宿で石が多い坂道やアカシヤの並木などを追想しているうちに、「私」は懐郷の念にかられて、いつのまにか宿を抜けだして散歩にでていたのだ。雪が解けたばかりで、春はすでにきていたが、港はまだ冬の名残りをとどめていた。その日は穏やかな日だったので、山手の町を一巡してから、子供のころによく行った海岸通りに足を向けてみた。


　私は油と潮の香りの濃い浜通りを、足の向くままに歩きつづけた。倉庫の陰、波の洗う石垣、馬糞と泥と石炭屑、そこにはもう二十年の歳月の差はなかった。私は何時か裸足の鼻たれ小僧となって、二時間近くもうろつき廻ったのである。さすがにくたびれたので、波止場の敷石に積んである丸太に腰をおろし、忘れていたシガレット・ケースを開けた。


「私」はそのとき、自分とおなじ丸太に腰をおろしているひとりの男に気がついた。黒っぽい外套にくるまり、戦闘帽をかぶって木像のようにじっとしたまま港を見つめていた。だいぶ若いのに横顔が異様にやつれていたので、思わず声をかけてみると、男は港に停泊している機帆船で千島方面に行くのだという返事をした。鮎瀬守夫という名前の小官僚で、口ぶりからどうやら海軍省の艦政本部あたりに勤めているらしかった。彼はそこの有力なポストにある人物の側近として仕えていて、重要書類の整理、浄写などを日課にしているというのである。

　敗戦の数カ月前で、太平洋戦争がさらに激化して、海軍部隊の敗色はますます濃厚になっていたが、国民にはその事実はまったく知らされていなかった。鮎瀬はそのことを知っていたが、ひたすら仕事だけに集中していた。鮎瀬の部署には藤澤ユミという有能なタイピストがいた。きびきびした態度と類まれな頭の冴えを持っていることから、部内では鮎瀬と彼女は仕事のうえでの名コンビといわれていた。

　鮎瀬はすでに三五歳でまだ独身だったが、ユミに特別な関心を持っことはなかった。しかしある日の夕方のことだったが、仕事でいつもより少し遅く退庁して停留所まで歩いていたとき、薄暗く寂しい並木路の方から女の大きな声がした。急いで駆けつけると、ユミが男に抱きすくめられようとして抵抗しているところだった。男は鮎瀬の姿をみて逃げだしたが、ともあれこの事件をきっかけに二人は恋人同士になったのだった。

恋人として音楽会などに出かけても、鮎瀬は秘中の秘である「書類第四一五号」を入れてある、役所の自分の机の鍵の所在をいつも気にかけて注意を怠ることはなかった。ところがある日、その書類をみていると、書類の四隅に針の穴が開いているのに気がついたのだ。鮎瀬の顔からはみるみる血の気がひいてゆき、「書類第四一五号」が写真に撮られたことが判明した。

だれが、いつ。頭をかかえて机にうずくまっていた鮎瀬は、数分ほどしてから呆然とした様子で立ちあがると、心のなかでこう叫んでいた。「ユミ、ユミだ。彼は今にしてやっと一切を悟ることができたのだ。偽りの愛情、それもいい。彼は彼女が祖国を売る一人だったことを、どうあっても許せないと思った」。鮎瀬はすぐさまユミのアパートに行き、種板を出せと責め立てたが、彼女がここにはないと白を切るので、鮎瀬はたまらず彼女の首を締めて殺してしまったのだった。

その夜、東京がB29の最初の夜襲をうけて、東京の下町一帯が灰燼に帰した。鮎瀬は上官にすべてを打ちあけ、殺人を犯したことも告白して、しかるべき処分を願いでた。しかし、上官はしばらく東京を離れていた方が身のためだ、H市から追分丸という機帆船が出るから、それに乗って千島でも見物してきたら、また元気がでると言うばかりなのだ。鮎瀬はこの勧めにしたがって、逃げるように上野から汽車に乗ってH市まできたというのである。鮎瀬は自分がはるばるH市の波止場まできた事情を語り終えると、最後にユミの売国行為についてこう非難するのだった。

「奴は、私に身体をすり寄せ、抱かれるようにして、二度も鍵を掏《す》り取り、書類を持ちだし、あくる朝何気なく抽斗に返して置いた。仮病、嘘、媚態、あらゆる術策。私は騙されたのですよ。その方が潔《いさぎよ》い。少しでも愛していたのだったら、この手で、この手で絞めるのではなかった」。

鮎瀬は語り終えると、どこへともなく立ち去った。「私」は故郷のH市に一泊しただけで、何事もなく東京に帰ることができた。それから幾度かの空襲を生きのびて、数カ月後には終戦を迎えたのである。後日、「私」がある警部から「書類第四一五号」事件について聞いたところによれば、ユミは絞殺されたのではなく失神しただけで、息を吹き返してから自首してきたというのだ。当局は事件を重大視し、ユキの身柄を拘束したまま、書類を撮影した種板の行方を秘密捜査したが、ユキは留置場内で監視の隙をついて、首つり自殺をとげたというのだ。そして千島に渡った鮎瀬の消息もまた、杳として分からないままだった。そのうえ「書類第四一五号」とはいかなる機密書類だったのか、その謎が読者にはっきり明かされることなく小説は閉じられている。

以上、函館を舞台にしたとおぼしき主たる作品を紹介してきたが、そのほかにも舞台背景として函館らしき街がでてくる作品がある。たとえば、戦前の「追いかけられた男の話」（『新青年』一九二七年一〇月号）では、「何処《どこ》で打鳴らすのか知らないが、教会の甘い鐘の音《ね》」とか、「この小都会の大通りは、情けない程短かくて、アスフワルトの道路が切れて了う頃から、急にさびれた街となり、それからほんとうの場末、そこを五分ばかり走ると、もう後が海岸になって、汐《しお》の匂いがぷんと鼻をつくのであった」などの描写があり、どうやら函館らしいと見当がつくのである。

さらに謎めいた殺人事件が起こる戦後のミステリー「窓は敲かれず」（『東京』一九四七年八月号）では、函館やその近郊とは明示されてはいないが、恋仲になった亡夫の弟がはじめた農場経営に協力するために、はるばる北海道に駆けつけた女主人公の「あたし」は、北国の遅い春の到来をこういって喜んでいる。

　桜も、すももも、梨も、花という花が一度に咲く国に、今あたしはいる。話には聞いていたが、長い冬の雪に閉じこめられて薄濁った空が、日増しに明るい色と変り、見る見るうちに雪が消えて、黒く柔かい土が顔をのぞかせると、春が襲いかかるように寄せて来るこの北国の五月をはじめて経験して、あたしの胸はまるで女学生時代のように、わけもなくふくらむ。

「春が襲いかかるように寄せて来る」という表現は、北海道出身者には実感をもって理解されるところであろう。

水谷準は戦後、『改造』の一九五一（昭和二六）年四月号に発表した「ある決闘」により第五回探偵作家クラブ賞を受賞している。八州子という女性をめぐって恋敵のふたりの男がピストルで決闘することになり、一方が相手方の弾にあたって即死するのだが、殺人者となった当人もそれを苦にして縊死してしまうのだ。しかし、真相は即死した男を射殺したのは決闘の相手ではなく、決闘を見守っていた第三者の男であったということが明らかになり、八州子は最終的にその男と結婚するという驚くべき結末になっている。

水谷は戦後、公職追放のために作家専業となり多くのミステリー小説を量産したが、その一方で意外にも「瓢庵《ひょうあん》先生捕物帖」という時代物にも手を染めている。推理小説と時代小説とは妙な組み合わせに思われるが、考えてみれば不思議でもなんでもなく、函館中学の先輩作家たちとおなじジャンルに手を染めただけなのだ。長谷川海太郎こと林不忘《ふぼう》の「丹下左膳」、久生十蘭の「鈴木主水」や「顎十郎捕物帳」と同様、水谷も「瓢庵先生捕物帖」という時代小説に挑戦しただけなのかもしれない。ここに戦後生まれの宇江佐《うえざ》真理につながる時代小説の水脈をみることができる。

手元にある『別冊宝石』四九号が、〈代表捕物帖全集〉という特集を組んでいるが、そのなかに水谷の「瓢庵先生捕物帖」シリーズの「暗魔《くらま》天狗」を載せている。この作品では町医者の先生が奉行所に協力するかたちで、いわば素人探偵として連続絞殺事件の犯人を突きとめることが骨子となっている。飄々とした先生の活躍が光る作品である。

また水谷は幼なじみの牧逸馬《いつま》（長谷川海太郎）や久生十蘭とおなじように、海外ミステリーの翻訳も手がけているが、わけてもモーリス・ルブランの『怪盗ルパン』の翻訳は有名だ。

さらに各種の文学事典によれば、水谷準は一九五〇年代でほぼミステリー作家の活動をやめ、ゴルフ作家に転じてからむしろ有名になったとある。それを裏づけるように、おびただしい数のゴルフ関連の著訳書をだしている。翻訳では解説書の大型本『モダン・ゴルフ』『マジック・ゴルフ――必勝ゴルフの四つの秘法』『ゴルフの基本』などのほか、みずから『最新ゴルフ入門』という本も書いている。戦後にゴルフを題材とする短編、「金箔師」（『宝石』一九四七年四月号）という作品を書いてはいるけれども、六〇年代以降はミステリー作家ではなく、ゴルフ関連の翻訳者や評論家として活躍した感がつよい。

鷲田小彌太は『なぜ、北海道はミステリー作家の宝庫なのか？』のなかで、『新青年』の編集長を務めた「水谷なしに北海道にミステリーは生まれなかったのでは」と高く評価する一方で、「水谷はゴルフ本の翻訳・著述に関して日本のパイオニア的存在」であったとその先見性をたたえている。また故郷の函館に関していえば、コスモポリタンの長谷川海太郎や久生十蘭は作品のなかで故郷に言及することは皆無に近かったが、水谷準はいくつもの作品の舞台に函館を選んでいるところからすると、愛郷心が両者よりもいささか強かったものと推測することができる。

第六章　望郷の文学者――亀井勝一郎と「函館八景」

幼時からの宗教的雰囲気の中で

明治生まれの函館出身の代表的な文学者、長谷川海太郎《かい》や久生《ひさお》十蘭や水谷準などのいわゆるモダニストたちと対照的な位置にいるのが、文学史に大きな足跡を残した文芸評論家の亀井勝一郎である。

亀井は一九〇七（明治四〇）年二月に元町で生まれたが、久生十蘭とは隣近所であり、「モダニストをはぐくんだ国際都市函館の、わけても元町界隈に代表されるハイカラな雰囲気」（中村嘉人『古い日々』）のなかで育った。父の喜一郎は函館貯蓄銀行の支配人であったため、幼少年時代はなに不自由のない裕福な生活を送った。以下、『日本近代文学大事典』や『北海道文学大事典』、亀井の『信仰について』の利根川裕による巻末の「年譜」などを援用して、おおまかに亀井勝一郎の生涯の足跡をたどってみたい。

一九一三（大正二）年、亀井は元町界隈で生まれた長谷川海太郎などの先輩作家とおなじように、石川啄木もつかのま教鞭を取ったことがある弥生小学校に入学した。小学校にあがるまえからアメリカ・メソジスト派教会の日曜学校に通い、外国人宣教師から聖書の話などを教わっていた。亀井は「東海の小島の思い出」というエッセイのなかで、次のように回想している。

> 私は小学校に入る前年から、メソジスト派のミッションスクールが経営する日曜学校へ通った。そこにはミス・ドレーパルというアメリカの婦人宣教師がいたが、私はこの先生から聖書の話や讃美歌を教えられ、また先

生の母堂からは英語を一年間ほど学んだこともある。ドレーパ先生は一家をあげて日本への伝道に来ていたらしく、その家族はみな非常に巧みな日本語を使っていた。（中略）他にも同様に熱心に布教する外国人が函館だけでも数人はいた。北方の港町には、おのずからなる国際的な親密さがあった。のみならずこれは北海道文化の最大の要素だと私は思っている。

この引用文にある「ミッションスクールが経営する日曜学校」とは、ギリシャ正教のハリストス教会の西隣にある、メソジスト派の遺愛幼稚園の日曜学校のことである（「函館八景」）。

メソジスト派の教会は、いまも元町にあるプロテスタントの日本キリスト教団函館教会のことで、大三坂をはさんで亀井勝一郎の「生誕の地碑」とはちょうど向い側にある、観光名所としても知られるカトリック元町教会のことではない。カトリック元町教会から坂を少し下った通りに面していて、ハリストス正教会やカトリック元町教会ほど観光客が訪れることがなく、いわば家々のあいだにひっそりと佇んでいる感じのする教会である。

亀井は『大和古寺風物誌』の「法隆寺」の章で、元町界隈の教会群について次のように述べている。

> 私は小さい時からカソリック教会堂の隣で育った。長崎や下田とともに日本で一番古い開港場だった北方の私の故郷は、早くから雑多な外人の居留地であった。したがって様々の教会がいまなお残っている。隣りがローマ・カソリックで、その隣りがロシア系のハリストス正教会、その前に英国系の聖公会があり、少し坂を下るとアメリカ系のメソジスト教会があると云った風で、私は幼少年時代をかような環境で過ごした。

ここで述べている「カソリック教会堂」とは、いうまでもなくカトリック元町教会のことである。奈良の古寺巡りや古美術への関心、あるいは親鸞にまつわる著述などから類推すれば、幼少年時代からおもに仏教的な雰囲気のなかで育ったものと誤解されがちだが、そうではなくむしろ欧米のキリスト教的な雰囲気のなかで育ったといったほうが正確なのかもしれない。

ただ実家は代々つづく浄土真宗であり、家の前には坂道を隔てて菩提寺たる荘厳な東本願寺函館別院（真宗大谷派函館別院）があったので、仏教とか祖母の念仏とかも日常風景のごくありふれた一コマであったが、どういうわけか幼少の亀井が通ったのは教会の日曜学校だったのである。亀井は『我が精神の遍歴』のなかでこう述べている。

　幼少年時代の僕は、メソヂスト派の日曜学校に通って、アメリカ人の宣教師から聖書の話を聞き、讃美歌を習い、或は祖母とともにお寺まいりをした。これらすべての教会堂や神社や寺は日常の遊び場であり、様々の儀式を眺めながら育ってきたのである。

この引用文にある神社とは港を見下ろす函館山の麓にあり、船の守護神たる北海道最古の船魂神社のことである。亀井の生家からほど遠からぬ小高い場所に鎮座している。亀井は幼少時からこのような様々な宗教的雰囲気のなかで生育したので、みずからを「宗教的コスモポリタン」と称するのも自然なことであった。

社会主義への目覚めと転向

一九一九（大正八）年、亀井勝一郎は函館中学に入学する。すぐ上の上級生には水谷準や長谷川潾《りん》二郎がいた。また同級生には長谷川家の三男の濬《しゅん》、反権力の共産党から右翼の大物になった田中清玄などがいた。一九二二（大正一一）年、一五歳のときに町の公会堂でキリスト教社会運動家である賀川豊彦の講演を聞き、はじめて社会主義的な考え方を知る。銀行家という裕福な家に生まれ育ったことは、幼少のころから亀井に「富める者」という漠然とした罪悪感のようなものを芽生えさせ、青年期の左翼運動への傾斜をうながしたのである。たとえば、亀井は『我が精神の遍歴』のなかで、次のような階級不安を語っている。

この世には「富める者」と「貧しき者」と、二つある。暖衣を着て中學校へ通へる身分と、小學校を出るとすぐその日の糧のために働かねばならぬ身分と、二つある。そしてこの差別は、心の高さや才能に由るのでなく、ただ偶然の運命である財力に基くものだ。そうだとすればこれは罪悪ではなからうかと。

中学生のときに講演を聞いて階級矛盾に敏感になった亀井は、一九二三（大正一二）年、旧制弘前高校ではなく、旧制山形高校文科乙類に入学した。教授たちから多大の感化を受けたといわれ、とりわけドイツ文学のゲーテやハイネなどに親しんだ。先輩にはのちのドイツ文学者・文芸評論家の阿部六郎、同級には詩人・ドイツ文学者の阪本越郎、一年下には詩人として高名なドイツ文学者の神保光太郎などがいて、文学に目覚めるきっかけをあたえてくれた。小説、戯曲なども書きはじめ、油絵の勉強もはじめたが、もっとも決定的な意味をもったのは、大正末期の社会主義運動からうけた影響だった。一九二四年、山川均の『資本主義のからくり』と題するパンフレットを読み、共産主義思想に強く心をゆり動かされた。

一九二六（大正一五）年、東京帝国大学文学部美学科に入学し、マルクス主義芸術研究会に出席するようになり、中野重治、久坂栄二郎、鹿地亘《わたる》、葉山嘉樹、千田是也らと知り合いになる。翌年の一九二七（昭和二）年、東京帝大を中心とする学生運動団体の「新人会」会員となり、マルクス・レーニン主義の文献を耽読する。この新人会で思い出されるのは、右翼の大物として知られた田中清玄のことである。二人は小学校のころから竹馬の友だったのだ。大須賀瑞夫は『評伝 田中清玄』のなかでこう述べている。

二人はすでに小学生のころからの遊び友達であり、竹馬の友といってよい。旧制高校を除けば東大に進んだところまで一緒だった。東大ではともに文学部美学科を選び、新人会に入って左翼運動に突き進み、後に捕らわれて転向するところまでまったく同じである。

田中と亀井は小学生のころから遊び友達だったが、おなじ小学校に通っていたわけではない。田中はそのころ繁華街の松風町の近くにあり、いまは市民の台所をまもる自由市場がある新川町、かつては貧民街とかスラム街とも呼ばれていた同町の新川小学校に通っていた。それに反して、亀井は山の手のいわばエリート校たる弥生小学校に通っていた。新川町といえば、戦後生まれで函館出身の小説家、佐藤泰志《やすし》も『そこのみにて光輝く』や『海炭市叙景』などでこの町周辺を舞台とする小説をいくつか書いている。

それでは小学時代のふたりの接点はどこにあったのか。ふたりともメソジスト派教会の日曜学校に通っていて、そこで遊び友達になったのだ。ふたりとも函館中学に進学し、そこでも一緒だった。先の引用のように、高校は田中清玄が旧制弘前高校に進み、亀井勝一郎が旧制山形高校に進んだが、東大でまた一緒になりふたりとも「新人会」に入ったのである。「新人会」で左翼運動に没頭したが、ふたりとも逮捕投獄されて転向した点もおなじだった。

亀井勝一郎は「新人会」から共産主義青年同盟にも加入し、出版労働組合の書記として労働争議の指導にあたるなど、左翼的政治行動にもっとも精力を傾注させていた。そのころの一九二八（昭和三）年、大学在籍の意義が認められず、大学を自発的に退学した。

亀井は『我が精神の遍歴』のなかで、「新人会」の時代をこう述べている。

日本共産党は未だ大衆政党として発足せず、少数の秘密結社として活動も思想的範囲に止まっていたようである。しかし学生への影響は甚大であった。僕はまもなく「マルクス主義芸術研究会」から、当時帝大の左翼団体の主体ともいうべき「新人会」に移っていた。日本の社会主義運動の指導者を多く出したこの団体は、研究を名目としていたが、実際は労働運動にも密接な関係をもち、また強権の圧迫とともに、次第に秘密結社の性格さえ帯びつつある政治組織の観を呈していた。一時の結果から云えば、共産党の指導者の養成機関であったともいえる。僕は二十歳の暮から二十二歳の春検挙されるまでここに所属していたが、自分の中に政治性といえるものが誕生したとすれば明らかにこの時期である。

亀井はこの引用にもあるように、一九二八（昭和三）年四月二〇日、治安維持法違反容疑により札幌で逮捕され、豊多摩刑務所に投獄された。日本共産党員の大量検挙があった三月一五日の「三・一五」事件のあとのことだった。検挙容疑は函館に帰省の途中、非合法政党時代の日本共産党幹部、三田村四郎からの手紙をある運動員に渡したことであった。

獄中では文学書に親しみ、とりわけ『ゲーテとの対話』に感動する。一九三〇（昭和五）年の春には、屋外での運動を終えて独房にもどったときに喀血し、市ヶ谷刑務所の新しい病監に移された。同年秋、「共産主義の非合法的政治運動には今後一切関与せず」という検事との密約ともいうべき、転向上申書を書いて釈放された。しかし、この「転向問題」は亀井が生涯にわたって背負わなければならない重い十字架となった。

その後、函館で半年ほど療養したあと上京し、一九三二（昭和七）年、日本プロレタリア作家同盟に加わり、機関誌『プロレタリア文学』に「創作活動に於ける当面の諸問題」「リアリズムについて」などを発表し、文芸評論家としてデビューをすることになった。一九三三（昭和八）年一二月には、治安維持法違反に関して懲役二年、執行猶予三年の判決をうけた。

その後、一九三四年二月、プロレタリア作家同盟が解散してから、本庄睦男、保田与重郎、藤原定らと同人雑誌『現実』を創刊し、同年九月には第一評論集『転形期の文学』を刊行した。一九三五年三月には、神保光太郎、保田与重郎、中谷孝雄らと伝統回帰を標榜する右派的な同人雑誌『日本浪漫派』を創刊し、「浪漫的自我の問題」「生けるユダ――シェストフ論」などを発表した。

『日本近代文学大事典』の亀井の項の担当者、文芸批評家の松原新一は次のように記している。

この時期の亀井の批評活動を支えているのは、革命運動およびプロレタリア文学運動の観念性にたいする内側からの批判の意志であり、同時にまた、「転向者」＝「背教者」という倫理的な負性を帯びた自己意識の傷からいかにして立ち直るか、という再生の祈念であった、といえる。その軌跡は『転形期の文学』および『人間教育』（昭和一二）に示されているが、ありとあらゆる仮面を剥奪しようとする情熱に促されて、獄死した小林多喜二がもし生きのびていたら背教者になっていたろうと推定し、多喜二に代表される非転向の根拠をその観念性、狂信性にみようとした。

亀井によれば、政治的人間は深い内面凝視が欠如しがちであり、内面を政治や党派性に呪縛されがちなので、自己反省も踏まえてそうした呪縛から自己を解放することが人間性の回復にもつながるというのである。左翼退潮後の思想的混迷のなかで、自己再生のために「転向」の方向性を模索していた亀井が書いたのが『人間教育』という思想書である。

「転向」後のそのような思想的な彷徨のなかで、亀井は愛読してきたゲーテの『イタリア紀行』や『ローマ哀歌』などの影響から、大和地方の古寺古仏巡りに自己再生の道を見いだそうとした。亀井は『人間教育』の第四章「奈良の秋にローマ哀歌を憶《おも》う」のなかで、「ゲェテの絢爛たる真昼が、私に与えた重要な言葉の一つは、『東洋のローマにおもむけ』ということであった。イタリア紀行やローマ哀歌の美しい余韻を、大和の廃墟に索《もと》めようとする試みは、私の切なる希望となった。奈良は日本最古の都、いわばローマともよぶべき古典的土地である」と述べている。

あるいは、『亀井勝一郎著作集』所収の「わが思想の歩み」のなかでは、こういう言い方もしている。

日本人として日本の古典に殆ど無智であり、それを意にも介せず、むしろ日本蔑視から日本脱出を心がけていたことについて、恥かしくなったのである。（中略）私は共産主義を去って再びゲーテに向ったとき、自分でギリシャとローマへ旅行するつもりでいた。この世界的な古典の地で心を新にしようと思った。それが不可能であったとき、日本の古典の地である大和を選んだのである。少なくともはじめそういう気持があった。ギリシャ・ローマへの夢を抱きながら大和を巡ったのである。だから私の日本回帰は日本脱出の夢の連続であったと云っていい。脱出の残夢と云っていい。

一九三七（昭和一二）年一〇月はじめて奈良を旅した亀井は、それから毎年のように奈良地方への旅をくりかえし、日本の伝統、古典の世界への関心を深めていった。こうした古寺古仏巡りの経験は、『大和古寺風物誌』としてまとめられ、亀井の数多い著作のなかでもっとも人気のある作品となっている。亀井は初めての旅において、法隆寺と衝撃的な出会いをしたことを、『大和古寺風物誌』の「初旅の思い出」のなかでこう述べている。

この数年のあいだ幾たびとなく法隆寺を訪れたが、はじめての日の印象ほど感銘ふかいことはなかったようだ。私はいつもその日を思い起す。昭和十二年の晩秋、夕暮近く、木津川の奔流に沿うて奈良へ辿《たど》りついたが、これが大和への私の初旅であった。それまで大和の風光や古寺の美は聞いていたけれど、容易に訪れようとはしなかった。北国に育った私は東北地方や津軽海峡を渡るのをさして億劫《おっくう》に思わぬが、まだみぬ南の古都は、遥かにとおく雲に隔《へだ》った異郷のように感ぜられ、また早い青年時代の自分にとっては、古仏などあまり心にとめなかったのである。むしろ西欧の古典美術に憧《あこが》れ、伊太利《イタリー》へだけは是非とも行きたいと思っていた。希臘《ギリシャ》やルネッサンスの彫刻の方がはるかに私の心をひいたのである。

ここに語られているのは、「転向」後の日本回帰の心情から発せられた言葉でもあろう。亀井はともかく奈良で驚嘆させられるのである。「立像と半倚《はんい》像の美しさは言語に絶した魅力をもって私を圧倒した。わけても法隆寺金堂に佇立《ちょりつ》する百済観音は、仏像に対する自分の偏見を一挙にふきとばしてくれた。このみ仏の導きによって、私は一歩一歩多くの古仏にふれて行くことが出来たと云ってもいい」（「初旅の思い出」）と回顧している。

親鸞への傾倒と戦争協力

一九三八（昭和一三）年、『日本浪漫派』の終刊のあとは『文學界』同人となり、小林秀雄、河上徹太郎、中村光夫らと知り合った。また岡本かの子との親交を深め、彼女の影響から仏教信仰に近づいていった。内村鑑三、倉田百三の著作に親しみ、『歎異抄』を読んだことから親鸞への傾倒の念を強めた。そして自分にとって親鸞の著作が明確に意味を持つようになったのは、戦争末期から敗戦にかけてであると、『我が精神の遍歴』のなかで亀井は述べている。

この時期における親鸞との邂逅こそ、戦争において自分が遭遇したもっとも重大な事件であったように思われるとも追想している。なぜなら、「『救い上げられつつある』と思いこんでいるその自己を否定せよと、はじめて私に示してくれたのが親鸞であった。親鸞の革命とは、あらゆる『救済観念』の根底からの破壊であった」（『我が精神の遍歴』）からだというのだ。

私は今日のいかなる宗派宗教も認めず、今日の本願寺をも認めない、親鸞ただひとりに直結する浄土真宗の信徒なのである。（中略）私は自分を宗教家とは思っていない。念仏の忠実な行者でもない。しかも真宗の信徒と称するのは、親鸞によって開顕された弥陀の本願力なくしては、人間として再生する祈念など思いも及ばなかったその感謝に由る（同上「序」）。

この原理主義的な志向は、キリスト教でいえば内村鑑三の「無教会主義」に似ていないこともない。亀井にとって親鸞の教えとは、「親鸞は『罪』を穿さくせず、責めもしない。みずから罪ふかきものとして、ただそのすがたのままに、仏の前に身を横たえるごとく、一人間の前に身を横たえるのだ」（『親鸞――私の宗教観』）ということにあったからである。仏教というあたえられた形に執着せず、その本来の姿を極めようとする根源的な欲求から、ただ念仏（称名）を唱えることこそが、如来の本願であり、親鸞の教えをまっとうすることだったからだ。また上記の『親鸞』のなかでこうも述べている。

衆生という、迷い多く苦悩ふかき現実の人間、その心の裡にのみ仏国土は建設されねばならぬ筈だ。衆生なくして仏はない。人生苦なくして如来の大悲もない。即ち如来の大悲を仰ぐとは、衆生の一切の苦悩をわが苦悩として擔《にな》うということである。すべての人間が救われぬかぎり、己の救いもありえぬと誓ったところに、仏の本願があり、如来の大悲がある。

さらに『信仰について』では、「弥陀の本願とは誓願であって、ひろく衆生を救わんと願い、その願いがもし成就しなければ我も仏にはならじと誓ったのである」とも補注している。このように亀井が「親鸞から学びとったものは、安心立命の境地への到達としての救いではなく、むしろ救われざる人間の現実への明晰な凝視力であった」(『日本近代文学大事典』)。ちなみに亀井の仏教経験の内実を伝えるものとしては、『信仰について』(一九四二)、『親鸞』(一九四四)、戦後の『聖徳太子』(一九四六)などがその代表的なものである。

戦時中の亀井については、一九四二(昭和一七)年に『文學界』誌上で行われたシンポジューム、「近代の超克」を河上徹太郎と企画したほか、日本文学報国会評論部門の幹事にもなっている。また敗戦前年の出版となった『親鸞』所収の「信仰の無償性」のなかで、亀井は親鸞からえた教訓のひとつとして、「この国にひとりの非愛国者あるかぎり、われもまた同罪者なりと思へ」と記しているように、積極的ではないにしても戦争協力者的な姿勢をみせている。

周知のように、『日本浪漫派』の教祖的な存在であった保田与重郎は軍国主義文学をあからさまに推進したが、おなじ同人であった亀井勝一郎もおおかたの文学者が強権に屈服したように、戦争協力の姿勢はくずすことがなかったのである。『我が精神の遍歴』のなかでは、戦時中における文学者の戦争協力についてこう釈明している。

政治と文学の協力とは一体何だろう。戦争中の私の実感をここに記しておきたい。戦時の為政者は、すべての著作家を政治的に利用した。著作家は自己の生存のためには、服従し利用され、協力しないわけにゆかなかったのであるが、その「協力」の正体とはどういうものであったか。

根本的に相異なる、相いれざる二つの観念、即ち政治的利用観念と精神的純粋観念とが、見事に誤解して一致するか、乃至は理解したような顔をして一致してみせるという「芝居」が始まったということである。

全体主義的な軍事国家においては、詩人の金子光晴などを例外として、たとえ「権力をもった中学生」（『我が精神の遍歴』）のような情報局の官僚たちであれ、その検閲と指令には表面的に従わざるをえなかったというわけなのだ。つまりは「すこしも信用出来ない政治に、信頼の擬態を以て、或は内心の嘲笑をもって協力した」（同）というのである。亀井個人としては面従腹背だったというのだ。

一九四五（昭和二〇）年八月の敗戦の報を聞いたのは、亀井が第二国民兵として軍事教練を受けた三日目のことだった。戦後は文学者としての戦争責任を問われたが、精神の自叙伝ともいうべき一九四八年に出版した『現代人の遍歴』（文庫版にさいして『我が精神の遍歴』と改題）などを書いて立ち直り、文学界に復帰を果たすことができた。戦後も宗教論、美術論、文明論、歴史論、文学論、人生論、恋愛論など多岐にわたる分野で健筆をふるい、いくつものベストセラーを生みだした。

『愛の無常について』

たとえば、『愛の無常について』は、表題から連想されるような恋愛論ではなく、人間論、文学論、宗教論のようなものである。それは各四章のタイトルが「精神について」「愛の無常」「罪の意識」「永遠の凝視」となっていることからも分かる。表題となっている第二章の「愛の無常について」の小項目は、「人間流転」と「愛欲の喜劇と悲劇」となっていて、後者の細目は「盲目の幸福」「明晰の受難」「快楽と幸福のかなしさ」で、恋愛論というよりも、「愛とは何か」を宗教問題などと絡ませて論じたものだ。

表題に使われている「無常」について、亀井は同書のなかで「いま顧《かえり》みると、いわゆる無神論の時代から私の得てきたものはただ一つだ。すなわち無常の観念だけである」と述べている。「無神論の時代」とは旧制山形高校から東京帝大の「新人会」活動で検挙されるまでの左傾時代のことを指しているはずだが、「信仰の無償性」というエッセイの冒頭では次のように「無常」の観念を説明している。

無常の観念は、人間の生の驚くべき不安定さに対する開眼より生ずる。あくまでも現生の覚醒者たることだ。そのはじめにあっては素朴な驚きであり、やがて事物のあらゆる神秘性を剥奪する態の大疑の叫びであったろう。事物の実相について正確さを期する、強い忍耐からのみ無常の観念は生ずるのであろう。

これが亀井の獲得した「無常の観念」だが、『愛の無常について』全編を通じてもっとも興味を引かれるのは、第一章「精神について」のなかの小項目、「孤独の革命的エネルギー」に記されている認識である。党派や宗派が極端に純化をもとめたときや迫害を受けたとき、危機に瀕した組織は偏執的、独善的、排他的になるというくだりである。

いかなる個人も、その内部に様々の矛盾をもっているように、いかなる党派も、人間の集合体である以上、内的矛盾は避けられますまい。かかるとき、個人もそうですが、党派もいちじるしく狂信的になることがあります。狂信とは、矛盾の苦悩から潔癖に脱却せんとするときの性急さであります。極度に独善的となり排他的になる。革命党や或る宗派が、迫害にさらされると、この性質をあらわにしてきます。

個人的にいえば、私はこの一文から連合赤軍の山岳アジトでの同志殺害、粛清を想起してしまった。合体したとはいえおなじ政治党派なのに、なぜあのような虐殺が行なわれたのか。原因を女性指導者の永田洋子のヒステリーという個人的な資質に還元する論調もあったが、どこか無理なところがあった。こうしたなかで、「矛盾の苦悩から潔癖に脱却せんとするときの性急さ」という亀井の主張は、疑問を氷解してくれるところがあった。まさに至言であり、その慧眼に驚嘆せざるをえなかった。
『青春論』では青春や恋愛を論じているほか、文学論や宗教論や日本論にも紙幅がさかれている。同書の第四章「モラルを求める心」は一種の作家論なのだが、ここで亀井は白樺派の人道主義には独特のモラル探究がみられると主張している。白樺派のなかでもわけても武者小路実篤を高く評価し、その理由を次のように述べている。

武者小路実篤の作品は、この点で、明治以後の文学に新しいエポックを劃《かく》したものと言ってよい。ここでは明確に、端的に、我いかに生くべきかが志向されている。自然の意志を己《おのれ》の意志とし、己を生かすとともに人をも生かすという、大調和の世界が、氏の一貫して祈求《ききゅう》せるモラルであった。キリスト教やトルストイの影響をかなりつよく受けている。（中略）武者小路氏は全く独自な形で、大正期における日本の新しいモラルを作品に具体化した人と言えるであろう。氏の小説は根本において思想小説である。自分の記憶する思想を、対決の形式を以てかなり性急に述べて行くのだが、こうした作風はこれまでの文学には稀有であり、今後もまためったに出ぬものであろうと思われる。

このように亀井は「大正期における新しいモラルを作品に具体化」したことで、武者小路を手ばなしで絶賛している。また戦前には武者小路と共編で『人生語録抄』を出版し、戦後には編者になって『武者小路実篤人生語録』を出している。そのためなのか武者小路は元町にある「亀井勝一郎生誕の地」という碑銘を揮毫している。

太宰治との親交

また亀井は戦前に『日本浪漫派』の同人として、青森の津軽出身の太宰治とも親密になり、戦後に『無頼派の祈り』という文芸評論を出している。函館中学、旧制山形高校、東京帝大の「新人会」に入って検挙され、転向したおのれと重ねてみているところがある。太宰論を書くにあたって亀井は、旧家出身で「青年時代に共産主義の洗礼をうけた点を重視したい」と述べ、以下のように主張している。

女との情死の失敗についてはくりかえし描きながら、共産主義への接近から離反という、この時代の一特徴とも言える「転向」の苦を彼なりに味わったはずだが、それを主題として描いた作品はない。語るにしのびないほど酷烈なものであったのか。或は語るに足るほどのものではなかったのか。そうではあるまい。全作品を一筋の道のようにつらぬいているのは、「逃亡者」の苦悩であり、「裏切り」の呵責である。

この転向後の苦悩は亀井にもそのまま当てはまるといってもいい。出身地が近く、生家が裕福であり、ほぼ同世代人であり、おなじく東京帝大で非合法の左翼運動に関係して脱落したという共通点のほかに、おそらく終生にわたって転向後の裏切り者、ないしは背教者意識を共有していたと想定されるからである。

戦後の亀井はすっかり日本回帰したようにみえるが、日中文化交流協会理事として日中友好にも大いに貢献している。一九五九（昭和三四）年から『文學界』にライフワークの「日本人の精神史研究」の連載をはじめ、一九六四（昭和三九）年には日本芸術院賞を受賞した。一九六五年には『日本人の精神史研究』（全六巻の予定が、死により五巻目の半ばで中絶）などで菊池寛賞を受賞し、同年一一月には芸術院会員に選ばれた。一九六六（昭和四一）年一一月一四日、食道がんが胃および肝臓に転移し、東京築地がんセンターで永眠した。享年五九歳だった。

ここまで亀井の生涯にわたる足跡をたどってきて感じるのは、亀井は先輩の函館中学で学んだ作家たちとは異なる、やや例外的な文学者であったということである。小説と評論というジャンルのちがいがあるのであろうが、長谷川四兄弟（三男の濬《しゅん》、四男の四郎を含めて）、久生十蘭、水谷準たちがコスモポリタン的な気質の持主なのに反して、亀井勝一郎はあきらかに日本回帰的な性向が顕著だったからである。ただここで名前をあげた文学者たちは全員が、エキゾチックで風光明媚な元町界隈で育ち、みんな弥生小学校から一八九九（明治三二）年に設置された伝統のある名門校の函館中学に入学し、自由闊達な校風を身に着けたものと思われるのだ。

ただ函館中学（現函館中部高校）といえば、市電の「千代台停留所」から徒歩で七分ほどのところにあり、元町界隈から通学するにはかなり離れた場所にある。元町は函館山の麓の教会群がある地域であり、函館中学はそこからかなり離れた五稜郭方面にあるからだ。とても徒歩では通いきれないから、海太郎たちはどうやって通学していたのか疑問だったが、あるときその疑問が氷解する本に出会った。おなじ函館中学出身の中村嘉人は『古い日々』の「函館空間の物語――長谷川海太郎の函館空間」という章で、次のように記しているからである。

函館中学のあるあたりは、当時としては、ここから（元町界隈――引用者注）かなり離れていた。東京以北、はじめての電車が函館に登場したのは、大正二年（一九一三）、海太郎が入学した年のことである。それ以前は、中心部から郊外の湯の川温泉までの電車通りを、馬鉄が走っていた。開通後は、電車が成田山をすぎたあたりから、右手に松原がつづき、新川橋を渡ると、両側は一面のキャベツ畑、大根畑になった。人家はほとんどなく、やがて広い野原のまん中に、ぽつんと函館中学の木造の校舎が見えてくる。

開通したばかりの路面電車を使ったのである。さらに中村は『函館人』のなかで、函館中学があった場所について、「私が学んだ旧制函館中学は、砂丘を越えた時任《ときとう》牧場跡の丘にあった。白楊が丘、通称ポプラが丘である。校舎の二階の窓から海が見えた。宇賀の浦であった」と述べている。ちなみに函館中学の後身である、現在の函館中部高校も当時とおなじように時任町にある。

「東海の小島の思い出」

亀井勝一郎は一九四八（昭和二三）年のエッセイ、「東海の小島の思い出」のなかで、故郷憎悪を語ったことがある。「私自身はどちらかといえば故郷を憎悪していた。青春の悔恨があるからであろう。故郷は青春の墓場のようなものである。私は自分を憎悪していたのかもしれない。函館で死のうなどとおもったことは一度もなかった」（『亀井勝一郎全集』第二三巻）。函館中学時代に左翼思想にかぶれ、「富める者」である自己を否定しようとしていたときである。

しかし、「転向」後に大和地方の古寺巡りをするようになるあたりから、亀井の日本回帰はあきらかに顕著になり、故郷の函館にたいする憎悪もだんだん薄れていったようだ。そのため「函館出身の文学者のなかで彼ほどふるさとを愛し、折にふれてそれを語りつづけた者はほかにいない」（木原直彦『北海道文学散歩Ｉ　道南編』）と評されるほどになったからである。

おなじ函館中学で学んだ者でも、長谷川海太郎や久生十蘭や長谷川四郎などはほとんど故郷のことを書かなかったが、亀井勝一郎は彼らとは対照的に愛郷心が強く、泉下の人になるまで函館をこよなく愛したのだった。国際貿易港、函館について亀井は「東海の小島の思い出」でこう書いている。

　函館は長崎や下田とともに、日本の最も古い開港場であったから、早くから様々の外国人が来て住んでいたようである。私の子供の頃に接した外国人だけでも、アメリカ、イギリス、フランス、ロシア、それに中国の人々がかぞえられる。私の生家は町の山ノ手の急坂の途中にある。高台なので、ここからは港湾から海峡一帯を見はらすことが出来る。昔は外人の居留地帯であったらしい。それで様々の教会が現在もなお残っている。

さらに「津軽海峡」というエッセイでは、青森から連絡船に乗って津軽海峡を四時間ほど航海すると、函館山を含めた故郷の山々がみえてくるが、本州と北海道をへだてるこの津軽海峡についてはこう述べている。

　晴れた日の海峡は非常に美しい。連絡船の甲板からみていると、海には海豚が泳ぎ空は鷗が舞って、どこまでもどこまでも船の跡を追ってくる。故郷が近づくと、下北半島に相対した恵山方面へ延びた海岸線の彼方の丘に、湯ノ川女子トラピスト修道院の、小さな白塔がみえる。それから船が臥牛山をめぐって湾内に入りかけると、津軽半島に相対した松前方面へつらなる海辺の丘には当別の男子トラピスト修道院が望まれる。この二つの修道院をつなぐ線が、故郷における僕の散歩区域なのである。

それから亀井は連絡船が港に近づいてくると、恵山方面の丘にみえてくるトラピスチヌ女子修道院のこともよく書いている。函館近郊の渡島当別《おしまとうべつ》にある男子修道院はトラピストといわれ、湯の川にある女子修道院は正式にはトラピスチヌと呼ばれている。一八九八（明治三一）年にフランスから派遣された八名の修道女によって創立された、日本初の「観想女子修道院」である。この女子修道院の丘に咲き乱れる可憐なスズランのことも、幼少の頃からたびたび散策した場所として『大和古寺風物誌』のなかで回想している。

とくに女子修道院のある上湯の川の丘は、一面の鈴蘭畑で、六月のはじめ、あの可憐な花がひらきはじめる。よく友人とその草原へ出かけて行って、鈴蘭の畑の中に仰むけにねそべりながら、雲雀《ひばり》のさえずりをきいたものだった。この丘からは津軽海峡の暗緑色の流れや、浜辺にくだける白い波が望見されるが、その波うちぎわから丘の間は、なだらかな草原となっていて、牛が放牧されてあった。いまもなお記憶に残るのは、鈴蘭の花の香りと、空高くひびく雲雀の声である。五月から六月へかけてであって、云わばこの頃が私の故郷における最も春らしい季節なのである。

この文章は旧制山形高校に入学して、故郷を離れてから十数年後の回想である。亀井にはこのように忘れられない風景があり、次に触れる「函館八景」では函館市内の八つの絶景が紹介されている。

「函館八景」

このエッセイは『亀井勝一郎全集』第一四巻、ならびに『亀井勝一郎著作集』第六巻に収められているが、あくまでも亀井個人の印象にもとづくものだが、「これは行きづりの旅人にはわからない、函館に住んでみて、はじめて成程と肯れる風景のみである」という但し書きがついている。

「函館山の西端、即ち湾の入口にのぞんだところに、寒川という小部落がある。ここは町の西端ではあるが、全く町から孤立して、置き忘れられているような淋しい部落である。

そこへ行くには穴間《あなま》というところを通らねばならぬが、この穴間は高さ五十米ほどの海洞窟なのである。奥行はどれほどあるかわからない。海水は深く紺碧に澄んで、魚類の泳いでいるのが上からはっきり眺められる。洞窟の中にはこうもりなども住んでいる。ちょっともの凄い感じのするところだ。波の荒い日など、押し寄せる怒涛の渦巻が洞窟深く流れこみ、また白い牙をむいたような泡をたてて吐き出されてくる。洞窟は呻くようなすさまじい音を発するのだ」。

（一）「寒川の渡《わたし》」

函館山の西端の海べりにある穴澗（間）は観光地にはなっていないが、市民にはよく知られた場所だ。市電の終点「函館どつく前」で降りて、入舟漁港を通り、ＧＬＡＹのボーカルのＴＥＲＵの生家がある集落のあいだの細い道をしばらく行くと、峻厳で奇怪な岩の群れが前方にみえてくる。そこが海洞窟の穴澗だ。

私もある年の夏場に訪れたことがあるが、人影はほとんどなかったのを覚えている。場所としてはちょうど函館湾の入口あたりにあり、小高い丘のうえにある外国人墓地、ペリー来航百年記念碑からも少し離れた、斜め前方の崖下のところにある。函館西高校出身の佐藤泰志《やすし》の「光の樹」、おなじ高校出身の辻仁成《ひとなり》の『母なる凪と父なる時化』にもこの穴澗が舞台装置のひとつとして登場してきている。この洞窟に針がねで作った吊橋がかかっていて、上の一本につかまり下の一本を渡って、寒川という部落に行くというのだ。

（二）「舊《きゅう》桟橋の落日」

「これは連絡船の発着する大桟橋とは別に、湾内の奥深く、町の中心に直接達しうる小さな桟橋の名称である。私の家から坂を下って十分も行くと舊桟橋に着く。私は少年時代、夕暮の散歩に必ずここを選んだ。その頃は外国貿易も盛んだったので、各国の船がいつも二三隻碇泊していた。私はこの桟橋の手すりにもたれたまま、それら船体の美しい色彩や、国旗や信号旗の色さまざまにひらめくのを、倦かず眺めたものである。少年の異国への夢をはげしく唆ったのも、この桟橋の風景であった。（中略）私はこの桟橋の夕暮をこの上なく愛した。落日の光が碇泊する船体を鮮やかに染め、また桟橋の上に群がる異邦の人々の顔は赤く照り輝いて、ちょうどメーキャプして舞台の上にいるようであった。私はいつまでもここに立ち止り、異国から渡来する様々の旅人達を、落日の光のもとに眺めるのを好んだ。鷗がマストをかすめて低く飛び交うている。時々起る汽笛の音、発動機船のポンポンという音、人々の叫喚、手風琴、物売りの声、鷗の声、異邦人の体臭、それらがいりまじって、いかにも港町らしい騒然たる有様だが、また一抹の哀愁といったものが漂っているように感じられる。集りやがて別れる旅人達の、肉体がおのずから発散する一種の旅愁でもあろう」。

国際港ならではの夕映えの風景である。こうした異国情緒たっぷりの港の風景をいつも眺めていたら、だれでもロマンティックな旅愁や哀愁をかきたてられるであろう。夕暮れの海は人をセンチメンタルにするところがあるからだ。

（三）「立待岬の満月」

「これは函館八景の中でも、おそらく第一の絶景であろう。海峡一面が銀色に輝き、遠く下北、津軽の山々も鼠色にくっきりと浮かび上がってみえる。下北半島の尖端、大間崎の灯台が明滅するのもよくわかる。とくに春秋の烏賊つりの盛んな頃は、無数の釣船が海峡に浮かぶのだが、その一つ一つにともしたカンテラの光りが、波の上に点々として、目のとどくかぎり海峡一面に燈火が浮かんでいるようだ。満月の夜の立待岬は実に美しい」。

歌謡曲では男に裏切られるか棄てられた女たちが、やりきれない傷心をかかえて身を切る寒風のなかで、眼下の断崖にくだける白波を茫然と見つめているのがこの立待岬だ。テレビなどの刑事ドラマになると、最後に犯人が警察に追いつめられるのがこの立待岬となるのがありきたりの設定となっている。

しかし、私の経験でも、夏の立待岬は風景が開けていて清々しい気分になる。たとえば、亀井は「東海の小島の思い出」のなかで、小学生のころ岬の断崖のしたに砕ける波濤のなかで泳ぎまわったことを回想し、「大小様々の岩の間には、昆布や色とりどりの海草が波にもまれてゆれている。そのぬらぬらした感触を肌に感じつつ、自分の身体が波にもてあそばれるときの快い陶酔が思いだされる」と述べている。

（四）「教会堂の白楊《ポプラ》並木」

「教会の塀に沿って、大きな白楊が立ち並んでいる。二つの塔を左右にみながら、西の方向へ少し歩いてもいいし、また坂道を登ってやや小高いところへ出てもいい。白楊のあいだから港湾全体を一望のもとに眺めおろすことが出来る。塔と白楊並木との調和を、様々な角度から眺めるのが私の楽しみであった」。

ここで語られている教会はカトリック元町教会とハリストス教会のことで、その間のさして広くない道の両側に大きなポプラの木が立ちならんでいるというのである。確かにいまでもあるように記憶しているが、亀井はこの山の手の静かな道が大好きだと推奨しているのである。しかし、この道はいまでは元町観光のメインストリートであり、ツアー客や観光客がゾロゾロ歩いていて、日中は静寂とはほど遠い場所になっているが、きわめてエキゾチックな通りであることはまちがいない。

（五）「臥牛《がぎゅう》山頂」

「函館山は一名臥牛山という。北方正面からみると、ちょうど牛が臥せているような形をしているところからこの名称が出来た。臥牛山は高さ三百米ほどで、東海の小島の山であり、函館はつまりその山麓にひろがった町なのである。（中略）山頂に立てば、津軽海峡はむろん、松前の山々も、恵山も、横津岳も駒ヶ岳も、町も港も、つまり北海道の南端全体が一望のもとに眺められる筈である。要塞であったため、自動車道路もひらけ、徒歩では三十分ほどで山頂に達するという」。

ここからの夜景は世界三大夜景と称されているように比類ない絶景である。函館にきたら一度はぜひ訪れてみたい、函館観光の目玉といっても過言ではない。

（六）「ホワイトハウスの緑陰」

「私の中学校はその頃の郊外で、周囲に白楊を植えていたので、白楊ケ丘といった。隣りは時任という牧場で、この牧場をはさんで向方に、メソヂスト派のミッションスクールがあった。その校長のアメリカ人の住んでいる建物は、白いペンキで塗られた上品な洋館で、牧場と森の緑をとおしてその白色の館を望むのは、実に美しい異国的な眺めだった。

中学生達は、愛称としてホワイトハウスと呼んでいたのである。（中略）この辺の風景は、私の少年時代はたしかによかった。時任牧場からミッションスクールを経て、競馬場があったが、その間およそ一里近い間は広々とした草原地帯で、そこには牛や羊が放牧されてある。海岸寄りには砂山があり、砂山を越えて海峡が見わたされた。

この砂山の歌は、啄木の歌集にいくつか出てくるので有名である。私は幼少年時代、二三人の友とこの辺を歩きまわった。さきに述べた大森浜に沿うて、砂山に至り、砂山を越えて牧場に至り、緑陰のホワイトハウスをみながら、更に大草原を横断して湯の川温泉へ行くコース、これは一里半ほどの快適なハイキングコースである」。

この引用文にある「メソヂスト派のミッションスクール」とは遺愛女子高のことである。校門の外から眺めても、白い木造の建物と芝生はアメリカの大学のキャンパスのように美しく、石坂洋次郎の『若い人』の舞台となった伝統と格式を誇る学校である。大森浜の砂山はいまでは存在しないが、石川啄木の歌集『一握の砂』で歌われた場所であり、佐藤泰志の小説『そこのみにて光輝く』や『海炭市叙景』の舞台ともなっている。

（七）「五稜郭の夏草」

「明治維新に築造されたオランダ式の城址だけあって、その形はめずらしいが、古城といった深みは感じられない。しかしこの土堤の上を歩きながら、裏側即ち東北方に面している側へ廻ると、わずかながら特殊な情趣を味あうことは出来る。夏草の茂る頃、この裏側の土堤に腰をおろして、三森山から横津岳へつらなる山岳、それから湯の川の丘にあるトラピスト女子修道院などを遥かに望むのが好きであった」。

ここは五稜郭の観光名所のひとつになっているが、かつて榎本武揚の旧幕府軍が北海道共和国を夢みて、明治新政府軍と戦った陣屋跡でもある。五稜郭地区はいまや函館随一の繁華街になっているが、亀井が中学生のころは「未開の寂莫さ」がただよう淋しい場所だった。亀井はおなじエッセイでこう述べている。「人気のないむんむんする夏草に身を埋めて、寂寥の風景に一人対するのもいいものである。北海道の大地が、骨髄までしみこんでくるのはかかる時であろう」。

（八）「修道院の馬鈴薯の花」

「鈴蘭の花は上品で優雅であるが、どことなく箱入娘のごとき弱さがある。女学生に喜ばれそうなセンチメンタルな花だ。しかし馬鈴薯の花には健康な田舎乙女の溌剌さと清純が感じられる。これはあくまで処女地の花だ。開拓者の逞しい意志から生まれたロマンチシズムの花である。粗野のようにみえて、決して粗野でない。厚ぼったい花弁には、健康な女の耳たぶのような感じがある。小さな白百合のような床しさもある。女子修道院の農場で働いている若い修道女と馬鈴薯の花はどことなく似ている。馬鈴薯は花をみせるためでなく、球根のために存在するのだが、みせるためでない花の、その隠れた美しさを私は愛する」。

「函館八景」はもともと一九五三（昭和二八）年二月に発行された創元社版、『亀井勝一郎著作集』第六巻に所収のエッセイで、初出はどこか明らかではないが、前後のエッセイの日付から判断すれば、どうやら四六歳ごろに書かれたものらしい。亀井はこの「函館八景」だけでなく郷土の風景や風土に触れたエッセイをたくさん残したが、とりわけこの「函館八景」からは亀井のすさまじい郷土愛が伝わってくる。わけても紫色の馬鈴薯の花が一面に咲き乱れている畑の美しさは、北海道に住んだことがある人でなければ分からないであろう。

亀井はこうした春から夏にかけての絶景ばかりでなく、北海道の冬の厳しさも忘れずに書いている。たとえば、あるクリスマスの夜については次のように述べている。

自分の体内にまだ潜在しているかもしれない故郷をよび起そうとする。東京で故郷を思うのは、抽象人の悲哀かもしれない。そしてごく単純で鮮明なもの、たとえば夏なら海、冬なら吹雪を思い出すのである。少年の私はマントに身をかため、頭巾をふかくかぶりながら、前かがみで吹雪の中を学校に通ったものだ。とくにクリスマスの夜がよみがえってくる。氷でとざされた窓を通して、教会堂の燈があかあかと輝いている状景が浮かんでくる。（中略）私は京都へ住むようになってからキリスト教から遠ざかったが、この厳粛な感じはいまも残っている。それが吹雪のきびしさとともに思い出されるのである」（「吹雪」、『亀井勝一郎全集』第一三巻）。

これまで函館出身の文学者のなかで、比類のない郷土愛を活字にしてきた亀井だが、その胸底には二年半におよんだ苛烈な獄中生活、その後の共産主義からの転向体験、そして日本回帰などが触媒として横たわっていたにちがいない。亀井は「鰊《にしん》」（『亀井勝一郎全集』第一四巻）というエッセイで、「北方の思想にはどこか殉教者的なもの」や、「道なきところに道を拓く求道精神」のようなものがあると主張している。そして自分の歩いてきた道をふり返って、「わが思想の歩み」（『亀井勝一郎著作集』第六巻）のなかでは次のように述べている。

私は幼少年時代、北海道の郷里で、明治のキリスト教の最後の型態に接した。ピューリタンの伝統を誇るアメリカ宣教師と、内村鑑三の残した足跡である。青年期に入るとともに、白樺派の人々や、倉田百三や、大杉栄など、私の謂う大正期の様々なかたちでのヒューマニズムの雰囲気にふれた。語学の方からゲーテを通してギリシャ精神に憧れた。つづいて昭和に入るとともに共産主義の洗礼をうけた。これが二十代末年までつづき、日華事変から太平洋戦争時代にかけては日本の古典と古寺古仏を巡歴した。そしていまは自分では仏教徒のつもりでいる。

すでに触れたように亀井勝一郎の「生誕の地碑」は元町の生家跡にあり、その副碑にはエッセイ「東海の小島の思い出」の一節が刻まれている。この「生誕の地碑」が設置されたのとおなじ日の一九六九（昭和四四）年一〇月一四日には、文学碑も亀井の散策路だったという青柳町の函館公園通りに建立された。除幕式は未亡人らも出席して行われ、碑には亀井の自筆による「人生邂逅し開眼《かいげん》し瞑目す」という言葉が刻まれている。ただ主要な観光ルートからははずれているので、カトリック元町教会の向い側にある「生誕の地碑」と比較すると、訪れる人はかくだんに少ない印象がある。ある年の夏の夕方、私も訪れたが人影はまったくなかった。

第七章　シベリアと満州を生きる——長谷川四郎の生き方

満州からシベリアへ

長谷川四郎は四兄弟の末弟で、一九〇九（明治四二）年六月七日に函館で生まれた。四章で取りあげた谷譲次、牧逸馬《いつま》、林不忘《ふぼう》の三つのペンネームを使いわけて小説を量産した長谷川海《かい》太郎は長男、次男の潾《りん》二郎は洋画家であったが、愛読者のあいだでは探偵小説家の「地味井《じみい》平造」としても知られていた。三男の濬《しゅん》は詩人、作家、ロシア文学の翻訳家などであったが、ほかの兄弟にくらべたら世間的な名声はあまりなかった。四男の四郎は純文学的な小説、詩、童話、翻訳、評論など多岐にわたる活躍をして全集を残した。函館というコスモポリタン的な国際港、ないしは外国人に親和的で自由闊達な家風などの影響から、四兄弟すべてがいわば芸術家になり、しかも全員が外国に渡っていることから、海外雄飛の気風がある一家でもあったのだ。

大きな文学的業績を残した長谷川兄弟の末弟である長谷川四郎は、兄たちとおなじように弥生小学校を経て、一九二二（大正一一）年に函館中学に入学している。中学ではサッカー部やボート部で活躍した。スキー大会では優勝したこともある。三年上級には亀井勝一郎や田中清玄がいた。一九二六（大正一五・昭和元）年、函館中学を卒業してから単身上京、杉並区荻窪の光明院に仮寓のあと、しばらくは二男の潾二郎と共同生活をして受験勉強に励んだ。一九二八（昭和三）年、一九歳のときに立教大学予科文科に入学して、同級生と柳田國男を訪ねたりした。また道南の木古内町で生まれた詩人の吉田一穂や、のちに音楽評論の大家となる吉田秀和との交友もはじまり、ゲーテ、リルケ、ヘッセ、カロッサなどのドイツ文学に親しんだ。

わけても兄弟のなかで早くにアメリカに渡った長兄・海太郎の奔放な生き方は、三男の濬と四男の四郎に大きな影響をあたえることになった。たとえば海太郎はアメリカ、潾二郎はフランス、濬は満州、そして四郎は満州から苛酷なシベリア抑留生活まで体験することになったからである。こうした一家のリベラルで進取の気性にみちた家風を反映して、四兄弟は家族内では海太郎がアメリカからの手紙で名づけた英語の愛称でおたがいを呼んでいた。海太郎はビリー、潾二郎はジミー、濬はスタンリー、四郎はアーサーという具合である。

一九三〇（昭和五）年、父の淑夫が荻窪にアトリエつきの家を新築したので、兄の潾二郎とともに住むことになった。一九三二年、立教大学予科文科を卒業して、同大学の史学科に入学するが、不登校になり退学する。秋、ドイツ文学者として著名な片山敏彦を訪ねる。その影響なのか、一九三三年に法政大学文学部独文科に入学した。有名な関口存男《つぎお》のドイツ語、片山敏彦のドイツ文学、豊島与志雄のフランス文学の講義を聞く。哲学科の上級生で詩人の藤原定を知る。法政大学ドイツ文学会・フランス文学会の共同編集になる同人誌『黒潮』に参加する。ここでのちの直木賞作家・寄席評論家の安藤鶴夫、フランスの作家リラダンの翻訳で名高い斎藤磯雄、ロマン・ロラン研究で知られる蛯原《えびはら》徳夫などを知る。在学中にさまざまな同人誌に翻訳、詩、小説などを発表した。

一九三六（昭和一一）年、法政大学独文科を卒業した。卒論のテーマは「ゲーテ『西東詩篇』について」。翌三七年、三男の濬が満州でロシア語通訳、満州映画協会などに勤めていた関係なのか、南満州鉄道株式会社に入社した。大連図書館の勤務となり、五月に大連に渡り、欧文図書係となり資料整理に従事した。はじめ伏見寮という独身寮に入ったが、のちにヴォルガ亭というロシア料理屋と居酒屋をかねた店の二階に下宿した。七月には日中戦争が勃発している。翌年の四月、北京の満鉄北支経済調査所に転勤となり、資料班の外国語係となる。グルジア人美容師の家に間借りする。九月、資料蒐集のために上海に出張した。

この頃、満州にいた兄の濬に勧められて、同人誌『満州浪漫』や『満州読書新報』などに詩、エッセイ、小説を発表した。一九三九（昭和一四）年の四月末、休暇をとって帰郷し、かねてより妹の玉江から手紙で紹介されていた中村濟子と結婚した。北京にもどり転居した一九四〇年には長男の元吉が誕生した。一九四一年四月、満鉄調査部第三調査室に転勤になり、大連にもどり北方班に所属した。ソ連紙を読んでシベリアの軽工業部門の机上調査をする。大連図書館の白系ロシア人夫人から、アルセーニエフの探検記『デルスウ・ウザーラ』を教えられ、翻訳をはじめる。

一九四二（昭和一七）年に満鉄を退社し、満州でただひとつの合法的政治団体であった満州国協和会調査部に入り、新京（長春）に移り協和会住宅に住む。蒙古班に所属し、満州内に居住する蒙古人の土地調査にあたる。実地調査でハイラル方面などにでかける。四月、次男の牧夫が生れた。五月一六日、父の淑夫が東京の荻窪の自宅で他界したため東京にもどる。享年七一歳だった。

八月七日から一六日まで中央錬成所で、協和会の錬成をうける。八日に錬成のメンバー、満州映画協会の甘粕正彦理事長から満映に招待される。すでに触れたが、服毒自殺した甘粕の死を見取ったひとりが三男の濬だった。これも不思議な縁だが、甘粕が虐殺した大杉栄のところに、長兄の海太郎は渡米まえ、明治大学予科の学生時代に出入りしていたのである。

九月には、濬・四郎共訳のかたちで『デルスウ・ウザーラ』が刊行されたが、共訳者となった濬はすでに翻訳者として世にでていたので、名前を貸しただけのことだった。ちなみにこの翻訳は黒澤明監督の映画、『デルス・ウザーラ』（日ソ合作、一九七五）の原作となったものである。

一九四三年、満州国協和会プトハキ県本部事務長となり、ジャラントンに移り代用官舎に住む。このころの活動は「可小農園主人」の作風に影響していて、のちに四郎がみずからを戦犯だと自認したのはこの経歴からきている。仕事で興安嶺を旅行後、発疹チフスにかかり、一〇日間ほど人事不省におちいる。一二月二三日、次男の牧夫が病死した。一九四四年三月、招集されハイラルの一八部隊に入隊し、炊事兵（残飯統計係の事務）となる。ただこれまで協和会の事務長職が招集された前例はなく、四郎の日常の反時局的言動にたいする懲罰的召集だったともいわれる。

九月、一八部隊は南方へ転進したが、ロシア語能力を買われ、北方要員として満州に残された。南方へ転進した一八部隊はフィリピン沖で輸送船にアメリカ軍の魚雷が命中し全滅した。四郎は対ソビエト監視隊員としてチャーガンにゆき、ハイラル河にかかる橋の警備にあたった。

敗戦の年の一九四五（昭和二〇）年一月、長女の朝子が生まれる。四郎は満州里近くのソ満国境、扇山の監視哨に配属となる。一〇人からなる分隊で、トラクター線（国境線）のむこうを監視するかたわら、ソ連軍侵攻を想定した対戦車自爆訓練が行われていた。このあたりのことは名作「鶴」や「ある画工の話」などの題材となった。八月八日、面会にきた妻に会うために満州里の中隊本部に行き、ジャラントンに帰る妻を見送り、中隊本部に泊まる。ところが翌九日午前零時、ソビエト軍侵攻がはじまり、扇山監視哨は全滅、満州里の中隊も攻撃をうけて敗走した。この敗走時の体験は「脱走兵」、「林の中の空地」などの作品に反映されている。

バラバラになって敗走してハイラルにたどり着き、そこから興安嶺に入る。興安嶺を歩いてくだり、ブハトの部隊に編入される。ここで対戦車用自爆爆弾をもって待機するうちに、日本敗戦の八月一五日をむかえ降伏した。部隊はソビエト軍により貨車でフラルキに送られ、そこで武装解除させられたあげく、チチハルの捕虜収容所に送られた。収容所の監視はゆるやかだったので、あるときなどは収容所を抜けだして、チチハルに逃げてきていた妻子に会いに行ったこともあった。

また収容所を抜けだして知人宅にかくまわれたこともあったが、脱走兵狩りがきびしくなり、仕方なく収容所に戻ったこともあった。一〇月、娘の朝子が死去した。四郎はチチハルからシベリアに送られる最後の捕虜部隊に入れられ、満州里を通って、ソビエトに入る。一一月七日、カルイムスカヤ駅着。チタをへてチェルノフスカヤへいき、炭鉱町カダラの捕虜収容所に入る。

一九四六年、チタの周辺で石炭掘り、煉瓦造り、野菜・馬鈴薯の積みおろし、汚物処理、線路工夫、森林伐採、材木流送などの労働に従事した。そうした体験は作品集『シベリヤ物語』「ガングレン」「炭鉱にて」などの素材となった。やがてソビエト側の指導で収容所内の民主化運動がはじまり、志願して壁新聞の編集を行い、社説を執筆したりした。一九四九（昭和二四）年秋、ナホトカに近いウスリ鉄道沿線のホルで馬鈴薯の積みおろしのさい、足を骨折し、ゴーリンの病院に入院した。

ナホトカから興安丸で舞鶴に帰還できたのは、一九五〇年二月のことだった。満州に渡ってから一三年ぶりの祖国帰還だったが、すでに四〇歳になっていた。一家三人で、二男の濭二郎の杉並区荻窪の家に落着き、妻はアメリカ軍グランドハイツに就職した。四郎はこの年から本格的な文学者としての活動をはじめることになるが、自著の『文学的回想』によれば、シベリアから帰国当初は食べていくことにひどく苦労したらしい。しかし、復員した年の六月にフランスのユマニスムの作家、ジョルジュ・デュアメルの大河小説『パスキエ家の記録』の翻訳に着手したことで、どうにか生活することができるようになったと回想している。

自らを戦犯と主張

また『長谷川四郎全集』第二巻所収のエッセイ「北の家族」によれば、四郎がこの翻訳仕事をはじめたのはある人の世話があったからであり、千円か二千円かの復員手当をもとにして仏和辞典を買い翻訳を開始したというのである。『パスキエ家の記録』は一八八〇年代から一九二〇年代までのパリを舞台に、あるブルジョア家庭の歴史をたどり、主人公ローラン・パスキエの成長を物語るもので、みすず書房から昭和二五年に初巻が刊行され、全一〇巻で完結をみた連作小説である。

こうしてかろうじて生計を維持できた翻訳も終わり、その先の生活不安を感じていたところだったが、渡りに船というべきなのか、大学時代の文学仲間であった詩人の藤原定がすでに法政大学に勤めていて、その紹介で社会学部の兼任講師となり、夜間部でドイツ語を教えることになった。一九五三（昭和二八）年のことだった。満鉄調査部の職員に採用された藤原定とは大連でも会ったことがあった。一九五九（昭和三四）年には法政大学第二教養部（夜間部）の助教授になり、一九六一年に教授になったが、一九六六（昭和四一）年三月には辞職した。それから桐朋学園短大演劇科教授に転じ、同職を一九七八（昭和五三）年三月までつづけた。

長谷川四郎はこうして長いあいだ大学で教える一方で、全一六巻にもおよぶ全集を残すほどの旺盛な創作活動を展開したのだった。四郎のいわばプロとしての本格的な文学活動は、祖国に帰還した一九五〇（昭和二五）年からはじまっている。五月に『中央公論』に自己体験にもとづく小説「炭坑ビス――ソ連俘虜記」、六月に『展望』に小説「街の掃除夫」などを発表し、九月からは上述した『パスキエ家の記録』の翻訳を刊行しはじめている。翌五一年、藤原定、山室静に『近代文学』への執筆をすすめられ、四月号から連作「シベリヤ物語」を発表しはじめる。一九五二年に『近代文学』の九月・一〇月号に「鶴」を発表したが、この「鶴」などの作品で昭和二七年度下半期の芥川賞候補にあげられる。この年の八月、筑摩書房から単行本の『シベリヤ物語』が刊行され、翌年の八月にはみすず書房から『鶴』が出版された。

長谷川四郎の代表作といえば、『シベリヤ物語』と『鶴』が双璧だといっても、どこからも異論がでないと思う。両作品とも外地経験にもとづくもので、具体的には満鉄や協和会勤務、一兵士としてのソ満国境での監視哨勤務、敗戦後のシベリア抑留体験などが色濃く投影された作品群であるからだ。ただそこに大きな影を落としているのが、『長谷川四郎全集』第一巻「解題」を担当した福島紀幸が指摘しているように、作者の戦犯意識である。

福島によれば、それが四郎の作品を「他に類をみない『戦争文学』たらしめた要因」であり、作者みずから「私はまた、ひげをはやし、満州帝国協和会の事務長もやって、大いにいばっていたことがあるので、はばかることなき戦犯のひとりだといえるだろう」(「シベリヤから還って」)と述べているからだ。

みずから戦犯だと主張する長谷川四郎は、法政大学文学部独文科を卒業したあと、いかなる経緯から満州に渡ることになったのであろうか。四郎の息子で著名な映画カメラマンであった長谷川元吉は『父・長谷川四郎の謎』のなかで、父親の海外渡航願望にはすでに満州に渡っていたすぐ上の兄、濬《しゅん》の影響がかなり強く作用していたのではないかと推測している。

本人の『文学的回想』によれば、海外に出たかったけれども適当な就職先がみつからず困っていたところ、父親の淑夫が交流のあった大川周明に頼んでみようと言いだし、それが奏効《そうこう》して満鉄調査部に就職がきまったというのだ。大川周明は満鉄ではずいぶん大きな存在だったらしく、大連に行ってみてそれが分かったと四郎は回想している。息子の元吉は上掲書のなかでこう補足している。

祖父〔淑夫――引用者注〕はこの男大川周明と「行地社」でつながっていたし、暗殺された犬養毅の普選論に共鳴し、（中略）中国には祖父が佐渡で教員をしていたときの教え子、北一輝も渡っていて、最初は社会主義者として中国革命に力を入れていたが、一九一九年上海で「日本改造法案大綱」を執筆し、国家主義による世界最強の日本国家建設を強調しながら、大川周明とは「猶存社《ゆうぞんしゃ》」でつながっていた。

大川周明（一八八六―一九五七）はアジア主義者ないしは超国家主義者として知られた人物である。一九一八年に満鉄に入社し、のちに満鉄東亜経済調査局の編集課長を務めている。大正・昭和期には北一輝、満川亀太郎などと親交があり、北が計画していた「日本改造」の原稿を託されていたといわれている。日本で普通選挙運動が盛んだったころ、「日本改造」を実践する結社「猶存社」、「行地社」、「神武社」を結成していた。川崎賢子の『彼等の昭和』の「略年譜」によれば、一九二五（大正一四）年に、父親の淑夫は世民《せいみん》のペンネームで『函館新聞』に『日本』を読んだ感想などを連載するようになった。『日本』は大川周明の主宰する雑誌であり、この頃から少しずつ大川のアジア論への傾倒をみせるようになったとある。

このように長谷川濬と四郎兄弟の満州時代には、大川周明、北一輝、甘粕正彦などの国家主義的右翼の影がちらついている。長谷川四郎は満鉄のころから同僚には左翼だと陰口をたたかれていたようだが、協和会の事務長になってからは戦犯意識が芽生えたように思われるのだ。

満州国建国の理念は「王道楽土」や「五族協和」などであったが、その理念を推進した団体が協和会であるといわれている。「王道楽土」とはアジア的な理想国家（楽土）を、西洋の武による統治（覇道）ではなく、東洋の徳による統治（王道）で創建するという意味が込められているというのである。また「五族協和」とは、満日蒙漢朝の五民族が協力し、平和な国造りを行うとする趣旨の言葉である。長谷川元吉は『父・長谷川四郎の謎』のなかでこう述べている。

つまり満州国政府とまで言われた国務院と並んで作られた資政局が、やがて満州国協和会となったのである。この会は「人民、民衆など底辺からの建国」をその思想の基本姿勢とし「五族協和（日、満、漢、蒙、朝）を理想とする団体として一九三二年七月二十五日、発会式をあげ、会長を張景恵としたが、幹部には多数の日本人が入りこんでいた。一九三七年には、伯父〔三男・濬――引用者注〕と深い関係にあった甘粕正彦が中央本部総務部長になっている。やがて一九三八年九月、会の趣旨を東アジアに推し拡げる意図で、「東亜連盟の結成」を提唱し、その東亜連盟運動の中心となったのは、後ほど親父の文章の中にチラリと出てくる石原莞爾であり、彼はその指導者だった。

『彼等の昭和』の「略年譜」によれば、三男の濬は一九三二（昭和七）年に大阪外語学校を卒業し、父・淑夫が崇拝していた犬養毅が暗殺された五・一五事件のまさに当日、門司港からウラル丸で大連にむけて出帆したとある。淑夫はかねてより大川周明の行地社の社友であったが、濬も大川理論の信奉者だったという。この満州行きは大川の助力によるものだった。四郎もふくめて、下のふたりの兄弟が大川周明の斡旋で満州に渡ったことになる。

以上みてきたように、濬と四郎の渡満には大川周明がからんでいるが、シベリアの抑留生活から祖国帰還したあとの四郎は、晩年まで生活の糧として大学教員をつづけながら、一貫して多方面にまたがる文学活動を展開してきたことは周知のとおりである。一九五四（昭和二九）年には中野重治のすすめで、新日本文学会にも入会している。新日本文学会は戦時中に言論弾圧を受けた旧プロレタリア文学運動に関わりのあった作家たち、たとえば蔵原惟人、中野重治、宮本百合子などを中心に、一九四五（昭和二〇）年一二月に結成された左派の新しい文学団体である。一九六四（昭和三九）年には共産党との断絶が決定的になったが、二〇〇五（平成一七）年の解散まで文学雑誌『新日本文学』を発行してきた。

代表作『シベリヤ物語』

長谷川四郎は新日本文学会に入会してからは『新日本文学』誌のほか、さまざまな雑誌に作品を発表するようになった。第一作品集であり代表作でもある『シベリヤ物語』所収の諸短編は新日本文学会への入会前ということもあり、一九五一年から五二年にかけて『近代文学』におもに発表したものである。そのなかの「シルカ」は一九五四年七月号の『文藝』、「掃除人」は一九五〇年六月号の『展望』にそれぞれ発表したものであり、それに『新日本文学』一九五三年一一月号に発表した「ナスボン」を加えた三作品は、『長谷川四郎作品集Ⅰ』の出版にさいして、『シベリヤ物語』に新たに組み入れられたものである。

入手しやすい講談社文芸文庫の『シベリヤ物語』、ならびに手元にある『長谷川四郎全集』第一巻に収められている同名連作集には、「シルカ」「馬の微笑」「小さな礼拝堂」「人さまざま」「掃除人」「アンナ・ガールキナ」「ラドシュキン」「ナスボン」「勲章」「犬殺し」などの作品が収められている。カタカナの表題からもたやすく連想されるように、作品はすべて日本の敗戦によって満州からシベリアに送られ、四年余の抑留生活を余儀なくされた作家の実体験にもとづくフィクションである。『シベリヤ物語』ではおもに日本軍の収容所生活、捕虜労働、ロシア軍人や民間ロシア人との交流、あるいは日本の敗北によって翻弄される兵隊個人の運命などが描かれているが、その諸作品のなかでもとりわけ印象に残る作品をいくつか紹介してみたい。

「シルカ」

『シベリヤ物語』に収められている最初の作品である。シルカとは日本人捕虜たちがロシア人護衛兵につき添われて、一〇日ほど滞在した田舎の小さな町の名前である。そこで日本人捕虜たちは強制労働に従事させられ、おもに野菜を貨車に積みこむ作業などをしている。この短編が特異なのは日本敗戦後のシベリア抑留生活のリアルな実態が、日本人捕虜の眼をとおして描かれていることである。旧日本軍のシベリアにおける過酷な抑留体験は、いくつもの回想記や手記などに書かれているが、ただ長谷川四郎のように一九五〇年代はじめに小説というかたちで書いた人は、ほとんどいなかったと思われるのだ。

たとえば私が読んだノンフィクションなら、高杉一郎の『極光のかげに』、内村剛介の『生き急ぐ　スターリン獄の日本人』をはじめとする一連の著作、石原吉郎の『望郷と海』、画家の香月泰男の『私のシベリヤ――香月泰男文集』、立花隆『シベリア鎮魂歌　香月泰男の世界』などがある。極寒のシベリアでの長期にわたる抑留生活や過酷な強制労働、満足な食事もあたえられない飢餓などによって、約五七万五〇〇〇人にのぼる抑留者のうち、約五万五〇〇〇人が死亡したといわれている。

長谷川四郎もそうした厳しい抑留生活を経験したひとりだったはずだが、彼の小説では抑留生活の悲惨な状況はあまり書かれていない。作家みずからが「〈私の処女作〉『シベリヤ物語』」のなかでこう述べている。「五木寛之氏は『シベリヤ物語』はのんきな本で捕虜生活の苦しみが出てないですねと言った。もしそうだとすれば、それは罪ある者として私がよろこんでシベリヤに服役したためかもしれないと考える」（『全集』第一巻「解題」）。「罪ある者」という意識は満鉄に勤務した以上に、協和会事務長として現地人にたいして権勢をふるった戦犯意識のことなのであろう。

こうした戦犯意識のためなのか、「シルカ」という短編では過酷な捕虜生活よりもむしろ、作者の視線はロシア人の護衛兵や将校、労働に従事するロシア人労働者たちや市井の人々に向けられている。たとえば、日本人捕虜たちを労働現場まで連れて行くトラックの運転手と将校は途中、どういうわけか車を停めて一軒の家のなかに入って行くのだ。そのあいだの日本人捕虜たちは次のように描かれている。

寒い風が吹く。兵隊たちは巨大なトラックの上で足ぶみしたり、行ったり来たり、歩いたりしている。大尉と運転手はなかなか出てこない。やがて、大尉と運転手がむかいあって、さかんに飲んだり食ったりしているのが見える。台所では肥った料理女が射し込む明るい日光の中で、白い麦粉をたくみにこねて、豚饅頭を作っている。兵隊たちは持ってきた黒パンの弁当を大切そうに少し齧《かじ》って、あとをしまっておく。兵隊たちはゆうに小一時間も待たされる。

待たされている兵隊たちが、つらいとか、苦しいとか、悲しいとかの負の感情を洩らすようには描かれていない。あまり悲壮感がないのである。語り手の「私」たちが野菜倉庫で馬鈴薯の積み込みをやるために向っているコルホーズはこう語られている。

シルカの町から二十マイルほど離れた小高い岡の中腹に集産主義者《コレクチヴィスト》というコルホーズがある。コルホーズとはいうが、見たところ小さな部落で、大小さまざまの百姓小屋がてんでに立っていて、ぐるりには野菜畑があるぐらいのものだ。老人たちは依然としてこの村を昔の名前でアタマノフカと呼んでいる。村の道路の上では子供たちが遊んでいるが、彼らの中には日本軍の正帽をかぶっているのもいる。この村から戦争に出た男が持って帰った戦利品である。そうかと思うと、片腕のない男が丸太にまたがって斧をふるっていたりする。戦争の傷痕はここにもあるのだ。そして、彼の胸には祖国防衛の勇士のメダルが光っている。

野菜の積み込みにやってきた「私」たちにたいして、コルホーズの野菜班長で戦争未亡人のマリーヤ・ゾロトゥヒナも、捕虜とか日本人とかいう観念をまったく持っていない。ただ未熟な労働者という観念しかないように描かれている。捕虜となった日本人兵隊への悪意も憎悪もなく、ただ逞しいロシア女として描かれているだけなのだ。

おなじように強制労働の現場を中心にすえた作品に、おなじ『シベリヤ物語』に収められている「馬の微笑」という短編がある。『近代文学』（一九五一年四月号）に発表したいわゆるシベリアものの最初の作品で、チタ近郊にある煉瓦工場で重たい碾臼《ひきうす》のような泥練りの撹拌器を何台も、回転しながらノロノロと引いている馬たちの悲喜劇を描いたものである。

「勲章」

「勲章」は『近代文学』一九五一（昭和二六）年一一月号に発表した短編である。作者はこの作品について「シベリヤから還って」というエッセイのなかで、「とにかく『シベリヤ物語』のなかで、私がもっともいいと自分で思っているのは、『勲章』という一篇である」と述べている。作者が主張しているように、「勲章」は捕虜収容所のなかにおいて旧日本軍の位階制度が、いかに崩壊したかについて、哀歓をこめて描いていて秀逸な仕上がりになっている。くわえて収容所内におけるソ連側の社会主義の思想教育がいかなるものであったのかを、具体的に描いていて情報としても貴重なものとなっている。

主人公は五〇歳くらいの佐藤少佐で、兵隊あがりのワンマン将校である。不幸にして捕虜となったのだが、収容所では庶民出らしく大いに威張っている。彼は捕虜になったのに、いまだ大隊長意識にとり憑かれていて、そのため大隊はそっくり旧軍隊の組織を保持している。「もちろん佐藤少佐はこれを当然のことと心得て、あらゆる大隊長の特権を行使し、自分の部屋と自分の食事と自分の兵隊を私有し、万事につけ、威厳あって慈悲深き父として振舞うことをやめなかったが、しかし内心は何よりもこの軍隊組織の崩壊を恐れていた」のだ。

彼は将校階級の堅塁を固めるために細心の注意を払っていた。ソ連の収容所所長は将校たちを兵隊たちと一緒に住まわせたらと忠告したが、それは将校の威厳を傷つけるからという理由で、佐藤少佐は耳を貸さなかった。彼は将校たちをひとつの宿舎に全部集めて住まわせ、その中央の一室に自分が陣取って、周囲ににらみをきかせていたのである。夜だけ本部不寝番という名目で、自室まえに番兵を置いていて、「労働で疲労した兵隊が、一時間交代で終夜彼の扉の外に直立していた」のである。そして「軍隊組織の中で兵隊の挙げる手を、自分の人格に対する尊敬のしるしであると誤解していた」のである。

ある日、佐藤少佐は兵隊たちのまえで大隊長としての訓示をしたことがあった。気温は零下二五度を下まわっていたのに、兵隊たちはお粗末な防寒外套にくるまり、防寒帽のたれをおろして、寒々と足ぶみしながら収容所内の広場に集合していた。とつぜん「気をつけ！」の号令がかかると、大隊長はいちだんと高いところに姿を現わした。訓示は寒さのためなのか、大隊長にしては短いものだった。

「我々は天皇陛下の御命令により、厳寒のシベリヤへ鍛錬のため、作業に来たものである。しかし、あと三ヵ月すれば、帰国を命ぜられるはずである。よく身体に気をつけて、陛下の御心を体し、協力一致、堅忍不抜、日本人の面目を発揮せよ」。

大隊長が口にした三ヵ月帰国説は、帰国の日が一日も早くなることを待ち望んでいた兵隊たちには好評を持って迎えられた。また収容所ではやがて軍隊の序列も変化して、下士官階級というものが消滅してしまった。彼らは肩章こそ後生大事につけていたが、実際は兵隊に没落してしまったのだ。そんななかでソ連側からの革命指導の運動が行なわれ、かつての下士官階級の連中は日和見主義的であったが、運動の主体である民主主義団体「友の会」なるものがいよいよ権力を握ることが明らかになってくると、彼らははじめて会に入会しはじめたのである。

さらに収容所の設備が着々と整備されて恒久的なものになってくると、帰国の望みが薄らぎ、佐藤少佐の楽観的な三ヵ月帰国説は霧散してしまった。少佐も兵隊たちの民心を収攬するのに、もう早期帰国説は通用しないことを知ったのである。そして春が近づいてきたころ、とつぜん一人の見知らぬソ軍将校が収容所にやってきた。「白皙碧眼《はくせきへきがん》、長身にパッドの沢山入った長い外套を着ていた」彼は朝鮮人の通訳をしたがえ、大隊長室をノックして返事を待たずになかに入って行った。大隊長の行李《こうり》の中身を調べにきたのである。行李は七つあるはずだがと将校は追及したが、佐藤少佐はあくまでも六つしかないと言い張るので、最後に勲章も調べてから引き下がった。

ある日のこと、佐藤少佐は天長節講和をやろうとして、副官に命じて全員を広場に集合させた。兵隊たちはひとまず隊伍を組んで集ってきたが、「どれもだらだらした動作で、軍隊の俤《おもかげ》はなく、どう見ても烏合の衆だった」のである。佐藤少佐は身支度をととのえ、白い手袋をはめて、悠然たる足どりで広場に現われた。ところが、天長節講話が始まろうとしていたまさにそのとき、ボロコフという名のくだんのソ軍将校が姿をみせたのである。この政治部員の中尉は馬から飛びおりると、すぐ演説台のある屋根にのぼり、「彼はそこで兵隊たちに解散を命ずると共に、少佐の腕をつかんで引きずりおろしてしまった。兵たちは、権力がいずこにあるかをはっきりと見せつけられたのである」。メーデーのアジ演説をしたのも佐藤少佐ではなく、このボロコフ中尉だった。

そのボロコフ中尉は捕虜の大工に掲示板を作らせ、大隊長に壁新聞をつくることを命じた。目的は社会主義教育だったが、追加措置として投書箱を作らせて壁新聞の下に吊るした。投書のひとつに「我々は作業から帰って来て、それからまた本部不寝番に立たされる、ああ馬鹿らしい馬鹿らしい」というのがあり、大隊長の佐藤はこれを破ってペーチカで燃やしてしまったのだ。

万事無事に過ぎていたある日、ボロコフが姿を現わし、いきなり将校宿舎の裏口の床板を赤軍兵士にはぎとらせた。そこには掘り返されたような土が盛ってあり、下から小さな柳行李が出てきたのである。ボロコフはこの行李を小脇にかかえて、大隊長室に入って行くと、佐藤少佐のまえでそれを開けたのである。なかから出てきたのは満州帝国の札束、戦時公債、保険通帳、郵便貯金通帳、公債などで、当時としては大金だったが、残念ながらそれらは革命後の帝政ルーブル紙幣とおなじく紙屑同然だったのである。七つ目の行李を発見してから、ボロコフはもう現われることはなかった。どこかに栄転したという噂が流れていた。彼の後任としてきたのは、デデンコというかなり若い男だった。

一方、収容所のなかでは民主運動が活発に展開されるようになってきていた。かつては時折、元警察署長、元中佐、元関東庁部長、元満州帝国高級官吏などが佐藤少佐のもとを訪ねてきていたが、これらの人たちもだんだんこなくなった。民主運動が昂揚してきて、集会や講義に出なくてはならなくなったからだ。佐藤少佐も民主運動を恐怖していたが、とりわけ吊し上げられるのを恐れていた。そのため彼もまた講義や集会に出席するようになったのである。

そういう集会で彼は思いがけない人物に会った。その日は反ファシスト委員の歓迎をかねてのアジ演説大会だった。少佐は意に反して最前列に押しだされ、革命歌などを歌っているように見せかけていたところに、反ファシストの委員の若者たちが靴音を響かせて入場してきたのである。そのうちの一人が、彼のまえの当番兵だった山田兵長だったのだ。山田委員はじつに堂々たる態度で、少佐に挨拶することもなく、猛烈なアジ演説をはじめたのである。

少佐は不安のあまり、不本意ながら民主運動のあらゆる講義や集会に出席するようになっていた。たまたま日曜日で何かの記念日だったが、収容所構内で捕虜たちの大きなデモ行進や激烈なアジ演説がすべて終わったときに、とつぜん司会者の民主委員が起立して、「では、只今より、元少佐・佐藤が自己批判を行う」と言いだしたのだ。どういう経緯からなのか不明だったが、佐藤少佐が群衆のあいだから出てきてアジ台のうえに立った。

「自分は曾てシベリヤ天皇であり、兵隊の上にあぐらをかき、勤労大衆より甘い汁を吸ったものである。自分は階級意識に眼覚め、大いに民主主義を勉強し、同志諸君とめでたく故国に敵前上陸する覚悟である。ついては、自分はヒロヒトから貰った勲章を今まで後生大事に持って来たが、それを本日ここで、足蹴にして、今までの恨みを晴らしたいと思う」。

こう宣言すると、彼はポケットから勲章を取りだして足元におき、それを踏みつけはじめたのである。彼はいつまでも踏みつけるのを止めなかったので、ついに民主委員が「同志佐藤、もういいから止せ」と言った。こうして佐藤少佐は喝采をあびて降壇し、何事もなく散会となったのである。

数日後、盗難事件が発生し、捜索中の民主委員が佐藤少佐の宿舎に入ってきて、リュックサックのなかから勲章をひとつ発見したのだ。勲章は紙と袱紗《ふくさ》につつまれ、さらに丁寧に風呂敷につつまれていた。民主委員は勲章をポケットにねじ込むと、佐藤少佐にむかって「よくも貴様は我々勤労大衆を欺瞞したな。よし、徹底的に吊し上げてやるぞ」と言いはなった。しかし、運は彼に味方したのだった。というのは突如として帰国命令が下り、佐藤少佐を吊しあげる件はお流れになったからだ。しかも、帰国命令を受けたのは全員の三分の一であり、そのなかに佐藤少佐も入っていたからである。

彼らは収容所をでて駅に行き、ひとりひとり姓名を呼ばれて帰国の貨車に乗り込んだ。しかし、佐藤少佐の名前はとうとう呼ばれることなく、係官からなにかの間違いではないかとまで言われて、彼は「孤影悄然として収容所に帰って来た」のだった。しかし、幸運はまた舞いもどってきたのである。今度は全員が帰国命令を受けとったからである。佐藤少佐も停車場から貨車に乗り込んだが、車外から係官の声がして、「お前が佐藤少佐か？　直ぐ装具をみんな持って下車しろ」とまた命じられたのだ。下車して気がつくと、ほかの車両からもすでに数人の捕虜が下ろされていた。そしてこの小グループはトラックに乗せられ、どことも知れずに闇のなかに消えていったのである。

それから一年数カ月後、ナホトカの収容所にはたくさんの捕虜たちが集まっていたが、そのなかに白糸でサトウと縫い取りがある、綿入れの黒い上衣を着たひとりの老人がいた。

佐藤少佐だった。彼はあのときトラックで森林伐採の収容所へ送られたのだ。そこで満州時代にかかった病気が再発して病院送りとなり、快癒してからも病院のペーチカ焚きとして残ったのである。それから病人たちと一緒に、帰国のためにナホトカに送られてきたのである。彼らはこうして祖国から迎えの船がくるのを待っていたのだ。

そしてついに出迎えの第一船がきた。しかし、もとよりこれには全員が乗船できなかった。ソビエト政府は形式上、最初は将校から乗船させることにしたのである。乗船名簿が発表されると、それまで隠し持っていた肩章を取りだして恭しく肩につけた大佐もいれば、ひとつしか残っていない汚れた肩章を胸につける中尉もいたが、佐藤少佐にはもう肩章も勲章もなかったのである。帰国の喜びにくらべたら、勲章などどうでもよかったのだ。帰国部隊は長い行列を作って帰国船のいる港の方に歩いて行ったが、佐藤少佐はただ足下の凍った大地と、まえを歩く者の背中しかみていなかった。これが小説のラストシーンとなっているが、収容所内での社会主義の思想教育の実態ばかりでなく、戦争によって運命が翻弄される人間の悲しみまでもが伝わってくる名作である。

ちなみにこのようにソ連による抑留から解放されて、引揚船で帰ってくる息子の帰りを、桟橋の脇に立って待っている母親をモデルにしたのが、菊池章子が歌い、その後二葉百合子がカバーして大ヒットした『岸壁の母』という流行歌である。

生死不明のわが子を生きて帰ってくると信じて、ナホトカ港からの引揚船が入港するたびに、東京から遠くはなれた京都の日本海側の港町、舞鶴港まで通いつづけて岸壁に立った母の悲しみを歌ったのがこの曲である。息子は中国で生きているとも戦死したともいわれたが、けっきょく祖国に帰還することはなかった。

もうひとつの代表作『鶴』

長谷川四郎のもうひとつの代表作に『鶴』がある。『鶴』は一九五三年八月、『シベリヤ物語』につづいて二冊目の単行本として、みすず書房から刊行された短編小説集である。入手しやすい講談社文芸文庫『鶴』には、「張徳義」「鶴」「ガラ・ブルセンツォワ」「脱走兵」「可小農園主人」「選択の自由」「赤い岩」などの諸作品が収録されている。『長谷川四郎全集』第二巻にもおなじ作品が収められている。

『長谷川四郎全集』第二巻の「解題」を担当した福島紀幸は、作品の時代背景について、作家みずからが語った次のような文章を引用している。

この本は、ソヴィエト軍の満州進駐を中心として、三人の兵隊、苦力（とかってよばれた人）、地主、白系露人のエピソードを集めた、いわば連作短篇集であります。意図は自分の体験した旧日本軍の崩壊をフィクションによって描き出し、それとともに、近づいて来るソヴィエト軍の足音に歴史の前進する足音を聞こうとしたものであります。

『シベリヤ物語』が主として日本の敗戦によって捕虜としてシベリアに抑留された、実体験にもとづいた連作小説集であるのに比して、『鶴』という短編集はおおむね満州での敗戦前の兵隊時代のことがフィクションとして描かれている。そのなかから表題作となっている短編「鶴」を紹介してみたい。

「鶴」は『近代文学』一九五二年九月号、ならびに一〇月号に掲載された作品である。入手しやすい講談社文芸文庫の『鶴』、『長谷川四郎全集』第二巻、〈現代の文学22〉『長谷川四郎 開高健集』などで読むことができる。

物語は語り手の「私」が満州の大隊で、矢野という兵隊と仲よくなることからはじまっている。矢野は上官にたいして反抗的であり、反天皇思想の持主でもあったが、この点でも「私」はいっそう親しみを感じるようになる。

矢野は肉体的には立派な兵隊だった。彼は完全軍装をして、手榴弾をゆうに三十米も、投げることができたし、眼も耳も蒙古人のようによくきいた。彼は炎天下の砂漠にも似たホロンバイルの草原を、一日中一滴の水も飲まずラクダのように行軍することができた。彼の脚はガニ股で彎曲していたが、それは上等な鋼で出来たバネのように弾力があり、幅跳や高跳において、いかなる兵隊にも負けなかった。しかし、彼は言わば精神的にはよい兵隊ではなかった。というのは、軍人勅諭なるものをほとんど覚えていなかったし、直属上官の名前に至っては、きかれる度に、当意即妙の名前を発明したからである。で、彼はしょっちゅう殴られたが、これは覚悟の上のことで、彼は顔をそむけながら、どうやら我慢し、平気を装っていた。

矢野は仲間にたいしては率直で、いわば侠気のある気持のいい男だった。「私」はソロバンができるというので炊事の事務室勤務になり、残飯統計係りに任命された。矢野はなんの勤務につくこともなく、衛兵要員として中隊に残された。そのうちに大隊全部が南方に転出するという噂が流れた。噂はやがて本当になり、南方転出者の名前が発表された。大多数が南方転出ということになったが、門限破りで営倉に入っていた矢野のような人間と、炊事勤務者の半数は選からもれ、私はこの半数のなかに入っていた。つまり「私」と矢野は残留組になったのだ。

ところが、部隊が南方に出発するまえに、残留組のなかから十数名の者が北方の国境警備隊に転属することになり、今度は「私」もそのなかに入っていた。夜中にいきなりトラックで運ばれたが、トラックは「私」を国境警備隊ではなく、さらに前線の国境監視哨まで運んで行ったのである。国境監視哨は小高い丘のひとつに隠れていた。ある日、一台のトラックが後方の平站基地から糧秣《りょうまつ》を運搬してきたが、それにひとりの新しい兵隊が同乗していた。驚いたことに、それは矢野だったのだ。矢野の情報によれば、南方に派遣された戦友たちは、船でフィリピンに着くまえに海上で撃沈され、全員溺死してしまったというのだ。さらに矢野を連れてきた指揮官が哨長や下士官に東京が爆撃されたと話したことが、下の者まで流れてきて兵隊たちは漠然とした不安に襲われたのだった。

「私」たちは規則どおりに交代で歩哨をこなしていた。そんなある日、一台の馬車が本部から監視哨にやってきて、白木の箱を人数分だけ置いて行った。箱のなかはダイナマイトで、そこから二本の導火線のような紐がでていて、兵隊たちはその箱を胸にだき、紐を腹に結びつけたのである。将校は「これを抱いて死ぬ者は最も幸福である」と訓示した。箱は「日本軍部断末魔の発明品」、「対戦車自爆器」だったのである。

兵隊たちは乾燥野菜の入っていた空函で各自その爆雷の模型を造り、昼食後の三十分、戦車への飛び込みの間《ま》稽古《げいこ》なるものをやらされた。岡の下には敵から隠れて小さな練兵所があり、そこにはぼろぼろの藁人形が立っており、その傍には木で枠だけ造った敵戦車の模型がころがっていた。模型はすべて空虚で軽かった。

「こういう馬鹿げた恐るべき練習」を終えたある日の午後、「私」は矢野と歩哨を交代すべく監視塔にのぼっていった。「申し送り事項は?」と「私」が聞くと、矢野はいままで覗いていた方向に望遠鏡を定着させ、顎でそれを示して無言で階下に降りて行った。望遠鏡をのぞいてみると、そこに一羽の鶴がいたのである。敵陣地見取図の圏外にあって、「鶴はそこに真白く浮き上って静かに立っていた。（中略）それは非常に静かで、純潔で、美しかった」。作品のタイトルはむろんこの鶴の発見からきている。

この監視哨には洗濯日というものがあり、「私」と矢野は全員の洗濯物を背負って、ひとりの古年兵に引率され、遠くの平野にある小さな池で洗濯をして、それが乾いてから帰途についた。哨舎に帰ると、矢野は将校からこう告げられるのだ。「本部から電話があった。お前は明日、原隊へ帰る。（中略）お前のような若い現役兵を北方におくのは勿体ないからの」。この通告はいうまでもなく南方行きを示唆していた。

歩哨の交代の時間になり、「私」が出向くと矢野の姿がみえないのだ。下士官と上等兵が二組にわかれ、数名の武装した兵隊を連れて外に出てきて、捜索のために丘を下りていった。しかし、矢野を発見することはできなかった。将校は哨舎に帰ると、矢野一等兵逃亡の報告を電話で本部に伝えた。「本部では直ちに非常呼集がかかって、捜索隊が編成された。警察や憲兵隊にも通知が飛んだ。野原を、道路を、村落を、民家の庭を捜索隊の兵隊が通過した。しかし矢野は何処にも見つからなかった」のである。
矢野がいなくなってから一週間が過ぎた。そのあいだに新しい兵隊がふたり補充になり、夜は将校や下士官や上等兵が頻繁に兵隊の歩哨ぶりを監視にきた。夜明けになり、「私」は任務をおえて哨舎に入ろうとしていた。そのときつづけざまに爆発音がして、監視哨の丘のほとりに砲弾が降ってきたのである。三回目の砲弾では兵士がひとり死んだ。四回目の砲弾はおそらく哨舎に集中されるであろうから、哨舎をみすてて丘をくだって退却するほかなかった。ついに将校はその命令を発して、みずから先頭に立って丘をくだっていった。「私」たちがまだ丘の中腹にいるとき、一発の砲弾がはっきりと哨舎の天窓を破る音が聞えた。
どうにか無事に丘の麓にたどり着いたとき、「私」は将校の命令で忘れてきた望遠鏡を取りに監視哨にもどらされた。監視塔にのぼり望遠鏡をのぞいていると、なにか黒い影が動いたように思って急いで立ちあがった瞬間、一発の弾丸が窓から入ってきて望遠鏡の軸にぶつかって反転し、「私」の胸あたりの体内にもぐり込んだのだ。血が傷口から吹きでて望遠鏡を濡らした。

私はよろめきながら塔を下り、岡を下りて行った。将校や兵隊たちの姿はもう何処にも見えなかった。広広とした野原には太陽がまぶしく輝いて、眼がくらんだ。私は傷口を手で抑え、そしてあの池の方へ行く足跡路を辿っていった。私は長いことよろめきながら苦心して歩いた。そして突然、私は眼前に池ではなく黒い川を見たのである。それは、あの国境線だった。（中略）一方、私の傷口は新たに開いて、血がひんひんと湧き出て来た。それは私自身の中にある海だった。海が私の周囲に涯しもなくひろがり、私はその無限の深みへ、ゆっくりと沈んでいった。

このように「鶴」の結末は余韻を残すような、じつに象徴的かつ暗示的な終わり方をしている。満州時代を題材とする作品の多くが作者の実体験にもとづくフィクションだとはすでに述べたが、この「鶴」でも作品の転換点となる主要なエピソード、たとえば主人公が所属していた大隊が南方に派遣され、目的地に着くまえに輸送船が撃沈されて、戦友のほとんどが戦死したというエピソードは、各種の長谷川四郎「年譜」あるいは「略年譜」にも書かれていることである。矢野のような脱走兵がいたのかどうか真偽は不明だが、この短編集に収められているほかの短編、「脱走兵」や「選択の自由」などの題材にもなっていることから考えると、少なくとも現実にあった事例であったことはまちがいあるまい。

函館にまつわる小説「砂丘」

長谷川四郎も亀井勝一郎を例外として、旧制函館中学（現函館中部高校）出身の先輩作家とおなじように、郷里函館のことはあまり書いていない。函館のことを書いているのは習作や初期作品に多く、そのなかから印象に残ったものをいくつか紹介しておきたい。

まずは小説「砂丘」という短編がある。この作品は法政大学の学生時代に京都の同人誌（同人に井上靖、吉田一穂などがいた）に招かれて寄稿した作品で、一九三八年四月に『聖餐』に発表したものである。物語内容は函館中学時代の回想からなり、先生と生徒（作者）との微妙な関係を絡ませながら、学校のまわりの風景や町並みなどが、孤独な少年の心象を通してみずみずしく描かれている。

函館のひと夏の思い出。周辺の牧場、自然散策、ポプラ、池、草原、春の白い雲などが印象主義的な手法で描かれている。函館中学の先輩である亀井勝一郎も、エッセイなどで中学周辺の風景や風物をよく描いたが、「砂丘」はその小説版のような作品だ。

　野原の中に立っている中学校は今その沢山の窓たちをみな開け放って授業中である。それは麗らかな太陽の光を浴びて、どんな物でも、例へば道ばたに捨てられて冬中雪に埋っていた破れ靴の片方からでも、ゆらゆらと陽炎の立ちのぼっている、静かに晴れ渡った春の日である。青空のをちこちをほほけた白雲はいつしかに流れて消え、また悠々と現れ乍ら、窓からはどの教室の中へも明るい微風が爽やかにこの地方一帯をかかえこんでいる大海のような匂いを以て軽やかに自由に入って来るのだ。そのもたらすものは、耳を澄ますと学校のぐるりに並ぶポプラの若々しい葉ずれの音と、それから野の空高く囀りやまぬ二三羽の雲雀の歌が、かわるがわる遠くなったり近くなったりして、恍惚とした静謐の中へ満ち足りた人の心を誘い入れるような不思議な諧調を有っている。自然の純粋な時間なのである。

この心象風景を叙述している主人公の「彼」は、いつも目立たない孤独な少年である。孤独な生活のなかで短い英語の詩を暗唱したり、それを訳してくれた兄（おそらくは長兄の海太郎）の顔や言葉を心に思い浮かべたりしている。窓からは「教会の塔の尖が見え、その鐘撞部屋の小さな窓々をすかして一片の青空が殊にきらきらと宝石のように光っていた。彼は夕ぐれに鐘の響くのを聞きながら、それはそこの空が何かに脅え顫えて鳴るのだと思ったことがあった。立ち上がつてその窓から顔をだすと教会の礼拝堂の屋根の線と並行して遠くに一筋の海の水平線が早い晩秋の落日に光っていた」。

主人公が見ているこの尖塔はまちがいなくハリストス正教会のそれであろう。こんな異国情緒たっぷりな風景のなかに浸っていると、「自然」が主人公の心のなかに入ってくるというのである。そしてまた人々の営みの騒めきのなかにいると、学校にたいする嫌悪が心に満ちてくるというのである。なぜなら、学校の時間は「ただ一様な灰色の寒々とくすんだ退屈な時間」にしか思われないからだ。

それに引代えてあの港の景色は何と云う広々とした海風の中で鷗の鳴声が晴れた空によくひびいて、それを包む港全体の物音が何と云う賑々しい活気に満たされていたことであろう。それは恰も人々の営みに春立って来た若芽時のような生生とした光景であった。今までは灰色にくすんだ空の下で、雪に蔽はれた山々のふもとに、冷酷に冴え切った湾の水が寂として湛へられ、そこに出入の船も到って稀に、ただ幾艘かの船が冬籠りのようにぢっとうづくまっていた景色を彼は家の小さな窓から時時眺めていたが、その陰鬱だった冬の港は春の一触れに溶け去って、海の水はなめらかに優しく澱んだ光を放って、船の出入が急に増加し、沢山のいろんな船が碇泊していた。

坂の上から眺められた春先のどことなく華やいだ函館湾である。湾内には外国の国旗をつけた小さなボロ帆船、巨大な新型の汽船、多くの近海航路の小汽船などが碇泊しているが、そのなかには遠くカムチャッカまで出漁する何艘もの汽船もまじっている。そして川の流れのようにおびただしい若者たちが、漁夫として波止場から次々と送りだされてゆく姿を眺めているうちに、「彼」もまたかつてカムチャッカに出稼ぎにゆく兄を岸壁から見送ったことを思いだすのだ。

この兄とは三男の濬《しゅん》のことであり、川崎賢子『彼等の昭和』の「略年譜」によれば、一九二五（大正一四）年に函館中学を卒業した濬は、両親の反対を押しきって漁船に乗りこみ、カムチャッカ半島ペトロパブロフスクに行き、イクラづくりの季節労働に従事したというのである。なぜこんな突飛な行動にでたかというと、長男の海太郎がアメリカからの手紙で、弟たちに上級の学校に行かないで、実地に働けとそそのかしてきたからだというのである。つまり「三兄の濬が中学校を出て、カムチャッカの漁場へ働きに出かけていったのは、長兄の感化によるところが大きかった」（長谷川四郎『文学的回想』）というわけなのだ。

「海に落ちた話」と「帰郷者の憂鬱」

中学時代ではなく、少年時代の思い出を題材にした作品に、「海に落ちた話」というメルヘンのような習作がある。『長谷川四郎全集』第一巻所収の短編で、もとはドイツ文学者の片山敏彦たちの同人誌『世代』第六号（一九三七年三月）に発表した作品である。明らかに函館が舞台で、主人公は小学生の三太である。春祭りの日の夕ぐれ、三太は実家とおぼしき丘の中腹にある家から町の方に降りて行くと、港には外国の大きな船が入港していて、波止場は水夫たちで大通りよりも賑わっている。
三太は坂下の電車道でひとりの学校友達に会ったので、ふたりして花火のあがっている桟橋の方に行ってみるが、人込みのなかでふたりは離れ離れになってしまうのだ。そのうちに三太は押されて桟橋の一番まえに出てしまっていた。そして群衆がざわめいて一揺れした瞬間、三太は海のなかに落ちてしまったのだ。

階段から海の上へ、三太は仰向けに横たわって徐かに落ちました。そしてそこに浮かんだのです。するとあたりは急に暗く静かになりました。港の夜景も、花火をあげる船も、人々のどよめきも、万国旗も消えて了ったのです。そしてただ星空だけが見えて来ました。丁度、夜の地球の円い海のまん中に浮んだようです。（中略）三太は忽ち救い上げられたのです。しかし桟橋の上にではなく、――突然桟橋の下の真暗な所から辷るやうに出て来た一艘の見知らぬボートの中にです。

三太は布を上からかぶされて、ボートの底に仰向けに寝かされていた。やがてボートから汽船に移され、船は大きな汽笛を鳴らして出帆した。船にいた男のひとりから「これから一緒に旅行しよう」と言われ、三太が狭苦しい長椅子に横になって寝ようとすると、驚いたことに学校友達の飼い犬、あのクロまでテーブルの下で丸くなって寝ているのだ。しばらく船中で雑役仕事をしていると、あるとき「さあ、此処で下りるんだ」と船にいた爺さんから声をかけられ、三太は爺さんを先頭に若い男とクロとともに甲板にでた。そこから艀《はしけ》に乗せられ、一行は知らないところに上陸したのだった。
いろんな場所を旅したが、若い男は曲芸などをやって日銭を稼いだ。春めいてきたある朝、若い男はまた旅の支度をして、三太とクロを連れて停車場に行った。そしてある日、目覚めると若い男が笛を吹きだしていた。そのとき群衆のなかから「クロ！　クロ！」と呼ぶ声が聞えたが、三太がぼんやりしていると、学校友達の顔が現われて「サンちゃん！」と声をかけてきたのだ。気がつくと、港は春のお祭りの最中で、花火があがっていたのだった。おそらく三太は岸壁の階段から落ちて、気絶しているときにこんなメルヘンじみた夢をみたのだ。

この「海に落ちた話」の原型となるような童話を書いたことが、小説「帰郷者の憂鬱」のなかに挿話としてでてくる。初出の表題は「港祭り」で、『新日本文学』一九五四（昭和二九）年一一月号に発表されたものである。『随筆丹下左膳』に収録されたときに、「港祭り」から「帰郷者の憂鬱」に改題されたが、内容はまったく変更されていない。『長谷川四郎全集』第三巻の「解題」によれば、この作品は作者が一九五四年の夏、北海道を旅行し、故郷の函館に立ち寄ったときの印象に基づくものだというのである。

主人公の「ぼく」は冒頭部において、故郷の港町に帰ったのはほとんど三〇年ぶりだと述懐している。駅を出てぶらぶら歩いているうちに、町がすっかり寂れていることに気づかされるである。

大通りを往来しているのは、見知らぬ人たちばかりで、こわれたままになっている黒い空虚な窓が、ぼくにはやたらと眼についたし、すぐ出はずれてしまう場末には、いたるところ、塵埃の匂いがうっすらとただよっていた。むかしは大いにさかえていたが、どこか奥地に鉄道が開通してからは、ぱったりとさびれてしまったという港があるものだが、この町は、鉄道の要衝にありながらも、どことなくそういう古い海港に似ていた。

故郷の港町に立ち寄ったのは活気のあるべつの港から、ある貨物船に通訳として乗組み、ひと航海することになっていたためだが、乗りかえの合間を利用して下車したまでだったのである。しかし、「この町のさびれた変貌ぶりと故郷の示すよそよそしさ」が、かえって「ぼく」を引き留めたようなのだ。出帆の日までまだ少し間があったので、「ぼく」は町はずれの小さな簡易旅館に二日ほど投宿することにした。翌朝早く起床して、人通りのない街路を波止場の方に歩いて行った。

外海の水平線からちょうど太陽が出たところで、それが倉庫のうす汚れた灰色の大きな壁面に、あかあかと射していたが、町全体はまだ眠っていた。港のなかにはやはり一そうの船もはいっていなかった。港の外の海はあおあおと波立って、それが防波堤にぶっかって白く泡立つのがみえた。湾内の水は緑色ににごって、ふかぶかとしずかだった。ぼくは小さな古い桟橋の欄干《てすり》にもたれて、海の微風に頬を吹かれながら、沖の方をながめていた。

しばらくしてから「ぼく」は宿屋にもどり、なんとなく童話《メルヘン》みたいなものを書きはじめるのだ。その中身はほぼ「海に落ちた話」と同じであり、後半部はその童話の物語内容で占められている。ただ「帰郷者の憂鬱」という作品でひとつ気になったのは、文中で故郷のさびれかたに関する作者の慨嘆が記されていることである。ほぼ三〇年ぶりに訪れた一九五四年の故郷函館は、作者の長谷川四郎の眼にはやはり寂れてみえたのであろうか。

函館中学の先輩であり文芸評論家の亀井勝一郎もまた、『小説新潮』の一九五七年九月号に掲載されたエッセイ、「北方の海の旅愁」のなかで同じような感慨につき動かされている。

今日の函館は、どちらかと云えば零落の町である。北洋漁業や中日貿易の絶えている現在、港は実にさびれて、わづかに連絡船が一二隻碇泊しているにすぎない。諸外国の貿易船や貨物船やはしけが何十隻と、港一杯に停泊していた私の少年時代を思ふと、まるで空家のような感じがある。

このように長谷川四郎も亀井勝一郎も同じように、久しぶりに訪れた故郷函館の港内から、昔のような賑わいが失われている現状を憂いているわけだが、それは一九四五（昭和二〇）年に米軍艦載機の空襲を受けて、青函連絡船が全船壊滅して敗戦を迎えたことや、一九五二（昭和二七）年になるまで北洋の鮭鱒漁業が再開されなかったことなど、さまざまな理由が介在していたのである。

長谷川四郎はこれまで「砂丘」などで函館の少年時代を題材とする作品を書いてきたが、「港の釣り」もこの系列に連なる作品である。この作品は『生活と文学』一九五六年一月号に発表したものだが、いまは『長谷川四郎全集』第四巻に収録されている。作中では函館や函館港とは明示されていないが、周囲の状況描写から函館が舞台になっていることは自明である。

「港の釣り」と「函館の魚石」

「港の釣り」は少年時代、函館港に魚釣りにいったことを思いだして書いた童話のような小説である。主人公は小学生の三郎で、坂を降りて港に行き、岸壁の倉庫のまえの岸辺に腰をおろして、釣りをはじめるのが習慣になっている。一週間ほど前から、三郎は釣りに夢中になっていたのだが、一匹も釣れたことがなかった。ある日、夕暮れが近づいたころに一匹釣れた。三郎はビクを片手にさげ、片手で釣道具を肩にかつぎ、得意げに坂をのぼって行った。姉に見せると小さい魚と馬鹿にされたので、港のまたおなじ場所にもどり、魚を海に放してやったところでこの小品は終わっている。

「函館の魚石」という短編は『生活と文学』一九五六年一〇月号に掲載されたものであり、『長谷川四郎全集』第四巻に収められている。時代背景は明治の中頃に設定されている。

当時の函館はまだ新しい開港場で、深い入江のような湾の中には、沿岸を航行する千石舟のほかに、西洋型帆前船の帆柱がにぎやかに立ちならんでいた。町にはロシヤ、アメリカ、イギリス、スウェーデンなどの領事館がそれぞれの国旗をかかげ、それらの国の人たちが商館をひらいたり、倉庫業を営んだりしていたが、ほかにたったひとり、中国人がいて領事館もなく独立独行で、海産物の貿易商を経営していた。

その中国人の名前は玉宝山といい、「朱の色をした長い絹の服を着て、長いベン髪をたらした、六尺以上の大男で、かれが町を歩くと、子供たちが後からぞろぞろついていったものだった」。彼は日本語を日本人のように話すことができた。彼が中国語講習の教室を開いたときに、日本人の中学校の英語の先生と親しくなった。この人は漢学の素養もあったので、玉宝山と故事を談じたり、詩を応酬したりすることを好んだ。玉宝山はただの商人とは異なり、漢詩の教養がなかなか深かったのである。また、その日本人の持っている骨董品めいた五弦琴を巧みに奏でて、それに和して唐詩を朗詠するという、風流な一面も持っていた。

玉宝山は正月に日本人の先生に招待されたが、そのとき出された半分凍ったキャベツの塩漬けが気にいってしまった。漬けてあるところ見せてくれと言って、台所に入ると漬物石が眼に入った。玉宝山は「これは、奥さん、魚石《うおいし》じゃありませんか」と聞くと、奥さんは「魚石じゃありません、漬物石ですよ」と答えたが、彼はその石を座敷に持ってきて、先生の机の真中においたのだ。玉宝山は先祖から聞いた話として、あるとき石を割ってみると、「金魚に似た二匹の魚が出てきたのです。それでその石を魚石というのです」と説明した。

それから数年後、玉宝山はナマコの買いつけをしていたのだが、数名の警官が家宅捜索にやってきて、事務机から手紙や帳簿などをすっかり持って行ってしまった。彼は中国に帰ることにして、先生に青い丸石を置いて行くことにした。町内の大掃除の日で、校長になっていた先生も大掃除をしていたところ、押し入れから丸い青石がひとつ出てきて、床板にころがった。末の男の子がそれを見つけて拾いあげた。先生はその石を石垣にぶっつけて割ってみた。石垣のしたは溝になっていて、水がたまっていた。石は大小ふたつに割れて、溝のあいだを金魚のような小さな魚が二匹泳ぎまわっていたのだ。中国の故事に由来する小説である。

函館にまつわるエッセイ

以下、函館にまつわるエッセイを紹介してみたい。もっとも早い時期のものとしては「回郷偶書」がある。これは立教大学予科文科生のころ、一九三〇（昭和五）年九月二八日、一〇月五日の二回にわたって寄稿した短いエッセイで、父親が社長兼主筆をしていた『函館新聞』の日曜版、『週刊函館』に掲載されたものである。内容は津軽海峡を東西に横切る線、動植物の分布境界線のひとつを定めた「ブラキストン・ライン」で知られる、ブラキストンの函館市内の遺宅と標本がなくなってしまったことを惜しみ、対外資料を含めた公立博物館の建設を訴えたものである。自然科学に造詣が深いイギリス人陸軍大尉、ブラキストンは一八八四（明治一七）年まで二〇年以上にわたって函館に住み、商館を経営しながら鳥類を研究した、函館開化の一恩人であったからというのがその論旨になっている。

ところで『長谷川四郎全集』第二巻には、「北海道旅の思い出」「私の故郷・北海道」「かたぎ」「二人の西洋人」「徒歩旅行」「函館随筆」「北の家族」「コリンズとエルベ神父」「わが故郷函館」「三尺船頭さんのこと」「虹」などのエッセイが集められている。そのなかでとくに函館に言及しているものを紹介してみたい。

「北の家族」は新しい幼児教育を標榜する雑誌、『Reed』（リード図書出版）の一九七三（昭和四八）年一二月号に掲載されたエッセイである。子供のころによく函館山で遊んだことが思い出として語られている。「家のすぐ裏が山で、うっそうと樹木がしげり、だが少しのぼると、針金の柵がはってあって、それからさきは立入禁止だった。山ブドウやコクワという木の実を取りにいき、針金の柵よりさきへどんどんのぼり、帰りはこわくなって大いそぎでおりてきた」。針金の柵で立入禁止になっているのは、陸軍の要塞地帯になっていたからで、山には軍関係の人しか住んでいなかったからである。

「わが故郷函館」は一九七五（昭和五〇）年六月二六日の『北海道新聞』に発表したものである。このエッセイでは自分が生まれ育った函館山の山腹に沿った町ほど、静かなたたずまいの町を知らないと口火を切っている。見覚えのある家もあれば、消えてしまった家々もたくさんある。

再三の大火に見まわれ灰燼に帰したところから不死鳥のごとく生まれかわった町で、モダンな家も多くなったが、しかしまったく新しくなってはいない。どこかに古いおもかげをとどめている。それは函館の風土によくなじんだもので、そういうふん囲気が町ぜんたいを包んでいる、わけても焼けのこった公会堂の建物はなつかしいものだった、あすこではときどき音楽会が開かれて、その露台からは船舶でにぎわう港が見えた。思えば今はむかし日魯漁業全盛の時代だった。

『全集』に収録されていない別の雑誌のなかで、故郷の函館について触れているエッセイがある。「私のふるさと・北海道」というエッセイがそれで、北海道にまつわる著名人のエッセイを集めたものだが、そのなかで長谷川四郎は「函館の函館らしさは春と秋の、独航船の出発と帰来の時にある」と述べている。鮭鱒や蟹などを獲る北洋漁業の独航船や母船が出港するときや帰港するときには、函館港の波止場には道南地域からの人々も大勢つめかけて、さながら祭りのような賑わいを呈するからである。

しかし、長谷川四郎は函館について屈折した思いを抱いていたようである。函館にたいしてかくべつ郷土意識は持っていないが、函館についての報道記事などを読むと、つい身をいれて熱心に読んでしまうので、「やっぱり函館は私の生れ故郷であるらしい」と述懐している。函館山からの夜景、ハリストス正教会とカトリック元町教会などは、異国情緒をかきたてる屈指の観光名所だが、作家にいわせればこの異国情緒というのは、どうも観光宣伝ぽいものであり、エキゾティックな教会の横には本願寺の大きな黒い瓦屋根があるからだ。作家にとっての函館とは、そういうエキゾティシズムとは別のところにあるらしい。

私の知っている頃の函館には、どこかうらぶれたところがあった。本州からいわゆる一旗組や食いはぐれの人々がやってきたからでもあるだろう。桟橋の付近は易者業がさかんだった。一方、港町らしく遊郭もさかんだった。函館の電車停留所に大門前というのがあったが、これは遊郭の大門で……。

長谷川四郎は観光名所だけでなく、函館のいわば影の部分もしっかりと書きとめている。明治生まれの函館出身のモダニズムの作家たち、長谷川海太郎や久生十蘭などは故郷のことをほとんど書かなかったが、亀井勝一郎ほどではないが、長谷川四郎も故郷のことを書き残した方である。

長谷川四郎は小説、詩、戯曲、随筆、ルポルタージュ、評論、紀行、翻訳など多彩な領域で活躍した。翻訳ではフランス語、ロシア語、ドイツ語、英語の翻訳をこなしたが、なかでも注目にあたいするのはスペイン語の翻訳もしていることである。とくにスペイン内戦に関心があったらしく、『ロルカ詩集』、ロナルド・フレーザーの英語からの重訳、『壁に隠れて――理髪師マヌエルとスペイン内乱』などが私の本棚に収まっている。そのほか捨てがたい小説集に『無名氏の手記』、『模範兵隊小説集』、『ボートの三人』などがある。

長谷川四郎は茫洋として捉えがたいところのある作家だ。坪内祐三の「長谷川四郎」もいうように、父親や兄海太郎の影響をうけた生育環境や満州時代の経歴、あるいは柳田民俗学などの影響もあるのか、この作家の内面はどことなく「日本人離れ」している。「単なるハイカラではない。しかも、大陸的と言い切ることも出来ない。西欧文学や思想を充分身につけた上で、大陸に渡り、抑留経験によってスラブ的なものもたっぷり」と知っている。

このような精神の異種混交性が、類をみない長谷川四郎の特性といえないこともない。奥野健男が「現代文学風土記・北海道」で指摘しているように、モダンな国際文学者でありながら、「北海道人はまじめな求道者の一面と、もうひとつハイカラな進取性、軽佻性を持っている」ためなのかもしれない。

洋画家・長谷川潾二郎

長谷川兄弟の次男の潾《りん》二郎（一九〇四―一九八八）は『長谷川潾二郎画文集　静かな奇譚』などで洋画家としての足跡を知ることができるが、二〇歳のときに上京して川端画学校に入学したが数カ月で退学し、独学していたときに函館中学の同級生だった水谷準や、アメリカ放浪から帰国した兄の海太郎とも、同居生活を送ったことがあった。画家でありながら探偵小説を書くようになったのは、江戸川乱歩らが創刊した『探偵趣味』の編集実務をしていた友人の水谷準から声をかけられたからである。

「地味井《じみい》平造」という珍奇なペンネームの由来は、海太郎がアメリカから寄こした手紙で、潾二郎のことをジミーと呼びかけてきたので、地味井になったというわけなのだ。平造のほうは鮎川哲也の「ファンタジーの細工師・地味井平造」によれば、長谷川という姓を長谷（Hase）に縮めて、アメリカ風にヘイズと読ませたからだというのである（『幻の探偵作家を求めて』）。

潾二郎はあくまでも洋画家が専業で小説は余技みたいなものだったので、生涯で書いた小説は九編ほどの短編しかない。代表作は初めての小説である「煙突奇談」（鮎川哲也・島田荘司編『奇想の森』）で、この作品は函館で書いたといわれている。それから奇怪な民話ともいうべき「魔」（〈日本探偵小説全集11〉『名作集Ⅰ』）や、「人攫い」（『甦る「幻影城」Ⅱ』）などもそれぞれ味わいがある。

潾二郎の絵で有名なのは『画文集』の表紙を飾っている、片方の髯が描かれていないキジトラの《猫》（一九六八）である。この愛らしい猫は長谷川家の飼い猫のタローだが、ある日眠っているところを急に描きたくなって描いたというのだ。ただ不思議なのは、描かれたタローには右の髯がないのだ。右の髯を描こうとしたが、タローはおなじポーズを取ってくれず、老衰で亡くなってそのままになったというのである。この絵が潾二郎のもっとも有名な絵のひとつになったが、そのほかにも《ハリストス正教会への道》（一九二三）、《函館風景》（一九二七）など好んで描いた函館の風景画も郷愁のただよう絵である。

満州と深く関係した長谷川濬

末弟の長谷川四郎にはすぐ上の兄がいる。三男の濬《しゅん》である。詩人、作家、ロシア文学者であったが、世間的にはあまり知られた存在ではない。川崎賢子『彼等の昭和』、大島幹雄『満洲浪漫──長谷川濬が見た夢』、長谷川濬『函館散文詩集　木靴《サボ》をはいて──面影の函館』などを参照すると、長谷川濬は一九〇六（明治三九）年七月四日、父淑夫と母ユキの三男として函館に生まれた。一九一三（大正二）年四月、兄たちと同じように弥生小学校に入学した。同級生に亀井勝一郎がいた。函館中学に入学した年、長兄の海太郎が単身アメリカに渡り、アメリカからの手紙で濬をスタンリーと呼び、漁師になることを勧めてきた。

そのため濬は函館中学を卒業すると、両親の反対を押し切って漁船に乗りこみ、カムチャッカ半島ペトロパブロフスクに行き、イクラづくりの季節労働に従事することになる。その後の四年間は日魯漁業会社に雇われていた。

一九二九（昭和四）年、濬は船を下り、大阪外国語学校露語科に入学した。門司港からウラル丸で大連に行き、渡満することになった。この満州行きには父親の知り合いである、右翼の大物の大川周明の助力があったといわれている。大同学院第一期生として卒業後、満州国外交部にはいり、チタの領事館をはじめ各地に勤める。

一九三七（昭和一二）年、満州国外交部を辞め、国策映画会社たる満州映画協会に入る。その一方で、『満州浪漫』、『満洲行政』、『満洲新聞』などに小説やエッセイを発表している。とりわけ『満洲浪漫』第三号の別冊、『満州作家選集』に代表作となる「鳥爾順《ウルシュン》河」を発表したが、この作品は一九四二年に創元社から出版された『満洲国各民族創作選集』第一巻に採録された。この選集には一九三二年に建国され、一九四五年まで存在した満州国の建国理念、「五族協和」と「王道楽土」をまさに具現するような作品が収められている。編者代表者は川端康成で、「選者のことば」のなかで、「諸民族が協和の文化の里標を歴史に綴ってゆくこの書は、美しい理想の象徴であろう」と述べている。

「鳥爾順河」という作品タイトルは、蒙古の草原を曲折しながら流れる河の名前からきている。物語内容はありふれた日本人男女の三角関係を描いたものだが、作品の舞台になっているのが満州であることが特異なのである。作品の背後に布置されているのは、満洲建国のために用いられたスローガン、大東亜共栄圏、五族協和、王道楽土などの理念である。たとえば、主人公の「私」は「満洲国と云う新しい歴史的実在に来てこそ、新しい眼を開き、その知性を大きく広げ、血涙と情熱の坩堝へ飛び込んで行くのだ。これは新日本の武士道であり、アジアの全体を貫く日本の悟性であろう」とその決意を語っているからである。

一九四〇（昭和一五）年、濬は満映宣伝副課長を務めていたが、芥川賞作家の富沢有為男から話があり、バイコフの『偉大なる王』（一九三六）を翻訳することになった。翻訳は六月から一〇月まで『満洲日日新聞』に連載されたが、折から渡満中だった菊池寛はこれに感銘をうけ、翌年三月には濬の翻訳で文藝春秋社から『偉大なる王』が刊行されることになった。私の手もとにある同社刊の『偉大なる王』の奥付をみると、初版が一九四一年三月の発行なのに、五月にはすでに三版になっていることから、この動物小説がいかに好評であったかがわかる。この小説は満州の原始林を舞台に猛虎の一生を描いた作品で、ソ連の秀逸な動物文学を日本人に知らせることに貢献したといわなければならない。

一九四一（昭和一六）年、満州における映画館の経営、小型映画の巡回映写などを業務とする満州電影総社が設立され、関東大震災下にアナーキストの大杉栄を虐殺した、陸軍憲兵大尉の甘粕正彦が短期の服役後、満洲に渡ってきて社長兼満洲映画協会理事長になったとき、濬は上映部巡映課長に就任した。一九四三年六月、満映の組織改革があり、濬は新設された調査企画局の第一班長になっている。

一九四五（昭和二〇）年八月九日、ソ連軍が満州に侵攻してきた。八月一五日には天皇の「玉音放送」で日本の敗戦を知らされた。そのころ濬はほかの二人とともに自死のおそれのある甘粕理事長の警護にあたっていたが、二〇日午前六時まえに監視の三人が理事長室の控の間に待機しているあいだに、甘粕正彦は服毒自殺してしまったのだ。

濬はその後、満洲から引き揚げてくるが、創作活動に関しては帰国後は満州時代と比較してみると、かなり低調だったという印象をぬぐえない。むろん同人雑誌に作品を発表していたが、ほかの引揚者とおなじように生活難や病気や子供の死などに苦しめられたようだ。一九五三（昭和二八）年にはナホトカ行きの貨物船の通訳となり、一九六八（昭和四三）年まで断続的に沿海州、サハリン、アムール河などを往来して生活していた時期もあったが、一九七三（昭和四八）年一二月一六日に他界した。六七歳だった。川村湊が『満洲崩壊――「大東亜文学」と作家たち』で言及しているように、「あまり堅実とは思われない仕事を転々としているところに、恵まれた生活ではなかった長谷川濬の「戦後」が偲ばれるのである」。

長谷川濬はいくつかの小説や翻訳を後世に残したが、『満洲浪漫――長谷川濬が見た夢』を上梓した大島幹雄の編集で、先述したように長谷川濬の『函館散文詩集　木靴《サボ》をはいて――面影の函館』という本が出版されている。濬は「青鴉」と題された一三〇冊あまりのノートに書いた「日記」を残したが、本書はそのなかの一九七二年一〇月一八日から翌年の三月まで書かれた「〈北方感傷記〉我が心のうた　六六才の病老人の手記　ふるさととの思い出」と題したノートより、函館を主題にした詩と散文を七八編集めたものである。

それを証明するように、青少年期の思い出のほかに、函館にまつわる数々の思い出の地がタイトルとなっている。たとえば一部だけを挙げれば、「坂のある町」「はこだてハリストス教会」「登別トラピスト修道院」「啄木の墓」「砂丘」「大門前」「英国牧師館」「ロシヤ領事館」「英国領事館」「はこだて旧桟橋」などが追慕の対象になっている。

ちなみに『函館散文詩集　木靴をはいて——面影の函館』のタイトルの「木靴」は、「フランス語の sabot に由来し、木をくり抜いて作った靴のことで、主にヨーロッパの農民が用いたものである（『大辞泉』）。濬も同書に収められた「木靴《サボ》」という散文のなかで、「函館の木靴は登別（当別）トラピスト修道士の作るのを一般に売っていた」と説明している。また「木靴《サボ》をはいて——ふるさとの小路で」という詩のなかではこう詠っている。「無言道士がけづっていたサボ／木の香溢れる作業場／当別トラピスト修道院の冬だった」（第二連）、「褐色の僧衣重たげに／木靴作りの道士の沈黙／ビスケットと馬鈴薯の夕食」（第四連）、「私は木靴はいて　春の小路を行く／ポク　ポク　ポク」（最終連）。

このほか印象深い詩を二編ほど紹介してみたい。ひとつは「坂のある港町」という詩である。

坂のどんずまりは港だ
急な坂
ゆるやかな坂　そして
船のマスト、ファネル、サンパン、水夫たち…
西洋館前の馬車
アカシヤ並木　教会の屋根
小さい電車が通り
ガランとした五月の空

そして、もう一編は「はこだてハリストス教会」である。

日本人、ロシヤ人の合唱団
高台に新築した
ロシヤ寺院
ハリストス教会（私の小学校時代）
白いあごひげの神父さん
ロシヤ語
日本語のお祈りのことば
そして函館べんの会話
元町高台のハリストス教会
私がはじめて
ロシヤ語を学んだ処

これらのノスタルジックな詩句からはかけがえのない函館の思い出と、消え去ることのない愛郷心が伝わってくる。この「北方感傷記」を書きおえたのは病没する九カ月ほど前のことであり、それだけ至福に浸ることのできた函館の思い出は、さながら走馬灯のように病者の脳裡をかけ巡ったにちがいない。「コスモポリタンの街函館で生まれ、生涯コスモポリタンとして生きた男が、死がにじり寄ってきたことを知ったとき、自分が青春時代をおくった函館のことは、どうしても書き残さなければならなかったテーマだった」（大島幹雄『満洲浪漫』）。

濬もほかの兄弟とおなじように、若いころに満州のような外地の土を踏んでいる。海太郎のアメリカ、潾二郎のフランス、濬と四郎の満洲。兄弟全員が函館から世界に雄飛をはたしているのは、当時としてはじつに稀有なことだったが、長男の海太郎の大胆不敵ともいえるアメリカ行きのほかに、国際港である函館が醸成するエキゾチシズムやロマンティシズムが、彼らにコスモポリタン性、無国籍性、越境性などを属性として付与したにちがいないのだ。

第八章　格差社会の暗部を照らす——映像で甦る作家・佐藤泰志

再評価された作品

この章では時代を一気にとび、昭和後期の佐藤泰志《やすし》を紹介してみたい。佐藤泰志は戦後の函館に生まれ、何度となく芥川賞の候補になったが、一九九〇（平成二）年の死後は、しばらく忘れられた作家であった。しかし、二〇〇七（平成一九）年に代表的な小説、詩、エッセイを収録した『佐藤泰志作品集』が出版されてから、ブームに火がついて再復活をはたした感のある作家である。

自作をもとにした『海炭市叙景』（二〇一〇）、『そこのみにて光輝く』（二〇一四）、『オーバー・フェンス』（二〇一六）などの函館三部作の映画もすでに完結し、二〇一八（平成三〇）年には舞台を函館に移して撮影された『きみの鳥はうたえる』も劇場公開された。短期間にこれだけ自作が映画化された作家は寡聞にして知らない。非正規労働者たちをとりまく経済格差や、時代の名状しがたい閉塞感なども影響しているのか、佐藤泰志の小説はまた人々の心をとらえはじめている。

佐藤泰志は戦後の一九四九（昭和二四）年四月二六日、函館市高砂町（現若松町）に生まれている。私は一九五〇年三月の早生まれなので同級生ということになる。しかも奇縁というべきなのか、佐藤が八幡坂のうえにある函館西高校に在学していたころ、私も対岸にある七重浜の函館水産高校で学んでいて、校舎の屋上から元町界隈の方角を眺めていたこともあった。私は予備校から東京に行ったが、佐藤も大学入学で上京している。そして大学在学中にも高校時代の仲間たちと同人誌をやっていたというが、私も芥川賞作家の加藤幸子を輩出した『文芸生活』という東京の同人誌に所属していた。

加藤幸子は札幌生まれで北大農学部の出身だが、佐藤泰志という作家の生涯を描いたドキュメンタリー風の映画、『書くことの重さ』のなかで佐藤との関りを語っている。その証言によれば、加藤が一九八三（昭和五八）年一月に「夢の壁」で芥川賞を受賞したとき、佐藤からおめでとうの電話があったというのだ。そのとき佐藤も「空の青み」で二回目の芥川賞候補になっていたが、佐藤は前回とおなじように落選した。

私が佐藤泰志の名前を知ったのは好きな作家の作品が掲載されていたので買った文芸誌に、佐藤の作品も掲載されていたからなのか、あるいは新聞に掲載された芥川賞候補作の作者名で知ったのか判然としないが、熱心な読者でなかったことはたしかだ。むろん函館出身の作家であることなど知らなかった。ただ佐藤の死後だいぶ経ってから、『北海道新聞』の書評欄「ほん」のコーナー（二〇〇七年一二月九日）で、『佐藤泰志作品集』が川本三郎によって書評されたとき、おなじ紙面で拙著の『文芸時評――現状と本当は恐いその歴史』も書評されるという偶然もあった。そのときの著者紹介ではじめて、佐藤が函館出身であることを知ったのである。

そういう縁で佐藤泰志という作家に関心を持つようになり、小学館文庫の『海炭市叙景』を取り寄せて読んでから、ほとんどすべての作品を読んだ。総体的な読後感をいえば、川本三郎が新聞の書評で書いているようなことにつきる。「はなやかな青春とはいえない。社会の隅のほうで不器用に生きる若者たちのくすんだ日々が思いを込めて描かれてゆく。中上健次のように荒々しくはない。村上春樹のスマートさもない。つかみどころのない時代を浮遊するように生きるしかない若者たちの閉塞感がにじみ出る」。川本がここで名前を出していないが、同世代の人気作家には村上龍もいた。

川本がここで述べているように、自死してからの佐藤の小説が再評価されるようになったわけは、明治期の小説からつづく鬱屈した若者たちの暗い青春を描いているのはむろんだが、小説の愛読者のおおかたが主人公の苦悩や考え方に共感しているからであろう。その遠因にグローバル資本主義によるフリーターや非正規雇用者の急増、経済格差の拡大や社会環境の劣化などがあるのはいうまでもない。たとえば、川村湊は『現代小説クロニクル １９８５～

1989』の「解説」で佐藤作品が再評価されるようになったわけを次のように推断している。

佐藤泰志が、二〇一〇年代の今日に甦ったのは、〝バブル景気〟の時代とはまったく逆に、時代閉塞の状況が現在を覆っているからかもしれない。〝バブル景気〟の時代に、狂瀾の土地ブームとも、株式ブームとも無関係に、文学の道を志しながら、社会生活、家族の生計をまかなうためにアルバイト、職業訓練所に入所して大工職人見習いまでも体験した作家が、つぶさに見た日本の現代社会。それが、〝バブル景気〟の裏側にあったことを佐藤泰志の小説は明かにしていたのである。

　ここからもう少しくわしく、佐藤泰志が作家になるまでの年譜的な事実をみておきたい。参照したのはおもに福間健二の評伝『佐藤泰志　そこに彼はいた』、ならびに福間健二監修『佐藤泰志 生の輝きを求めつづけた作家』の「略年譜」、それに『佐藤泰志作品集』の「年譜」などである。

　すでに述べたように、佐藤泰志は函館市高砂町（現若松町）に、佐藤省三・幸子の長男として生まれている。一九五六（昭和三一）年、函館市立松風小学校に入学してから、函館市立旭中学校に進学し、読書クラブに所属している。中学在学中の一五歳のときに、北海道青少年読書感想文コンクールに「『赤蛙』を読んで」が入賞した。一九六五（昭和四〇）年、北海道立函館西高校に入学して文芸部に入る。函館西高校は市内でもっとも見晴らしのいい坂として知られ、佐藤原作の映画『オーバー・フェンス』にも出てくる八幡坂の真上にある。先輩には歌手の北島三郎、後輩には作家の辻仁成がいる。高校に入ってからの佐藤は、学習雑誌の投稿欄にエッセイ、詩、短歌などを投稿するようになった。

　一九六六年一二月、小説「青春の記憶」が有島青少年文芸賞優秀賞を受け、『北海道新聞』に掲載された。この年は当選作にあたる最優秀賞がなく、優秀賞を受賞しての新聞掲載だった。この文芸賞は札幌農学校をでてから、札幌で教職にもつき、評論『宣言一つ』にもあるように自分の生活革命の第一歩として、狩太村《からぶと》（現ニセコ町）の所有農場を小作人たちに解放した白樺派の作家、有島武郎の文業をたたえて創設された賞である。一九六三年に、道内の青少年の文学への関心と資質を高めることを目的に、北海道新聞社が設けたもので、毎年、数多くの中学生、高校生の応募があるといわれている。

「青春の記憶」

短編小説「青春の記憶」は現在のところ『戦争小説短篇名作選』か、『佐藤泰志 生の輝きを求めつづけた作家』のなかに、未刊行初期小説として収録されているので読むことができる。高校生でよくこのような秀逸な戦争小説が書けたなとうなりたくなるような作品だ。簡潔な文体と主人公の内面の葛藤は、ジョージ・オーウェルのビルマ時代の警察官体験をモチーフにした、「象を撃つ」という作品を想起させるところがある。上記の『戦争小説短篇名作選』の「解説」で、若松英輔はこの小説を一七歳で書けたことに驚嘆し、「現代日本文学に出現した戦争文学のなかでも屈指の作品だといってよい」と最大限の賛辞を送っている。

語り手の「私」(上平二等兵)は、三カ月ほどまえに中国の戦場にきたばかりの二二歳の初年兵だ。その「私」が所属する小隊にある日、スパイの嫌疑がかけられた三人の一〇代の中国人が捕虜として連行されてくる。「私」はその三人の若者たちになぜか、自分もまだ若いはずなのに嫉妬を覚えてしまうのだ。

> 彼らは、私の失った、青春の輝かしい記憶を、しっかり握っていた。青春であること自体が輝かしかった。そして、私ははっとして気づいてみるとそれを失い、彼らは持っていた。だから、彼らは年齢的にも肉体的にも、私よりはるかに若いように感じられた。そして、たったそれだけのことが、私と彼らを、説明しがたい不思議な意識で密接に結合しているように、私には思われた。

「私」はとりわけ一六歳の李竜という、彼らのなかでいちばん若い少年に好感をいだくのである。心のなかで「おまえのその、光りにあふれているひとみを、静止を喜ばない腕の筋肉を、私にくれ」と願っていたからだった。「私」にとって戦場の生活は生の充実を感じることができないからだ。「私の青春は、この歴史の流れの中にのみ込まれ、崩壊され、今はもうどこにもない。ただ、疲労だけが、私のすべてを支配しようとする」からだ。

そんなある日、上官から新兵にはあまりにもむごい命令がくだされるのである。スパイというでっちあげの罪で逮捕、捕虜にした三人の中国人の若者をきもだめしに殺せというのだ。命令されたのは「私」をふくめた三人の二等兵だった。とうとうその日がやってきて、「私」は「人間であるべきか、人間であることを捨てるべきか」と大いに悩むが、結局は上官の命令にさからうことができないのだった。

　長谷川軍曹の号令が、私の頭脳を突然おそった。額の汗が目にしみて、私は目をあけることができなかった。私はそのまま、重い銃剣で李竜の左の胸を突いた。グウッというカエルをつぶしたような叫び声が、にぶく肉の中にめり込んでいく感覚とともに、私の耳に響いて来た。真っ赤な血が、あたりの土に飛び散り、しだいにしみ込んで行った。（中略）私はこの時、性急な振動とともに、私のうちにあったすべてのものが、ガラガラと崩壊するのを感じた。私は単なる一塊の土器と化した。あれほど最後まで守ろうとした人間としての誇りが、これほど簡単に崩壊してしまうことに、あ然とした。

夜になって「私」は良心の呵責にさいなまれて、処刑現場におもむきこめかみに小さな銃口を押しあてた。そして、これ以上「青春の記憶」が汚されるのに耐えられずに、静かに引き金をひいたのだった。物語はここで終わっているが、この短編が一七歳の高校生の手によって書かれたことに信じられない思いがしたものだった。どこから着想を得たのかしらないが、想像力といい描写力といい、佐藤泰志の文才の片鱗がみえる作品であることはまちがいない。

作者は「青春の記憶」で主人公に反戦思想、軍国主義批判めいたことを語らせているが、こうした早熟な現実批判ないしは政治批判は「市街戦の中のジャズメン」にも通底している。この作品は翌年の一二月、二年つづけて有島青少年文芸賞優秀賞をうけた作品だが、高校生の書いたものとしては内容に問題があるとされ、『北海道新聞』には掲載されなかった。げんに有島青少年文芸賞の公式ホームページを閲覧してみると、歴代の最優秀賞受賞者の名前は一九六三（昭和三八）年の第一回から在籍学校名とともに載っているが、第三回から第六回までは該当者なしとして佐藤の名前は記載されていない。「最優秀賞」受賞者だけで「優秀賞」受賞者は載せない方針なのであろうが、のちに何回も芥川賞候補作家になった佐藤の名前がないのは少しさびしい気がする。

ともあれ、一九六八年、二〇枚だった「市街戦の中のジャズメン」を三〇枚に書きあらため、「市街戦のジャズメン」と改題して、北海道の有力同人誌『北方文芸』三月号に発表した。同年春、函館西高校を卒業し、地元で浪人生活をはじめた。このころから数年、大江健三郎、カミュ、ポール・ニザン、吉本隆明を熱中して読んでいる。

「市街戦のジャズメン」

「市街戦の中のジャズメン」を改稿した「市街戦のジャズメン」は現在のところ、福間健二編『もうひとつの朝　佐藤泰志初期作品集』か、四方田犬彦・福間健二編『1968〔2〕文学』に収録されているので読むことができる。この小説は地方の現役高校生が書いたにしては、政治意識が過激すぎるうえ、作品内容も公序良俗に反するようなところがあるので、選者たちが内容に問題があると論議があったものである。

主人公の「僕」は高校三年生で停学を経験したことがあり、函館とおぼしき街の地下ダンスホールに入り浸っている。そこには多くの高校生のほか不良じみた女子高生も踊りにきており、小説はそんな彼女と「僕」との弾まない会話を通して、「僕」の日常の鬱屈やいらだちが政治にたいする怒りとなって爆発している。「僕」は学校でも疎外されているが、過激な学生運動に共感をよせ、みずからも全学連の闘士になることを夢みている。

そんなときに起こったのが、一九六七（昭和四二）年一〇月八日の「日本中を震撼させた、あの英雄的な事件。アルジェリアの勇敢な市街戦を思わせる、あの首相外遊阻止に羽田へ押しかけた全学連と警官隊との大乱闘の事件」だったのだと「僕」は思うのだ。そのときアルジェリアの市街戦を連想したのは、「橋のたもとで七台の装甲車が、みごとな黒煙を空に突き上げて燃えている写真を、初めに見たためだ」というのである。

小説中で語られているこの事件とは、全学連史上有名な「第一次羽田闘争」といわれるものである。小熊英二『1968（上）』によれば、六七年一〇月八日、佐藤栄作首相のオセアニアおよび東南アジア諸国への訪問を阻止しようと、「羽田空港へ三派全学連の諸セクト（中核派・社学同・社青同解放派）の学生たちが突入をはかった事件のことである。とくに、訪問先に南ベトナムが含まれており、ベトナム戦争非参戦国の首相としては初めての公式訪問だったことから、日本のベトナム戦争加担拡大を阻止する闘争と位置づけられている」。

このとき全学連の学生たちは弁天橋など羽田空港前のいくつかの橋で機動隊とはげしく衝突し、この乱闘のさなかに京都大学一年生で中核派の山崎博昭が機動隊の警棒乱打によって死亡した。このデモで先頭部隊の学生たちがはじめてヘルメットをかぶり、プラカード、角材、丸太を使用して機動隊と対峙したといわれている（『かつて10・8羽田闘争があった』）。

佐藤泰志の「市街戦のジャズメン」はいうまでもなく、この事件に触発されて書かれたものだ。主人公の「僕」は地方都市の高校生だが、全学連の学生たちへの共感から彼らを前衛ジャズメンになぞらえ、事件を報じた新聞記事をいつも持ち歩いている。そして自分を「ヤンキー野郎を待ちぶせる偉大なるベトナム人民の戦友」に見立て、心のなかで、「佐藤を殺せ、ジョンソンをやっつけろ、ヤンキー野郎に血へどを吐かせろ」、「ヤンキー野郎を皆殺しにしろ。やつらの白い脂ぎった腹に、焼けた玉をぶち込め」と叫んでいるのだ。

佐藤泰志はこの小説から判断するかぎり、高校生のころから権力にたいする反抗心が旺盛で、鋭敏な政治意識の持主だったように思われる。ここからも真の作家に必要とされる資質を感じさせるのだが、こうした政治意識は上京してから成田空港建設反対の三里塚闘争の上映会を仲間とともに企画したり、成田に熱心に援農にでかけることなどに直結していたようだ。またかかる左翼的な心性は一九六八年の一九歳のとき、「ニューレフト」（『函館西高新聞』三月）という詩を書いたり、大学に入学してから高校時代の友人たちと同人誌『黙示』を創刊し、「カール・マルクス」（『黙示』一号、九月）や、「永久革命」（『黙示』二号、一〇月）などの詩を書くもとになっていたのであろう。

一九七〇（昭和四五）年、上京。中野区上高田に住む。四月、國学院大学文学部哲学科に入学。高校時代からの友人たちと同人誌『黙示』を創刊し、詩とエッセイを発表する。翌七一年四月には中野区上薬師で漆原喜美子と暮しはじめる。同人誌『立待』を創刊して、おもに小説を発表した。七二年には国分寺市戸倉に転居し、『北方文芸』一〇月号に小説「奢りの夏」が掲載された。七三年、国分寺市東元町に転居。さらに国分寺市本多に移り、短期間のうちに国分寺市内を転々とする。自分たちの同人誌に小説を発表する一方で、『北方文芸』一一月号に小説「遠き避暑地」を発表する。

七四（昭和四九）年、國学院大学を卒業。卒業論文は「神なきあとの人間の問題」。四月、国分寺市戸倉に戻る。服飾メーカーの製品の値札付けを手はじめに、その後は職を転々とする。一〇月、同人誌『贋エスキモー』を創刊した。『北方文芸』一一月号に小説「朝の微笑」を発表。七五年、あかつき印刷に勤めはじめる。七六年、八王子市長房町に転居。『北方文芸』八月号に小説「深い夜から」を発表し、この作品は北方文芸賞佳作に入選した。

七七年の二八歳のときに、上目黒診療所で「自律神経失調症」と診断され、通院をつづけた。以後、亡くなるまでずっと精神安定剤を服用していたといわれる。精神療法としてのランニングをはじめ、一日一〇キロ以上走っていた。九月、国立市の一橋大学生協に調理員として勤めはじめた。この頃、小説「移動動物園」（『新潮』一九七七年六月特大号）が新潮新人賞候補作になる。

「移動動物園」

「移動動物園」は佐藤泰志にとっては念願の商業文芸誌への初登場となった中編である。現在、「空の青み」「水晶の腕」とともに小学館文庫『移動動物園』（二〇一一）に収められている。そのほか『佐藤泰志作品集』、新潮社の単行本『移動動物園』（一九九一）でも読むことができる。

作品の舞台は東京の国分寺であり、学生時代か卒業後のアルバイト体験をもとにした私小説風の作品である。物語は個人所有の小さな巡回動物園の話で、主たる登場人物はアルバイトの達夫と道子という若い男女、毛むくじゃらの三〇代の園長、動物園で不要になった小ウサギを仕入れて、路上で売っている遊び人風の青木というほぼ四人だけである。この狭い人間関係のなかでさしたる事件も起こることなく、動物園の単調きわまりない日常がうだるような夏のなかで描かれているだけだ。

主人公の達夫は飼育係だが、マイクロバスに小動物を載せて保育園や幼稚園を巡回するだけの仕事なので、飼われている動物は山羊のポゥリイ、栗鼠、アヒル、モルモット、兎、インコぐらいのものである。達夫は寡黙でだいたいが他者に無関心であり、「言葉を交わさずに生きものを相手に暮らすことができて、それからこんな陽ざしや草や土の匂いがあれば、俺は満足だ」と感じるような人間だ。だからなのか望郷の念は強く、道子と園長をまえにおもわず故郷自慢をしてしまうこともある。


五月になると海峡中をイルカが跳ぶ。魚雷みたいに鉛色に光って、七、八頭で群れを作って、四千トンの連絡船めがけて何回も何回もジャンプしながら近づいてくる。海峡中のあっちこっちにイルカの群れがいくつもいくつも見える。何百頭とイルカが跳ぶんだ。


「海峡」とか「連絡船」とかいう達夫の言葉から、ここが佐藤の出身地である函館と本州をへだてる津軽海峡であることがわかる。

このように「移動動物園」は短い夏を背景に、ドラマティックな事件が起こるわけでもなく、狭い人間関係のなかで淡々と物語が進行してゆく小説だが、ただひとつだけ生々しい場面が出現するところがある。園長に命じられて、達夫が皮膚病にかかった栗鼠のほか、大きくなりすぎた兎やモルモットなどを袋につめてたたき殺す場面だ。「息を大きく吸いこむと、達夫はまだ濡れて黒ずんでいるコンクリートの表面に声をだして叩きつけた。骨の砕ける音が四角い箱形のコンクリートから立ちのぼってきて、袋は動かなくなった」。

達夫はこうして見世物用の不要になった小動物を殺すが、どこからも動揺している様子はみられない。ただこの動物を殺す場面は小説においては、平穏な日常のなかに走った亀裂のごときものとして描かれているが、それと同時に道子が園長の子供を身ごもっているという伏線もあるので、これらのエピソードは〈死〉と〈生〉との象徴的なコントラストとして機能しているといえないこともない。

「移動動物園」は既述したように商業文芸誌にはじめて載った作品であり、佐藤泰志にとっては文壇デビューという記念碑的な作品であった。大きくいえば労働小説のようなものだが、青春の通過儀礼を扱った小説とみなすこともできる。夏の光と風のそよぎのなかで、達夫のせつない短い夏が終り、大人に成長してゆくことが暗示されているからである。荒々しさはないが、あくまでも端正で正統的な小説である。

「移動動物園」が『新潮』に掲載されたのは一九七七（昭和五二）年、佐藤泰志が二八歳のときだったが、そのあと商業文芸誌からすぐさま注文が殺到したわけではない。「移動動物園」の発表後、次に作品が文芸誌に掲載されたのはほぼ二年後、一九七九年『文藝』七月号に「草の響き」が掲載されたときである。一九八〇年には小説「もうひとつの朝」で、名古屋を本拠とする有力同人誌『作家』の「作家賞」を受賞したが、このあいだの作品はほとんど同人誌に書いたものである。一九七八年には長女の朝海が、一九八〇年には長男の綱男が誕生した。本人は一九七九年に梱包会社に正式に就職したが、一二月九日には睡眠薬による自殺未遂を起こしている。

一九八一（昭和五六）年三月、三二歳のときに母親が病気になったため故郷の函館市にもどった。妻子を連れての転居だったが、新たな生活をはじめたいという思いもあった。五月、職業訓練校の建築科に入り、大工になるための訓練を受ける。同人誌に作品を発表するかたわら、小説「きみの鳥はうたえる」が『文藝』九月号に掲載され、はじめて芥川賞候補作になる。

最初の芥川賞候補作「きみの鳥はうたえる」

この中編小説は『文藝』に掲載されたあと、河出書房新社から翌年に「草の響き」も併録して、単行本として刊行された。現在は河出文庫『きみの鳥はうたえる』で読むことができるが、『佐藤泰志作品集』にもむろん収録されている。また二〇一八年には三宅唱監督の映画『きみの鳥はうたえる』も公開され、舞台を東京から函館に移して撮影され、柄本佑、石橋静河、染谷将太、萩原聖人などが出演している。原作にくらべたら、舞台を函館に移した意味がいまひとつ伝わってこないところがある。作品のタイトルは作中でも言及があるように、ビートルズの楽曲『アンド・ユア・バード・キャン・シング』を借用したものである。

物語は佐藤泰志の小説における定番ともいえる、若い男女の三角関係を描いているが、愛欲的ないわゆる三角関係ではなく、むしろ清々しいプラトニックな三角関係といえるものである。書店員のアルバイトをしている主人公の「僕」、おなじアパートの部屋に同居している無職の静雄、そして「僕」とおなじ書店に勤めている佐知子。三人ともみな二一歳だが、とりわけ「僕」と静雄は若者らしい無軌道な私生活を送っている。

「僕」と静雄はスーパー・マーケットの二階にあるアパートで共同生活をしている。共同生活というよりも、仕事をしていない静雄が転がり込んだかたちなのだが、「僕」は静雄にたいして悪感情をまったく持っていない。「僕」はこう思っているからだ。「静雄がたとえ、ひとことも口をきかなくても、僕はあいつの肉体が植物のように苦にならなかったろう。女といてもそんな気持はめったに味わえなかった。だから静雄は、僕の友達だったのだ」。そんな二人はマギー・メイやアラの店などのジャズバーに繰りだして、毎晩のように酒を飲んでは泥酔している。

そして、季節は夏。夏は佐藤作品では特権的な季節だが、オデオン座でオールナイトの映画をみてから、静雄と一緒に夜更けにアパートにもどる道すがら、「僕」は舗道や街路樹に漂っている「夏らしい快活な雰囲気」をいたく気にいるのだ。「夜、街路樹が急にいきいきと活気をとり戻してみえる夏の夜は僕はたまらなく好きだった」。夏という季節にたいするこうした偏愛は「移動動物園」でもみられたが、その理由の一端はおそらく佐藤が北国育ちのせいであると推測することができる。

「僕」は静雄と共同生活をつづける一方で、静雄がいないときには佐知子をアパートに連れ込んで性関係を結んだりしている。しかし、二人の関係はとても恋人同士といえるものではなく、恋愛感情を排除したフリーセックスのようなつき合い方をしている。いわば時代の最先端のような男女関係であり、げんに佐知子は勤めている書店の妻子持ちの店長とも関係があり、のちには静雄とも関係を持つことになるからだ。三人はアパートで仲よく痛飲することもよくあった。

そんなある日、静雄は母親が漁師をしている叔母夫婦の世話になって暮らしていることを告げる。叔母たち一家と母親の住んでいる漁村でひと夏泳いで暮らそうと誘ったりもした。

今思いだすとあいつの母親が叔母のところで世話になりはじめた頃に、僕らは知りあったのだ。そのときは真夏だった。本屋に勤める前に僕は二年間、アイスクリーム会社の冷凍倉庫で働いていた。そのとき、スポーツ新聞の求人広告を見てやってきたのが静雄だった。スポーツ新聞の求人広告でやってくる奴にはろくなのがいなかった。パチンコ屋や土方やウェイターなどの職を渡ってきた奴が多かった。

その夏は暇になると道端にでて、静雄とドライアイスのキャッチボールを夏じゅうつづけ、夏が終わったときに共同生活をしないかと、「僕」は持ちかけたのだ。静雄はふたつ返事で承諾した。すぐに静雄は、「僕」の部屋に引っ越してきたが、持物といったら七、八枚のビートルズのレコードと布団だけだった。

ある夜、アラの店で飲んでいるときに、僕をのぞいて佐知子と静雄がアラたちと静岡に五日間の海水浴旅行に行くことがきまった。みんなが海水浴に行ってしまってから三日後、仕事の帰りに「僕」は知らない二人組の男に殴られる事件が起こる。勤めている本屋で万引きがあったとき、犯人追跡をめぐって専門書コーナーの同僚ともめ、そのとき同僚を殴りつけたことの仕返しだった。

この事件後、今度は腹ちがいの静雄の兄がアパートをおとずれ、母親が精神病院に入院したと告げにくるのだ。あいにく静雄は海水浴で不在だったので、弟が帰ったら連絡をくれるように伝えてくださいといって兄は帰っていった。しかし、アラたちが静岡から帰ってきているのに、一日たっても静雄と佐知子からは音沙汰なしだった。「僕」は私鉄の駅から静雄の行きそうな店や場所まで捜しまわったがまったくの徒労で、仕方なく最終バスでアパートに戻ってみると、二人は部屋のなかですでに酔っぱらっていたのだ。

「僕」は兄貴がたずねてきて、母親が入院したことを静雄に伝えた。静雄は取りみだすこともなく「僕」の話を聞いていた。すると、佐知子が「あたしたち、一緒に暮らすことにしたの」といきなり言いだし、「静雄は明日、この部屋をでるつもりだったのよ。それを今夜、あんたにいうつもりだったの」と告白するのだった。しかし、アパートをでる話はいったんそこで棚上げにして、三人は悪酔いするまで酒を飲むことにするのだ。

翌日、「僕」と佐知子は午前中の列車で兄貴と待ちあわせて、母親の見舞にゆく静雄を駅まで見送りに行った。四日目に静雄からハガキが速達でとどき、そこには「この頃は、ひどく暴れるようになったので、注射で眠らせるときは手足をベッドにしばりつけている」と書かれてあった。それから数日後、「僕」は佐知子からとつぜん静雄に関する小さな新聞記事をみせられた。記事によると、静雄が眠っている母親を絞殺し、行方をくらませていたが、翌日になって電話ボックスからでてきたところを逮捕されたというのだ。これが小説の結末になっているが、物語の流れからすれば唐突な暗転みたいなもので、どことなく不自然な感じがいなめない。

すでに言及したように、「きみの鳥はうたえる」は佐藤泰志がはじめて芥川賞にノミネートされた中編であり、一九八一（昭和五六）年下半期の候補作のひとつだったのだが、この回は受賞作なしに終わってしまった。佐藤はつごう五回芥川賞の候補になったが、最初のこの小説が五作のなかでは選評でもっともコメントされた作品となっている。もっともコメントされた作品だと述べたが、一〇人の選者のうちの四人が評言しているだけで、あとの六人の選者はまったくの無視である。

たとえば、選者の最長老であった瀧井孝作は「現代青年の心理はわかるが、芥川賞の文章として肯定するわけにはいかぬ」と酷評し、中村光夫は「人物たちが新しがっているのにどことなく古風で、昭和初年の世相小説を思わせる」と否定的な評価を下している。このように言及している作品評がすべて好意的評価なのかといえばそうではなく、このようなマイナス評価で言及している場合もあるのである。

一方、好意的な評価に眼を転じれば、井上靖の「私などの知らない現代の若者たちの生活が、一応納得できるように書かれてあった」という感想を記している作家もいる。いちばん長いコメントを寄せているのが丸谷才一である。丸谷は作品を「かろうじて論ずるに価するもの」と述べ、「これは青春の哀れさと馬鹿ばかしさという、もうすっかり陳腐なものになってしまった主題、いや、文学永遠の主題の一つをあつかったもので、かなり読ませる」と高い評価を下している。ただ難点として丸谷は、「ただおしまいのほうは感心しない。人殺しなんか入れなくたっていいのに。佐藤さんは小説的な恰好をつけようとして、かえって話のこしらえを荒っぽくしてしまった」と指摘することを忘れていない。

このように候補作になっても受賞にまでいたるのは至難のわざであり、たとえば二回目の候補作、「空の青み」（一九八二年下半期）はだれひとりコメントしていない。このときの受賞作は唐十郎のセンセーショナルな「佐川君からの手紙」と、私も所属していたことがある同人誌、『文芸生活』の同人であり北大農学部出身の加藤幸子の「夢の壁」であった。三回目の「水晶の腕」（一九八三年上半期）のときも受賞作はなかった。評言を寄せているのはまた丸谷才一だけで、「わりあいまし」とか「感じは悪くないにしても、スケッチふうの仕立てで、短篇小説と呼ぶにしてはどうも水っぽい」という否定的評価に傾きがちになっている。

四回目の候補作「黄金の服」（一九八三年下半期）も、ひとりのコメントもなかった。五回目の候補作、「オーバー・フェンス」（一九八五年上半期）のときも受賞作がなかった。コメントしたのは新選考委員の三浦哲郎だけで、「『オーバー・フェンス』を凡作だと思ったのは、この人にはもっと優れた作品があるからである。今回の作品には珍しく文章の粗雑な個所が目についた」とその難点を指摘するだけになっている（〈https://prizesworld.com/akutagawa/ichiran/ichiran81-100.htm〉）。

佐藤泰志の作品が候補作になっていた時期、芥川賞は受賞作なしの回がほかとくらべたら多かったような気がする。たとえば、選考委員には文章にきびしい開高健がいて、「衣食足りて文学は忘れられた⁉」などのエッセイで、「近頃のわが国の文学。創作、批評、短文、匿名欄、投書、いっさいがっさい冷めた雑炊のようにしか感じられない」と同時代の文学批判を展開していたからだ。そのため文学にたいする要求水準が高くなっていたと思われ、佐藤の五回の候補作について開高がコメントすることは一度もなかった。この時期、村上春樹も「風の歌を聴け」や「1973年のピンボール」で芥川賞受賞を逃しているが、選考委員の大江健三郎は村上作品の新しさを見抜けなかった不明を恥じるようなコメントを残している（『大江健三郎　作家自身を語る』）。

佐藤は作風が地味で、文学的慣習を逸脱するようなところがなく、素材も最晩年の『海炭市叙景』あたりまではわりあい狭い交友関係にかぎられ、物語もそのなかで完結するようなところがあった。定型をくずすことを好まず端正なのである。芥川賞の選考に関して、こういうところが弱点になった可能性もある。また五回ものこうした芥川賞の落選が、自死につながったという説もあるが、小谷野敦は『文学賞の光と影』のなかで、「芥川賞や直木賞を貰えずに自殺した作家というのはたくさんいて、太宰治に始まり、田宮虎彦、金鶴泳、鷺沢萌《めぐむ》、佐藤泰志、加堂秀三といるが、このうち金、佐藤、加堂などは、受賞していれば死ななかったのではないかと思われる」と指摘している。

函館を舞台にした「オーバー・フェンス」

「オーバー・フェンス」は『文學界』の一九八五（昭和六〇）年五月号に発表した中編小説である。五度目の芥川賞候補作になった作品だが、残念ながらこの回は受賞作がなかった。単行本は一九八九年九月、『黄金の服』という表題のもとで河出書房新社から刊行された。タイトル作のほかに「撃つ夏」、「オーバー・フェンス」が収録されている。比較的入手しやすいのは小学館文庫『黄金の服』である。

「オーバー・フェンス」は映画にもなり、函館を舞台に職業訓練校の訓練生たちの生態を描いた作品で、二〇一六（平成二八）年に公開されたときには評判となった映画である。原作とはちがって鳥の真似ばかりする風変りなキャバクラ嬢を演じた蒼井優、その狂気をはらんだ名演技が忘れがたく記憶に残っている。物語は初夏に設定され、明と暗の映像的なコントラストがきわだつ映画に仕上がっているが、夏といえば佐藤泰志のとりわけ好きな季節なので、画面には陽光のふりそそぐ明るい躍動感と解放感がみなぎっている。個人的な感想を述べるなら、夏の函館の風景的な魅力が爆発しているような映画だ。『海炭市叙景』や『そこのみにて光輝く』などの暗さもいいが、三部作の掉尾をかざるこの「オーバー・フェンス」の屈折した明るさもいい。監督は山下敦弘、出演者はオダギリジョー、蒼井優、松田翔太、優香、満島真之介などである。

年譜によれば、この小説は一九八一（昭和五六）年三月、三二歳で函館に帰った佐藤が、地元の職業訓練校の建築科に入った体験をもとにしている。小説では離婚して帰郷したという設定になっているが、実際には離婚などではなく、母親の病気のための一家での帰郷だった。佐藤は「十年目の故郷」（初出・『北海道新聞』一九八七年一月二〇日。『佐藤泰志作品集』所収）というエッセイのなかで、「妻と長女と長男と四人でわけあって東京から故郷の函館に引越した」と述べ、「僕は小説を書く作業に精神的にどっぷりつかっていたし、故郷へ帰っても家族を養うに足る職業もなかった。妻の心細さもさぞかしと思う」と書き残している。無職であるうえ自律神経失調症、自殺未遂のほか妻子をかかえての生活苦など、東京での生活に行きづまった果ての帰郷といえなくもなかったようだ。

小説は主人公の「僕」（白岩）が、二四歳のときに函館に帰郷したところから始まっている。「僕」が職業訓練校に入校したのは、引っ越した移管手続きのために市の職安に出向いたとき、職業訓練校の建築科に欠員があることを教えられ、係員の男から行かないかと勧められたからだ。大工になる気はないと「僕」はこたえたが、男は「入校すれば、失業保険は一年間、継続的に支払われる、そのほか、日におよそ五百五十円の受講手当が出る。いい話ではないか」としきりに勧めるので、成り行きまかせで入校することにしたのだった。

故郷に戻ってアパートでひとり暮らしをはじめたが、目的を持って帰郷したわけではなかった。訓練校の授業が終わると、毎晩判で押したように三五〇ミリリットルの缶ビールを二本飲み、「まるで模範囚」のような静かな生活を送っていた。造船会社さえ傾きかけている不況のこの街にきてから会ったのは、両親と妹夫婦、燃料屋の友人、一五人の建築科の生徒たち、四人の教官、そして海峡と山だけだった。建築科の生徒たちは中学を卒業して入校した若者をのぞけば、車の元セールスマン、アルミサッシの取りつけ工事店の職人、元タクシー運転手、元暴走族、元自衛隊員、海底トンネルの工事現場で働いていた年配者、定年退職になるまで働いていた炭鉱夫など、いってみれば「ロートルの、ポンコツ集団」だった。しかし、この北国にも白石が好きな季節が近づいてきていた。

はるか遠くに見える、海峡に突き出ている三百三十五メートルの山に視線を向けた。山はくっきりした輪郭を持ち、夏が近づいていることを感じさせた。光は眩しくはなかったが、海峡さえもが無数の発光体をまき散らしたようにきらめいていた。グラウンドは小高い丘を切り取って作ってあるので、ライト側だけにある緑のフェンス越しに見える町並みは、一部分しか見えない。

そんなある日、元アルミサッシの職人の代島から、男の名前のような「さとし」（聡）という幼なじみの女を紹介される。二二歳の花屋に勤めている娘だった。「眼の輪郭のはっきりとした、美しい髪の女だった。（中略）顔は細かったが、瘠せすぎというわけではなかったし、健康的な肌をしていた」。代島によると、女はこのあいだ、つきあっていた男の子供を堕したというのだ。代島はこの女といい仲になるように暗に勧めてくるのだ。「僕」は東京に六年いて、「半ばへたばりかけてここへたどりつき、この町でまだ自分を発見することもできないありさま」だったが、どことなく彼女に惹かれるところがあり、結局のところ彼女は「僕」のアパートに一晩泊まることになるのだ。

映画では「さとし」は奔放な女性に描かれているが、原作ではさして遊び人風には描かれていない。そしてこの「さとし」とのつきあいのなかで、「僕」がなぜ帰郷したのかが明らかになってくる。妻が育児ノイローゼになり神経科にかかったが、実家に帰りたいと強硬に言いつづけるので、「僕」は勤めていた工場を休んで妻と生まれてまだ八カ月の娘を連れて、実家のある瀬戸内海に近い農家まで行くのである。そこで両親に彼女が落着くまでお願いしたいと頭をさげ、次の日に仕事のために東京に戻ったのだった。

それから一カ月ほどして、仕事から帰ると郵便受けに手紙がきていた。妻の父親からの手紙で、なかに離婚届が同封されていた。義父の文面は、「これしきのことで娘を実家に戻して寄こすきみの無責任でつめたい仕打ちには腹も立ち、娘ももうそちらへ帰る気持はまったくない」というものだった。妻の実家から別れ話を強引に持ちだされたのだ。

そんなわけであまり気が進まなかったが、「僕」は帰郷してまるで本意ではなかったのだが、職業訓練校に入ることになったのである。訓練校では六月の第一日曜日に、正式なソフトボール大会が行われた。最初の試合は自整科（自動車整備科）との試合だった。リードされていた五回の攻撃のとき、「僕」がバッターボックスに立った。「さとし」も応援にきていて、明るい声で「僕」にむかって叫んでいた。

僕には見えた。外野のずっと向う、まばゆい光を受けたフェンスが。それは何ヵ月か、何年かたたなければ手に触れることもできないほど遠く、高く、真新しくそびえたつ、フェンスだった。どうすればそこまでたどり着くことができるのか見当もつかないほど、遠い幻のフェンスだった。

「僕」はそれから力をこめてバットを振り抜いた。この結語が暗示しているのは、おそらく打球がフェンスを越えてホームランになったか、あるいはそれに近い当たりだったことである。表題の「オーバー・フェンス」もそれに由来しているが、同時に難しいことだが「さとし」と再婚して、新しい未来を切り拓こうとする「僕」の決意も含意されている。この群像劇の小説でも、佐藤作品では通例になっている、社会の底辺で生きる人間たちの哀歓が描かれている。

唯一の長編小説『そこのみにて光輝く』

この作品は『文藝』の一九八五（昭和六〇）年一一月号に発表された唯一の長編小説である。単行本は一九八九年におなじ表題で河出書房新社から刊行されたが、そこには書き下ろしの第二部「滴る陽のしずくにも」も収録された。この本は第二回三島由紀夫賞（一九八八年度）の候補作になったが、受賞作は大岡玲『黄昏のストーム・シーディング』であった。ちなみに三島賞も芥川賞とおなじく、基本的には新人作家を対象とする文学賞である。

この作品はまた二〇一四（平成二六）年に呉美保《オミポ》監督によって映画化され、第三八回モントリオール世界映画祭で最優秀監督賞を受賞した。出演者は綾野剛、池脇千鶴、菅田将暉、火野正平、伊佐山ひろ子などである。全編暗い色調の映画だが、生きる意味を見いだせない男と愛することのできない女との関係を中心に、函館のバラックで最底辺の生活を送っている悲惨な家族のありようが描かれている。

　この小説は佐藤作品には珍しい三人称小説である。主人公の達夫は二九歳で、パチンコ屋で大城拓児という粗暴な感じのする若い男に、使い捨てライターをあげたことから二人は知りあい、物語の端緒が開かれる仕組みになっている。お礼に一緒にメシを食おうと誘われるままに、達夫は拓児の家について行く。拓児の家は路地裏にある板壁がところどころはがれ、低い屋根のトタンも錆びて、一、二枚めくれているようなバラックだった。

　季節は定石どおりの夏で、拓児の家に行くために海岸通りを渡っているとき、達夫はふいに夏を感じてしまうのである。「盛夏だ。光が満遍なく行き渡っている。この光景は俺の気持にしっくり来る」といつもながら主人公は夏を讃歌するのだ。拓児の家につくと、老母がでてきて胡散臭そうに達夫をみるので、急にたずねてきたことをわびた。姉の千夏もすぐに顔をみせて、達夫と拓児にチャーハンを作ってくれることになった。拓児との会話からやがて千夏が出戻りであることを達夫は知らされ、千夏との会話から弟の拓児が刑務所に入っていたことを知らされるのである。

　拓児が刑務所に入ったのは近所の飲み屋で、知らない男からサムライ部落の犬殺し、犬の皮を剥いで食べていると悪口を言われ、頭にきてその男を刺してしまったからだった。出所後、拓児は仲間とトラックで山に行って高山植物を盗掘し、それを市場や夜店で売って日銭を稼ぐというヤクザな生活を送っている。とても正業とはいえない片手間の仕事をやっているだけだ。

　サムライ部落とはかつて大森浜の砂山付近にあった貧民窟のことである。『函館市史』のデジタル版によれば、潮流や波の作用で太平洋から運ばれてきた砂が長いあいだ堆積してできたのが大森浜で、海岸では風の力もあって高さ三〇メートルもの大きな砂の山が築かれ、砂山一帯の面積は三五ヘクタールにも及んだというのだ。その砂地に穴を掘って半穴居生活をしたり、あるいはバラックを建てて住んだりしていた人々が集まっていたのが「サムライ部落」、ないしは「砂山部落」といわれたというのである。「サムライ」というのは廃品回収業者のことである。しかし、砂山を縦貫する国道二七八号（函館空港にもつながる通称海岸道路）の工事にともなって、「サムライ部落」も立ち退きを迫られ、昭和三〇年代初頭には姿を消した。そのあと函館市は道路地の先に小公園を造成して、地元にゆかりの深い石川啄木の銅像が建立されたというのである。

『そこのみにて光輝く』でも、そのあたりの経緯が批判的にこう書かれている。

拓児は市が建設した六棟の真新しい高層住宅を指さす。達夫は内心驚いた。この辺一体はバラック群がひしめき、周囲は砂山だったのだ。子供の頃には近づかなかった。どの家でも犬の皮を剥ぎ、物を盗み、廃品回収業者や浮浪者の溜り場で、世の中の最低の人間といかがわしい生活があると聞かされていた。それを市が根こそぎ取り壊した。観光客のための美観とゴミ焼却場建設のために、代替え用に造った住宅だ。砂山はコンクリートで埋め、申し訳程度にハマナスを植えた。それからこの地にゆかりの若くして死んだ歌人の像を建てた。それも観光客のためだ。

拓児の家は極貧だが、拓児のいう「大半の連中はあの建物に入った。でも、俺は犬じゃない。俺の家族もよ」という矜持から、市が建設した高層住宅への転居をかたくなに拒否して、あばら屋さながらのバラックにいまも住みつづけているのである。達夫が誘われて拓児の家を訪れたとき、隣の部屋からは三年も寝たきりの父親の唸り声が聞えてくる。父親は寝たきりになるまで廃品回収業をやっていたが、「なお性欲だけ衰えない生」を細々と生きているので、完璧な植物人間にならないように、最初は白髪頭の老母がのちに娘の千夏が、性の相手をつとめていたというのだ。

拓児の家のこうした無残なまでの家庭内情況と同じように、達夫も生きる目的もなくただ無為な生活を送っているという点では、なんら変わるところがない。達夫は地元の高校を卒業してから、一一年ほど勤めた街でいちばん大きな造船会社を退職して、いまは失業保険と退職金でぶらぶら暮らしているからだ。達夫が造船会社を辞めたのは折からの造船不況で、会社の経営が悪化して賃金カットや人員整理がはじまりそうな気配があり、組合はそれにたいして長期のストライキに突入したが、達夫は組合活動には無関心でみずから退職する道を選んだのだった。

そのあとの物語の流れのなかで達夫の両親がすでに亡くなっていること、そして両親の墓をつくることが結婚している妹とのあいだで、ある種の問題になっていることも明らかにされる。両親は連絡船で函館と青森のあいだを往復する担ぎ屋だった。毎夜、津軽海峡を越えて青森に行き、米などの重い品物を仕入れて函館にもどり、露店の朝市で二四年ほども商いをつづけたのだ。その父が露店の市場で倒れた。「入り組んだ路地のひとつで、そのまま眠るように死んだ。まるで行き倒れ同然だ」。このように小説のなかの達夫は父親の死にたいしていささか冷淡な反応を示しているが、実際の作者＝佐藤はそれとは異なりエッセイのなかでは、「大学入学のために上京した僕は、時々両親の職業を尋ねられ、いささかの誇りを持って闇米のかつぎ屋だ、と答えたものだ」（「青函連絡船のこと」）と述べている。

そのあと母親も死んで、達夫はようやく一人になれたという解放感みたいなものを感じて、仕事も辞めていまは気ままで孤独な生活を送っている。そしてもうパチンコ屋には行かず、短い夏のあいだできるだけ泳いで暮らすことに決めていた。こうした夏の太陽のもとで泳ぐことへの憑依《ひょうい》のような執着は、すでに言及したように佐藤作品のきわめて重要な文学要素のひとつだが、この『そこのみにて光輝く』においてもかけがえのない文学要素になっている。たとえば、達夫は泳ぐことの愉悦についてこう独白している。「この町では夏は足早に人々の生活の上を過ぎる。残暑もない。背中を陽に灼かれていると、充足感が身体を満たした、彼はバスタオル越しに熱い砂を感じ、大地の息吹きすらも感じた」。

このように夏を特別視したうえで、太陽を礼讃したり泳ぐことを偏愛したりするのは、夏がはなはだしく短いので、北国の人々の共通感情なのかもしれない。北海道出身の作家、渡辺淳一も「夏への惜別」というエッセイのなかで、「北国に住む人は、暑い夏に憧れている。たとえうだるような暑さで汗がたらたら出ても、照りつける太陽が現われることを願っている」と記している。ただ佐藤泰志の小説では過剰なまでに夏という季節が礼讃され、演出されている点が特異といえば特異なのだ。

拓児の家ではじめて会ったときから、達夫はどことなく千夏に惹きつけられるのを感じ、それが交際に発展してゆく端緒となる。千夏は出もどりで、キャバレーに勤めている。達夫とおなじく三〇を目前にしているが、恋愛と性交渉は別だというドライな考えの持主だ。親密さが増してきても、達夫に向って「誰とでも店では寝るのよ、店の奥の専用の小部屋で金さえ貰えば」と言い放つほどだ。偽悪ぶっているが拓児とおなじように千夏も根はやさしく家族思いの人間なので、住まいがバラックという最底辺の境遇にあるが、達夫は少しずつ千夏を愛するようになり、将来は結婚してもいいと考えはじめるのである。達夫にとって千夏の境遇は違和感がなかったし、階級的な親密感がないわけでもなかったからだ。

達夫は千夏との結婚を決意して、千夏に復縁を迫っていた露店商の前亭主、拓児の兄貴分たるヤクザ男にけじめをつけるために会って話をすることにする。祭りの日、夜店で拓児は高山植物を売っていたが、前亭主もそこにいた。三五、六の男で、達夫よりかなり小柄だったが、雪駄ばきでタオルで鉢巻をしていた。達夫はすぐ夜店の裏手に連れて行かれたが、話しているうちに激高した相手に殴り倒され、何度も腹と顔を蹴られてしまった。達夫はいっさい抵抗しなかった。

拓児が介抱してくれ、酒を飲みに町に連れて行ってくれる。達夫はしたたか飲んで泥酔してしまった。それでも飲み足らずに拓児のバラックに転がりこんだ。千夏がひどい傷の手当てをしてくれる。朝、千夏が湿布を替えるために近づいてきた。そのあたりはこう描かれている。「路地に射し込む朝日の下で、カモメの鳴き声や潮騒や焼けた砂鉄混りの砂や、陽気な千夏の声が甦ってきた」。さながら二人の再生を暗示するかのような結末になっている。

再評価の契機になった『海炭市叙景』

一九八八（昭和六三）年、三九歳のときに佐藤泰志は代表作のひとつであり、佐藤再評価のきっかけを作った『海炭市叙景』の連載を開始した。地方都市のごく普通の庶民の哀歓を描いた作品で、どことなく生きることのいじましさが伝わってくる連作短編集である。最初は詩誌『防虫ダンス』で三短編の連載を開始したが、それを途中で打ち切り、商業文芸誌『すばる』であらためて、手を加えたうえで断続的に連載することになった。一方、この年から共同通信系で全国の地方紙に「放送時評」あるいは「テレビ時評」として、四月からテレビドラマの時評を月一回書くこともはじめた。

福間健二の評伝によれば、『海炭市叙景』は『すばる』の一九八八年一一月号から九〇年四月号までに断続的に、三つの物語ずつ、六回にわたって発表されたものだというのである。佐藤のもともとの構想では、いま単行本の『海炭市叙景』や文庫版に収められている、全二章からなる一八の短編物語は全体のちょうど半分にあたり、さらに二章が書かれて全部で三六の物語からなる作品世界が形成されることになっていたが、一九九〇（平成二）年一〇月一〇日の作者の自殺によって、その計画は実現されずに終わったというのである。

また函館の有志たちにより『海炭市叙景』の制作委員会が結成され、二〇一〇（平成二二）年に熊切和嘉監督で映画化が実現し、東京をはじめ各地で公開された。主だった出演者は竹原ピストル、加瀬亮、南果歩、小林薫など地方映画では異例の俳優たちが出演している。第一二回シネマニラ国際映画祭グランプリ最優秀俳優賞受賞など、おおくの内外の映画祭で高い評価をうけた。物語の季節は冬と春だったので、全体が暗い色調に塗りこめられているという個人的印象が残っているが、冬の函館のさびしい感じは画面からはよく伝わってきた。

第一章「物語のはじまった崖」

すでに述べたように、作者の死によって完成が中断した『海炭市叙景』は、第一章の「物語のはじまった崖」と二章の「物語は何も語らず」から成っていて、それぞれの章に九つの物語が収められている。それらの作品から印象に残った作品を紹介してみたい。最初は「まだ若い廃墟」である。映画でも最初の物語として描かれていた作品である。

登場人物は六畳一間のアパートで一緒に暮している、二七歳と二一歳の貧しい兄妹である。兄は去年の春に勤めていた炭鉱が閉山しいまは無職で、妹も運の悪いことに失業中だ。兄の組合は会社側の一方的な閉山通告に反発して、デモや市への陳情で抵抗するが、腰砕けになって人々に残ったのは「濃い疲労と沈黙、わずかな退職金だけだった」。この労働争議は『そこのみにて光輝く』にも描かれていたように、函館の一大企業だった函館ドック（造船所）の合理化による首切りと賃金カットをモデルにした労働争議である。

また海炭市も架空の地方都市という設定になっているが、風景描写や状況説明などからまぎれもなく函館市のことであることがわかる。ただ函館やその近郊には海底炭鉱など存在せず、なぜ「海炭市」と名づけたのかいささか疑問の残るところだが、おそらくは函館と明示することで想像力と文学表現が制限されることと、同じような斜陽都市は全国どこにでもあるという暗示的普遍性を持たせるためだったのであろうと推測される。

兄妹の父親も鉱夫だったが、兄が高校生のころに小さな事故で死んでいる。母は兄妹が幼かったころに家を出てしまっていた。そのため兄は高校を中退し、父のかわりに見習い鉱夫に採用され、それから兄妹だけの生活がはじまったのだった。その二人の兄妹が初日の出をみるために、山（函館山）に登ることから物語が動きはじめる。発案したのは一度も夜景をみたことのない兄だった。

除夜の鐘が鳴りおわってから、二人はわずかしかない金を持ってアパートをでて、ロープウェイの発着所までかなりの距離を歩いた。そこから頂上まで登り、大勢の人たちと一緒にすばらしい初日の出をみた。ところが帰りのロープウェイに乗るとき、兄は切符を一枚しか買ってこなかった。二人分の切符を買う金がなかったからだ。「俺は歩いて下山する、子供の時から歩きなれた山だ、一時間かそこらあれば会える。山頂の下りのロープウェイの前で、自信に満ちた声で兄はいった」。

しかし、それから何時間たっても兄は現われなかった。妹は下の売店の少女やチケット売り場の女の異様な視線にさらされながら、六時間も待っていたのだ。雪も激しくなってきていた。「深い雪の中で力つきる兄の姿がはっきりと眼に浮かぶ」と思いながら、妹は売店のウィンドウの横にある電話に近づき、受話器を取るところで物語はおわっている。

兄の身になにが起きたのか。その後日談は次の物語、「青い空の下の海」で語られている。主人公の「彼」は東京でスーパー・マーケットの店員をしているが、同棲している彼女を結婚相手として実家の父親に紹介し、東京にもどるために乗った連絡船が函館山の裏側を迂回するころ、真冬の寒風が吹きすさぶ甲板で青年の遭難死のことを思いだすのだ。遭難事故のことは四日前に新聞に短い記事がでたが、今朝、実家を出るときに読んだ新聞記事は、函館山の裏側のさらに奥にある「船隠れと呼ばれている崖で遭難した青年の死体を回収する作業に入る、と告げていた。夏でも海水浴客が寄りつかない場所だ。元旦に妹と初日の出を見に行って、妹だけロープウェイで下山し、青年は歩いておりる途中、遭難した」というのだ。

つまり青年は下山するつもりで、山頂からもっとも時間がかかる地点を縦断してしまったのである。疲労困憊して断崖にたどり着いたとき崖からすべり落ちたが、かろうじて途中でとまったのである。海上保安部の巡視船が海で待機し、山側から警官たちが青年の死体を突き落とすことになったというのである。この新聞記事を読んでから、主人公の「彼」はこの青年と妹の数奇な運命にこだわっている。遭難した青年は自分だったかもしれない、と「彼」は考えつづけているのである。

この青年の悲劇については、三番目の物語「この海岸に」においても言及されている。母親が市立病院の結核病棟に入院したため、主人公の満夫は両親のことが心配になって、一家で故郷に転居することを考えるが、父親も母親も引っ越してくることには反対した。街の市場で三二年間も干し魚や燻製を売って生計を立ててきた父親が、街に帰ってきてもろくな仕事にありつけない、若い人間が生きにくい街になってしまったといって反対するのだ。

父親のいい分は「炭鉱が潰れ、造船所は何百人と首切りをはじめた。職安もあてにはならない。この正月には炭鉱に勤めていた青年が、山で奇妙な死に方をした。もう希望を持つことのできない街になった」というのである。父親は青年の遭難死を反対のひとつの理由にしているのだ。日本有数の観光都市といわれる函館の光と影、佐藤泰志はその光のあたらない影の部分とそこに住む人々を、この『海炭市叙景』の物語群のなかで執拗に描きつづけている。

四番目の作品「裂けた爪」も映画で描かれた物語である。加瀬亮の名演技が光っていたという記憶がある。主人公の晴夫は燃料屋の若主人で、なぜかいつも苛立っていて、世間に不満を持っているような人物だ。とりわけ再婚相手の勝子には、「ねじくれているくせに計算高い」という思いを抱いている。唯一の楽しみは週に一度、小学生の息子のアキラと市営球場のとなりにある市営プールで思いきり泳ぐことだ。

晴夫は高校を出てからずっと、父親の商売を大きくすることに努めてきた。二一歳で結婚しアキラが生れたが、五歳になった夏に妻は男を作って、あっさりと家を出ていってしまったのだ。それからも仕事に精をだし、両親に別宅を作ってあげ、二年半前に高校時代の同級生のいまの女房、勝子と再婚した。しかし、アキラの身体は年中傷だらけで、晴夫は勝子の虐待を疑っている。

そんなある日、晴夫はガスボンベを運んでいたとき、不注意からボンベで左足の親指の爪を潰してしまうのだ。親指の爪は真っぷたつに裂けていた。タイトルの由来はここからきているが、配達先のアパートに住んでいるヤクザの女がそれをみかねて、道端でかいがいしく手当をしてくれたのだ。男も辛抱づよく待っていてくれた。晴夫は店まで帰りの車を運転しながらその親切に感激して、彼らのような人間を軽蔑していた自分を恥じた。それにくらべたら、妻の勝子はなんて悪い女なのだとあらためて思うのだった。

晴夫が店に戻ると、長年勤めている中年の女子事務員が、高校時代の同級生の早川満夫という人から電話があり、故郷に引っ越してきたがプロパンガスを使いたいので、できれば見にきてほしい、というのが電話の内容だと晴夫に伝えた。晴夫はすぐに遊び仲間だった満夫のことを思いだすが、前作の「この海岸に」の終局において、満夫が現に友人の燃料店に電話をかけるシーンがあるので、「裂けた爪」はまぎれもなく連作ということになる。

晴夫の燃料店は一階が店舗で、二階が住居になっている。息子の様子をみるために二階にあがって行くと、アキラは蒲団にもぐったまま顔を出さない。蒲団をめくると、「いたぶられ、おどかされ続けた生き物のようにおどおどと怯えていた。そのうえ右の眼の下に青いアザがあった。（中略）晴夫は一瞬、息をのんで見つめた。こんなにひどいのは、はじめてだった」。アキラは勝子からまたひどい折檻を受けたのだ。そんな風に勝子の虐待がわかるたびに、晴夫はたびたび妻を叱ったり、したたか殴りつけたりしてきたのである。

珍しく、息子と一緒に風呂に入って、身体中のアザを見つけた時、晴夫は驚いてきただし、素裸のまま風呂場を飛びだして、勝子をこっぴどく殴りつけた。あの時、勝子は鼻血を出して俺を睨みつけた。そして、低い声でいった。「あんたは千恵子と結婚すれば良かったのよ。千恵子なら、なんだってうまくやれたわ」。

しかし、勝子を殴りつけてもなんの効果もなく、翌日にはアキラの身体の傷がまた折檻で数が増すだけだった。最初の妻が家を出ていったあと、晴夫は高校の同級生だった勝子と再婚した。ところがその一方で、勝子の親友で家庭持ちの千恵子とも不倫をしていたのだ。勝子はそれを承知のうえで、家庭を持ったのだと晴夫は身勝手にも解釈していた。千恵子とはたんなる火遊びで、悪いのは勝子なのだと思い決めていた。しかし、中年の女事務員は若社長の绷帯を巻いた足指を冷たく見つめながら、「この人は奥さんの心は石ころか、闇みたいなものだ、と時々いう。けれど、それはこの人自身かもしれない。気づかないだけだ」と思っているのである。

晴夫は離婚も考えたが、最後には店のシャッターを降し、鍵をかけて勝子を今夜から一歩も家に入れず、アキラを車に乗せて、直接両親の別宅へ行こうと決心する。晴夫は真っぷたつに裂けた親指の爪の痛みを、疼きのように感じながら、そうすることに決めたのだ。そして物語の最後は、息子をいたぶってきた勝子のことばかりが頭にあり、彼女はわけのわからない嫉妬で頭がおかしくなったのだ、俺は女運が悪い、といつものように思っているうちに友人の満夫のことは忘れてしまっていた。この小説は総体的にいえば、父権社会における男のエゴイズムを焦点化したものだと読むこともできる。

第二章「物語は何も語らず」

この第二章にも九つの短編が収められている。そのなかからまた印象に残った作品をいくつか紹介してみたい。最初は一番目の物語「まっとうな男」という作品である。この作品は表題とは裏腹の「まっとうではない男」の物語だ。「オーバー・フェンス」と同じように地元の職業訓練校が舞台で、主人公は異例なことに寛二という老年の寮生である。ほとんどの寮生は中学か高校を卒業したばかりで、彼とは四〇近くも歳の差があったからだ。

寛二が籍をおく建築科は当然ながら、一九三七（昭和一二）年生れの彼が一番の年長者である。建築科にはほかに三〇年代生れの者はふたりいたが、どちらも元炭鉱夫だった。残りの寮生たちは遠隔地出身の未成年の子供ばかりで、口うるさい舎監でさえ寛二より一四歳も年下だった。だから寛二はほかの寮生たちと一緒にテレビを見たりすることもない。ほかの寮生は二人部屋だが、彼だけが特例的にひとりで使っている。いちおう酒類は禁止されているが、寛二は四畳半の自室で毎晩、きまってビールを五本飲むのを習慣にしていたが、「舎監からは一目置かれ、確かに俺は立派な大人なのだ、と自分にいいきかせ」てもいた。

ある晩、寛二は外泊許可をもらって、車で近郊にある自分の家に戻ろうとしていた。寛二には子供はいなかったが、今夜は自宅でぐっすりと寝て、明日は漁師をしている友人と徹底的に飲むつもりだった。去年一年は、首都近郊の国際空港作りの飯場で、彼は仲間と毎晩のように浴びるほど飲んでいた。空港反対派の百姓や過激派の学生たちがやってきて、石や火炎瓶を投げたり、鉄パイプを振りまわして殴りかかってくることもあり、気が休まるひまもなかったからだ。

一年ですっかり嫌気がさしてしまった。「国はだらしがない。ひとにぎりのあんなわけのわからない連中のために、満足に空港も作れずにいる。本当に、国は情けない」、「あいつらは人殺しだ。この国にたてをつく、とんでもない大バカ者だ。思いだすと胸がむかつく」という思いを抱いて寛二は帰郷したが、どこにも仕事はなく、仕方なく海炭市のはずれにあるこの職業訓練校に入校したのだった。そして訓練校をでた来年の春には、「海峡の向うの原発」（おそらくは青森県大間の原発建設地）に働きに行く心づもりになっていた。週に一度、自宅に戻るのは幼なじみのたったひとりの友人と酒を飲んで、大いにはめを外すためなのだ。

しかし、自宅にもどる途中で寛二はスピード違反と酒酔い運転のかどで、覆面パトカーに捕まってしまうのだ。降りてきた二人のうち、二〇代の若い私服警官の言動になめられたと思い、寛二は頭に血がのぼって反抗的な態度をとってしまうのである。

そう思った途端、彼は腕を突きだしていた。ただ働いてきた、それだけの人生だ、それをこの若僧は、全部駄目だというのだ。そういっているのと同じだ。こぶしに鈍い痛みが走り、不意をくって二十代の私服があっけなく路上に引っくり返った。寛二は喚いた。自分で何を喚いているのかわからなかったが、声の限りをだしていた。四十代のほうが、腰に組みついて足払いをかけてきた。工業団地と反対側にあるアパートやシャッターを降した商店から人々が出てきた。若いほうも機敏に立ちあがり、一緒になって寛二を組みしいた。暴行、傷害、公務執行妨害という言葉が聞えた。

寛二は暴れつづけながら、首都近くの空港建設予定地の百姓のように、力のつづくかぎり暴れなければならないと思った。「あの百姓たちは間違ってはいなかったのだ」。寛二は若い警官のほうに唾を吐いた。翌日、警察から寛二が古くからある病院に一時的に収容されたという知らせを受けとったとき、職業訓練校では当然のことと受けとめられた。一〇日もたつと寮生のあいだで話題にも上らなくなったという結びの文でこの小説は閉じられている。ここにはむろん様々な問題が伏在しているが、一義的には国家権力に虐げられる民衆の抵抗、偏屈でまともでない寛二はそのシンボル機能をになっているともいえる。現代の経済格差の拡大のなかで、下積み労働者や非正規雇用者などの苦しみや鬱屈が伝わってくるような小説だ。

第二章の三番目の短編「ネコを抱いた婆さん」は、映画でも描かれた作品である。近代化の名のもとに膨張する商業主義にあらがって、昔ながらの生活を頑固に守ろうとする一家の物語だ。主人公のトキはもうすぐ七〇になる老婆で、農家の女らしくいつもかたくなに野良着とモンペで過ごしている。夫は五年前に死亡したが、後を継いだ息子夫婦が野菜を育て、それを埋立地にある朝の市場で売っている。しかし、村が市に編入されると、牧歌的だった風景が大きな変貌をとげるのだ。

何もかも徹底的に変わった。何年前からだろう。近所の農家は土地を売り払って、商店をはじめたり、幼稚園を経営したり、こざっぱりとしたアパートを建ててしまった。土地持ちだった有力者は市会議員に立候補して、みごとに落選した。キノコも畑も林もなくなって、かわりに海炭市の人間がどんどん越してきた。街は際限もなくふくらむ。トキには何がなんだか、わけがわからなくなってしまった。

さながら立松和平の土地と人との関係を描いた『遠雷』を想起させるような話である。トキの家にはさらに近くにできたレストランから、五頭しか飼っていない豚のにおいが臭いといって苦情がくるのだ。トキの家では豚のほかに十羽ほどの鶏と、愉しみのためにウサギを飼っているだけなのである。トキにはまるで言いがかりにしか思えないのだった。そのうえ新しい街づくりをするのだからといって、顔見知りの市役所の職員が立ち退きを求めてやってきたりもした。市役所や保健所からは折にふれて、豚の臭気のことで苦情がきていると電話がかかってくることもあった。ときどき説得に訪れる市役所の職員は、「ここでこのまま生活するのなら、本当にお宅だけ取り残されますよ」と警告したが、トキは頑として応じなかった。そのうちトキの家は「豚屋」と呼ばれるようになり、変り者の一家として物笑いの種になった。職員の言ったとおり、トキの家の両側はやがてアスファルトの道路になり、庭は産業道路に一メートルほどはみ出しているので、運転者の不満がたえることがなかった。

トキは土塀の向うの車の流れをみながら、「自分は海炭市の市民だろうか」と自問自答するが、名目上は市民なのであろうが、自分から市民だと考えたことはなかった。この二年間で、産業道路沿いにはマンション、プール、銀行、パチンコ屋、ファミリー・レストラン、本屋、喫茶店、中古車センター、歯医者、オーディオ・センター、モーテルなどが建ちならんだが、トキには用のないものばかりだった。

小説の終りごろになって、太って顎が二重になり脇腹がだぶついた老いた飼猫が姿をみせ、いつものようにトキの膝のうえに乗ってきた。表題の由来なのであろうが、「猫は静かに安心してトキに身をまかせきっていた」。この結びの文章で小説は閉じられているが、どことなく暗示的な一文である。『そこのみにて光輝く』でも拓児の一家は高層団地への入居を断ってサムライ部落にとどまるが、立ち退きを拒否するトキのかたくなな姿勢もそれに通底するところがある。観光都市の美観を守るためと称して、醜悪なもの、汚いもの、要するに異物を排除しようとする市の姿勢にトキは抵抗しているのだ。

「黒い森」も映画で採りあげられた物語だが、庶民の哀歓が伝わってくるような作品である。主人公の隆三は妻の春代よりも九歳年上で、来年には五〇に手が届こうとしている。隆三は市役所の職員で、運動公園のなかにある小規模なプラネタリウムに勤めているが、仕事は映画館の映写室のような小部屋のマイクでほんの少ししゃべり、あとは天体が映しだされるスイッチを入れ、それから説明を吹き込んだテープのスイッチを入れるだけだ。一家は八畳と六畳のアパート暮しだが、高校一年のひとり息子の勉はラグビーに熱中している。けっして裕福ではなかったが、一家はそれなりに平穏な生活を送っていた。

しかし、彼らの家に波風が立ちはじめるのは、春代が高校時代の女友だちがやっている飲み屋に勤めてからである。八畳と六畳のアパート住いをやめて、マンションを買いたいといいだしたからだ。勤めてからの春代はときどき酔っぱらって帰宅し、店はとっくに終わったはずなのに、夜中の二時、三時まで帰ってこないこともあった。ところが、三カ月ほどすると、月に二、三度、外泊するようにもなったのだ。

そのため隆三は何度となく口頭で注意し、二度ほど殴ったこともあった。どうしても飲み屋勤めをやめさせなければならない、と隆三は考えていた。浮気をうたがう隆三にたいして、春代は「冗談じゃないわよ。子供相手に贋物の星ばかり見せているから、そんなありもしないことを考えるんだわ」と強い口調で反論するのだった。

隆三はプラネタリウムに勤めるまえ、海岸通りにある製網会社の事務員をしていた。春代とは見合い結婚で、上司に勧められたからだった。結婚してからもう一七年になる。五年前に新築だったいまのアパートに引っ越してきた。アパートの周辺には森や林や野原、それに近所の農家の畑も残っていて、小学校の最終学年だった息子の勉が森と呼んでいたくぬぎ林に、七月の半ば頃になると毎晩、息子とふたりでコクワガタを取りに出かけたものだった。春代もおもしろ半分についてくることがあった。

それがいまはどうだろう。隆三が仕事を終えてアパートに帰ってきても、春代は飲み屋の勤めに出かけていて不在、勉はラグビーの練習で七時頃までもどらない。隆三はだれもいない八畳間のテーブルに置いてあった夕食を食べ、ビールを飲みながらテレビで野球観戦する。それが隆三のただひとつの愉しみだった。そして隆三はこのごろ思うのだ。「何かがほんの少しずつ狂いはじめている」と。

二、三年前から、息子が森と呼んでいたその林の三分の一は、木が切り倒され、砂利だらけの平地になった。まず最初に小さな建物ができた。喫茶店かと思っていたら、交番だった。続いて、その隣に、青いタイル張りの五階だてのマンションが建った。その頃にはほかにもあった狭い林は次々とマンションになり、息子もコクワガタのかわりにラグビーに熱中しはじめた。カブト虫について教えてくれた農夫が、自分の畑を潰して、ファミリーマートの経営者におさまったのもその頃だ。今ではすっかり商売も身について、夜遅くまで店番をしている。

七時過ぎに息子が帰ってきたが、父親とはほとんど言葉をかわすことはない。「母さんに今の仕事をやめてもらいたいだろう」と隆三が口にしても、「父さんの問題じゃないか。自分で何とかしなくちゃいけないのに、俺にきいたって」と応じるだけだ。さらにビールを飲んでも心地よい酔いはまわってこない。隆三はいたたまれなくなり、サンダルをつっかけ、懐中電灯を持って、衝動的に何年ぶりかでまだ残っている森のなかに入ってみた。不思議な心の動きだった。夜の森のなかで春代がもどったら、「鼻血が出、青アザができるまで殴ってでも、絶対に店をやめさせる」とあらためて決意するが、そのとき身内から叫び声があがり、激しく身ぶるいをした。両腕を胸にまわし、きつく身体をしめつけたが、身ぶるいはおさまらなかった。この描写がラストシーンになっている。

作品を通読すれば、表層的には哀れな中年男の物語にみえるが、その奥にはまぎれもなく社会批判が隠されている。佐藤泰志の作品系譜は青春小説からはじまり、結婚後のアルコール依存症に苦しむ主人公のいる家族小説、そしてこの『海炭市叙景』のような社会批判を内包した小説へと変化してきたが、自死によって未完に終わってしまったのは残念である。もし生き続けたなら、さらに社会性のある私小説風作家に変貌をとげたのではないかと想像されるからだ。

『海炭市叙景』の文学様式はそれまでの佐藤作品にみられないものであり、自分を中心とする周辺世界から第三者を主人公にした未踏分野に踏みだした、画期的な連作形式の物語群といえるものである。小学館文庫版の「解説」で川本三郎が指摘しているように、佐藤はこのような語りの形式をアメリカ文学のシャーウッド・アンダーソンの『ワインズバーグ・オハイオ』、ないしはソートン・ワイルダーの戯曲『わが町』などから学んだと想定されるのだが、海炭市という架空の都市のなかで生きる市井の人々を焦点化することで、「作者が自分の分身的存在を中心において作品世界を作るという窮屈さから解き放たれたことが大きかった」（福間健二、小学館文庫所収「単行本解説」）のである。

佐藤はこの新しい物語群の舞台として架空、虚構の都市である「海炭市」を考えだした。「海炭市」とはいうまでもなく故郷の函館市のことである。少し読めば、おおかたの読者は函館市だとたやすく見当がつく。それなのになぜ虚構の別名にこだわったのか。現実の都市名にすると束縛されて窮屈になり、表現の幅が狭められてしまうからである。現に函館には海底炭田はなかったし、虚構の名前にすることで北海道のどこかの海岸部にある炭鉱、たとえば釧路炭田などを連想することも可能になってくるからである。

たぶん炭鉱の閉山でかつて日本の炭鉱の町が不況であえぎ、炭鉱離職者の再就職が全国的な問題になったことがあったが、それを津軽海峡の海底トンネルの開通、造船業の国際競争力のはなはだしい低下のため、函館ドックの従業員大量解雇という、函館市のさびれたイメージと重ねるために「海炭市」としたものとも考えられるのである。現に佐藤は『海炭市叙景』をはじめいくつもの作品で、函館市民は観光客のおこぼれで生きるしかないと慨嘆しているからだ。

ただ故郷の函館への思いは、評論家の亀井勝一郎を例外とすれば、ほかの函館出身の作家たちのなかでは群を抜いている。それは愛憎の入りまじったものであったにせよ、自死の瞬間に向ってだんだん強くなって行ったように思われるのだ。その絶頂は『そこのみにて光輝く』や『海炭市叙景』などの作品であろうが、佐藤泰志は初期作品のころから多くの作品で明示はしてはいないが、函館を舞台にしたり、函館のことを主人公に望郷的に語らせたりしてきたのだ。

しかし他方では、故郷の再発見はたんなる郷愁などではないとする意見もある。福間健二は小学館文庫『海炭市叙景』の巻末に併載された「解説」のなかで、「故郷函館の地誌的な記憶が彼の中には鮮明にあったと思うが、それをなつかしむような意識とは彼は無縁であった。むしろ、いまの日本のどこでもありそうでどこにもない地方都市を自分の言葉でつくりあげ、そこに人間に対するありったけの思いを注ぎ込める集合的な『生』の全体を出現させたかったのだ」と指摘している。

たしかに佐藤の作品を読めば、故郷の再発見は手ばなしの郷愁などではなく、「いまの日本のどこでもありそうでどこにもない地方都市」、つまりは虚構の都市を設定することで、そこに住む市井の人々の人生模様を描こうとしたから、架空の「海炭市」が呼び出されたのである。ただフィクションとして難点だったのは、そこが函館市だとあらかたの読者に分かってしまうことであり、結果として抽象性や普遍性を弱めることになったことも否めない。

ただ佐藤は「十年目の故郷」(『佐藤泰志作品集』所収)というエッセイのなかで、こんな風な言い方をしている。「故郷に対する愛憎がいいとか悪いとか、そういう問題ではない。どんな情況でもどんな年齢でも、故郷とむきあわねばならない時というものは確かに」ある。まさしく佐藤にとって『そこのみにて光輝く』や、遺作となった『海炭市叙景』を書いたときがそうだったのだ。

ここまで佐藤泰志の文学的営為を概観してきたが、そのなかでもっとも強く感じるのは、人間が心から好きだったということである。とりわけ貧しい人々、虐げられた人々、社会的弱者にそそぐ眼差しには慈しみがあふれている。福間健二はその評伝のなかで、「佐藤泰志がこだわりつづけたのは、たとえば、傷つき、敗れるしかない者へのやさしさとシンパシーが、冷静さとフェアプレーの心の動きを上回りながら行き場を失ったり、この世の理不尽さを心ならずも体現したりすることへの、不安と恐れの物語だ」と結論づけている。

その佐藤泰志が自宅近くの植木畑で自殺体となって発見されたのは、一九九〇(平成二)年一〇月一〇日の朝、四一歳のときだった。一〇のつく月日の自死は覚悟のうえのことだったのか、またその理由はなんだったのか、だれにも分からない。ただその自殺によって、ひとつの稀有な文学的才能が失われたことは事実だ。生きて書きつづけていたら、文壇の一角に隠然たる地位を占めていたことはまちがいあるまい。

第九章　トポスとしての函館——辻仁成の作品

異色の芥川賞作家

佐藤泰志《やすし》の函館西高校の後輩に芥川賞作家の辻仁成《ひとなり》がいる。辻仁成はいわゆる純文学分野ではいささか異色の存在で、そのマルチな才能を発揮して小説家や詩人や劇作家としてだけではなく、ロック歌手や映画監督としても大いに活躍をしている。二〇〇三（平成一五）年、四四歳のときに活動の拠点をフランスのパリに移し、いまもパリを居住の中心にして日本語で執筆活動を行っている。イギリスに帰化したノーベル賞作家のカズオ・イシグロ、あるいはドイツに居住して作家活動をしている多和田葉子を例外とすれば、外国に滞在するだけでなく現地で生活しながら、日本語で執筆している作家としては稀有な存在でもある。

『辻仁成——作家の未来』の巻末に付された「年譜」によれば、辻は一九五九（昭和三四）年一〇月、いまの東京都日野市に生まれている。その後、保険会社社員の父親の転勤にともなって、小学生のころはおもに福岡で過ごしたが、小学校五年生の冬に北海道の帯広に転校している。自伝的エッセイの『そこに僕はいた』のなかで、辻はこの南国から北国への転校について、「気温差六十度の移転だった。帯広という街は、雪に閉ざされた極寒の街だった。外に出て遊ぶこともできず、僕の読書癖はそこで本物となった」と告白している。

作家の下地をつくる読書習慣はこの帯広時代に形成されたものだが、帯広にいたのは中学二年までで、一九七四（昭和四九）年三月にはまた帯広から函館の宝来町に転居している。四月からは函館市立潮見中学校（現青柳中学校）三年生に編入ということになったが、潮見中学校は市電谷地頭《やちがしら》線の宝来町電停から函館山の山麓方面にある学校で、石川啄木の歌碑がある函館公園や護国神社などが近くにある。

潮見中学を卒業後、辻仁成は北海道立函館西高校に入学しているが、すでに述べたように先輩には国民的歌手の北島三郎、作家の佐藤泰志などがいる。またこの学校は映画やテレビドラマの撮影などによく使われる八幡坂を登りきった山腹にあり、市内でも風光明媚な場所として知られている。辻は『そこに僕はいた』のなかで、次のように書いている。

僕は十八歳だった。卒業式の日、僕は教室の窓側の一番後ろの席に腰掛けて、じっと眼下に広がる函館の市内の景色を眺めていたのである。僕が通っていた高校は函館山の中腹にあって、そこから市内を一望することができた。まっすぐ港まで伸びる石敷きの坂道にはまだ雪が残っていた。教会、煉瓦造りの倉庫群、碇泊する青函連絡船、トタン屋根の北海道独特の家々、そして遠く綿々と連なる雪を抱いた道南の山々、更にはてしなく続く澄みきった青空。

この回想文は眼下に広がるいかにも函館らしい、エキゾチックで雄大な風景をあますところなく伝えている。辻はこんな景色をみながら、高校時代から精妙な芸術的感性をみがいてきたわけなのである。

しかし、たまにテレビでみかけるミュージシャン風の姿からは想像もつかないほど、辻には硬派なところがあった。意外にも高校時代は柔道部だったのだ。函館西高校の柔道部は学内でもっとも硬派とされる運動クラブで、上下関係がはなはだ厳しかったというのだ。またこの柔道部時代には、先輩の家が新聞の集配所をしていた関係で、福岡の小学生時代からの念願だった新聞配達も経験している。

『そこに僕はいた』所収の「新聞少年の歌」というエッセイによれば、辻が配達を担当していた地域は、家があった宝来町から青柳町にいたる四百軒ほどだったが、思いのほか重労働で雨の日も風の日も台風の日でも、タスキにいっぱいの新聞をかかえて、坂の多い函館の街を噴きだす汗をぬぐいながら走りつづけたというのである。

高校に入学してから柔道部に所属したことから、辻は硬派のスポーツマンに思われがちだが、それとはイメージ的に正反対の文学や音楽活動にも青少年時代から熱心だった。たとえば「年譜」によると、帯広の中学に入学した一三歳のときに、「レイモンド・ラディゲを知り文学に目覚める」とある。一九七四（昭和四九）年、函館の潮見中学三年に編入した一五歳のときには、その年の一二月にガリ版印刷による初めての詩集を仲間たちと共同出版している。そして「この頃詩人になりたくて仕方がなかった」と書いている。

一九七五年、高校に入学した年だが、柔道部に所属しながら初めての長編小説、『ミッドナイトブルー』（未発表）を書きあげている。「自筆年譜」なのであろうが、一六歳で長編小説を執筆するとは佐藤泰志に劣らず、きわめて早熟な文学的才能だといわなければならない。だからなのであろう、「年譜」には「この頃作家になることを決意する」と記されている。

その一方で、ジャズ喫茶「想苑」に入りびたり、ジョン・コルトレーン、マイルス・デイビスなどを集中的に聞いていた。戦後の函館出身の小説家はジャズが好きなのか、佐藤泰志が一八歳で優秀賞うけた第五回有島青少年文芸賞の短編、「市街戦の中のジャズメン」のタイトルにも「ジャズ」が用いられている。また友人から渡されたジャック・ケルアックの『路上』、その翻訳初版本を読みショックをうけるともある。

一九七六年、一七歳のときには函館市民会館で初めてのロックフスティバルを企画し、みずからもギターを弾いて出演したという。この頃から真剣に本を読みはじめ、松風町にある森文化堂に入りびたり、ケルアック、ポー、ホーソンなどの読書に没頭するとある。いまは閉店しているが、そのころ「森文化堂」は函館を代表する書店であり、私も受験雑誌や参考書や文庫本を買いに行ったことがある店だ。

一九七八年、高校を卒業した四月に東京都田無市に転居し、浪人生活を父親の社宅ではじめた。そして翌年、二〇歳のときに成城大学経済学部に入り、映画研究会に入部してシナリオを書きはじめる。この頃、「映画監督になりたくて仕方がなかった」ので、日をあけずに映画を撮っていたというのである。小説のほうはスランプで、創作は一時中断の状態だった。一方、バンドも結成して、豪徳寺のアパートで一人暮らしもはじめている。

一九八〇（昭和五五）年九月、二年生のときに成城大学を中退した。一二月、ロックバンド「ＱＵＡＲＫ」を結成する。翌年、バンド名を「ＥＣＨＯＥＳ《エコーズ》」に改名してバンド活動を継続する。ＣＢＳソニーから何枚もアルバムを発表して、若者中心によく知られたバンドとなった。こうした音楽活動のかたわら、小説の創作も再開して一九八六（昭和六一）年には、小説「アンコールは何をやろうか」を書いて、文芸誌『海燕』に応募して二次予選を通過した。一九八七年四月、ツアーの合間に二週間で小説『ピアニシモ』を書きあげ、ツアー先から投函した。この作品は一九八九年一〇月、第一三回すばる文学賞を受賞した。この受賞をきっかけに、本格的な執筆活動をはじめることになった。

一九九〇（平成二）年一月、単行本『ピアニシモ』が刊行され、のちに文庫版にもなった。辻仁成にとっては商業文芸誌に初登場となったこの作品の内容は、東京の中学校でイジメにあって不登校になった中学生の「僕」と、おなじ不登校のサキという女の子が伝言ダイヤルを通じて知りあい、電話で近況を報告し合いながらおたがいの孤独をいやしてゆくという物語だ。

単行本の『ピアニシモ』が刊行されたのとおなじ一九九〇年、書きつづけていた『機密の翼』を『クラウディ』と改題して、文芸誌『すばる』五月号に発表した。六月には単行本が発売され、一九九三年には文庫になった。『クラウディ』は一九七六（昭和五一）年九月六日、函館空港にソ連の最新鋭戦闘機一機が強行着陸し、パイロットのベレンコ中尉がアメリカに亡命するという現実に起こった事件に触発された主人公が、函館から上京して印刷所に勤めながら、みずからの亡命願望をいかに実行しようかと腐心する姿を描いている。

一九九一年五月、辻は東京日比谷野外音楽堂でのライブを最後に、一〇年にもおよんだバンド活動に終止符をうち「エコーズ」を解散した。その後、ソロ活動に小説やエッセイ集の出版、さらに詩の朗読会や自作戯曲の舞台演出なども試みたりした。一九九三年一一月、『ミラクル』を刊行したが、この作品はメルヘン風の童話だが、第四〇回青少年読書感想文の課題図書になった作品だ。

外国が舞台となっている童話で、有名なジャズクラブのピアノ弾きだった父のシドが、アルコールに溺れるようになりながら、息子のアルを連れて他国に演奏旅行に出かけるようになる。シンガーであった妻はアルを出産したときあえなく絶命していた。しかし、アルは母親の不在を疑問に思っていて、自分だけにみえる二人の幽霊に見守られながら、いつか帰ってくるものと信じ込んでいるのだった。

作品に函館がどう描かれているか

一九九四（平成六）年一月、文芸誌『新潮』（一九九三年一二月号）に発表した小説、函館を舞台とする『母なる凪《なぎ》と父なる時化《しけ》』が第一一〇回芥川賞の候補作となる。一九九六年一月、小説『アンチノイズ』を出版するが、この作品は第九回三島由紀夫賞の候補作となっている。そして翌年の一九九七年には、函館を舞台とする『海峡の光』で、第一一六回芥川賞を受賞した。さらに同年には芥川賞受賞後第一作の長編小説『白仏』を刊行している。この作品は作者の祖父をモデルにした小説であり、単行本巻末の「付記」において執筆の動機のひとつとして、なぜ祖父が佐賀県大野島村に生きた人々の埋葬された骨で一体の白仏を作ったのか、という謎を個人的に解明することで自分のルーツを探ってみたかったと述べている。『白仏』は現にそのような内容の小説であり、フランス語にも翻訳された本作品は一九九九（平成一一）年、フランスの代表的な文学賞のひとつであるフェミナ賞の外国小説賞を日本人として初めて受賞している。

この『白仏』出版以後あたりから、辻仁成の小説は外国を舞台とする作品が多くなり、たとえば単行本が一九九九年に刊行された『冷静と情熱のあいだBlu』の場合、主たる小説の舞台はイタリアのフィレンツェであり、その古色蒼然たる街で絵画の修復士をしている日本人青年が主人公の恋愛小説となっている。

そのほか辻仁成には『千年旅人』のようなすぐれた作品がある。この短編集には自殺願望の主人公が登場する「砂を走る船」、恋人の事故死を扱った「シオリ、夜の散歩」、そして仕事のためインドネシアの島に長期滞在している番組制作会社の男がでてくる「記憶の羽根」などの作品が収められている。『幸福な結末』は、角膜の提供を受けたベルギー人女性が、提供した日本人男性をさがして東京までやってくる話だ。恋愛小説の名手といわれる辻らしいメロドラマチックな小説である。

『右岸（上・下）』は日本とパリを主たる舞台として、日本人の超能力者の苦難にみちた生涯を描いた大作だ。『オキーフの恋人　オズワルドの追憶』は一種のパラレル・ワールドの手法を用いたミステリーで、村上春樹の『1Q84』の作品世界を想起させるところがあるが、単行本の刊行は辻のこの大部の小説のほうが先だ。

『日付変更線（上・下）』は、第二次世界大戦のヨーロッパ戦線において、大きな戦績をあげた442日系アメリカ人部隊の活躍を、孫の目を通して問い直した秀作である。とりわけ戦闘の描写は生々しく迫真力があり、辻仁成の代表作のひとつといっていい。

辻仁成は上記のような主要作品のほかに、いまだ旺盛な創作活動をつづけている現役作家だが、愛着のある函館を舞台とする小説、あるいは函館がエピソードに登場する小説をいくつも書いている。たいがいが初期作品に集中しているが、佐藤泰志は小説の地方都市が函館だと明示しなかったのに反して、辻ははっきりと函館という固有名をだしている。二人は函館西高校の先輩と後輩という関係にとどまらずに、文学的類縁性もあるとの指摘がある。たとえば、瀬々敬久は「本棚には佐藤泰志の本は一冊もない」（『佐藤泰志　生の輝きを求めつづけた作家』所収）というエッセイのなかで、辻に関して次のような言い方をしている。


直接訊いたことはないが、函館を舞台にした彼の小説には佐藤泰志の影響が大きくあったような気がする。その後、辻の『母なる凪と父なる時化』を映画にしようという話が起こって、彼と一緒に函館を見て回ったことがある。佐藤泰志がたびたび描いた、函館山の麓を中心にした街の雰囲気、たとえば市電のパチパチという火花の明滅が夜の闇に浮き上がる十字街の停留所、それらが生々しいものとして目の前に現れた。佐藤泰志が生み出し、辻仁成が引き継ぎ描いた北の街の一瞬の夏に哀感漂う雰囲気。

さらに佐藤泰志と辻仁成の交友圏には福間健二という詩人がいた。福間によれば、佐藤とは一九七三（昭和四八）

年に出会い、その死まで文学的友情を育んできたことが、浩瀚《こうかん》な評伝『佐藤泰志　そこに彼はいた』に書かれてある。また自死の翌年の一九九一（平成三）年三月には、みずからが主宰する雑誌『ジライヤ』（六号）で、佐藤泰志追悼特集を組んでいる。一方、辻の「年譜」をみると、一九九二年二月に福間が主宰する同人誌『ジライヤ』に参加し、連作詩「砂丘」を同誌九号に発表してから、本格的に詩作にも取り組むとある。翌年には福間と詩の朗読会も行っている。

辻は二〇〇三（平成一五）年から拠点をフランスに置きながら創作活動を続けているが、多感な高校生時代を送った函館という街が、辻の創造的想像力をもっとも刺激したことはまちがいない。現に辻は『函館物語』のなかで、わずか四年しか過ごしていない函館の占める位置はとてつもなく大きいと述べ、次のように説明している。

何故、私が函館にこだわるのか。過ごした四年という短い時期が、私にとっては最も多感な青春期だったことは否定できない。しかし私が函館にこだわる理由はそれだけにはおさまらない。函館というこの歴史のある港町自体が持っている幻想的なトポスが私にいまだに何かを投げかけてくるのである。まるで町自体が一つの生き物のようで、町が発する粘液にからめ捕られ、すっかりその魔力に包囲され、身も心も虜にさせられてしまったかのように。

辻が函館にこだわるのは多感な中学三年から高校時代をふくめた四年間、函館で暮らしただけではないというのだ。函館が持っている、いうにいわれぬ「幻想的なトポス」が、さながら「一つの生き物」のように自分を魅するというのである。つまり「幻想的なトポス」とは、函館という街が放出する異国情緒的なイメージ群のことであり、外国への親和性のようなものなのだ。新島襄やジャック・白井が密航場所に選んだのが、まさしく函館というトポス＝場所だったのも不思議ではない。

しかし、辻仁成が『函館物語』で強調しているのは、函館の魅力とは観光客が訪れるような景勝地、ないしは名所旧跡ではないということだ。そうではなく「私が勧めるのは、観光客が決して押し寄せない入舟町の漁村を覆い尽くす広大な虚無だ。その虚無こそ、函館でしか味わえないもっとも函館的な空気」であるというのだ。『母なる凪と父なる時化』の舞台をみるために私も入舟漁港から穴澗《あなま》海岸まで歩いてみたが、辻がいっていることが分かる気がした。観光名所の教会群や外国人墓地からそれほど離れていない、観光客がほとんど足を踏み入れることのないところに入舟町の漁村があるが、そこには「広大な虚無」といえないまでも、日本的抒情を刺激してくる侘びしさや淋しさが広がっていた。そこには日本の漁村の原風景があったからだ。

それでは辻にとって函館の魅力とはどこにあるのか。『函館物語』のなかでこう述べている。

大森海岸の力強い海の響き。住吉漁協の寂れきった哀惜。立待岬から望む切り立った岩山、船見町、入舟町の物悲しい哀愁。船見坂、日和坂、二十間坂、八幡坂など、一つ一つ顔の違う函館の坂道。観光コースから離れてそういった場所を歩いてみると、誰もいない海岸では鷗がしずかに出迎えてくれたり、ひとけのない坂道では黒猫が擦り寄ってきたりする。名もなき埠頭から見る警備艇や漁船の輪郭、霧のかかった道を早朝に走る路面電車などなど、この街のそこかしこに横たわるものは、それだけで人々の中に眠るそれぞれのノスタルジーをくすぐってくるのだが、それは現世の記憶だけではなく、遠い過去の記憶もよびさます磁場を持っているようだ。

私が読んだかぎりでは函館を舞台とする小説、あるいはエピソードなどに登場する小説は、ほとんどが初期作品に集中している。『クラウディ』、『母なる凪と父なる時化』、『アンチノイズ』、『ニュートンの林檎（上・下）』、『海峡の光』などが代表的な作品だが、それらの作品では函館がどう描かれているかを紹介してみたい。

『クラウディ』

この作品はすでに言及したように、一九七六（昭和五一）年九月六日、函館空港にベレンコ空軍中尉の操縦するソ連の最新鋭戦闘機が強行着陸し、アメリカへの亡命申請をした大事件を下敷きにしている。集英社から単行本が刊行されてから文庫になり、学校図書館ブッククラブ高校部門の選定図書にもなった作品である。ストーリーラインに通俗性がみられるものの、辻の主要作品のひとつと考えられる。外国から日本を経由しての亡命者の出現など想定できない事態だったので、当時は大きな事件として報道された。函館空港はなぜか事件の起こる空港で、一九九五（平成七）年六月には全日空機のハイジャック事件が起こり、函館空港に着陸した同機にたいして、日本で初めて強行突入が実行された事件としても知られている。

『クラウディ』は現在から過去を回想する小説形式を採用している。東京の小さな印刷会社に勤める三〇歳になろうとする「僕」が、一六歳の高校生のときの自分の行為を回想するところから物語がはじまっている。「僕」は飛び降り自殺しようとして、函館西高校と思われる学校の屋上の高いフェンスによじ登り、三メートルほどのフェンスの一番上に一気に足をかけ、ぐいと体をまえに押しだした。そして今生の別れに、眼下に広がる函館の市街を俯瞰した。

ちょうど真下を石敷きの坂道が、まっすぐ函館港までのびているのが見える。古いレンガ造りの倉庫やロシア正教会が建ち並び、右手に十字街、左手に函館ドック、そして湾に浮かぶ青函連絡船と、次々に視野に思い出の景観が跳び込んできた。それは、観光地函館にふさわしい景色だった。昼も過ぎていて、太陽は高く、晴々しい牧歌的なのどかな気候は、自殺をするにはあまりベストの状態じゃなかったかもしれない。

「僕」はいままさに校舎から飛び降りて自殺しようとしているが、その理由として作中で説明されているのは、「この不景気なくせにのどかな、釈然としない、田舎町に絶望していた」からだというのだ。父親と同じように函館ドックの工員になり、しがない生活を送るであろう自分の将来を悲観し、すっかり厭世的な気分になってしまったというのだ。しかし、異変が起きたのはそのときだった。

僕の体が大地と垂直になった次の瞬間、正面の碧空に、突如黒い影が現われた。影はみるみるうちに速度を増し、膨脹し、ものすごい勢いで僕の頭上を掠めた。バリバリと大気の破れる音が、あたりを包み、大地が震え、太陽が遮られた。金属的に輝くその巨大な影に煽られ、バランスを失った僕は、空気を掻きながら、屋上に落っこちてしまった。

そのため「僕」は自殺するどころか、足の骨を折って入院するはめになってしまった。その日の夕方、病院に駆けつけた弟の情報から、ソ連のミグ25戦闘機が函館空港に強行着陸したことを知らされるのである。サカロフスカ空軍基地所属のベレンコ中尉は、日本を経由してアメリカに亡命することを望んでいるというのだ。

自殺することに失敗した「僕」は上京してから、写真の専門学校を卒業して、いまは東京の従業員が六人ほどのオフセット印刷の会社に勤めているが、この亡命事件はその後の「僕」に大きな影響を及ぼすことになった。「僕」もベレンコのような亡命願望に取りつかれてしまったからだ。

ただ印刷会社の勤務といっても、印刷物のほとんどが自販機本やビニール本ばかりなので、仕事にまったく生きがいを感じられないのに、仕事に追われるだけの後悔ばかりの会社勤めだった。そして、「仕事に追われ続けた朝、妻も子供もいない、二十九歳の男が、一人、洗面所の鏡の前に立ち、若さを失くした、自分の醜い姿に愕然と肩を落とすのだ」。

こうしたやり場のない苛立ちがピークに達すると、「僕」の足はおもわず東京で唯一の避難場所である、ナビのマンションに勝手に向いてしまうのだ。ナビは恋人で、上野動物園の飼育係をしている。そのナビにたいして「僕」は何百回となく、「ベレンコのように亡命者になりたい」と言いつづけてきたのだった。ナビはそのたびに、素敵ね、と微笑むだけだった。

そんなある日、渋谷のスクランブル交差点で信号待ちしているとき、高校の同級生だったスナフキンらしき男を見かけた。スナフキンの母親はソビエト人で、父親は日本人の貿易商だった。ひょうひょうと生きているその風貌が、

『ムーミン』に登場するスナフキンに似ていることが綽名のもとになっていた。クラスはちがったけれども、週に一度選択の体育の授業で必ずいっしょになった。

そのスナフキンが自殺したという報せが、「僕」の耳に届いたのは入院して四日後のことだった。ベレンコ中尉がアメリカにむけて飛び立ったという報道が、テレビから流れた直後のことだった。スナフキンのクラスはそのとき、立待岬で学外スケッチをしていたが、彼はクラスメートのまえでとつぜん靴を脱ぐと、短い間ありがとうと言い残して、大海原へダイビングしたというのだ。まる二昼夜、警察は付近一帯の捜索をつづけたが、一週間後にうち切られた。遺体は見つからないままだったので、遺族の生きているという主張で葬式は行われなかった。

信号が変わってスナフキンらしい男を見失ってしまったが、それから一週間後に「僕」の印刷所にスナフキンから電話がかかってくる。やはり本人だったのだ。教えられたとおりに会いに行くと、スナフキンは防衛庁の脇の迷路のような小路の奥で、小さなバーのバーテンをしていたのである。スナフキンの言によれば、溺死するつもりで海に飛び込んだが、泳ぎが得意だったので本能的に泳いでしまったというのだ。クラスメートの手前、さらに「僕」にもすでに遺書を送ってしまっていたので、引くに引けなくなって函館を離れることにしたというのだ。

表向きはバーテンをしているが、いまの本当の仕事は「亡命屋」だというのである。サラリーマンの失踪とか、会社社長の蒸発とか、政治犯とか対立抗争に敗れたヤクザの国外逃亡などを助けたりするのが仕事で、いわば「密出入国者仲介エージェント」であり、店はそのための中継点だというのだ。「僕」が亡命希望者であり、高校時代の同級生が「亡命屋」というのは都合のいい筋立てという気もするが、スナフキンからはともかく「亡命屋」を一緒にやらないかと誘われる。「僕」は決断がつかないまま返事を保留することにした。

その後、一九八三（昭和五八）年九月、ソ連戦闘機が領空を侵犯した大韓航空機を撃墜するという衝撃的事件が発生した。この事件を大々的に報道した新聞各紙には、驚いたことに、亡命したベレンコ中尉がアメリカ国防総省の依頼をうけて、そのときの交信記録を解読したと書かれてあったからだ。この報道によって、「僕の心の中で埋もれようとしていた亡命への熱意が、再燃することになる」のである。それまでの浮わついた気持を整理して、「僕」は亡命という行為をあらためてこう考えはじめるのである。

亡命。この響きは僕を捕えて離さない。人は誰もが一度は、平凡な日々からの離脱を夢みる。知能豊かな人間にとって、それは至極あたりまえの行為であり、人間の人間たる所以なのだ。満足しきった人間は、死を待つしかない。満たされることのない魂を抱えて、不毛の世界を彷徨い続けている者は、誰もが逆転を夢みて暮しているのだ。逆転と亡命。この二つの言葉が、今日も僕にのしかかっている。

しかし、スナフキンは「僕」の亡命志願を甘えだと断罪するのだ。甘ったれた空想だというのだ。亡命したところでバラ色の未来が拓けるわけではないというのである。このスナフキンの批判はあまりにも当然のことなので、「僕」の決意はまた揺れてしまうのだ。

「僕」は避難所たる恋人ナビのマンションに行ってみるが不在だった。ナビは「僕」との子供を妊娠したが、フェミニズム的な意志から中絶していた。「僕」はマンションのなかで何となく函館のことを思いだしてしまうのだ。

暗いナビの部屋の壁に（中略）、冬の函館の夜景が浮かびあがる。肌を切る風、吹きつける雪。真面目な砂州の上に、街の灯が碁盤状に広がっている。凍りつく岸壁に停泊する連絡船の汽笛が鳴り響き、低く、重く、横隔膜を打ち上げる。仲間達はヤッケを着て、耳かけを被り、白い息を何メートルも吐きだして、感動もなく、希望を凍結させ、終焉に囲まれた、浮上することもできない田舎町を、絶望の縁で見下ろし、高校の屋上で、言葉を失くしていた。函館には未来がなかった。

冬の夜の極寒の函館の景色だが、辻仁成はここで主人公に仮託して、「函館に未来がなかった」と語らせている。華やかな観光都市からは想像もつかない言葉だが、通過客としてではなく実際にそこで生活している人々にとっては、偽らざる実感なのであろう。そういえば佐藤泰志もいくつかの小説で、函館ドックが破綻して連絡船も廃航となった函館は、観光客のおこぼれでいきている街だと書いていたことがあった。

ところで「僕」がナビのマンションをでて、何気なく勤め先の印刷所に立ち寄ってみると、シゲさんという老人の従業員が刺殺されて倒れている。ベトナム難民の少年で同僚のラムが、同性愛をせがむ老人をカッターで刺し殺したのだ。ラムは姿をくらましていた。「僕」は函館時代の自分と若いラムがおなじように思われ、とにかく警察に捕まらずに逃亡してくれることを祈るのである。

その夜、「僕」は泥酔して夜の街をさまよった。ディスコがいくつも入っている派手なビルのまえに、ポルシェが一台とまっていた。路上に座りこんだ「僕」はそのとき、なぜかベレンコ元中尉の幻影をみたのだ。その幻影に押されるように「僕」は助走をつけると、ポルシェのボンネットのうえに飛びあがり、鉄パイプを所かまわず振りおろして、めちゃくちゃに破壊してしまったのだった。

空が白みはじめたころ、「僕」はアパートに逃げ帰った。鍵を使ってドアを開けようとしたとき、背後で物音がして振り返ると、ラムがゴミ収集用の収納庫の陰に隠れるように立っていた。ラムは「助けて下さい。逃がしてください」と懇願した。「僕」は少し考えてスナフキンに電話をかけた。「僕」とラムはスナフキンのところに行くと、夕刊の三面記事で事件のことを知っていた。スナフキンは金を稼いだから、「亡命屋」を辞めて明日メキシコに旅立つというのだ。ラムを一緒に連れて行ってもいいという。スナフキンとラムは夜になって晴海埠頭で貨物船に乗って日本を離れた。

スナフキンたちを見送ってアパートにたどり着くと、ナビから「僕」のところに電話があった。ナビも日本を離れることにしたというのだ。「僕」は受話器を握りしめたまま、どうしていいか分からず、ただ身体を震わせていた。スナフキンとラムだけでなく、ナビまで日本を離れようとしている。亡命をさんざん公言してきた自分だけが日本にとどまることになる。

「僕」はナビを引き留めるために、スナフキンの車に乗って猛スピードで、彼女の勤める夜の上野動物園に向った。ナビはオラウータンの檻のまえにいて、ちょうど母親が流産したところだと言うと、自分の中絶と重ねたのか涙を流すのだ。「僕」はナビを慰めるために、彼女を強く抱きしめるところで小説は終わっている。

通俗的で筋の運びが都合よすぎるところがあるが、辻が函館を舞台にした最初の小説であり、街の雰囲気がよく伝わってくる秀作である。

『母なる凪と父なる時化』

『母なる凪と父なる時化』は『新潮』（一九九三年一二月号）に発表され、第一一〇回芥川賞の候補作になったものである。単行本は一九九四（平成六）年五月に刊行され、一九九八年には文庫に入った。『クラウディ』の舞台は函館と東京だったが、この作品の舞台は函館だけであり、作者の高校時代を背景としている。

物語の発端は保険会社に勤める父親が、函館営業所の所長に転属になったのを機に、一家が住みなれた東京から函館に引っ越すことになったことにある。ひとり息子で語り手の「僕」（＝セキジ）は函館にくるまで、登校拒否という状態にあった。高校一年の夏、同級生たちにリンチにあってから、ずっと学校に通っていなかったからだ。学校という集団生活の場になじめないタイプの人間だったのである。こうしたイジメ問題は処女作の『ピアニシモ』から描かれている。

主人公が不登校から脱却できるのは、函館に転居してからである。環境の変化が奏効して、転校生として新しい高校（函館西高校と思われる）に通学するようになるからである。初めて登校した日、「僕」はクラスの連中のざわめきに迎えられる。別の組にいるレイジという同級生と瓜ふたつだというのだ。まるで双子のように似ているので、学校中の話題になっているというのである。しかし、そのときレイジは停学中だったのだ。

「僕」がレイジと初めて顔をあわせるのは学校の階段で、レイジのちょうど停学が明けた日だった。レイジは「僕」をみて、びっくりしていた。翌日も青柳町のジャズ喫茶「エストラゴン」で出くわした。その日のうちに、「僕」たちは友達になった。そのときレイジは一緒に密漁をやらないかと持ちかけてきたのだ。レイジはよくウニなどの密漁をしているようだった。

しかし、皮肉なことにレイジの父親は密漁を見張る「沿岸監視員」をしているのだ。

レイジの家は函館山をはさんで東端と西端、立待岬と対極にある穴澗《あなま》海岸の集落のはずれにあった。穴澗海岸は入舟漁港の近くだが、「採石の為に削り取られた山肌が痛々しく広範囲に露出し、その後方は穴澗の岬を望む鬱蒼とした木々に包まれた立ち入り禁止区域となっていた」。レイジの父親はそんなところで一日中、岩の上に坐って海を監視しているのだ。

このレイジの家では二〇代なかばの姉、男みたいな名前の「マコト」にも紹介される。

短い夏休みがはじまり、「僕」は不良学生のレイジとさらに濃密な友情を築くことになる。毎日つるんでビリヤード場でたむろしたり、夜はたいていジャズ喫茶で遅くまでくだをまいたりしていた。また夜の繁華街の裏通りでは、レイジと一緒になって中年の酔っぱらいサラリーマンを殴りつけ、路面電車でふたりして逃げたりもした。そのとき「僕」が目にした夜の街は、次のように描かれている。

　電車の窓越しに見る市内の景色はまだ八時だというのに暗く、沈んでいる。ぽつぽつと見える家々の明かりが、百万ドルの夜景と言われるこの街の観光名物を構成しているのかと思うと不思議な気さえした。引っ越してきてすぐ、両親と一緒に登った函館山の頂上から見た夜景は、確かに美しかったが、ぎしぎしと軋みながら走る路面電車の中から見る夜の景観はうらぶれていて湿っぽかった。

佐藤泰志もそうだったが、辻仁成もここでは通過する観光客ではなく、生活者の実感から市街を眺めている。けっして手ばなしで函館を礼賛することはないのだ。

このようにレイジとセキジは高校生にしては、かなり荒っぽい無軌道な夏休みを過ごしている。立待岬の海水浴場ではレイジの恋人で、看護婦のハルカを紹介される。ハルカの父親は地元の有力者だが、漁師の息子で高校生のレイジとつき合っているが、のちにセキジとも性的関係を結ぶことで微妙な三角関係になる。

そして小説のクライマックスのひとつが、暴力団の男たちに誘われてレイジと「僕」が密漁行為に加わるときに訪れる。密漁は函館港の花火大会が行われる日の深夜に決行することになっていて、「僕」が待ちあわせの場所の谷地頭《やちがしら》の電停に行くと、レイジの姿がみえない。仕方なくレイジを探しながら電車通りを渡り、密漁船がでる住吉漁港と思われる近くの小さな漁港に向った。レイジは地回りで暴力団員の山谷という男に誘われ、「僕」はレイジの口利きで密漁に加わることになったのだ。

堤防沿いの道を歩いていると、まもなく小さな漁港にでた。密漁団なのか入江の隅の方でこそこそと人影が動いているのがみえた。潜水服をきた男もいて、ちょうど二隻のボートに船外機をふたつずつ取りつけているところだった。それを物陰からみていた「僕」はとつぜん、後ろから大きな男にはがい締めにされたが、レイジが自分の連れだといってくれて、事なきを得たのだった。

やがて二隻の船はならんで漁港をでた。沖にでて周囲を警戒してから、エンジンをかけた。一隻に四人ずつ乗り込んでいた。そして穴澗の岬の裏側、密漁を防ぐために設けられた、照明の明かりが届かない暗闇のなかに停泊した。「僕」は船に残され、監視船がこないか見張る役をさせられた。見張りのほかは全員、酸素ボンベを背負って海に潜り、アワビを採っていた。三十分ほどすると、潜っていた男たちが網袋をアワビで満杯にして、次々に戻ってきた。そのときだった。函館ドックの方角の堤防から、大きなエンジン音をたてて船影が現れたのだ。五トンほどある監視船が、フルスピードでこちらに向かってきた。

「僕」たちは逃げたが、監視船が追尾してきた。函館山のちょうど真裏に差しかかったとき、何かが海に落ちたような音がした。振りかえると、山谷の姿がみえなくなっていた。レイジが舵を取り、「僕」と大男を乗せたボートはどうにか逃げきった。「僕」は事故だとは思わなかった。レイジが足で山谷の背中を蹴ったのではないかといまだに思っている。レイジの姉のマコトが山谷にレイプされて、すすり泣いているところをレイジも「僕」もみていて、この男だけは許せないと怒りを燃やしていたからだ。結局、山谷の死体はいつまでも上がらなかった。

小説の最後は繁華街でレイジに間違われて、「僕」とハルカが不良学生たちに取りかこまれ、「僕」が気を失うほど殴りつけられて、地面に倒れたところで終わっている。意識が薄れてゆくなかで、「僕」は函館の風景をこう思い浮かべるのだ。

山背風が吹いているのか。僕はもうほとんど何も感じなかったが、吹き抜けていく風の音を聞いた気がした。色褪せた港町の路地裏で僕はうずくまり、アスファルトに耳を押しつけていた。そこには過ぎていこうとする夏の余韻があった。錆びついたロープウェー、学校まで続く石敷きの坂道、ロシア教会、煉瓦造りの倉庫群、港に接岸された漁船、外人墓地、北の街はまもなく、色を失っていき、熱は奪われ、このままどんどん冷えて沈みこみ、いずれ雪に包まれ、しっとりと深く閉ざされ固まり、来年の春まで凍結してしまうのだろう。

ここに描かれているのは典型的な函館の心象風景である。辻仁成の函館にたいする強い愛着が感じられる文章である。文庫本の「解説」で川西政明はレイジの父親の存在の大きさを強調する一方で、函館という街について「中上健次における紀州、大江健三郎における四国の谷間の村、井上光晴における佐世保のように、『そこを出て』また『そこに還る』往還する場所である。函館は辻仁成にとってのトポスなのだ」と指摘している。その意味からすれば、『母なる凪と父なる時化』は辻の手になる函館讃歌といってもいい。

『海峡の光』

この小説は一九九六（平成八）年、『新潮』一二月号に発表された作品で、翌年の一月に第一一六回芥川賞を受賞した。翌月の二月に単行本が刊行され、二〇〇〇（平成一二）年には文庫に入った。函館の少年刑務所を舞台とする一作で、『クラウディ』『母なる凪と父なる時化』と同じようにいわば函館ものに属する作品である。

語り手の「私」は青函連絡船の客室係りから、函館少年刑務所の刑務官に転職した斉藤という家庭持ちの男である。

船を降りてまだ二年しか経っていなかったので、身体の中心部には船上にいたときの目眩《めまい》にも似た感覚が残っていた。しかし、この春からは船舶訓練教室の副担当官の職務につくことになり、海とまた向き合わなければならなくなったのである。この函館少年刑務所には全国でただひとつ、船舶教室と呼ばれる船舶職員科が設けられている。

辻はエッセイ集の『函館物語』において、函館少年刑務所の道をはさんだ向かい側には競輪場があり、「人々の歓声が届くこともあるという。誘惑と規律が隣り合わせにあるのも、何か不思議な人間界のカルマを感じさせる」と書いている。私も行ってみたことがあるが、函館駅前方面行きのシャトルバスが空港をでると、最初のバス停が湯の川温泉で、その次が競輪場前である。そこで降りて海峡通りの横断歩道を渡ると、左手の目のまえに異国風の赤レンガの塀がみえてくる。刑務所の正面に回ってみても、少年刑務所のためなのか、峻厳というより瀟洒という感じの建物群がならんでいる。

作中での説明にあるように、作品が書かれた当時の函館少年刑務所は年齢に関係なく、初犯で最高八年までの実刑を受けた者しか入所できない規則になっていた。一九六四（昭和三九）年からここは、受刑者の職業訓練を第一の目的として運営される総合職業訓練施設に指定され、公共職業訓練所の専修訓練課程に相当する授業や指導が取り入れられたのである。そのうちの船舶職員科は海洋技士の免許を取得することを目的としたものだった。

この春、船舶科で訓練をうける受刑者は総勢一〇名で、そのなかに「私」のかつての同級生の名があったことから、物語は動きはじめるのである。花井修という函館の小学校の同級生で、「私」を小学校時代に陰湿ないじめから救ってくれた優等生だったが、どことなくその善人ぶった「仮面」が気になっていた相手だった。花井は府中刑務所で五年半ほど服役したあとで、海洋技士の免許を取るために函館少年刑務所に回されてきたのだった。「私」は美少年だった小学生の花井しか知らなかったが、「今やすっかりくすんで窶《やつ》れきった、青年とは既に言いがたい男」になり果てていた。

担当刑務官が閲覧できる花井修の身分帳によると、いまから五年半ほどまえの二四歳の秋、花井は恵比寿の路上で会社帰りのサラリーマンを、所持していた登山ナイフで刺して重傷を負わせていた。花井は国立大学を卒業し、外資系の銀行に勤めており、そこでの人望も小学生時代とおなじように厚いものだった。杉並の実家で両親となに不自由なく暮らしていたが、結局は八年の刑が確定して服役したが、五年半の刑期をつとめたあとで、みずから望んで函館少年刑務所に移ってきたのだった。

「私」は花井とおなじ小学校に通っていたが、当時の花井は優等生で、クラスメートたちの人望も厚かった。漁師の息子で貧しく薄汚い「私」にさえ、まるで仏のように手を差しのべてくれ、五年生のときにはよく窮地を救ってくれたものだった。しかし、「私」はそのうちに花井の偽善的な側面に気がつくようになり、その「優等生ぶりに薄気味悪い居心地の悪さを感じる」ようになるのである。

そんな花井の心の闇がわかるようなことがあった。六年生に進級したばかりの春、人通りの少ない坂道の途中で、花井の少しまえを歩いていた老婆が躓いて倒れ、石畳のうえに転がった。しかし、花井はまったく助けることもせず、高慢な表情をかたくなに崩さず老婆の脇を通り過ぎたのだ。そのあとすぐに、今度は道路を渡ろうとしていた子犬を、後ろから追い立てて蹴とばしたのだ。「私」がそれを目撃していたのを花井に気づかれ、翌日から自分が残忍な苛《いじ》めの対象になってしまったのだ。そして彼が転校するまでの数カ月を、惨めに痛めつけられて過ごさなければならなくなった。

「私」は苛めからの脱出法として、中学は空手、高校はラグビーに打ちこみ肉体を鍛えた。しかも、あれからすでに一八年もの歳月が流れている。花井が刑務官になった「私」に気がつかないのも無理はなかった。「私が着ている制服や目深に被った制帽も充分彼を威圧したし、受刑者の前では無闇に微笑んではならぬという決まりがますます私の顔を変容させて、今の私は彼にとっては最も恐ろしい権威の壁となっているようだった」。

『海峡の光』は「現在」と「過去」を往還しながら叙述される小説だが、「現在」の脇筋として語られるエピソードのひとつに、「私」が青函トンネルの開通によって連絡船が廃航になる少しまえまで、客室乗務員をしていたということがある。連絡船の廃航は一九八八（昭和六三）年三月一三日であった。繁華街の小路の突き当りにある、連絡船乗務員がよく集まる古びた船員バーでも、連絡船の廃航と転職が話題になっている。青函トンネルが開通した後、民営化されたJR北海道が赤字運航の連絡船を残すはずもなかったからである。だから「廃航後の就職先がまだ確定していない者たちの不安の吐息がその時船員バーの沈黙の中を漂って」いたのである。

「私」はすでに刑務官に転職していたので、船員バーで「お前は賢いよ、民営化の噂が出た途端に転職だもんな」と同期入社で飲み仲間の機関士から厭味をいわれて、喧嘩になったりした。「私」がだれよりも早く陸の仕事についたのは、妻の懐妊があったほかに街が再就職者であふれるまえに、なんとかいい仕事につこうと焦っていたからだ。さらに父親も祖父の代からつづく底見《そこみ》の漁師で、ツブやウニやアワビを採っていたが、函館山のちょうど真裏の海で水死して、遺体も行方不明のままになっていたからだ。

そんな父の死を花井は報復の手段に利用し、小学生の「私」を侮辱した。「斉藤の父親は密漁者だった。だから、函館山の大神さまの怒りを買って、時化に飲み込まれたんだ」とあくどい噂を流して「私」を苦しめたのだった。しかし、刑務官になった「私」はかつての苛めに報復するつもりもなく、気づかれないように受刑者の花井を注視していた。彼が「虚飾の化けの皮を脱ぎ捨てて、裏側の性悪が露呈する瞬間を見極めたかった」からだ。

函館少年刑務所は一隻の訓練船、「少年北海丸」を保有していて、冬をのぞけば実習でよく沖にでることがあった。また夏には津軽海峡を渡って、青森港まで一泊二日の航海実習もあった。花井は船の舵取りをめざす甲板科に属していたが、だれよりも模範的にみえたし、じっさい刑務官たちの評判も悪くはなかった。「この男が残虐な傷害事件を引き起こしたことさえ忘れさせてしまう静謐があった」からである。

受刑者たちは、「少年北海丸」が係留されている埠頭まで、鉄格子で窓がふさがれた護送バスに乗せられて出かける。船長など法務技官や担当官たちは「私」がかつて青函連絡船に勤務していたことを承知してはいたが、受刑者たちには内緒にしていた。なぜなら、「看守の私は権力の壁としてのみ存在の意味があった。威圧的に彼らの前に立ちはだかり、自由な世界と規律の世界との境界になる。彼らが間違いを犯さないようにその挙動を徹底的に監視しつづけ、時には力で不正を叩きなおすのである」からだ。

しかし、花井はかぶっていた模範囚の仮面からだんだん素顔をみせるようになり、船舶科の受刑者たちを陰から自在に動かすようになった。花井はひとりの小柄な若者を苛めて、孤立させることに成功したのである。「一人の犠牲者の誕生は同時に残りの者たちにエリート意識を生み出し、底辺は面白いほどに統率されたヒエラルキーを形成していく」ようになった。しかし同時に、花井は「私」や法務技官のだれかが見ているときには、くだんの「偽物《にせもの》の正義」や「作られた偽善」を発揮して、苛められている者にさえときどき救いの手を差しのべた。「私」が苛められた小学校時代とおなじだった。

秋が深まるころには、船舶訓練教室内に花井の支配体制が確立した。青森港まで行った航海実習のときには揉めごとがあった船舶科は、よく統制のきいた組織に変貌していた。表向き花井はいつも真面目で模範的な生徒を演じていた。しかし、「周辺が騙されていけばいくほど花井の実直さの裏側に潜んでいる嘘が滲んできた」のである。たとえば、だれもが合格すると思っていた六級海技士の筆記試験に花井がわざと落ちたときや、八年の刑期を満了するまであと一年半を残して、仮釈放が急に決まったのに花井が暴れて無に帰してしまったときなどだ。花井の優等生ぶりの裏には「人倫の道を超える企みが隠されている」からだ。

「私」が仮出獄の知らせを花井に知らせてから二日後、花井による暴力事件が発生したのだ。花井が船舶科のなかで奴隷のように扱っていた、小柄な若い受刑者をしたたか殴りつけたのがことの発端だった。何が気にくわなかったのか、逆上した花井の暴力は終ることがなかった。殴られた若者はおびただしく流血し、あわてて駆けつけた「私」は花井の暴走をとめようとしたが不可能だった。食堂の外に逃走した花井をみて、べつの看守がすぐに警報ベルを鳴らし、「私」と担当官は彼のあとを追いかけたが、すぐに数名の看守が「私」たちに合流した。結局、花井をタックルで沈めたのは「私」だった。

倒れ込んだ「私」たちの上に、間髪を入れず看守たちが次々に覆いかぶさった。花井は「口を歪め歯を剥き出しにして、獣のような形相で汚い言葉を吐きつづけた」。花井の手足に革製の手錠をかけ、口に防声具を噛ませて、全員で花井を担いで舎房のはずれに設置された、保護房と呼ばれる独房に連れこんだ。当然ながら花井の仮釈放は取り消しになり、花井が独居房に戻ったのは一週間ほど経ってからだった。しかし、花井は数日後にはもとの落ち着きを取りもどし、一時的な精神錯乱だったということで事件は処理された。

その年、昭和天皇の崩御があり、新天皇の誕生によって大規模な恩赦が行なわれた。花井もその対象のひとりになった。講堂で仮出獄許可証の授与が行なわれ、花井はりりしい姿で許可証を拝受した。親族の出迎えのない花井を気づかって、担当官が彼を正門まで見送ろうと「私」に提案した。「私」が先に進みでて鉄門を開けたとき、「私」は出て行こうとする花井の肩を反射的に捕まえていたのだ。そして思わず、「お前はお前らしさを見つけて、強くならなければ駄目だ」と口走っていた。それは一九年前、転校する花井を見送りに行ったとき、函館桟橋で小学生の「私」が花井に言われた台詞だったのだ。長いあいだ心に引っかかっていた言葉だったが、それを言ったことでにわかに心の鬱屈を晴らすことができたのだった。

「私」は勝ち誇ったような気持ちで、口元をゆるめて花井のまえに立っていた。すると次の瞬間、「斉藤、偉そうにするな」と花井がとっぜん大声を張りあげた。「――分からんのか、俺はずっとここにいたいのだ」。そう言うなり、反動をつけた花井の拳があらゆるものを振り払うように、「私」の顎先をむざんに砕いた。花井は入所したある時期から、刑務官の「私」が小学校の同級生で、自分がかつて苛めた斉藤であることを知ったのだ。

こうして「私」に暴行を働いたかどで、花井の仮出獄はその場で取り消された。今度は刑期も大幅に延長され、船舶教室の訓練生に戻ることも認められなかった。函館少年刑務所に初夏が訪れた。花井は塀の下にある花畑にしゃがみこみ、シャベルで土を掘り起こしては、そこに植物の種をまんべんなく蒔く刑務作業をつづけていた。その姿は「やせ細って弱々しく、遠くから見るとまるで老人だった。しかしその横顔はかつてないほどに柔和で清々しく、磨き上げられた灌木」のようだったのである。

函館と関連するそのほかの作品

これまで函館をおもな舞台とする辻仁成の三大小説、『クラウディ』『母なる凪と父なる時化』『海峡の光』をみてきた。いずれも函館の街がかなり前景化された作品だが、そのほかにも函館が表舞台とはなっていないが、エピソードや回想のなかで言及したり、副次的な舞台になったりしている小説がある。たとえば、一九九六（平成八）年に刊行された『ニュートンの林檎（上・下）』という長編小説がある。この作品では表舞台は東京だが、国内のもうひとつの舞台に函館が使われている。奇抜な作品の表題は作中で言及されているように、主人公たちが学生時代につくった自主製作映画のタイトルに由来している。

『ニュートンの林檎』は奇想天外なストーリーラインを持ち、サスペンス的要素にもみちた長編小説だが、主人公の「僕」が一九七八（昭和五三）年春、東京の私立大学の一年生のときに学生ホールで、佐伯元子というおなじ新入生と出会うことからはじまっている。「彼女は擦り切れた黒い革ジャンを着ていて、手には教科書とバイクのヘルメットを持っていた。髪は耳が見えるほど短く、最初ずい分可愛らしい男の子がいるものだな、と思ったほどだった」という「僕」の述懐にあるように、元子は「ボーイッシュな女の子」として登場してきている。

その元子の実家が函館という設定になっている。彼女がやがて大学に姿をみせなくなったので、「僕」は学生課で聞きだした番号に電話してみると、耳の遠い祖母がでてくるが、元子の居場所は知らないというのだ。それで「僕」は元子の実家を直接訪ねてみることにした。冬の厳しさがいちだんと身に沁みる一九七九年一月末のことだった。空港からバスにずいぶん揺られて、函館山の麓の旧市街地で降りた。

傾き寂れた家々が寄り添うように軒を連ねていた。津軽海峡から吹きつけてくる冷風が六十キロの僕の肉体を押し倒そうとした。斜めに走る粉雪の向こう側から路面電車がぎしぎしと無気味な音を上げて近づいて来ては、凍えそうな僕を置き去りにしてまた遠ざかっていった。（中略）漁港から少し山側に戻った谷地頭と呼ばれる町にその家はあった。辺りとは比較にならないほど広壮な建物で、といってもかなりの年季、百年ほどの時間の経過を思わせるほど古びた屋敷だった。周辺の家にはない見事な蔵があり、門の造りも大きく、由緒ある家なのだろうということは、僕にでも容易に推察することができた。

この描写からすると、元子の実家は立待岬がある函館山の山麓東端、小さな住吉漁港の近くにある市営谷地頭温泉があるあたりと想定される。広壮な屋敷という言葉が示唆しているように、屋敷に住んでいる祖父の佐伯林造は長らく函館の市長を務めていた大立者だが、その一人息子である元子の父の佐伯剛は参議院議員を何期か務めたことがあるが、「女好きの性癖」によるスキャンダルのために林造老人から勘当されていた。元子は高校半ばのころ札幌の父親の家から逃亡し、老人の家に移り住んだのである。しかし、林造老人も東京の大学に進学してからの元子の居場所は分からないというのだ。

それからの「僕」は何度となく函館の林造老人を訪ねることになるが、依然として元子は失踪したままで、どこにいるのか彼にも不明だというのである。ただ林造老人は七六歳からおのれの人生を回顧する大河小説『アポカリプス』の執筆をはじめていて、読んでみて感動ものの超大作だったので、映画監督になっていた「僕」は映画化することを思いつくのだ。老人は映画化権を認めてくれた。ただシナリオ化するには何カ所か、どうしても作家本人と相談しなければならない部分があったので、「僕」とベネチアから日本にもどった元子も含めて、映画関係者など四人で函館に出かけて林造老人と面談することになった。

老人はすでに八八歳になっていたが、大学入学以来ずっと会っていなかった孫娘、元子との再会を大いに喜んで、後日静かにこの世を去ることになるのである。物語は「僕」がタクシーで、林造老人の墓に詣でるところで終わっている。そこは立待岬の古くからある共同墓地があるところで、石川啄木一族の墓のあるところから少し上の場所にあたっている。作中では「岬の断崖の奥まった一隅、一番眺望の美しい場所」と説明されているが、おそらくそこは長谷川四兄弟の父の淑夫（世民《せいみん》）の大きな墓碑のある反対側あたりだ。

函館が少しだけでてくる作品に『パッサジオ』がある。タイトルは人間の声域にある「音の関所みたいな通過点《パッサジオ》」からきている。

主人公の「僕」は売れっ子の人気ロックシンガーだが、バンドのコンサートツアーで全国を回っているあいだに、声が出なくなって失踪し、公演に穴をあけてしまうのだ。「僕」は父親がだれか知らない子供で、「函館山の麓にあるカトリック系の小さな養護ホーム」、「マリア養護ホーム」で育てられた。そこの外国人神父が父親のような存在であり、「僕」はずっと「聖歌隊の花形ボーイソプラノ」だった。北海道の少年合唱団コンクールで注目され、マリア養護ホーム聖歌隊の名を全道へ知らしめたのも「僕」だった。

一八歳の時、養護ホームのある函館から、プロのミュージシャンを目指して上京した。アルバイトを転々としながら、一〇代の終りにロックバンドを結成し、新宿の小さなライブハウスで歌っていたところ、プロダクションの社長にスカウトされてデビューし、花形ロックシンガーにまで昇りつめたのだ。このあたりのことは成城大を中退し、ロックバンドの「エコーズ」などを結成した自己体験がかなり反映されている。

声を失うことの不安にさいなまれた「僕」は、失踪中にボイストレーナーの美里と知りあい、音楽によって末期患者に延命治療をしている彼女の老齢の父親を紹介されるのだ。山奥の避暑地の森のなかにある音楽スタジオで、「僕」は老人と不老長寿の音楽づくりに熱中するが、歌声はいぜん失われたままだった。最後に老医師は音楽療法をしていた自分の妻が延命を拒否すると、延命装置をはずして死亡させてしまうのだ。やけになった老人は音楽スタジオの機器をすべて破壊し、倒れていたところを総合病院に収容されるが、あえなく死亡してしまうのである。結局、「僕」ももとの歌声を取りもどすことができないまま、いぜんのロックバンドに戻るところでこの小説は終わっている。

同じように函館とは明示されていないが、仕事が終わってから高校時代の仲間たちと一緒に、練習スタジオでセッションをするエピソードがでてくる小説が『アンチノイズ』だ。この作品は一九九六年一月に単行本が刊行されたが、第九回三島由紀夫賞の候補作となった小説である。文庫版は『ＴＯＫＹＯデシベル』と改題されて出版されている。

この作品の主人公は区役所の環境保全課に勤めながら、交通騒音の調査をしている人物だが、高校時代のバンド仲間といまだ練習を重ねている。「年譜」をあらためてみると、函館西高校の二年生のときに、辻は「函館市民会館で初めてのロック・フェスティバルを企画し、自らもギターを弾いて出演する」とあることから、このエピソードは函館でのみずからの音楽活動が投影されたものと読むこともできる。

こうみてくると、辻仁成にとって多感な高校時代を過ごした函館は、かけがえのない街であったことが分かる。佐藤泰志が函館にたいする屈折した思いを小説に形象化したのに反して、函館西高校の後輩である辻仁成は舞台の街が函館だと明示しつつ、街中の風物を積極的に作品に取り込んでいる。市内の写真をたくさん載せたエッセイ『函館物語』などを読むと、辻の函館讃歌が尋常でないことが知られるのだ。

第十章　エンターテイメント系の作家——谷村志穂、宇江佐真理、今野敏

最後に函館出身か函館を題材とする作品を書いているエンターテイメント系の作家たちを紹介してみたい。最初は函館や近郊の町を舞台とする小説をいくつも書いている谷村志穂である。一九六二（昭和三七）年生れの谷村はむろん現役の作家だが、函館にたいする愛着と思い入れがひときわ強い作家である。北海道新幹線が新函館北斗駅まで開通したのを記念して、二〇一六（平成二八）年三月二四日の『朝日新聞』の「be Extra」欄、「函館　人恋しくなる街」というエッセイ記事のなかで、谷村は母親が函館出身で祖母が同市で暮らしていたので、子供のころから幾度となく函館を訪れていたと語っている。

また南茅部《かやべ》（現函館市）を主たる舞台とする小説『海猫』の執筆をきっかけに、十数年前からふたたび函館に通い始めるようになったというのである。ふだんは東京で暮らしているが、毎年夏の一カ月ほどは市内に建てたセカンドハウスで家族と過ごすという。谷村はゆったりとした時間が流れる元町界隈がとくに好きだといい、「ふわーっと聞こえては消える市電の音は今も変わらない。独特の郷愁を感じます。『海猫』をはじめ自身の小説には、函館の街の音が生き生きと描かれている」と述べている。

函館に愛着の強い作家・谷村志穂

谷村志穂は一九六二年一〇月二九日に札幌市白石区に生れている。札幌西高校から北海道大農学部を卒業している。大学では応用動物学（動物生態学）を専攻した。北大の農学部卒ということでいえば、芥川賞作家の加藤幸子が先輩にあたる。東京の出版社勤務を経て、フリーライターとなる。一九九〇（平成二）年一一月、初めてのエッセイ

集『結婚しないかもしれない症候群』を刊行し、ベストセラーになりテレビドラマ化もされた。内容は結婚しないかもしれないキャリアウーマンたちへのインタビュー集である。

第一章の「独りで生きていくことを覚悟したとき」のなかで、谷村は自分も「結婚しないかもしれない症候群」に襲われている女たちの一人であり、「私がこれから書こうとしているのは、同じように『しないかもしれない』と覚悟を決めた女性たち一人一人に会い、取材を進め、積み上げることのできた物語たちだ」と述べている。出版後、女性たちの圧倒的な支持を集めて、大ヒット作になったのは先に述べたとおりである。

一九九一（平成三）年、泉鏡花賞候補となった処女小説『アクアリウムの鯨』を発表して小説家デビューをはたした。三七歳のときに結婚し、三八歳で出産をしている。二〇〇二（平成一四）年九月には代表作『海猫』を発表し、第一〇回島清《しませ》恋愛文学賞を受賞している。同賞は「恋愛文学賞」という冠がついているように、恋愛小説を対象とした文学賞であり、一九九四年に石川県美川町（現白山市）が町村合併四〇周年を記念して、同町出身の作家島田清次郎にちなんで創設したものだ。

谷村志穂はおびただしい恋愛小説を書いているが、とりわけ函館とその周辺地域には愛着が強くあるらしく、『海猫』をはじめ主要作品のいくつかの舞台にしている。たとえば、『本の窓』に二〇一三（平成二五）年から二〇一五年まで連載され、函館近郊七飯《ななえ》町にある大沼国定公園周辺を舞台とする小説『大沼ワルツ』が縁で、二〇一五年一二月から七飯町観光大使を務めている。またテレビ出演もあり顔をみかけることもある。以下、函館ないしは函館近郊を舞台とする作品をいくつか紹介してみたい。

『海猫』

二〇〇二年に刊行した『海猫』はまたおなじ表題で映画化もされ、二〇〇四（平成一六）年一一月に公開されている。監督は森田芳光、主な出演者は主演の伊東美咲、仲村トオル、三田佳子、白石加代子、佐藤浩市、蒼井優などである。ＤＶＤで映画を観てみたが、とりわけ冬から夏にかけてのカモメが乱舞する南茅部の漁港と雪をまとった山などの自然描写と、海岸にまとわりつくコンブ漁師たちの漁家が荒涼とした雰囲気を醸しだしていて、明と暗のコントラストの映像美がじつに秀逸である。

とくに荒涼とした冬の映像描写にリアリティが感じられたのは、私の出身地が小説の主舞台となっている南茅部に隣接する鹿部《しかべ》、その隣りの砂原《さわら》であるからだ。函館空港から車で帰省するときに南茅部や川汲峠《かっくみ》も通ったことがある。『海猫』の舞台である南茅部は渡島《おしま》支庁の亀田半島の北東部に位置していて、北部は太平洋側の噴火湾（内浦湾）に面し、南部は険しい山岳という地形になっている。二〇〇四年に恵山町などとともに函館市に編入合併され、現在は函館市南茅部という地名になっている。ここで採れる昆布は日本一の最高級品で知られ、いまは滋養にとんだガゴメ昆布が人気を博している。

物語はその南茅部の昆布漁師の邦一《くにかず》のもとに、冬の川汲峠を越えて函館から貸切バスに乗って、ロシア人の血が流れる白無垢の娘が嫁いでくるところからはじまっている。花嫁の名前は薫で、年はちょうど二〇歳。にぎやかな函館とは異なる、さびしい漁村に嫁いできたのである。バスにはわずかな親戚と母親のタミや弟の孝志も含めて、たった六人ほどしか乗っていなかった。戦後の一九五七（昭和三二）年から五九年あたりにかけての物語だ。

透き通るような色白の肌をした美人の薫はなぜ、南茅部の昆布漁師の赤木邦一とあえて結婚することにしたのか。薫は高校を卒業して、函館市内の漁協で事務をしていた。南茅部の青年漁師たちは昆布やイカの豊漁を祝して、よく函館の街まで繰りだしてきていた。彼らはそのさい漁協で簡易保険や銀行関係の事務手続きをして、終わると松風町のあたりで一杯飲んで帰るのが常だったのだ。薫は漁協の窓口で、「峠の向こう、奥深いひっそりとした村の中にあるはずの安らぎ。それを、南茅部の漁師、赤木邦一にはじめて会ったときに感じ取ったのだった。邦一は、浅黒く浜焼けした肌の男だった。健康で、たくましく感じられた」のだった。

薫にはすでに縁談がいくつもきていたが、ロシア人との混血であった父親のいない娘にくる縁談には、なんとも不思議なものが多かった。そんなとき「二十四歳の邦一のまっすぐさは薫を二十歳の花嫁にするには十分だった」のだ。邦一が窓口ごしに、薫の青みがかった瞳を「おまえ、海猫みたいな目をしとる」と声をかけたのは、タイトルの由来ともなっているその一度きりのことだった。

薫の母親のタミは、娘の結婚にはなにひとつ口を挟まなかった。「薫という娘のなかにはいつでも野に咲く白バラを見ているかのような犯し難さがあった」からだ。タミは函館の裕福な老舗旅館に生まれたが、そこに出入りするロシア人との混血である青年と恋に落ちた。家族の反対を押し切り、二人は満洲に渡り細々と貿易の仕事を始めたが、戦争がはじまると夫は徴兵され、それきり戻らなかった。タミは二人の子供をかかえて、どうにか函館に引き揚げてきたのだった。

邦一の弟、広次《ひろつぐ》は南茅部の家を出て、北洋漁業の船団に乗り込んでいる。広次は函館にアパートを借りて住んでいるが、結婚披露宴で花嫁の弟の孝志と意気投合し、函館で二人して酒を飲むような親しい仲になった。広次はまた漁家の出では稀有なことにハリストス正教会の教会員であり、大小六個の鐘のある鐘楼が立っているまえに立つと、胸で十字を切るような敬虔な信者でもある。

結婚後、義母のみさ子は都会からきた嫁に親切で、邦一と薫の新婚夫婦は地元のしきたり通りにおなじ舟に乗って、昆布漁に勤《いそ》しむのだった。昆布漁では、女が舵を取って男が漁をするのである。南茅部の昆布は最高級品で、北海道のどの昆布より値段が高かった。薫の弟の孝志が函館から昆布干しの手伝いにくるが、根気がなくたいして役に立たないので、十日分ほどの給料をもらって函館に帰って行った。それから孝志は暴力団に入って、使い走りのようなことをしていた。

やがて義弟の広次が北洋から戻ってくる。実家に帰ってくるたびに、広次は薫に惹かれる自分を感じるようになる。広次は子供のころから海猫の目が好きでそれを秘匿してきたが、薫を好きになったのも彼女の目が青みがかった海猫のようだったからかもしれない。薫が長女の美輝を産んだ大雪の日に、夫の邦一は川汲との漁業権をめぐる漁師同士の抗争で、背後から川汲の若い者に刺されて函館の病院に入院することになった。大量に出血し、内臓の一部を損傷して、即刻入院で全治一カ月と診断された。

邦一は入院した病院で、八雲《やくも》のホタテ漁師の娘である看護婦の啓子と出会う。「そばかすの浮んだ、浅黒い肌だが、利発そうな黒目が輝き、目尻を下げてはにかむ」。そんな彼女に「凍えた人形のように美しい妻の薫」とは対照的な魅力を感じるのだった。薫は「貴婦人のような色の白さで、現実離れした雰囲気を持つ女だった」からだ。薫は漁師町の女には似つかわしくないと思った。二人はおたがい好きになり、退院してから不倫の関係をつづけることになる。

邦一は南茅部から電話をかけて、函館で啓子と逢瀬を重ねるのであった。二〇代後半の啓子と会うと、邦一は妻には感じたことがない安らぎを感じるのだ。「邦一にとってみれば、薫はいつもどこか遠く、だから組み敷いて征服したい衝動にかられる女だった。出産を終えた妻は、美しさを損なうどころか、よけいに透き通るような肌を身にまとっている」。

一方、広次は西洋人形のような薫をその辺の女房のようにあつかう兄が許せなかった。「心の中から離れない薫への思いや、兄への嫉妬まじりの不快感もすべて吐き出してしまいたかった」。そんなとき薫は孝志からの手紙で、夫の浮気を知ることになるのである。

薫にとって問題だったのは、夫に女がいるという、そのことではなかったのだった。むしろ、それについて何とも思わない自分に対しての、動揺なのだった。愛していたはずの夫、生涯の道行きで唯一の相手と決めた夫に心が動かない。体のときめきもない。それは、薫にまるで道しるべを失ったかのような不安を覚えさせた。ましてや今では、自分一人の身ではなく、娘と二人なのだ。

それから三日間ほど薫は函館にいて、南茅部の夫のもとには帰らなかった。実家の母親に会うという口実で、湯の川の温泉旅館の一室で広次と密会していたのである。ガンガン寺として有名なハリストス正教会の教会員となっていた広次は、禁欲的な日々を過ごしながら、修行として教会の鐘を突く仕事をしていたのである。しかし、薫はすでに広次の子を宿していた。南茅部の夫のもとに戻っても、薫は緊張の連続で「夫には偽りの妻を演じ、義父母には腹の子の存在を知られぬよう、努力して」いたのだった。

南茅部に春が訪れるころ、薫は二人目の子供を出産した。女の子で、長女の美輝《みき》と一字ちがいの美哉《みや》と名づけられた。美輝は夫の邦一とのあいだの子供であり、美哉は弟の広次との子供であった。しかも薫は産後の肥立ちが悪く、出産を終えて三カ月は経つというのに、まだ一日の半分ほどは布団から起きることができないでいた。そのことで夫から文句をいわれていた。薫も居たたまれなくなり、孝志に助けてくれと手紙を書き送ると、孝志は広次のアパートに相談に行って手紙をみせた。

広次が帰郷してみると、兄の邦一は酒浸りになっていた。広次は孝志と電話で連絡をとり、逃げるのを助けてもらうことにした。孝志は車を借りて南茅部に向った。広次は兄の嫁を好きになったことを母親のみさ子にも責められるが、心のなかでは「薫は誰のものでもない。世の中に、あんなに美しく光り輝く生命はあるものではない」と思いさだめ、薫をどんなことをしても救いだすと決心していた。

広次はいよいよ薫と子供を連れて逃げることにした。寝ていた美哉をおぶい紐で背負うと、美輝に赤いコートを着せた。それから台所の包丁で薫が繋がれていた柱のロープを切った。薫と二人の子供を連れて実家を出ようとしたとき、酔いつぶれていた邦一が目を覚まして、腕を伸ばして止めようとしたが、酔っていてきちんと立つことができなかった。広次たちは家から外に飛びだしたが、外は吹雪ですぐに全身が真っ白く雪につつまれた。

背後から邦一の怒声が聞えてきた。振り返ると、包丁を振りあげ、弟に向って迫ってきていた。邦一はまだかなり酔っていて、足下も定まらなかったが、包丁をやみくもに振りまわして、広次の腕を切った。腕から鮮血が路面に流れおち、雪を赤く染めた。そのとき孝志の運転する黒塗りの車が、のろのろと近づいてくるのが視界に入ってきた。薫たちが走って行って乗り込み、広次もあわてて乗り込んだ。

ふとバックミラーをみると、邦一が走って車を追いかけてくるのがみえる。それを知った美輝が「おとさん、かわいそう。ないているよ」と悲しげに訴えるので、薫は孝志に車をとめてくれと懇願した。孝志は岬の入口、車道ぎりぎりに車を寄せてとめた。広次が車から降りて、邦一に近づいてゆくと、「美輝だけでも返してくれや。広次、もう十分だべ」と言った。断わって車に戻りかけたとき、邦一はまた腰から包丁を取りだした。「本当に出ていくなら、俺を刺してから行ってくれや。じゃなきゃ、俺はどうやってこの海に残る。たった一人の弟に、こうやって蔑《さげす》まれて、女房子供まで連れて行かれて、お前だってわかんべ？　ほら、刺せや」とまくし立てるのだった。

しかし、邦一の持つ包丁の刃先に向って一直線に進んでいったのは、薫だった。広次が薫の体を後ろから抱きかかえようとしたその瞬間、薫は広次の腕からくずれ落ちた。倒れるように夫の体に身を預けた重みで、刃先は薫の胸に突き刺さったのだ。薫はよろよろと後ずさりしたが、足下のバランスが崩れて、体が宙に舞った。「薫の体は、海の轟《とどろ》きの中に、急速に落下していった。海が唸りながら薫を迎え入れようとしていた」。「うそだ、薫」と孝志が叫んで岬を駆けあがり、海面をのぞき込むと、今度は絶叫が聞えた。広次が、兄から奪い取った包丁をみずからの胸に突き刺し、空を舞い、海へと落ちていったのだった。

これが禁断の愛の悲劇的な結末だが、このように掠奪愛をめぐる兄弟の確執は、薫と広次の死をもって終わりを迎えている。この許されぬ愛の顛末は、下巻の第二章「氷柱の愛（承前）――昭和三十四年、南茅部」で心中ということで決着がつけられ、そして第三章「流氷の愛――昭和五十二年、札幌」の導入部において、「赤木邦一は裁判の末、過失を問われなかった。冬の漁村に起きた心中事件だと裁判官は判決を下した」と記されている。ここから先はサブタイトルにあるように、舞台は道南の南茅部と函館から札幌に移り、おもに母親を亡くした美輝と美哉の成長物語と学生生活などが綴られている。鹿部をはさんで南茅部とは故郷が近く、またおなじ漁村でもある砂原出身なので、私はこの小説を身につまされるようにして読んだ。

『黒髪』

長編小説『黒髪』ははじめ『小説現代』の二〇〇六（平成一八）年五月号から、二回の休載をはさんで二〇〇七年三月号まで連載されたもので、同年に単行本が出版され、二〇一〇年には文庫化された。主たる舞台は一九三〇年代の函館であり、ほかに日本の植民地支配下にあった大連や東京も舞台となっている。小説の時間構造は現在から過去、過去から現在へと往還する仕掛けになっている。

主人公は六〇代に入ったばかりの、東京在住の小杉りえという主婦である。ある日、死期の迫った母親からなんの説明もなく、娘のりえに小包が届けられることから物語は動きだす。小包の中身は油紙に包まれた一枚の写真と、ロシア語で書かれた三通の手紙だった。とりわけりえの注意を引いたのは写真だった。そこには洋館のフランス窓のまえに立ち、外を見つめている黒髪の女性が写っていた。それをみた瞬間、りえはこの人が実母なのではないかと思ったのだった。

異国人風の容貌のために、りえは自分の生い立ちに疑いを持ちながら育った。「両親はともに小柄で、目鼻立ちも涼し気なのに、自分ばかり背が高く肩幅も広く、大きな目がぎょろぎょろと動き、モンスターのようだった」からだ。写真の黒髪の女性も、りえと同じようにぎょろりとした大きな目をしていたので、実母ではないかと思ってしまったのだ。

こうして容姿にコンプレックスを持って育ったので、りえはこの黒髪の女性こそ自分の出生の秘密を解きあかす鍵だと思いさだめ、手紙に書かれてあった住所を手がかりにひとり函館に向ったのだった。はじめに函館市の国際交流課を訪ね、当時の亡命ロシア人たちの動静を男性職員から聞いてから、かつてロシア人一家が住んでいた実際の住所まで連れて行ってもらった。

その場所は幸坂《さいわいざか》という坂の途中にあり、向い側にあるのが旧ロシア領事館であった。眼下には函館ドックの巨大なクレーンや函館港がみえる。いまは更地になっているが、国際交流課の職員によれば、その場所にはかつてベレゾフスキーという亡命白系ロシア人と、その家族の洋風の一軒家が建っていたというのだ。主人のドミトリー・ベレゾフスキーは函館に住みついてからはロシア洋品店を営むかたわら、同胞の亡命家族の受け入れにも奔走した、「鼻の先と顎に豊かな肉をつけた、恰幅のいい柔和な顔の男」だったというのだ。

物語はここから過去にさかのぼり、薄皮をはぐようにりえの出生の秘密が明らかになってゆく仕組みとなっている。函館から特急列車で四五分ほど下ったところに森という小さな町がある。噴火湾（内浦湾）と駒ヶ岳をのぞむ風光明媚な函館本線の一駅であり、私の出身地でもあるのだが、道内では駅弁の「イカめし」で少しは知られた町だ。

この森町から高田さわという少女が、函館の亡命ロシア人一家に女中奉公に出てくることが物語の発端となっている。季節は「函館の町に遅咲きの低木の桜が一斉に開花した」五月のことで、大工の末娘であるさわはまだ一五歳であった。船見町にある赤い煉瓦造りの大きな屋敷には主人のドミトリー、妻のソフィヤ、四人の子供たちが住んでいたが、それに女中として日本人のさわが住み込むことになったのである。

さわのおもな仕事は食事の後片づけだったが、空いている時間には子どもたちの遊び相手にもなった。八歳のアリサ、六歳のイライダは隣町の弥生小学校に通いはじめていたが、四歳のヤナの幼稚園への送り迎えもさわの仕事になった。乳飲み子のコンスタンチンのおしめ替えや水浴びを手伝いながら、日本語を話せないソフィヤのロシア語に耳を傾ける日々だった。

ソフィヤはサンクトペテルブルク生まれの白系ロシア人で、父は代々皇帝に仕える医師の家系だった。皇帝の失脚が迫ると、一家は革命軍に追われてサンクトペテルブルクを離れて、ウラジオストックに流れ着いたのだった。父は亡命仲間に匿ってもらいながら、近隣の人々にひっそりと医術を施す生活をしていたが、ソフィヤが五歳年上のドミトリーと知りあい結婚したのもこの地であった。

ベレゾフスキー家はもともとイルクーツクを拠点に毛皮の貿易などで成功した商人であったが、ドミトリーが小学校にあがる頃にはモスクワに移ったが、革命が起こると度重なる掠奪にあい、平穏と新しい商売の地を求めてウラジオストックに移住したのだった。結婚後、二人の娘と商売にも恵まれたが、ロシアの政情は悪化する一方だったので、戦争を好まないドミトリーはハルビンを経由して、新天地を求めて日本に渡ることに決めたのである。函館に着いてから三女が、そして待望の長男コンスタンチンも生まれた。ドミトリーはこうして函館の街になれ親しむようになってきていたが、憂鬱なのは不穏な政治情勢を反映して、いつも特高に監視されていることだった。

日曜日になると、一家総出で近くのハリストス正教会のミサに出向いたりもしていたが、そんな習慣もある日とつぜん中断されることになった。ソフィヤと三人の娘たちと末の息子が、東京にできる予定のプーシキンの名前を冠した、ロシア初等国民学校への入学準備のために引っ越しをすることになったからだ。さわはそれを聞かされて、手足を奪われるような胸の痛みを覚えた。

ソフィヤは東京にきても、日本の文化や日本語には相変わらず馴染もうとはしなかった。しかし、東京の街は気に入ったようだった。「この街には、五百人もの同じ言葉を話す仲間たちがいる。同じ貴族階級の出身者とも交流ができるし、恋しい故国の香りをつかの間感じられる」からだった。また東京では日本に住んでいる亡命ロシア人協会をはじめ、婦人部の会なども発足し、初等学校建設のための献金をする舞踏会もときどき催されていた。

ドミトリーは家族に会うために、羅紗の反物や毛皮の仕入れもかねて、青函連絡船と夜行列車を乗りつぎ、月に一度は東京にやってきていた。ソフィヤは東京に移り住むことを望んでいたが、それはできない相談だった。ドミトリーは北海道の亡命ロシア人協会の代表を務めていたからだ。亡命ロシア人たちの生活の安定と向上、ロシア文化の普及をめざして、ドミトリーは函館で奮闘していたからだった。


一九一七（大正六）年にロシア革命でソビエト政権が樹立されて以来、ロシア国内での恐るべきチーストカ、粛清の嵐は今も吹き荒れている。一九二一（大正一〇）年までのわずか四年間に、約二百万人海外に亡命した。多くはドイツ、フランスなどのヨーロッパ諸国へと逃れたが、文化も人種もまるで異なる日本まで流れ着いた者たちは、餓死や凍死の恐怖を感じながら、より過酷な亡命を体験していた。


作中でこう説明されているように、革命によって白系ロシア人の亡命者たちの大群が国外に流出したのである。とくに北海道のロシア人たちは苦労したといわれている。「ロスケと呼ばれ蔑まれ、豚の糞尿の世話や、農夫たちが嫌がる酪農の下働きをして、何とか卵や野菜を分けてもらっていた家族も少なくない。帝政ロシア時代の軍人や将校の中には、日本での生活を苦に自殺した者たちもある」。そんな亡命ロシア人たちを助けるために、ドミトリーは粉骨砕身していたのである。

東京のニコライ堂の一角にやがて、ロシア初等国民学校が正式に開校したが、ソフィヤと子どもたちは函館には戻ってこなかった。妻子が東京に移住してから、ドミトリーは女中のさわと二人で屋敷のなかで暮らしていた。「二・二六事件以来、外国人たちは自由な外出を禁止され、どこへ行くにも特高たちの目が光っていた。領事館にたくさんの落書きが書かれているのは、もちろんさわも知っていた。この屋敷の窓や壁にも、〈大日本帝国万歳〉という貼り紙が、頻繁に貼られるようになっていた」。

このような戦争前夜の状況のなかで、ドミトリーもだんだん追い詰められてきていた。青函連絡船はむろん、上野から乗った帰りの寝台列車にまで特高がずっと張りついていた。ハリストス正教会の日本人司祭までソ連のスパイ容疑で逮捕された。私服警官たちはドミトリーが不在でも、平気で屋敷にあがり紅茶などを飲んでいくようになってぃた。ドミトリーは不安のあまり、さわに対してもう日本人の使用人は必要ないから、実家の森町に帰るよう促すようになっていた。しかし、さわは屋敷を離れるつもりはなかった。いつのまにかドミトリーを愛するようになっていたからだ。夜ごと、ふたりは情交を結ぶようになっていたのである。

そんな折、学校の寄宿舎に住んでいたひとり息子のコンスタンチンが、病気で急死したという報が函館にもたらされた。上京したドミトリーは喪服に身をつつみ、ソフィヤの横に呆然と立っていたが、まるで自分が急に老人のようになったと感じていた。仕事をする気力も、亡命者協会の活動をする意欲も失っていた。函館に残してきたさわへの思いがつのるばかりで、葬儀から三カ月も函館には帰っていなかった。函館でさわは売国女と非難され、屋敷の壁には外国人のめかけを意味する〈ラシャメン〉と書かれた紙も貼られてあった。

ドミトリーはやがて函館でさわと再会したが、すぐさまさわが身籠っていることを知った。女中のさわがドミトリーの子を妊娠したという噂は、函館の街にも流れていた。ドミトリーは朝から酒に溺れるような自堕落な生活を送っていたが、日本軍がハワイの真珠湾を奇襲した一九四一（昭和一六）年一二月八日の日曜日、さわは屋敷で「透き通るような肌の美しい男の子を産んだ」。その子はセルゲイと名づけられた。

東京でソフィヤは同胞の女性から、ドミトリーに男の赤ん坊が生まれたことを教えられ、娘たちを連れて函館に戻った。ソフィヤは冷たい目をドミトリーに向けると、さわが買物に行っているあいだにセルゲイを強奪して、戦火を逃れて一家で大連に渡ったのである。

さわはそれから仕方なく大森遊郭の娼婦になった。そしてドミトリーが大連に去ってから一年ほどして、さわは娼婦仲間のおリョウと連れ立って、函館に入港していた中国人のジャンク船で密かに大連に渡ることに成功したのだった。

さわとおリョウは大連の遊郭で働きながら、ドミトリーとセルゲイを探したがなかなか見つからなかった。そんな折、さわは関東軍の参謀である秋山という将校に身請けされて、旅順に旅立つことになった。出発前にさわは大連の教会に最後の祈りに行ったとき、まったくの偶然から坂を上ってくるドミトリーとソフィヤ、そして自分の産んだ混血児のセルゲイを目にして仰天してしまうのだ。走って逃げたさわをドミトリーが追いかけてきた。

さわは坂道を追いかけてきたドミトリーと、もう一度だけ二人で会うことを約束した。後日、二人はカフェで会った。ドミトリーはセルゲイがコンスタンチンと呼ばれて、ソフィヤによくなついていること、さわは旅順の将校の下で奉公が決まったこと、そして将校から聞いた話として満州の行く末が危険なことなどを伝えた。

さわは参謀将校の秋山に連れられて旅順の屋敷に入った。二八歳になっていた。それからすぐにさわは屋敷の手伝いの明代から、さわのトランクに混血の赤ん坊をだいた写真と、大連から送られたロシア語の手紙が隠されていることを密告される。秋山は密通者かどうか真偽を確かめるために、さわに本土からくる軍人たちの接待に使うからと、大連の遊郭「福の家」への使いを命じるのだ。

さわは用事を終えて公園の方向に行くと、坂道を上がってくるドミトリーとセルゲイにまたもや遭遇してしまったのだ。ドミトリーが言葉を発して、さわが頷くと、「高田さわ、異国人との密通の容疑で連行する」という声が背後から聞えた。振り返ると、軍服姿の小柄な男が立っていて、「高田さわの今日一日の尾行の命を出されたのは、秋山参謀である」と言った。さわは自分の耳を疑った。ドミトリーは男の腕につかみかかったが、男は銃口を向けて空砲を発射したので、ドミトリーは銃声にひどく驚いて、セルゲイを抱きかかえると走り去った。

さわは黒塗りの車の後部座席に押し込められて連行された。岡本少尉は秋山参謀に緊急電話をすると、大連にある関東軍の石造りの建物の地下牢に閉じこめておけという指示があった。肌寒いのに、薄手の毛布一枚しか与えられなかった。入獄してから九日目の朝に、秋山の釈放許可がおりて、ヤマトホテルに移された。秋山にいろいろ尋問されたが正直に答えた。それから一〇日後の夜八時、大連埠頭の外れにあるロシア人波止場とよばれる小さな港に行くと、約束どおりにドミトリーが待っていた。ここから二人して門司に渡る船に乗るつもりだったのだ。

日満連絡船、黒龍丸と印字された乗船切符をさわは確認して乗船した。そのとき自動車のエンジン音が鳴り響き、振返ると、黒塗りの車と軍服姿の男がふたり立っていた。秋山参謀将校のとなりで、小柄な岡本少尉がさわに向かって指を差していた。秋山は身じろぎもせずに、ただささわの姿を冷徹な目で見すえ、別れの敬礼をしただけだった。

船は出航して、ドミトリーとさわは門司港に着いた。タラップが降ろされた先に、警官が待ち受けていた。門司から夜行列車に乗せられ、高田さわは函館まで連行された。上野からはあの船見町の屋敷を執拗に訪ねてきていた特高警察が、彼女の身柄を拘束した。さわは水上警察の独房に入れられて取り調べを受け、ドミトリーが諜報部員であることを告白すれば、釈放してやるという誘いは拒絶した。ドミトリーは札幌の刑務所に収監されたと知らされた。

さわは体調不良がつづいていたが、警察側から妊娠していることを知らされる。結局、さわは独房のなかで自力出産をするが、赤ん坊の顔をみることはできなかった。

毛布にくるまれた赤ん坊は力一杯に泣いていたが、さわはすでに息絶えていた。亜麻色の髪の、セルロイド人形のように美しい顔をした女の赤ん坊は、生れた日に母をうしなったのだ。

さわが獄中で産んだこの子供が紛れもなくりえであることは、函館市役所の国際交流課の男性職員の地道な調査で明らかになった。りえの出生の秘密はこうして解明されたが、結局、さわはドミトリーとのあいだに二人の混血児を産んだことになる。さわが獄中で死んだのとおなじ年に、ドミトリーも収監されていた札幌の獄中で死亡したといわれている。りえは孤児院に預けられた後、ある伝手から小柄な日本人の養父母に引き取られ、容姿に疑念を抱きながらも日本人として育てられたのだった。
一方、さわの最初の子供たるセルゲイは、コンスタンチン・ベレゾフスキーと名乗って、サンクトペテルブルクの郊外にある団地のようなところで、子供や孫たちと暮らしているといわれている。小説はサクトペテルブルグ大学の日本語学科の教官の手引きで、えりが現地で兄のセルゲイに合うところで終わっている。
戦雲急を告げる激動の時代、本書は運命に翻弄される亡命ロシア人と日本人少女との数奇な愛を描いた大作である。国際的スケールを有する歴史ロマンともいうべき長編小説で、谷村志穂の作家としての力量を感じさせる作品となっている。

『尋ね人』

『尋ね人』も主たる舞台は函館である。初出は『小説新潮』に二〇一〇(平成二二)年五月号から一二月号まで連載された作品で、単行本は二〇一二年に刊行され、文庫は二〇一五年に発売された。作者はこの作品が生まれた背景を「あとがき」のなかで、次のように説明している。

街に漂う記憶というものを、函館にいると色濃く感じる。私自身が『海猫』を発表した後、函館山の中腹に小さな家を建てたこともあり、街の方々とのご縁をいただいた。函館で育った母や、親しくなった方々と、様々な記憶を分かち合う中で、この小説は生まれたと感じている。

作品の主人公は杉田李恵《りえ》である。『黒髪』で自分の出生の秘密をさぐる老齢のりえとおなじ名前である。李恵は一八歳のときに函館から上京して、東京の代々木にある服飾関係の専門学校に入学した。同学年のなかで、群を抜いてデザインに冴えがあったのが、寺尾巨樹《なおき》である。すでにアパレルメーカーから出資を受けて、自分の名を冠したブランドを立ちあげていた。

卒業後、ふたりは共同経営者になり表参道に小さなショップを開いたが、やがて業績が落ち込みはじめたのに加えて、母親の美月《みつき》が末期がんであると手紙で知らせてきたこともあって、李恵は経営から手を引いて亀田本町にある実家に戻ったのだった。李恵は三六歳で、まだ独身だった。函館の私立高校の教員だった父は、李恵が上京してほどなくして肝硬変で亡くなっていた。兄は結婚して神戸に移り住んでいた。

こうして母と娘のふたり暮しがはじまったわけだが、「親子の間には何一つ希望がなく、この先の時間をどう過ごしていけばいいのかもわからない」なかで、李恵は酒ばかり飲むような生活に埋没していた。ところがある日、七一歳になる母親の美月が自分の若いころの話をはじめたのである。ここから物語は核心にむかって前進することになるのだが、話というのは美月が保母をしていた時代のことだ。

美月は幼いころに機関士だった森町出身の父親を亡くし、鉄道弘済会の運営する母子寮で育っていた。実弟や寮の小さな子どもたちの世話をしながら、美月は定時制高校を卒業して、託児所で保母として働いていた。そのころ託児所の恒例の行事となっていたのは、夏の終りに函館山に登ることだったが、それは子供たちみんなが楽しみに待っている行事でもあった。

そんな折、美月は函館山のガイドをしていた東北大の学生たちと知りあった。学生たちは博物館で学芸員の実習をするために函館にきていたが、実習の一環として函館山のガイドも引き受けていたのだ。そのなかに実家が仙台の豪農で、人懐っこく笑う大橋藤一郎という学生がいた。大橋はすぐさま美月が好きになり、ふたりの遠距離交際がはじまった。美月が二二歳、大橋は二〇歳だった。仙台と函館でスタートしたつき合いは、おたがいが交わした百通以上の手紙を中心に三年間におよんだ。大橋は長い休みになると、青函連絡船に乗ってかならずやってきたが、ある日を境に、大橋は美月のまえから「消えて」しまったのだ。「細かな雪が吹きつける日で、五稜郭公園前の電停から先に美月が乗りこんで、振返ったら相手がいなかった」のだ。

いまや末期がんに侵された母の美月の最後の願いは五〇年まえ、一九五二（昭和二七）年に自分のまえからふいに姿を消した恋人を探しだし、失踪の真実を突きとめることにあった。母に代わってその捜索をになうことになるのが娘の李恵だった。小説のタイトルになっている『尋ね人』はそれに由来している。李恵はさっそく行動を開始し、東北大の事務局に問合わせたり、実家に葉書を出したりしたが、はかばかしい成果は得られなかった。

そんなある日、李恵は高校時代の女友達がやっているカフェで、古賀という便利屋のような仕事をしている男と知り合いになる。古賀は谷地頭《やちがしら》でひっそり暮らしていたが、李恵は失踪した大橋探しをその古賀にも頼むのだ。また母親が残しておいた大橋の手紙のなかに、写真が同封してあったのを李恵は思い出した。手紙には「同封した写真に写っているのは、喜多門雅哉。私の一番の悪友です」と書いてあった。インターネットで人名検索した喜多門にも手紙を書いてみたが、大橋の居場所も現住所も知らないという返事だった。大橋はかつての恋人の美月どころか、親友のまえからもなぜか姿を消してしまったのだ。

喜多門から仙台に来てくれという話があり、母と娘が仙台を訪れると、喜多門は調査のために大学まで連れて行ってくれる。大橋は大学を除籍になっていた。大橋の実家の方にも行ってみるが分からないままだった。李恵は市立函館図書館に行き、念のために一九五四（昭和二九）年九月二八日付の『北海道新聞』に掲載された洞爺丸の乗船者名簿も、遭難者リストも調べてみたが、大橋の名前はなかった。

しかし、大橋が学生時代にアルバイトをしていた仙台のバーの客が、五〇年ほどまえに出張で大阪に行ったときに、道頓堀のバーで大橋らしき男が働いていたという目撃情報をもたらしたことがあったことを小耳にはさんだ。それで李恵は仙台のバーの店主から、大阪の住所を聞きだし訪ねてみることにした。李恵が事情を説明するなり、バーのオーナーは「湯原くんや」「ここでは、彼はそう名乗っていました。確かに、仙台出身やとも言うてました」と思い出してくれた。

五稜郭の電停から失踪し大阪に流れ着いた大橋は、ある日オーナーから暇をもらって函館の恋人に会いに行ったというのだ。しかし、恋人はすでに別の男と結婚していたのだ。それから何カ月か経ったあと、手紙に缶入りのバター飴が添えられた小包が届いた。台風で転覆遭難した洞爺丸の船内から送られた小包で、たくさんの断わり書きが貼られてボロボロになっていた。湯原という偽名を使って別の人生を歩みはじめていた大橋は、落胆しながらも帰りの揺れる船のなかでオーナーに手紙を書いていたのだ。

大橋は偽名を使っていたので乗船者名簿にも名前がなかったのだ。乗り込んだ船が運命ともいえる、一九五四年九月二六日に函館港を出航した、青函連絡船の洞爺丸だったのである。同じように台風による洞爺丸の転覆事故、ならびに偽名のトリックを用いた作品には、水上勉の名作『飢餓海峡』がある。

『尋ね人』の終幕は洞爺丸の凄惨な転覆描写で終わっているが、いうまでもなく作者の真の狙いは洞爺丸の大事故ではなく、作中で「人恋しくなる街」と称されている函館の街を背景とする、長編の恋愛愛小説を書くことにあったはずである。作品のなかで、谷村は函館について、次のような印象的な言葉を連ねている。


夜風に吹かれていると、街のどこからか市電の鳴らすベルの音が漂うように届き、また遠ざかる。亡霊のように、どこか街の中を愁い色に染めながら漂う音だ。カモメの声も寂し気でありながら、昼夜構わず街を賑わす。

これが旅愁をさそう北国、函館の街の風情あふれる蠱惑なのである。谷村志穂はこのような舞台背景のなかで、成就されることのない恋愛小説を書きたかったにちがいなかったのだ。

『大沼ワルツ』

谷村はなぜか函館近郊の道南地方に縁があるようで、『海猫』では南茅部《かやべ》の漁村、『黒髪』では昭和初期の函館、『尋ね人』では敗戦直後から現代までの函館、そしてこの『大沼ワルツ』では函館に隣接する七飯《ななえ》町にある国定公園、大沼湖畔が舞台になっている。私は七飯町の隣りにあたる森町の出身で、小学時代から修学旅行で何度も大沼を訪れているので、小説を読みながらあれやこれやの情景が懐かしく思いだされた。

『大沼ワルツ』は小学館の月刊PR誌、『本の窓』に二〇一三年（平成二五）七月号から二〇一五年一二月号まで連載された小説で、単行本は二〇一六年に同社から刊行された。物語内容をかいつまんでいうと、大沼に入植し開拓した三代にわたる家族の物語ということができる。大沼がでてくる作品といえば、森町を舞台のひとつとする李恢成《りかいせい》『伽倻子《かやこ》のために』をすぐさま思い出すが、この作品では主人公のふたりが大沼で観光用ボートを漕ぐシーンが忘れがたく脳裡に刻み込まれている。また谷村の作品では、『黒髪』の亡命ロシア人一家がお手伝いのさわとともに、函館在住のイギリス人家族に別荘に招待されて、湖畔を散策するシーンも記憶に残っている。

物語は溶接学校の生徒として東京にいた倉島秀雄が、敗色濃いなかよく通っていた寿司屋が店仕舞いをするときに、そこの住みこみ店員だった山梨出身の以久子に求婚し、戦争が終ってから彼女が道南の大沼に嫁いでくることが発端となっている。倉島家は函館近郊の軍川《いくさがわ》駅前にあり、姑の那須子を中心に秀雄、文雄、満男の三兄弟が一緒に暮している。二階は宿屋として貸し出しており、屋根裏部屋には依怙地な義母のツネが住んでいた。

那須子はわずか一五歳のときに、親がきめた見知らぬ相手のもとに四国から嫁いできたが、夫が早死にしたために三〇歳で未亡人になっていた。そのため女手ひとつで三人の子どもたちを育ててきたのである。那須子はできる仕事はなんでもした。菓子や餅を作って家のまえに並べて売ったり、郵便配達の手伝いもしたりした。そして家の部屋を貸して、宿屋として種売りや行商人たちを泊まらせるようにもした。義母のツネはそれがどうしても許せなかったのだ。

那須子が北海道に嫁いできたのは、大沼湖畔を開拓した倉島家の先祖たちと同じように、香川県の生れという縁があったからだった。一八九七（明治三〇）年、倉島家は香川から多木田家ほか五軒とともに大沼湖畔に入植し、大湿地帯だったあたり一帯を開墾した。苦労して水路を巡らせ開拓してきたが、開墾をおえた土地の大半は不当にも、香川の名士である多木田家の所有となったのである。

倉島家のある軍川駅は函館にほど近い、函館本線の大沼湖畔にある駅である。軍川という地名は古戦場の跡かなにかだと思っていたが、作中の説明によれば、諸説があるがむかしこの付近に住んでいたアイヌの酋長イクサンタにちなんで名づけられたというが、一九六四（昭和三九）年六月にまたもとの大沼という駅名に戻されたというのだ。この駅は函館本線の支線が噴火湾に沿って走る砂原《さわら》線との分岐点にあり、大沼公園や遠くに駒ヶ岳を望みながら裾野を回りこむように走れば函館本線で、おもに噴火湾を右手にみながら走れば砂原線であり、いずれも四〇分か五〇分ほどで両線は森駅で合流してまた函館本線となり、札幌方面に向うことになる。私も軍川駅には幼いころの記憶があり、祖母に連れられて行った青森の親戚の家からの帰途、砂原線に乗りかえるために見知らぬ人々にまじって、軍川駅の暗い待合室でじっと蒸気機関車の出発を待っていたのを覚えている。

山梨出身の以久子が大沼の秀雄のもとに嫁いできたところから物語は始まっているが、そのあとも次男の文雄には以久子の妹の朗子が、そして三男の満男には朗子の妹のハナ江が嫁いでくることになる。珍しいことに、倉島家の三兄弟のところに山梨の三姉妹が嫁いできたわけだ。こうして倉島家は寡婦の那須子を中心に、みんなが力をあわせて戦後の困難を乗りこえて行くことになるのである。

やがて秀雄が趣味ではじめた木彫りの熊が観光客に売れるようになったが、木彫りの土産物を売っているだけでは、家族の暮し向きにそんなに余裕が生まれるわけではなかった。宿屋もやっていることで家をどうにか維持できていたのだ。兄弟のなかで唯一の戦争帰りである文雄は、終戦後はしばらく函館の電気店で働いていたが、すぐに辞めてずっと家に引きこもっていた。しかし、この一年ほどは大沼湖で苦手な屋形船の船漕ぎを仕事にしていたが、それも辞めて電器屋をはじめていた。

三男の満男は高校を卒業してから一年ほど国鉄に勤めたが、体が弱いのを理由に一年ほどで辞めてしまい、いまは秀雄の手伝いで木彫りの真似事をしていた。こうして倉島家では三兄弟と三姉妹、それに五人の子供という大家族で暮らしていたが、台風後に新築した家の玄関脇には文雄の「倉島電機」が看板をかかげ、家の奥まったところにある細工場では連日、家族総出で作業が行われていた。とくに木彫りの状差しには注文が殺到していた。

しかし、「カニ族」と呼ばれる若者たちの貧乏旅行がブームになったころから、木彫りの熊の売り上げには急激に翳りがみえはじめていた。「カニ族」たちは木彫りの木工品にはまったく興味を示さなくなったからだ。その一方で、文雄のはじめた倉島電機の商売は時代の波に乗って、変わらずに繁盛していた。文雄の家族は倉島家の大所帯から離れて、近隣に土地を買って新しい店を開き、併設して家族用の一戸建てもたてるまでになった。

他方、木彫り製品の売り上が不振に陥った秀雄は、木工の会社はそのまま満男に引き継いでもらい、自分はユースホステル経営に乗り出すことにした。「イクサンダー大沼ユースホステル」と名づけて開所すると、たちまち大学生たちのあいだで評判となり、人気投票で全国第二位に選ばれるほどになった。駒ヶ岳と大沼の絶景ばかりでなく、「大沼湖畔に訪れる夜は深い。草木のざわめきや、野鳥や生き物の息遣いまでを気配として感じられる」ような静謐さも売りになったからだ。

しかし、そのうちに母親の那須子ががんになり、函館にある病院を見舞った秀雄ら子供たちに向って、死期の迫った那須子は「私ね、大沼にはじめてお嫁に来たとき、おじいちゃんと一緒にワルツを踊ったんだよ」とうち明けるのだった。小説のタイトルはむろんこの告白に由来しているが、秀雄もやがて末期の膀胱がんであることが判明し、二五年の節目にユースホステルを閉じるところで『大沼ワルツ』は終わっている。

谷村志穂はここ一五年ほどのあいだで、函館やその近郊を舞台とする小説をいちばん多く書いている現役作家である。函館生まれではないが、母親の出身地である函館を訪ねるうち、そのエキゾチックな街の魅力にとり憑かれたのであろう。『海猫』も『黒髪』も、『尋ね人』も『大沼ワルツ』もそうした函館の魔力に憑依《ひょうい》された人の作品だ。

宇江佐真理の『幻の声』

谷村志穂とおなじようにエンターテイメント系の女性作家に、時代小説家の宇江佐《うえざ》真理がいる。宇江佐真理は一九四九（昭和二四）年に函館に生まれ、二〇一五（平成二七）年に惜しまれながら乳がんで函館の病院で死去した。六六歳であった。宇江佐真理の本名は伊藤香というが、エッセイ集の『ウエザ・リポート』の「あとがき」によれば、ペンネームの由来はさして深い意味はなく「ウエザー・リポート（天気予報）のもじりである」と本人は説明している。

以下、『なぜ、北海道はミステリー作家の宝庫なのか？』の作家案内、小説の著者紹介などを参照して、宇江佐真理のおおまかな経歴を紹介しておきたい。宇江佐は旧制函館中学の流れをくむ函館中部高校を経て、函館大谷女子短期大学を卒業してから就職している。二九歳で結婚し、主婦をつづけながら作家を目指したといわれている。一九九五（平成七）年、「幻の声」（『オール讀物』五月号）で第七五回オール讀物新人賞を受賞した。同作品も収録した連作短編集『幻の声　髪結い伊三次捕物余話』が直木賞候補になり、一躍注目されるところとなった。

「幻の声」の主人公、伊三次は表向き廻り髪結いをしているが、「十手も手形も持ってはいないが、八丁堀の同心から手先として使われるもう一つの顔」を持っている。廻り髪結いといえば、いまでいえば巡回の床屋のようなものだ。贔屓《ひいき》の客はそう多くいるわけではないが、いくつかの大店の主人たちが伊三次の回ってくるのを待っているので、一日おきぐらいに茅場町から深川に通っている。

深川の「男まさりの芸者」、お文にも心惹かれながらも伊三次は、さながら密偵のように江戸の町を徘徊して、事件の情報を集めているのである。近頃では「妙に腕のいい忍び髪結い」として、北町奉行の定廻り同心たる不破友之進の全幅の信頼を得るようになってきていた。

ただ伊三次がかかわる事件は流血の惨事のようなものではなく、身代金を要求する誘拐事件や芸者がらみの痴情事件ばかりだ。時代小説といっても派手な流血の惨事がくり広げられる武家ものではなく、江戸庶民のあいだのいわば揉めごとを解決に導くような捕り物劇である。この廻り髪結いが活躍する「髪結い伊三次捕物余話」シリーズは、一五〇万を超えるベストセラーになり、一九九九年には「髪結い伊三次」としてテレビドラマ化もされた。

二〇〇〇（平成一二）年には『深川恋物語』で吉川英治文学新人賞を受賞している。この作品は短編時代小説集だが、花火職人、凧《たこ》師、大工、乾物問屋の手代など庶民の生活を小気味よい軽快な文章で描いている。そして二〇〇一年には『余寒の雪』で中山義秀文学賞を受賞した。ついでに函館市文化賞も受賞している。『余寒の雪』に収録されている作品の多くは市井の人々を描いたものだが、表題になっている「余寒の雪」は伊達藩の武芸にすぐれた女剣士の知佐が、剣の修行のために江戸にでてきたが、あきらめて北町奉行所の同心の後添えになる話である。

宇江佐真理は時代小説の作家ということで函館を舞台にした作品はないが、道南近郊の松前藩を題材にした小説はある。文春文庫版の『余寒の雪』所収の「蝦夷松前藩異聞」という武家ものである。栄吉こと蠣崎将監広伴《かきざきしょうげんひろとも》が松前藩主の昌広から家老職を解職されるが、新藩主のもとで復権して藩の復興に粉骨砕身する物語である。

このように宇江佐真理は時代小説のトップスターとして活躍し、『幻の声　髪結い伊三次捕物余話』などで六度にわたり直木賞候補になるほどの時代の寵児であった。函館在住の女性作家がなぜ時代小説を量産したのかという素朴な疑問もあるが、時代小説ということでいうなら、函館は明治時代から時代小説の作家を輩出してきた土地なのである。たとえば、丹下左膳シリーズの林不忘《ふぼう》（長谷川海太郎）や、函館中学のはるか先輩である久生十蘭《ひさお》も水谷準も時代小説を書いているからである。

宇江佐真理はまた函館で生まれ、函館で亡くなった作家として知られている。デビューしてからも東京に居を移すことはなかった。宇江佐はその理由をエッセイ「私の函館」のなかでこう述べている。「ファクシミリ、メールなどの発達で、今や作家は東京に住まなくても仕事ができる時代になった」というのが一つ目の理由。二つ目の理由は「私は、東京に仕事場を持つことは最初から考えなかった。デビュー当時、子供達はまだ学校に通っていたし、亭主は函館で仕事をしている。加えて私の両親が私の家の隣りに住んでいた。四人姉妹の長女である私は両親の老後を見る責任も感じていた」からだというのだ。

これが函館に住みつづけながら作家活動を展開した主たる理由なのであろうが、どうやら宇江佐は根っから函館の街が好きなのだと思われるのだ。各地の地方都市とおなじように、駅前商店街の衰退を気にしながら、「東京に限らず、どこへ旅行しても函館に戻って来ると大きく深呼吸してしまう。この街の匂い、清涼な空気が私を捉えて放さない」（『見上げた空の色』）と述べているからだ。あるいは「斜陽の街は覇気が感じられない代わり、東京のように気ぜわしくもない。函館は私にとって、ふるさとであると同時に、今も暮らす場所なのだ」（『ウエザ・リポート』）と述べているからだ。亀井勝一郎のような手ばなしの礼讃はしていないが、佐藤泰志とおなじように根底では郷土愛を持ちつづけた作家だったのだ。

今野敏《びん》は警察小説の書き手として名前は知っていたが、私はまったく読んだことがなかった。何年もまえのことだったが、函館空港の売店の一角に函館関連本をならべたコーナーがあり、そこに『寮生――一九七一年、函館。――』という文庫本が置いてあったので、函館というタイトルに興味を惹かれて手に取ってみた。カバーの著者紹介によれば、作家は北海道生まれであり、文庫の小説は函館ラ・サール高校時代の寮生活をモデルにした、軽いミステリー仕立ての小説である旨の紹介文が書かれていた。

函館ということで帰京してから、今野敏のことをあれこれ調べてみた。鷲田小彌太・井上美香編『なぜ、北海道はミステリー作家の宝庫なのか?』、自伝的エッセイの『流行作家は伊達じゃない』、あるいは多種多様な文庫本の作家紹介なども調べてみた。

それらを総合すると、作家今野敏（本名は敏《さとし》）は一九五五（昭和三〇）年九月二七日、北海道三笠市に生まれている。地図好きの私は三笠の位置を子供のころから知っていたが、本人の説明によると「北海道の中央よりやや西、空知《そらち》地方の片隅に、三笠という東と北と南の三方を山に囲まれた小さな炭鉱町がある」、「山ひとつへだてた隣町が夕張と言ったほうがわかりやすい」、「夕張に負けないくらい美味しい特産物のメロンがあったり、誰もが知っているだろう、『北海盆唄』の発祥の地」（『流行作家は伊達じゃない』）であると紹介している。

小学校三年生のときに、公立高校の教師であった父親の転勤によって、岩見沢に転居した。小学時代の今野は、「手足がひょろ長く、背だけはたかかったものの、おそろしくひ弱で内気で弱虫な子供だった」。岩見沢は三笠とは異なり信号のある街であり、この岩見沢時代は、「大山倍達やブルース・リーに憧れて、自作した巻藁を庭に立てて練習していた。その経緯については、『琉球空手、ばか一代』に書いている」（「作家生活40周年記念　思い出の地を語る」）と述べている。

中学校に入ると、父親がやっていた影響もあり、剣道部に入部した。「体は大きくなっていても、ひ弱で内気な性格には変わりなく、それを何とか克服したいとでも思ったのか、すんなりと部活動に剣道を選んだような気がする」（『流行作家は伊達じゃない』）と語っている。この中学生時代に北杜夫の『幽霊』を読んで魅了され、なぜか分からぬままに憧れ、「自分で書店に行って、本を選んで買う初めての作家になった」（同上）というのだ。こうした北杜夫の魅力を紹介してくれた詩人であり友人の父親でもある人の影響を通して、北杜夫への傾倒と憧憬からみずからも詩を書きはじめるようになったというのである。

中学三年生になると、父親の転勤によってまた、道央の岩見沢から道南の江差に引っ越すことになった。江差は民謡の江差追分で知られる檜山《ひやま》支庁の小さな町だが、「かつては鰊《にしん》御殿が建つほどに栄えていたらしいが、当時はもうすっかりと斜陽の町と化していた」（同上）。この田舎の中学でひたすら勉強にはげみ学年のトップとなり、郡部から市部の高校をめざす優秀な生徒が多く集まる函館ラ・サール高校に進学した。私の母校である砂原中学校からも当時、父親の仕事の関係で函館から転校してきた学年一位の生徒が、函館ラ・サールにひとりだけ合格したので、今野敏の言っていることはよく分かるのである。

一九七一年、函館ラ・サール高校に入学して寮生活をはじめることになった。そのころの函館市内の高校で寮生活を取り入れていた高校は、おそらくラ・サール高校だけだ。『流行作家は伊達じゃない』のなかで、今野はこう説明している。

ラ・サールは全校生徒の七、八割は函館以外の土地から来ているので、生徒は下宿か学校の敷地内にある寮に入ることになる。通称タコ部屋。一年生は大人数の大部屋で、アメリカの軍隊映画に出てくる、新兵が入隊してすぐに押し込められる、体育館のようなところにずらりと二段ベッドが並んでいるという、まさにあれを思い浮かべてくれればいい。私らのときは一学年六クラス、二百五十人くらいの生徒のうち、三分の二が寮生だった。

今野の場合、父親がまた江差から函館の高校に転勤になったので、寮生活は一年だけで二年生からは卒業まで市電による自宅通学になったというのである。『寮生』でも活写されているように、一年生のときは仲間と寮のレコード室に入りびたり、毎晩のようにジャズを聴いていたというのだ。結局のところ大学入試には失敗して、千葉の市川で一年間の浪人時代を送ることになり、代々木の予備校に通ってひたすら受験勉強に励んだ。

一浪後、かねてから志望していた上智大学文学部新聞学科に入学した。サークルは高校時代とおなじ茶道部と空手同好会に所属した。夏休みが終わったころから、マーケティングリサーチの会社でアルバイトをはじめ、それを四年生になるまで続けたが、最後には有名雑誌のレギュラーページをまかせられるまでになった。その一方で、大好きなジャズバンドの山下洋輔トリオから、天才的なドラマーの森山威男《たけお》が抜けたのを知って、ショックとともに無念と悔しさが募ってきて、この気持ちは小説でしか表せないと思いさだめ、叩きつけるようにして書いたのが一九七八（昭和五三）年、第四回『問題小説』新人賞を受賞した「怪物が街にやってくる」だった。

最終的に作品は大学三年生のときに完成し、新人賞に応募して受賞作となったのは四年生のときだった。これで専業作家になれるなど夢のまた夢だったので、就職活動をしてレコード会社の東芝ＥＭＩに入社した。肩書はアシスタント・ディレクターだったが、奴隷のようにこき使われる毎日だった。そんな苛烈な新入社員時代を経て、制作部から宣伝部に異動になったあたりから、また小説に手を染めるようになった。一九八二（昭和五七）年に書きつづけてきた処女長編小説『ジャズ水滸伝』を講談社ノベルスから出してもらったが、それをきっかけに三年間勤めてきた会社を退職した。

これで形としては専業作家になったが、なかなか売れるような作品を書くことができなかった。長い雌伏の時代を過ごしたが、暇がたっぷりあったので勉強のつもりで、警察物など海外の翻訳小説をたくさん読んで英気を養った。一九八五（昭和六〇）年ぐらいから出版業界はノベルス全盛の時代を迎えるようになり、ぼつぼつ書き下ろしの注文がくるようになり、生活も少しずつ安定してきた。

それ以降、今野は多産家で知られているように、注文はなるべく拒まず書きまくってきたといっても過言ではない。それまで百数十冊以上の著作があるはずだが、なかなかヒット作には恵まれなかった。初めて注目された作品は、一九九四（平成六）年に書き下ろしで出版した『蓬莱《ほうらい》』だといわれている。ハードカバーの最初の意欲作ともいわれ、コンピュータゲームにまつわる神南署の安積警部補チームの活躍を描いた警察小説だ。

一九九六年には好評を博した『リオ』を幻冬舎から出した。一九九九年には幻冬舎文庫に採録されたが、二〇〇七年には『リオ──警視庁強行犯係・樋口顕《あきら》』と改題して新潮文庫から出版された。捜査一課強行犯第三係の係長・樋口顕は作者とおなじ一九五五（昭和三〇）年生まれで、どことなく「全共闘世代」に反感を持っていて、「祭りのあとの後始末の世代」を自認している。この樋口が女子高生売春や援助交際などにからんだ、三つの殺人事件を解決するのがミステリー仕立ての小説の骨子になっている。

二〇〇六（平成一八）年にはおなじ警察小説の『隠蔽捜査』で第二七回吉川英治文学新人賞を受賞し、第五九回日本推理作家協会賞の候補作にもなった。主人公は東大法卒のエリート官僚、警察庁総務課課長の話で、末端の刑事や警察官の世界を描いた作品ではないが、じつに面白い警察小説になっている。

二〇〇七年には『果断──隠蔽捜査2』が出版されたが、この作品は翌年に第二一回山本周五郎賞と、第六一回日本推理作家協会賞を受賞した。このダブル受賞で今野敏はこの分野において、押しも押されもしない大御所になったといっても過言ではない。主人公は息子の薬物問題で、警察庁の総務課長から大森署署長に降格になった竜崎だが、卑劣な人質たてこもり事件を果断な再捜査で解決に導くところが読みどころである。こうしたキャリア警察官僚を主人公とする「隠蔽捜査」シリーズは、警察小説に新たな一ページを拓いたともいわれている。二〇一七（平成二九）年には「隠蔽捜査」シリーズで第二回吉川英治文学賞を受賞している。

そのほか私が読んだなかで印象に残っている警察小説には、『朱夏──警視庁強行犯係・樋口顕』がある。警視庁捜査一課係長の樋口が、かつて捜査本部で一緒だった若い巡査の足立が、自分の妻を誘拐して警備部長を脅迫するテロに出ようとしたとき、足立を逮捕して事件を解決にみちびくスリリングな物語だ。また外国を舞台にした警察物には『ST警視庁科学特別班──黒いモスクワ』がある。これは研修でモスクワに派遣された、爆破事件をめぐる科学班の活躍を描いた小説だ。

さらに小学時代から大学時代、そして社会人になってからも空手修行をしてきたように、今野には初の単行本である『ジャズ水滸伝』や『聖拳伝説』をはじめ多くの空手小説がある。『琉球空手、ばか一代』などでも触れられているように、今野は日本空手道常心門三段、常心流棒術準五段の実力の持ち主であり、いまでも「空手道今野塾」を主宰している。文武両道をまさしく地でゆく作家なのである。毛色の変わったところでは、『任侠書房』、二〇一九年に映画化された『任侠学園』、『マル暴甘糟』などの任侠シリーズも読んで面白いシリーズだ。

すでに述べたように、今野は一九七八（昭和五三）年に第四回『問題小説』新人賞を受賞して、作家のスタートラインに立ったが、ジャンルなどの関係からか函館を舞台とする小説はほとんど書いていない。函館にいたのは高校時代だけなので、警視庁の警察官を主人公とする小説が主流となっている。

私が知るかぎりでは、明治時代の函館の警察を描いたものとしては、一九三五（昭和三〇）年に函館に生まれた高城高《こうじょうこう》の『ウラジオストクから来た女　函館水上警察』、『函館水上警察』などがある。また日高地方の浦河出身の馳星周も、『帰らずの海』で函館生まれの刑事のことを書いている。

『寮生──一九七一年、函館。──』

しかし、今野敏にも函館を舞台にしたおそらく唯一の作品、『寮生──一九七一年、函館。──』がある。集英社のPR誌『青春と読書』に二〇一三（平成二五）年一〇月号から二〇一五年五月号まで連載された小説で、単行本は二〇一五年、文庫本は二〇一七年に刊行された。小説のモデルとなっているのは作者が卒業した函館ラ・サール高校で、文庫本の解説を担当している関口苑生はこの作品を「青春学園ミステリ」と名づけている。

物語のはじまりは江差町から高校の入寮準備のために、主人公の「僕」が函館にやってくることが発端となっている。函館ラ・サール高校はカトリック系の男子校で、全国から優秀な生徒たちが集まる進学校である。江差からの通学はとうてい無理なので、大半の生徒たちとおなじように「僕」も寮生活をはじめることにした。寮は三つの寮に分かれていて、一寮は一年生用の寮で一部が二階建ての平屋だ。一寮は体育館のような大部屋であり、そのなかに二百人分ほどの二段ベッドがずらりと並んでいる。

そんななかで「もともとが人見知りで引っ込み思案の僕」は夕食後、知りあった仲間たちとレコード室に入りびたり、毎晩のようにジャズのレコードを聴くような生活をはじめる。そのうち仲間の一人が「入魂会」という言葉を口にし、「入魂会の後、それを主催した二年生のうちの誰かが死ぬという伝説」があることをうち明けるのである。「入魂会」とは学生集会のようなもので、一部の二年生が一年生を集めてアジ演説を延々とやるようなものだというのだ。

そして今年も主催した二年生のひとりが、二寮の屋上から転落して死んだという噂が流れていた。警察は事故死という結論を下したが、死んだのは浅井という二年生のサッカー部の生徒だった。救急車で病院に運ばれる途中に亡くなったというのだ。去年も主催者の二年生がひとり、死んでいた。しかし、「死の真相に迫ろうとしたり、伝説の秘密を探ろうとした者も死ぬ」ともいわれていた。それでも「僕」たちは恐れをはねのけて、「入魂会」と「死」とのあいだに本当に因果関係があるのかどうか探りはじめるのだ。

調べていくうちに、死んだ生徒が遺愛女子高校の生徒とつき合っていたことが明らかになる。紹介したのはラ・サール高校の浜田という二年生で、三好という女生徒とは函館市内の中学校の同級生だった。しかし、紹介した浜田は本心では彼女のことが好きで、本当は自分がつき合いたいと思っていたのだ。

そして女生徒と二人だけの交際をはじめた浅井は、わずか一カ月後に転落死をとげてしまうのである。のちに浜田は高校のサッカー部の控えで、浅井がつねにレギュラーだったことも明らかになる。女生徒が「あなたがアサイ君を殺したのね」と浜田を問いつめると、浜田は浅井を屋上に呼びだして、突き落としたことを認める。嫉妬からだった。浜田は自首したが、最終的に浜田を犯人だと突きとめたのは「僕」たちの執拗な探索にあったのだ。

「怪物が街にやってくる」

この短編は『問題小説』新人賞を受賞した処女作であり、函館が出てくる小説でもある。小説のベースは高校の同級生に連れて行かれた新宿のピットインで、山下洋輔トリオの演奏を聴いたときの体験がもとになっている。『流行作家は伊達じゃない』ではこう書かれている。「中でも二代目山下トリオ、山下洋輔・坂田明・森山威男《たけお》の演奏を聴いたときは、心底打ちのめされた。『俺は何て凄いものを見てしまったんだろう』呆然としながら思った。特にドラムの森山さんにはころっといかされたのだった」。

そうしたなか年の暮れにトリオから、天才的なドラマーの森山が抜けると知って今野は動揺してしまうのだ。「ショックであり、無念であり、何より悔しかった。こんなに凄い人がどうしていなくなってしまうのだ。そんな悔しさが胸の内で高じてきたとき、ふと、そうかこの気持ちを小説にすればいいんだ、と感じた」（『流行作家は伊達じゃない』）。そのときの悔恨と喪失感を表現するために「怪物が街にやってくる」を書いたというのだ。

西荻窪駅の北口商店街を少し左にそれたところの地下室に、有名なライブスポットがあり、一流のジャズ・ミュージシャンが毎日、生演奏をたっぷりと聴かせてくれている。そこのマスターから演奏旅行に行かないかと声をかけられたのが、「武田巌男カルテット」だ。このグループは平均年齢三〇歳前後という若手が中心だが、実力は群を抜いている。「特にリーダーの武田巌男は、かつて、史上最強と謳われた、上杉京輔トリオで大活躍した男だ」。この武田のモデルはいうまでもなく、山下洋輔トリオを脱退した森山威男である。

演奏旅行先は湯の川の入口にある、函館市民会館小ホールである。上杉トリオの代演として、函館ジャズクラブに呼ばれたのだ。武田巌男はリハーサルに間に合うように、後から楽屋入りする予定になっていた。しかし、武田の乗った飛行機が猛吹雪で函館空港に着陸できず、千歳に行ってしまったというのだ。武田は特急で札幌から函館に向っているという。一時間ほど遅れて、武田は客席から舞台に駆けあがった。演奏は大成功だった。ジャズクラブの人たちが打ち上げの席で、「ねえ武田さん。もうこわいものなんてないですね。怪物が甦ったのだ」と絶賛してくれた。

タイトルの「怪物」はここからきているが、やがて武田巌男カルテットと上杉京輔トリオがセッションで対決する日がやってくるが、その場面はこう書かれている。

飯田橋と藤原が止む。ドラムソロだ。巌男はフルスピードで飛ばした。スティックの先が速過ぎて、完全に目に止まらなくなる。叩き出される澄んだ音と、バスドラムの地響きが、店中にはね返り、壁がビリビリと振動する感じだ。武田サウンドが駆け回る。

この一曲目が終ると、すさまじい喚声と拍手がまき起るが、それからすぐに早く上杉をだせと客同士の喧嘩がはじまるのだ。上杉派と武田派のファンの喧嘩なのだが、それを鎮めるためになぜか武田の雇っていた空手の向井田と、上杉派の中国拳法の達人「生かし屋」が登場し、それぞれのファンを蹴ちらしたあげく二人の武術対決となるのだ。このあたりのストーリーの流れはいささか荒唐無稽だが、今野のおはこであるジャズと空手を小道具として用いた文学的意匠に思われるのだ。

引用・参考文献

＊作家の経歴等については主として以下のものを参照した。日本近代文学館編『日本近代文学大事典』（講談社、一九八四）、北海道文学館編『北海道文学大事典』（北海道新聞社、一九八五）、近代作家研究事典刊行会編『近代作家研究事典』（桜楓社、一九八三）、木原直彦『北海道文学散歩Ⅰ　道南編』（立風書房、一九八二）、川崎賢子『彼等の昭和――長谷川海太郎・潾二郎・濬・四郎』（白水社、一九九四）などのほか、単行本や文庫の著者紹介、さらには適宜『ウィキペディア』も参照した。

第一章

見田宗介『近代日本の心情の歴史――流行歌の社会心理史』講談社学術文庫、一九七八
なかにし礼『歌謡曲から「昭和」を読む』ＮＨＫ出版新書、二〇一一
高橋掬太郎『流行歌三代物語』学風書院、一九五六
――『日本民謡の旅（上・下）』第二書房、一九六〇―六八
高護『歌謡曲――時代を彩った歌たち』岩波新書、二〇一一
司馬遼太郎『燃えよ剣（下）』新潮文庫、一九七二
亀井勝一郎「海峡と馬鈴薯の花――はこだての風景」『亀井勝一郎全集』第一四巻、講談社、一九七二
水上勉『飢餓海峡（上・下）』新潮文庫、一九九〇
中井英夫『虚無への供物』講談社文庫、一九七四
谷村志穂『尋ね人』新潮文庫、二〇一五
上田廣『津軽海峡』青函船舶鉄道管理局、一九五七
今野敏『寮生――一九七一年、函館。――』集英社文庫、二〇一七
なかにし礼『兄弟』文藝春秋、一九九八

本多貢『北海道地名漢字解』北海道新聞社、一九九五
宇江佐真理『ウエザ・リポート』ＰＨＰ研究所、二〇〇七
赤坂憲雄『北のはやり歌』筑摩書房、二〇一三

第二章

川内康範『おふくろさんよ　語り継ぎたい日本人のこころ』マガジンハウス、二〇〇七
輪島裕介『創られた「日本の心」神話――「演歌」をめぐる戦後大衆音楽史』光文社新書、二〇一〇
五木寛之『海峡物語』双葉文庫、二〇一五
斎藤茂『歌謡曲だよ！　人生は』マガジンハウス、二〇〇〇
山口洋子『背のびして見る海峡を』文藝春秋、一九九七
竹熊健太郎『篦棒《べラボー》な人々――戦後サブカルチャー偉人伝』太田出版、一九九八
田中清玄『田中清玄自伝』ちくま文庫、二〇〇八
大須賀瑞夫『評伝田中清玄　昭和を陰で動かした男』勉誠出版、二〇一七
佐野眞一『唐牛伝　敗者の戦後漂流』小学館、二〇一六
宮内勝典『永遠の道は曲りくねる』河出書房新社、二〇一七
西野鷹志『風の Café 木漏れ日　函館』響文社、二〇一一
中村嘉人『古い日々――さる日、さる人、さる町の』未来社、一九九四
西部邁『六〇年安保　センチメンタル・ジャーニー』文藝春秋、一九八六
田家秀樹『ビートルズが教えてくれた』アルファベータブックス、二〇一七
亀田誠治「シーンの王道を往く　ＧＬＡＹサウンドの秘密」、〈総力特集ＧＬＡＹ〉『別冊カドカワ』GLAY 二〇〇五
ウォーカームック３７２『GLAY Walker 函館』角川マガジンズ、二〇一三
ウォーカームック〈GLAY と函館～ルーツを探す帰郷〉『GLAY Walker 2918 函館』KADOKAWA, 二〇一八
辻仁成「函館青春ロック」『GLAY Walker 2018 函館』KADOKAWA, 二〇一八

GLAY「言葉　ビート　次への覚悟」『朝日新聞』夕刊、二〇一九年一〇月一〇日
川村元気『世界から猫が消えたなら』マガジンハウス、二〇一二、小学館文庫、二〇一四
佐藤利明『石原裕次郎　昭和太陽伝』アルファベータブックス、二〇一九
新井満『生きている。ただそれだけで、ありがたい。』河出書房新社、二〇一五
——『千の風になって』講談社、二〇〇三
南風椎（訳）『一〇〇〇の風　あとに残された人へ』2版、三五館、二〇一四

第三章

金田一京助「解説」『一握の砂・悲しき玩具』新潮文庫、一九五二
石川啄木『一握の砂・悲しき玩具』新潮文庫、一九五二
司馬遼太郎『燃えよ剣（上・下）』新潮文庫、一九七二
佐々木譲『武揚伝（上・下）』中公文庫、二〇一七
久生十蘭・渡辺紳一郎（対談）「話の泉」『別冊週刊朝日』一九五五年四月
河出書房新社編集『久生十蘭――評する言葉も失う最高の作家』河出書房新社、二〇一五
赤坂憲雄『北のはやり歌』筑摩書房、二〇一三
川崎彰彦『私の函館地図』たいまつ社、一九七六
宮沢賢治「噴火湾」『春と修羅』『新校本 宮澤賢治全集』第二巻、筑摩書房、一九九五
「森蘭航路」『北海道新聞』、二〇一八年四月二二日
李恢成『伽耶子のために』新潮文庫、一九七五
——『可能性としての「在日」』講談社文芸文庫、二〇〇二
木原直彦『北海道文学散歩Ⅰ　道南編』立風書房、一九八二
「小栗康平コレクション2」ＤＶＤ『伽倻子のために』駒草出版、二〇一六
金石範『「在日」の思想』講談社文芸文庫、二〇〇一

第四章

川崎賢子『彼等の昭和―長谷川海太郎・潾二郎・濬・四郎』白水社、一九九四
中村嘉人『函館人』言視舎、二〇一三
工藤英太郎『「丹下左膳」を読む』西田書店、一九九八
室謙二『踊る地平線―めりけんじゃっぷ長谷川海太郎伝』晶文社、一九八五
長谷川四郎「ガンガン寺の鐘」『文学的回想』晶文社、一九八三
――「海太郎兄さん」（同）
――「失われた時計」（同）
亀井勝一郎「東海の小島の思い出」『亀井勝一郎全集』第一三巻、講談社、一九七一
谷譲次「テキサス無宿」『テキサス無宿』社会思想社現代教養文庫、一九七五
――「方々記」（同）
――「二つの十字架」（同）
――「ヤング東郷」（同）
――「喧嘩師ジミイ」（同）
――「感傷の靴」（同）
――"Sail, Ho" （同）
――「デュ・デボア夫人の幽霊」『もだん・でかめろん』社会思想社現代教養文庫、一九七五
――「太郎とB・V・D」（同）
――「兎の手」（同）
――「国のない人々の国」（同）
――『踊る地平線（上・下）』岩波文庫、一九九九
――出口裕弘編『谷譲次　テキサス無宿／キキ』みすず書房、二〇〇三

――「キキ」（同）
――「魔法と絨毯」（同）
――「妖怪と南瓜と黒猫の夜」（同）
――「兎の手」（同）
――「国のない人々の国」（同）
――『めりけんじゃっぷ商売往来』社会思想社現代教養文庫、一九七五
――「拒絶票蒐集病患者」（同）
――「悲しきタキシイド」（同）
出口裕弘「解説」『谷譲次　テキサス無宿／キキ』（同）
中田耕治「解説」『テキサス無宿』社会思想社現代教養文庫、一九七五
尾崎秀樹「解説」『もだん・でかめろん』（同）社会思想社現代教養文庫、一九七五
――「解説」『世界怪奇実話Ｉ』桃源社、一九七二
鷲田小彌太・井上美香『なぜ、北海道はミステリー作家の宝庫なのか？』亜璃西社、二〇〇九
逸見久美『翁久允と移民社会　一九〇七―一九二四　在米十八年の軌跡　』勉誠出版、二〇〇二
川崎賢子・江口雄輔監修『谷譲次―めりけんじゃっぷ一代記』博文館新社、一九九五
金子光晴『マレー蘭印紀行』中公文庫、二〇〇四
――『詩人』講談社文芸文庫、一九九四
――『絶望の精神史』講談社文芸文庫、一九九六
奥野健男『日本文学史』中公新書、一九七〇
鈴木貞美『日本の「文学」を考える』角川書店、一九九四
阿川尚之『アメリカが見つかりましたか―戦前篇』都市出版、一九九八
牧逸馬「浴槽の花嫁」『世界怪奇実話Ｉ　浴槽の花嫁』社会思想社現代教養文庫、一九七五
――「女肉を料理する男」（同）

――「運命のＳＯＳ」（同）
――「戦雲を駆る女怪」（同）
――『地上の星座』湊書房、一九四九
松本清張「解説」「牧逸馬の『実話』手法――牧逸馬と私」『世界怪奇実話Ⅰ』
林不忘『丹下左膳　乾雲坤竜の巻（上・下）』講談社文庫、一九九六
金井美恵子（巻末エッセイ）「きらめく手腕」『丹下左膳（上）』（同）
浅子逸男「林不忘　人と作品」（同）
渡辺紳一郎「北海道の人とことば」〈北海道文学全集別巻〉『北海道の風土と文学』立風書房、一九八二
谷譲次、牧逸馬、林不忘『一人三人全集』全一六巻、新潮社、一九三三〜三五

第五章

川崎賢子「久生十蘭」『久生十蘭――遁走するファントマ』博文館新社、一九九二
五木寛之『青春の門　第三部　放浪篇』講談社文庫、一九九〇
久生十蘭「アブオグルの夢、遠近法を捜す透明な風景」『久生十蘭――遁走するファントマ』博文館新社、一九九二
――「蛇の卵」（同）
――「月光と硫酸」『地底獣国』社会思想社現代教養文庫、一九七六
――「ノンシャラン道中記」『黄金遁走曲』社会思想社現代教養文庫、一九七六
――「葡萄蔓の束」『久生十蘭ジュラネスク・珠玉傑作集』河出文庫、二〇一〇
――「国風」『十蘭ビブリオマーヌ』河出文庫、二〇一二
――「母子像」『湖畔・ハムレット』講談社文芸文庫、二〇〇五
――「鈴木主水」『久生十蘭短篇選』岩波文庫、二〇〇九
――「海豹島」『地底獣国』社会思想社現代教養文庫、一九七六
――江口雄輔「解説」『湖畔・ハムレット』講談社文芸文庫、二〇〇五

河出書房新社編『久生十蘭──評する言葉も失う最高の作家』河出書房新社、二〇一五
水谷準「お・それ・みを──私の太陽よ、大空の彼方に──」『〈怪奇探偵小説名作選3〉水谷準集』ちくま文庫、二〇〇二
──「胡桃園の青白き番人」（同）
──「窓は敲かれず」『窓は敲かれず』岩谷書店、一九五〇
──「追いかけられた男の話」（同）
──「ある決闘」（同）
──「金箔師」（同）
──『雪国にて　北海道・東北編』双葉社、二〇一五
──「作家をつくる話　なつかしき『新青年』時代」『ひとりで夜読むな』角川書店、二〇〇一
──（翻訳）『怪盗ルパン』（ルブラン）角川文庫、一九七七
今日出海『山中放浪』中公文庫、一九七八
川成洋『スペイン戦争──ジャック白井と国際旅団』朝日選書、一九八九
──『ジャック白井と国際旅団──スペイン内戦を戦った日本人』中公文庫、二〇一三
司馬遼太郎『菜の花の沖（三・四・五・六）』文春文庫、二〇一六
井上靖『おろしや国酔夢譚』文春文庫、一九七四
中村嘉人「函館空間の物語──長谷川海太郎の函館空間」『古い日々』未来社、一九九四

第六章

利根川裕「年譜」『信仰について』旺文社文庫、一九六八
亀井勝一郎「東海の小島の思い出」『亀井勝一郎全集』第一三巻、講談社、一九七一
──「函館八景」『亀井勝一郎全集』第一四巻、講談社、一九七二、『亀井勝一郎著作集』第六巻、創元社、一九五三
──「鯟」『亀井勝一郎全集』第一四巻（同）
──「法隆寺」『大和古寺風物誌』新潮文庫、一九五三

――『我が精神の遍歴』角川文庫、一九五四
――『人間教育』角川文庫、一九五二
――「わが思想の歩み」『亀井勝一郎著作集』第六巻、創元社、一九五三
――「初旅の思い出」『大和古寺風物誌』
――『親鸞――私の宗教観』角川新書、一九五四
――『聖徳太子』角川新書、一九五七
――『信仰について』旺文社文庫、一九六八
――『愛の無常について』角川文庫、一九六六
――『青春論』角川文庫、一九六二
――『無頼派の祈り』審美社、一九六四
――「津軽海峡」『亀井勝一郎全集』第一四巻、『北海道文学全集別巻』立風書房、一九八二
――「吹雪」『亀井勝一郎全集』第一三巻、講談社、一九七一
大須賀瑞夫『評伝　田中清玄　昭和を陰で動かした男』勉誠出版、二〇一七
中村嘉人『古い日々』未来社、一九九四
――「函館空間の物語――長谷川海太郎の函館空間」（同）
――『函館人』言視舎、二〇一三
木原直彦『北海道文学散歩Ⅰ　道南編』

第七章

長谷川潾二郎『長谷川潾二郎画文集』求龍堂、二〇一〇
鮎川哲也「ファンタジーの細工師・地味井平造」『幻の探偵作家を求めて』晶文社、一九八五
地味井平造「煙突奇談」『ミステリーの愉しみ 第一巻 奇想の森』立風書房、一九九一
――「魔」〈日本探偵小説全集11〉『名作集Ⅰ』創元文庫、一九九六

――「人攫い」『甦る「幻影城」Ⅱ』角川書店、一九九七
川崎賢子『彼等の昭和―長谷川海太郎・潾二郎・濬・四郎』白水社、一九九四
大島幹雄『満洲浪漫―長谷川濬が見た夢』藤原書店、二〇一二
長谷川濬『函館散文詩集　木靴をはいて―面影の函館』はこだてフォトアーカイブス・はこだて写真図書館、二〇〇九
――「木靴」『函館散文詩集』（同）
――「木靴をはいて―ふるさとの小路で」（同）
――「坂のある港町」（同）
――「はこだてハリストス教会」（同）
――「鳥爾順河」『満洲国各民族創作選集』創元社、一九四二
――（翻訳）『偉大なる王』（バイコフ）文藝春秋、一九四一
――（翻訳）『デルスウ・ウザーラ』（アルセーニエフ）東洋文庫、平凡社、一九四二
長谷川四郎『文学的回想』晶文社、一九八三
――（翻訳）『パスキエ家の記録』（デュアメル）みすず書房、一九五〇
――「〈私の処女作〉『シベリヤ物語』」『長谷川四郎全集』第一巻、晶文社、一九七六
――「勲章」『シベリヤ物語』（同）
――「馬の微笑」（同）
――「砂丘」（同）
――「海に落ちた話」（同）
――「シベリヤから還って」『長谷川四郎全集』第二巻、晶文社、一九七六
――「勲章」『シベリヤ物語』（同）
――「馬の微笑」（同）
――「チフス」『阿久正の話』河出書房、一九五五
――「ホタル商会」（同）

――『鶴』みすず書房、一九五三、〈現代の文学22〉『長谷川四郎・開高健集』講談社、一九七三、講談社文庫、
　文庫、一九九〇
――「帰郷者の憂鬱」『随筆丹下左膳』みすず書房、一九五九。『長谷川四郎全集』第三巻、一九七六
――『シベリヤ物語』筑摩書房、一九五二、『長谷川四郎全集』第一巻、一九七六、講談社文芸文庫、一九九一
――「シルカ」『シベリヤ物語』講談社文芸文庫、一九九一
――『長谷川四郎作品集I』晶文社、一九六六
――「港の釣り」『長谷川四郎全集』第四巻、一九七六
――「函館の魚石」（同）
――「回郷偶書」『長谷川四郎全集』第一巻
――「北の家族」『長谷川四郎全集』第二巻、一九七六
――「わが故郷函館」（同）
――「私のふるさと・北海道」『えきすぷれす』日本通運出版部、一九六六
――（翻訳）『ロルカ詩集』みすず書房、一九七八
――（英語からの重訳）『壁に隠れて――理髪師マヌエルとスペイン内乱』（フレーザー）平凡社、一九七三
――『無名氏の手記』みすず書房、一九五四
――『模範兵隊小説集』筑摩書房、一九六六
――『ボートの三人』河出書房新社、一九七一
亀井勝一郎「北方の海の旅愁」『亀井勝一郎全集』第一四巻、一九七一
川村湊『満洲崩壊――「大東亜文学」と作家たち』文藝春秋、一九九七
福島紀幸「解題」『長谷川四郎全集』第二巻
長谷川元吉『父・長谷川四郎の謎』草思社、二〇〇二
高杉一郎『極光のかげに』目黒書店、一九五〇
内村剛介『生き急ぐ　スターリン獄の日本人』三省堂新書、一九六七。のちに中公文庫、講談社文芸文庫など。

石原吉郎『望郷と海』筑摩書房、一九七二
香月泰男『私のシベリヤ――香月泰男文集』筑摩書房、一九八四
立花隆『シベリア鎮魂歌　香月泰男の世界』文藝春秋、二〇〇四
坪内祐三「長谷川四郎」『長谷川四郎――時空を超えた自由人』河出書房新社、二〇〇九
奥野健男「現代文学風土記・北海道」『北海道の風土と文学』立風書房、一九八二

第八章

佐藤泰志『佐藤泰志作品集』クレイン、二〇〇七
――『海炭市叙景』小学館文庫、二〇一〇
――「市街戦のジャズメン」『もうひとつの朝　佐藤泰志初期作品集』河出書房新社、二〇一一、『1968〔2〕文学』筑摩書房、二〇一八
――「移動動物園」『移動動物園』新潮社、一九九一、小学館文庫、二〇一一、『佐藤泰志作品集』
――「きみの鳥はうたえる」『きみの鳥はうたえる』河出文庫、二〇一一、『佐藤泰志作品集』
――『黄金の服』河出書房新社、一九八九、小学館文庫、二〇一一、『佐藤泰志作品集』
――「美しい夏」『大きなハードルと小さなハードル』河出文庫、二〇一一、〈日本文学一〇〇年の名作　第八巻　1984―1993〉『薄情くじら』新潮文庫、一九一五
――「オーバー・フェンス」『黄金の服』（同）
――「十年目の故郷」『佐藤泰志作品集』
――『そこのみにて光輝く』河出書房新社、一九八九、河出文庫、二〇一一
――「青函連絡船のこと」『佐藤泰志作品集』
――『大きなハードルと小さなハードル』河出文庫、二〇一五
――『現代小説クロニクル（1985―1989）』講談社文芸文庫、二〇一五、『佐藤泰志作品集』
――『海炭市叙景』集英社、一九九一、小学館文庫、二〇一〇

――「青春の記憶」『戦争小説短篇名作選』講談社文芸文庫、二〇一五
川村湊「解説」『現代小説クロニクル（1985―1989）』講談社文芸文庫、二〇一五
福間健二『佐藤泰志　そこに彼はいた』河出書房新社、二〇一四
――「解説」『そこのみにて光輝く』河出文庫
――監修『佐藤泰志　生の輝きを求めつづけた作家』河出書房新社、二〇一四
――「解説」『海炭市叙景』小学館文庫、二〇一〇
若松英輔「解説」（同）
小熊英二『1968（上）』新曜社、二〇〇九
山崎博昭プロジェクト編『かつて10・8羽田闘争があった』合同フォレスト、二〇一八
開高健「衣食足りて文学は忘れられた!?」『開高健全集』第二〇巻、一九九三
大江健三郎『大江健三郎　作家自身を語る』新潮社、二〇〇七
小谷野敦『文学賞の光と影』青土社、二〇一二
渡辺淳一「夏への惜別」『北国通信』集英社文庫、一九八五
川本三郎「解説」『海炭市叙景』小学館文庫
立松和平『遠雷』河出文庫、一九八三
吉岡栄一『文芸時評――現状と本当は恐いその歴史』彩流社、二〇〇七

第九章

「辻仁成――作家の未来」『国文学』二〇〇五年一一月臨時増刊号
辻仁成『そこに僕はいた』新潮文庫、一九九五
――『ピアニシモ』集英社、一九九〇、集英社文庫、一九九二
――『クラウディ』集英社、一九九〇、集英社文庫、一九九三
――『ミラクル』講談社、一九九三、新潮文庫、一九九七

――『母なる凪と父なる時化』新潮社、一九九四、新潮文庫、一九九七
――『アンチノイズ』新潮社、一九九六、『ＴＯＫＹＯ デシベル』（改題）文春文庫、二〇〇七
――『海峡の光』新潮社、一九九七、新潮文庫、二〇〇〇
――『白仏』文藝春秋、一九九七
――『冷静と情熱のあいだ Blu』角川書店、一九九九、角川文庫、二〇〇一
――『千年旅人』集英社文庫、二〇〇二
――『幸福な結末』角川書店、二〇〇五
――『右岸（上・下）』集英社文庫、二〇一二
――『オキーフの恋人　オズワルドの追憶』小学館、二〇〇三、小学館文庫、二〇一三
――『日付変更線（上・下）』集英社文庫、二〇一八
――『ニュートンの林檎（上・下）』集英社、一九九六、集英社文庫、一九九九
――『パッサジオ』文藝春秋、一九九五、文春文庫、一九九八
――『函館物語』集英社文庫、一九九六
福間健二『佐藤泰志　そこに彼はいた』河出書房新社、二〇一四
――監修『佐藤泰志　生の輝きを求めつづけた作家』河出書房新社、二〇一四
瀬々敬久「本棚には佐藤泰志の本は一冊もない」（同）
川西政明「解説」『母なる凪と父なる時化』新潮文庫

第十章
谷村志穂『結婚しないかもしれない症候群』主婦の友社、一九九〇、角川文庫、一九九二
――『大沼ワルツ』小学館、二〇一六
――『海猫（上下）』新潮社、二〇〇二、新潮文庫、二〇〇四
――『黒髪』講談社、二〇〇七、講談社文庫、二〇一〇

――『尋ね人』新潮社、二〇一二、新潮文庫、二〇一五
――『アクアリウムの鯨』八曜社、一九九一
――「函館　人恋しくなる街」『朝日新聞』、二〇一六年三月二四日
宇江佐真理『ウエザ・リポート』PHP研究所、二〇〇七
――『幻の声　髪結い伊三次捕物余話』文藝春秋、一九九七
――『深川恋物語』集英社、一九九九
――『余寒の雪』実業之日本社、二〇〇〇、文春文庫、二〇〇三
――「蝦夷松前藩異聞」『余寒の雪』文春文庫
――「私の函館」『見上げた空の色』文春文庫、二〇一五
今野敏『流行作家は伊達じゃない』ハルキ文庫、二〇一四
――「作家生活40周年記念　思い出の地を語る」『小説推理』二〇一八年七月号、双葉社
――『怪物が街にやってくる』朝日文庫、二〇〇九、徳間文庫、二〇一八
――『ジャズ水滸伝』講談社ノベルス、一九八二
――『蓬莱』講談社ノベルス、一九九六、『蓬莱　新装版』講談社文庫、二〇一六
――『リオ』幻冬舎、一九九六、幻冬舎文庫、一九九九
――（改題）『リオ――警視庁強行犯係・樋口顕』新潮文庫、二〇〇七
――『隠蔽捜査』新潮社、二〇〇五、新潮文庫、二〇〇八
――『果断――隠蔽捜査2』新潮社、二〇〇七
――『朱夏――警視庁強行犯係・樋口顕』新潮文庫、二〇〇七
――『ST　警視庁科学特別班――黒いモスクワ』講談社文庫、二〇〇四
――『琉球空手、ばか一代』集英社文庫、二〇〇八
――『任侠書房』中公文庫、二〇一五
――『任侠学園』中公文庫、二〇一二

――『マル暴甘糟』実業之日本社文庫、二〇一七
――『寮生――一九七一年、函館。――』集英社、二〇一五、集英社文庫、二〇一七
関口苑生「解説」（同）
高城高『ウラジオストクから来た女　函館水上警察』東京創元社、二〇一〇
――『函館水上警察』創元推理文庫、二〇一一
馳星周『帰らずの海』徳間文庫、二〇一六
鷲田小彌太・井上美香『なぜ、北海道はミステリー作家の宝庫なのか？』亜璃西社、二〇〇九

http://ja.wikipedia.org/wiki
www.wave.or.jp/minatobunka/archives/report/003.pdf
https://prizesworld.com/akutagawa/ichiran/ichiran81-100.htm

あとがき

本書は函館にまつわる歌と文学の二部構成のようになっているが、歌を取りあげたのは小学校の修学旅行でバスガイドが紹介したある歌がきっかけになっている。それが六〇歳を越えてから、偶然にも『函館ステップ』という曲だと判明したのだが、それと同時に函館にかかわるほかの曲にどんなものがあるのか、にわかに興味が湧いてきて調べてみた結果が、第三章までに紹介している歌の数々である。『函館の女』や『港町ブルース』などはむろんだが、ほとんどが子供のころから一度は耳にしたことがある曲だった。函館とは直接関係はないが、北原ミレイの歌った『石狩挽歌』が父の遭難死した昭和二〇年代の、増毛《ましけ》周辺の鰊漁場を歌った曲だったのは個人的には大きな衝撃だった。

第四章からは歌から文学の紹介になっているが、その契機になったのは本書でも触れているように、学生時代に李恢成の『加耶子のために』を読んだことだった。この小説の舞台のひとつが郷里の北海道森町になっていたからだ。やがて函館市文学館にも足を踏み入れるようになり、展示されている多彩な函館出身の文学者、ないしはゆかりの文学者たちを知るにつれて、函館の文学的土壌のようなものを体系的に書いてみたいと思うようになった。

函館にかかわりのある文学者といえば、すぐさま歌人の石川啄木が想起されるが、本書では主として小説家にスポットライトを当てたので、明治生まれの長谷川海太郎（谷譲次・牧逸馬・林不忘）を起点にして、久生十蘭や水谷準、亀井勝一郎や長谷川四郎、昭和生まれの佐藤泰志や辻仁成、そして最後に現役で活躍している谷村志穂、宇江佐真理（故人）、今野敏というラインアップになった。函館市文学館に入館するまで函館出身だと知らなかった作家もいる。

また函館にも文学伝習所を創設した小説家の井上光晴にも触れたかったが、紙幅の関係で割愛せざるをえなかった。

ともあれ明治から現役作家の今野敏までの小説を読んできて、とりわけ印象深かったのはミステリーやエンターテイメント系の作家にくらべて、いわゆる純文学作家が意外と少ないということだった。小樽なら小林多喜二や伊藤整などの名前がたちどころに浮かんでくるが、函館では純文学系の文芸誌にもよく登場した文芸評論家の亀井勝一郎をのぞけば、小説家としては長谷川四郎、佐藤泰志、辻仁成ぐらいしか思い浮ばないからである。

これは高級・低級の文学的問題ではなく、おそらくは函館出身者の文学的先駆者となったのが、娯楽小説を量産した谷譲次であり、牧逸馬であり、林不忘であったことだ。それに『新青年』の名物編集長が水谷準で、久生十蘭などの函館出身者に活躍の場をあたえたからなのであろう。それと函館の街が醸成している束縛をきらう精神風土、自由闊達な国際的な志向性のためでもあったろう。こうした私小説的な精神風土を超出したところに、エンターテイメント系の作家が優勢になった理由のひとつがあるようにも思われるのだ。

本書は函館にまつわる歌と文学とをつなぐ試みでもあるが、長年のつき合いである編集者の茂山和也氏に、構成についてさまざまな貴重なアドバイスをいただいた。あらためて記して心からの感謝の意としたい。

二〇二〇年早春　柏にて

吉岡 栄一

水谷準　5, 39, 58, 80, 105, 111, 127-30, 135, 140-41, 143, 145, 156, 197, 286, 301, 311-12
水原弘　67
美空ひばり　55
見田宗介　12, 295
三田佳子　266
南方熊楠　73, 82
南果歩　67, 227
宮内勝典　40, 296
都はるみ　55
三宅唱　215
宮崎郁雨　56, 58
宮沢賢治　64, 297
宮本百合子　174
武者小路実篤　155
村上春樹　206, 219, 244
村上龍　206
室謙二　72-73, 75, 77-78, 101, 103, 298
森鷗外　73, 82
森下雨村　80
森進一　4, 30-34, 61
森田芳光　266
森昌子　21, 55
森山威男　289, 292-93

【や行】

八代亜紀　21
保田与重郎　148, 152
柳田國男　167, 197
山川均　146
山口洋子　32, 49, 296
山下敦弘　220
山下洋輔　289, 292-93
山田太郎　4
山中貞雄　99
山室静　172
優香　220
夢野久作　83
横溝正史　83
吉岡治　55
吉幾三　16
吉川英治　285, 290
吉田一穂　167, 187
吉田健一　121
吉田拓郎　34
吉田秀和　167
吉本隆明　210
四方田犬彦　210

【ら行】

ライシャワー、エドウィン　72
ラディゲ、レイモンド　241
李恢成　5, 55, 57, 64-68, 282, 297, 311

【わ行】

ワイルダー、ソートン　72, 237
鷲田小彌太　80, 129, 141, 287, 299, 309
輪島裕介　30, 33, 296
渡辺淳一　225, 306
渡辺紳一郎　61, 71, 76, 103, 105, 297, 300

西尾孔志　48
西田敏行　6
西野鷹志　41, 296

【は行】
萩原聖人　215
長谷川海太郎（☆谷譲次・☆牧逸馬・☆林不忘）　5, 12-13, 58, 69, 72-73, 94-95, 98 100-02, 105-07, 112, 120, 128-29, 130, 140-41, 143, 157-58, 196, 286, 295, 298, 301-03, 311
長谷川濬　167, 172-73, 198, 200, 303
長谷川四郎　5, 12-13, 39, 58, 74-75, 105, 158, 167, 171-73, 175-76, 183, 187, 189, 191-93, 195-98, 298, 303-05, 311-12
長谷川元吉　172-73, 304
長谷川淑夫（世民）12, 38, 70, 96
長谷川潾二郎（☆地味井平造）38, 69, 80, 105, 128, 130, 145, 167-68, 171, 197-98, 202, 295, 298, 302
馳星周　291, 309
浜口庫之助　50
浜圭介　20-21, 55
☆林不忘　5, 38, 58, 69, 81, 94-96, 98-102, 140, 167, 286, 300, 311-12
葉山嘉樹　146
久生十蘭　5, 12-13, 39, 58, 61, 71, 83, 105--13, 116, 118, 120-122, 124, 127, 129-30, 140-41, 143, 156, 158, 196, 286, 297, 300-01, 311-12
土方歳三　16, 41, 59
左幸子　18
火野正平　222
平岡正明　35
福間健二　207, 210, 227, 237-38, 244-45, 306-07
藤山一郎　12
藤原定　148, 168, 171-72
二葉百合子　182
ホーソン、ナサニエル　241
ポー、エドガー・アラン　241
星野哲郎　14, 24

【ま行】
前田河広一郎　93, 102
☆牧逸馬　5, 38, 58, 69, 81, 83, 86, 91, 94-98, 101-03, 140, 167, 299-300, 311-12
松尾和子　30
松岡蕗堂　57
松田翔太　60, 220
松原新一　148
松本健一　69
松本泰・恵子　80
松山恵子　36
マヒナスターズ　30
マルクス、カール　38, 69, 146-47, 211
丸谷才一　218
三笠優子　55
三木たかし　15
三木露風　113
三國連太郎　18
水上勉　18, 281, 295
満島真之介　220

砂山影二　56
瀬川瑛子　13-14
瀬川伸　12-14
関口苑生　291, 309
関口存男　168
瀬々敬久　244, 307
千田是也　146
曽根幸明　35
染谷将太　215

【た行】
大黒屋光太夫　120
高杉一郎　176, 304
高田屋嘉兵衛　13, 41, 116-120
高橋掬太郎　11-14, 62, 107, 295
瀧井孝作　217
竹熊健太郎　34, 296
竹原ピストル　227
田家秀樹　42, 296
太宰治　44, 155, 219
立松和平　234, 306
立花隆　176, 305
田中清玄　37-42, 70, 145-47, 167, 296, 302
谷崎潤一郎　129
☆谷譲次　5, 38, 58, 69, 72, 75, 77, 79, 81-86, 91, 93-96, 98, 100-03, 112, 167, 298-300, 311-12
谷村志穂　6, 18, 67, 74, 265-66, 278, 281-82, 284 295, 307, 311
田宮虎彦　219
多和田葉子　239
辻仁成　5, 13, 27, 44, 46, 160, 207, 239-47, 250, 252-53, 255-56, 260, 263-64, 296, 306-07, 311-12
坪内祐三　197, 305
ディケンズ、チャールズ　69
デイビス、マイルス　241
出口裕弘　75, 101, 298-99
徳田虎雄　41
徳富蘆花　70
鳥羽一郎　19
富沢有為男　199
豊島与志雄　168

【な行】
永井荷風　73, 81-82, 93
中井英夫　18, 295
中上健次　206, 255
中河与一　29
中谷孝雄　148
永田洋子　154
なかにし礼　13, 20-22, 31-32, 49, 295
中野重治　146, 174
仲村トオル　266
中村八大　67
中村光夫　151, 217
中村嘉人　41, 70, 128-29, 143, 157, 296, 298, 301-02
夏樹陽子　48
夏目漱石　73, 82, 85, 110
新島襄　245
ニザン、ポール　210

菊池章子　182
菊池寛　156, 199
岸田國士　109, 111-12
北一輝　69-70, 173
北島三郎　4, 19, 24, 27, 31, 48, 207, 240
北原ミレイ　4, 20-21, 311
木原直彦　66, 158, 295, 297, 302
金鶴泳　219
金石範　68, 297
金田一京助　57, 297
久坂栄二郎　146
工藤英太郎　71, 96, 298
熊切和嘉　227
倉田百三　151, 166
黒澤明　169
蔵原惟人　174
GLAY　5, 29, 31, 42-46, 48, 160, 296-97
ケルアック、ジャック　241
弦哲也　49-50
高護　15, 295
香月泰男　176, 305
古賀政男　12, 34
古関佑而　13
小林薫　227
小林多喜二　94, 149, 312
小林秀雄　151
小谷野敦　219, 306
コルトレーン、ジョン　241
今東光　39, 109
今野敏　6, 18, 265, 286-89, 290-91, 293-95, 308, 311-12
今日出海　39, 109, 111, 301
コンラッド、ジョウゼフ　68

【さ行】

西条八十　59
斎藤磯雄　168
斎藤茂　31, 296
坂田明　292
阪本越郎　146
鷺沢萠　219
佐々木譲　59, 297
佐藤浩市　266
佐藤利明　297
佐藤泰志　4-5, 13, 27, 48, 60, 67, 147, 160, 164, 205-15, 217-20, 225-26, 229, 236-41, 244-45, 251, 253, 264, 286, 305-07, 311-12
佐野眞一　39, 41, 296
佐良直美　32
獅子文六　130
柴田錬三郎　123
司馬遼太郎　16, 59, 116, 295, 297, 301
島成郎　39-40
島津亜矢　55
島田荘司　198
☆地味井平造　69, 167, 197-98, 302
清水安三　72
城卓矢　30
白石加代子　266
白井、ジャック　64, 113, 245, 301
神保光太郎　146, 148
菅田将暉　222

遠藤周作　85
大江健三郎　210, 219, 255, 306
オーウェル、ジョージ　208
大岡玲　222
大川周明　172-74, 199
大河内傳次郎　98-99
大島幹雄　198, 200, 202, 303
大須賀瑞夫　38, 40, 146, 296, 302
大杉栄　106, 166, 169, 200
大瀬康一　30
太田竜　35
大友柳太朗　98
大鳥圭介　16
岡千秋　55
岡本おさみ　34
岡本かの子　151
翁久允　81, 93, 299
奥野健男　197, 299, 305
小熊英二　211, 306
奥村チヨ　21
小椋佳　55
小栗康平　67, 297
小栗虫太郎　83, 130
尾崎秀樹　76, 86, 91, 96, 299
オダギリジョー　4, 60, 220
小野由紀子　55
小畑実　55
呉美保　222

【か行】

賀川豊彦　145
鹿地亘　146
加瀬亮　227, 229
片山敏彦　168, 189
加藤登紀子　49
加藤幸子　205-06, 218, 265
加堂秀三　219
香取和子　80
角川博　55
金子光晴　82, 93, 153, 299
金子満司　49
カミュ、アルベール　210
亀井勝一郎　5, 13, 17-18, 37-38, 40, 58, 74, 105, 113, 143-59, 162, 164-67, 187, 192, 196, 198, 237, 286, 295, 298, 301-02, 304, 311-12
亀田誠治　42, 45, 296
唐十郎　218
唐牛健太郎　38-42, 296
川内康範　5, 29-31, 34-37, 42, 296
河上徹太郎　151-52
川崎彰彦　63, 297
川崎賢子　69, 71, 75, 77, 105, 173, 189, 198, 295, 298-300, 303
川成洋　113, 301
川西政明　255, 307
川端康成　199
川村元気　48, 297
川村湊　200, 206, 304, 306
川本三郎　206, 236, 306
黄川田将也　48
木々高太郎　130

【人名索引】

（☆は本名とペンネームがある）

【あ行】

蒼井優　60, 219-20, 266
青江三奈　30, 33, 35
赤坂憲雄　26, 33, 62, 296-97
あがた森魚　46-48, 62
阿川尚之　94, 299
秋川雅史　50-51
芥川龍之介　106
阿久悠　15
阿部六郎　146
甘粕正彦　169, 173-74, 200
鮎川哲也　197-98, 302
綾野剛　222
新井満　50-53, 297
有島武郎　207-10, 241
アンダーソン、シャーウッド　236
安藤鶴夫　168
池脇千鶴　222
伊佐山ひろ子　222
井沢八郎　4, 15
石川さゆり　4, 15
石川啄木　3, 5, 12-13, 55-61, 70, 75, 96, 105, 107, 109, 143, 163-4, 201, 224, 240, 262, 297, 311
石川正雄　12, 107, 109
イシグロ、カズオ　239
石坂洋次郎　164
石橋静河　215
石原莞爾　174
石原吉郎　176, 305
石原慎太郎　48
石原裕次郎　48-50, 297
石本美由紀　55
泉鏡花　266
五木寛之　30, 176, 296, 300
逸見久美　81, 299
いとう菜のは　48
伊東美咲　266
犬養毅　39, 173-74
井上美香　80, 287, 299, 309
井上光晴　255, 312
井上靖　120, 187, 217, 301
猪俣公章　31-32
宇江佐真理　265, 284-86, 296, 308, 311
上田廣　18, 295
ウェルズ、オーソン　72
内田吐夢　18
内村剛介　176, 304
内村直也　111
永六輔　67
江口夜詩　14, 55
江口雄輔　106-07, 112, 120, 300-01
江戸川乱歩　83, 105, 129, 197
榎本武揚　16, 59, 64, 71, 164
蛯原徳夫　168
柄本佑　215

【著者プロフィール】

吉岡栄一（よしおか・えいいち）

1950年、北海道森町生まれ。法政大学文学部英文学科卒業。法政大学大学院英文学専攻博士課程満期退学。トルーマン州立大学大学院留学。東京情報大学名誉教授。日本コンラッド協会顧問。日本オーウェル協会会員。
『マーク・トウェイン コレクション全20巻』（彩流社）を責任編集。著書に『開高健の文学世界―交錯するオーウェルの影』（アルファベータブックス）、『亡命者ジョウゼフ・コンラッドの世界―コンラッドの中・短編小説論』（南雲堂フェニックス）、『村上春樹とイギリス―ハルキ、オーウェル、コンラッド』（彩流社）、『文芸時評―現状と本当は恐いその歴史』（彩流社）。共著に『イギリス文化事典』（丸善出版）。共訳書に『思い出のオーウェル』（晶文社）他。

函館《はこだて》　歌《うた》と文学《ぶんがく》の生《う》まれる街《まち》 —— その系譜《けいふ》と精神風土《せいしんふうど》

発行日　2020年3月26日　初版第1刷

著　者　吉岡栄一
発行人　春日俊一

発行所　株式会社 アルファベータブックス
〒102-0072 東京都千代田区飯田橋2-14-5 定谷ビル
Tel 03-3239-1850　Fax 03-3239-1851
website http://ab-books.hondana.jp/
e-mail alpha-beta@ab-books.co.jp

装丁　渡辺将史
印刷・製本　中央精版印刷株式会社

ISBN 978-4-86598-077-6　C0095
日本音楽著作権協会（出）許諾第2001752-001
NexTone 許諾番号PB000050098号

アルファベータブックスの本

開高健の文学世界
ISBN978-4-86598-034-9（17·06）

交錯するオーウェルの影

吉岡 栄一 著

ノンフィクション作家として知名度の高い開高健だが、彼は純文学作家としても多くの優れた作品を残している。その文学作品にジョージ·オーウェル影響を見ながら、フィクションとノンフィクションの間を行き来する知られざる苦悩の足跡を辿る。A5判並製　定価2500円＋税

石原裕次郎　昭和太陽伝
ISBN978-4-86598-070-7（19·07）

佐藤 利明 著

石原裕次郎三十三回忌に娯楽映画研究の第一人者がおくる、渾身の本格評伝。生涯の軌跡と、全出演映画の詳説、さらに「だれもが愛した裕ちゃん」のエピソードの数々をまじえ、昭和とともに生きた大スターの生涯を様々な角度から描く！　A5判上製　定価3800円＋税

ビートルズが教えてくれた
ISBN978-4-86598-040-0（17·10）

田家 秀樹 著

日本のロック·ポップスを創成期から見続けている田家秀樹が、1930年から80年代生まれのアーティストと、その時代の関係者たちに取材·インタビューするなかで、彼らがビートルズから何を学び、何を教えられたのかを明らかにする‼　四六判並製　定価1600円＋税

にっぽん漂流
ISBN978-4-86598-061-5（18·11）

加藤 登紀子 著

すっぴんお登紀の旅100話！ コンサートで北海道から沖縄まで全国を飛び回るお登紀さんが、人々との忘れがたい出会いや各地の美しい自然をユーモア溢れる文章で綴った貴重な旅日記。写真多数。東京中日スポーツの人気連載を待望の書籍化！　四六判並製　定価1500円＋税

札幌発！うちらのオーケストラ
ISBN978-4-86598-051-6（18·03）

電気楽器でシンフォニー

池野 浩史 著

電気楽器で結成した伝説のオーケストラの波乱万丈の活動記録。1986年の夏から足掛け4年間に渡って活動した『U·M·A ロックオーケストラ』と、その後に改名した『日本プラズマティックオーケストラ』の足跡を記す。　四六判並製　定価2000円＋税